JN242025

# 旅の待合室Ⅱ

国の光を観て

井上勝六

丸善プラネット

# はじめに

「旅の目的はただ一つ、生きること、生き抜くことだ」（映画『渡り鳥』より）。渡り鳥にとって旅は生きることそのものだ。遊牧民やロマ（ジプシー）の人にとってもそれは同様だし、人生が旅になぞらえられるのも、ヒトは生まれてから死ぬまで、この世からあの世へと帰還のない一方通行だからだろう。

定住する文明人に旅が非日常となって久しい。しかし、それが人々を魅了してやまないのは、ヒトにはグレートジャーニー（6万年前、世界中に拡散して行った人類の旅路）の記憶が遺伝子に残されているからだろう。当初は生存のための土地を求めての旅だったのだろうが、同時代を生きたネアンデルタール人と違ってわが祖先が生き残れたのは、仲間同士のコミュニケーションや、精霊（宗教）などの虚構を創作・共有したからといわれる。

ヒトがホモ・サピエンス（賢い人間）といわれるゆえんだが、「人生にとって最も大切なことは、生きている今を精一杯自由に生きること」（荘子）という精神性は、旅への想い・憧れとなって、「人が旅をするのは、到着するためではなく旅をするためである」（ゲーテ）、「さすらいと変化を愛するのは生あるものである」（ワグナー）などの言葉が残された。

また旅には困難が伴い、時には危険にさらされることもある。その困難の経験が人を大人にしてくれたことから、子供には「可愛い子には旅をさせろ」「バラは若いうちに摘め」「涙は人を大人にしてくれる」などといわれる。「貧乏という財産があるうちに旅を」（作家・沢木耕太郎）という「貧乏旅行のススメ」は、人は便利になればなるほど感性が衰え、また孤独にもなる。逆に貧しく不便だと互いに協力し補い合わなければならないからだ。一寸法師が「打ち出の小槌」を得て大人に変身し結婚できたのも、旅が「如意宝」をもたらしてくれたからだろう。

このように山あり谷あり、楽しみや困難を伴った旅の経験は生涯の思い出として心に刻まれよう。ゲーテは「若き日に旅せずして老いて何を語るや」と、旅に出ることを積極的に若者にすすめた。曽野綾子は老人に対し「瓦となって生き永らえるより、玉となって砕けた方が良い。老人は大いに旅に出たらよい。いつ旅先で死んでもいい自由な年齢になったのだから」（『戒老録』）と説いている。

旅の目的は千差万別だが、旅と同義の「観光」は「観国之光」（国の光を観る『易経』）、つまり「諸国を見聞し実情を視察する」ことだ。この外観（外に向かって観る）は内観（内に向かって観る）を刺激し、地図のある世界から地図のない世界へ、唯一無二の自分だけの旅となったそれは、あの世まで持っていける宝となるだろう。

ちなみに、「その幸福な発見は、旅人だけに許されるもの」（作家・及南アサ）との文言を新聞のコラムで見たとき、そうそうと納得と同時に自身の旅の想い出が蘇った。例えば、韓国の田舎では田の畔に大豆が栽培され、それは昔の日本の「コメと大豆」のありふれた田園風景だった。トルコのドライブインでは地元の高校生が昼食中だったが、彼らは豆のたっぷりと入った豆ご飯と豆スープを摂っていた。中東各地のバザールには列をなす豆入りの大きな麻袋、街中には豆のコロッケやペーストの売店、道路脇にはヒヨコ豆売りの男が立っていた。多種類の豆が並ぶインドの街角、テンペ（糸を引かない納豆）が山と積まれたインドネシアの市場など、アメリカを代表する料理のポークビーンズも、「食事は豆」というカウボーイシチュー（騎兵隊食）から生まれたものだ。

このように世界各地の日常食に豆が見られたのは、それが人々の生存に欠かせない食材だったからだろう。穀類と豆類の摂取割合が２対１と各地で共通するのは、必須アミノ酸のバランスが（良質の）動物性タンパク質を摂ったのと等しくなるからで、この比率は人類生存の黄金率といわれる。「犬も歩けば棒」に当たって「見る人」から「観る人」へ、豆の価値を知ったのは「幸福な発見」だった。

ところで2020年春、コロナによる緊急事態宣言のため私の連休の旅は消えた。もしも旅に出ていれば、どこで何を観、何を食べ、何を感じ、何を考えたかなど、日常の暮らしの中では決して得られないものがあっただろう。在宅を余儀なくされた連休中の記憶がまったくないのは、日常の平板な生活の体験が「わかったと感じる経験」（池田晶子・哲学者）にならなかったからだ。ただ、他人から見れば何でもない些細な日常生活の一コマが「経験」になれば、それは「人生の栞」として懐かしく思い出されるだろう。

日常から離れた旅は体験が経験として記憶されやすく、中でも良きにつけ悪しきにつけ大きく心動かされた旅の思い出は大きい。英語のtravel（旅）が「骨折って行く」の意から生まれたように、旅行中の予期せぬ出来事や偶然は得難い経験で、それは「偉大な力（サムシンググレート）」「神の為せる業（インシャラー）」なのかと感じられもした。語らなければ消えてしまうそんなエピソードも、記しておけば誰かの目に留まるかもしれない。「生きるとは自分の物語を作ること」（作家・小川洋子）だとすれば、好奇心の赴くまま場当たり的に馬齢を重ねてきた私の「人生の旅」も、自分の物語を作ってきたことと言えようか。

なお本誌は、『山梨県医師会報』の掲載文（2021年３月から2024年４月まで38回、コロナ禍の３年間）を、時系列ではなく章毎に編集したものである。貴重な紙面をお借りした『山梨県医師会報』、また松澤 仁編集長を始め編集委員の方々、事務局の原 孝文氏に心より感謝申し上げます。ありがとうございました。

2024年秋　井上 勝六

# 目　次

# 第1章

## 国の光を観て
（観光「易経」）

昼寝の犬たち、ポカラ・ネパール

# 1　ファスト トラベルからスロー トラベルへ
## ～　コンビニへの道行き

山梨県医師会報　令和３年　６月号　№606

南太平洋は絶海の孤島・イースター島、その島のモアイ像に会うには南米のチリ経由で10日前後を要するが、今までこの日程が取れなかった。ところが数年前、チャーター便利用・タヒチ経由６日間のツアー案内が旅行社から送られてきた。すでに古希を過ぎ早や74歳、これは海外旅行の最後のチャンス、冥土への良き土産にと成田を飛び立った（写真①）。

島での滞在はわずか２日間だったが、点在するモアイ像に様々な思いが去来した。参加者は20名近く、最高年齢だろうと思っていた私は何と一番若く、平均年齢は80歳前後だったろうか。女性が８割と圧倒的に多く、腰の曲がった80代半ばの女性は杖を頼りに、誰の手も借りずに全行程を歩ききった。夕食後は全員が何らかの薬を取り出し、アムロジンやリリカ、マイスリーなどの名前が飛び交った。一段落するとiPadやパンフレットなどを取り出し、島の環境や歴史・文化などを語り合う。そんな人生の先輩たちの姿に圧倒された私は、海外旅行を止めるにはまだまだの青二才と気づかされたのだった。

イースター島への「空飛ぶ養老院」の仲間に刺激され、その後、ベトナムやミャンマー、インドなどを訪れた。ただ中近東の北朝鮮と言われるトルクメニスタンでは下痢や嘔吐のため脱力、両手で把っ手を掴まなければバスに乗れなくなった。土漠では石につまづき転倒、サングラスが割れた。「大丈夫ですか？」と、すかさず近くにいた同行の女性に脈を取られたが、彼女は看護師だったのだ

①　何を想う……モアイ像・イースター島

ろうか。たまたま私の誕生日に重なったツアー最終日、夕食後に用意されたケーキのローソクの火は一息に吹き消せず、食欲のない私は額の傷に手を当てて眺めるだけだった。もう海外旅行はこれでおしまいと観念しつつ、ヨレヨレで帰宅した「徘徊老人」に妻や娘は安堵しつつも、「もう（旅行は）止したら……」と視線は冷たかった。

しかしである。体力が回復するとまたぞろ動き出したのが「旅に出たい」という「不治の病」の遺伝子だった。遊牧民やロマ（ジプシー）の人たちや渡り鳥にとって旅は生活そのもの、赤ん坊が泣くのはじっとしていることに耐えられないからという。仏教やヒンズゥー教の聖人たちの放浪の旅、中世キリスト教に始まった巡礼の旅、イスラム教徒のメッカへの旅などなど、何かから離れるのではなく何か新しいことに近づくためだった。精神や心を意味するspiritの語源がラテン語のspiritus（風の意）であったように、心もまた千変に万化する風によって刺激され育まれてきた。つまり、旅に出て風に当たることは生きることだったのだ。

現代文明人に旅は非日常となったが、人類の定住生活が始まってたかだか１万年、さすらいの遺伝子はしっかりと根付いている。旅が非日常になったからこそ、それは人の心を捉えて離さないのだろう。再起した遺伝子に動かされ、それではと近場の中国は黄河・壺口瀑布を訪ねた際、渡航歴100カ国以上という千葉の女性の「ある添乗員から聞いた言葉」に苦笑し納得した。それは「信用してはならないお客様の言葉の筆頭は〝もうこれで海外旅行はおしまい〟」だった。

北インドのヒマラヤ山中、小チベットといわれるラダック地方は標高3,500～4,500m、ラマ教寺院の点在する祈りの大地である。中心地のレーには２回ほど訪ねたことがあったが、その最奥部のザンスカールは「心を残した」未踏の地だった。というのもレーからザンスカールまでは未舗装の悪路を四駆車で１泊２日、4～5,000mの峠をいくつか越えていかねばならない。日程も取りづらく、高山病の恐れもあることから一歩が踏み出せないでいた。

ところが前年にインドはシッキム・ダージリン地方を旅した時、知り合った関西在住の傘寿前後の老夫妻が参加するというではないか。あの年齢、あの体力であんな過酷なところに……、逡巡の後、私も参加を決めたのは夫妻の呟やきを思い出したからだ。「私たちにとって旅は消耗品ではありません」と、膠原病を患って杖歩行を余儀なくされた画家の妻と大手術後の夫（医師）は、仏跡を巡ってインド各地を何度も旅されていたのだった。

険しいヒマラヤの山々や氷河が迫ったザンスカールへの道は迫力満点、地球の造山活動の巨大なエネルギーに目は釘付けだった（写真②）。やっとたどり着いた目的地のホテルにシャワーはなく、停電はしばしば、夏とはいえ夜の寒さに何枚もの厚着が必要だった。加えてカシミールの国境問題でパキスタンとの緊張が高まっていたため流通が滞り、肉のない素朴な菜食が続いた。人々の生活も質素で貧しかったが、しかし不幸には見えなかった。ゆったりとした刻の流れの中、穏やかで信心深く暮らす人々に「幸せのハードルを低くしてくれる」ような「生」の豊かさが感じられたからだ。

チベットの西部に聳える独立峰カイラス山（6,656m）は、ヒンズゥー教、仏教、ボン教、ジャイナ教の聖山で、仏教では宇宙の中心の須弥山とされ、ヒンズゥー教ではリンガ（男根）として崇拝される。カイラス山を模したエローラ遺跡のカイラーサナータ寺院（奥行き81m、幅47m、高さ33m、着工８世紀半ば）は、岩肌をノミで削って100年以上の年月をかけて完成したという。カイラス山周辺からは水の女神が腕を伸ばしたように、インダス河やブラマプトラ川などの大河が東西へと流れ出し、チベットやパキスタン、北インド、バングラディシュなどに文明を育んだ。大河（インダス河）を意味する「スィンド」（サンスクリット語）が「インド」の語源になったのも、人間の生存に欠かせない河が信仰の対象となったからだろう。

そんなカイラス山へのツアーはチベットのラサから5,000m前後の高地を車で３日、ハードな日程と環境、それに自身の年齢を考えればそれは「夢のまた夢の旅」だ。ただザンスカール（標高4,000m前後）では軽い高山病（SpO2は80%近くに落ちた）で頭痛や四肢のシビレに見舞われたが、絶壁の洞窟僧院への約200の階段を登ることできた。これが大きな自信というか過信となって、また関西の老医師や千葉の夫妻も同行されるとのこと、人生最後の海外旅行にはこれに優るものはあるまいと、意を決して連休のカイラスツアーに申し込んだ。

② ダラン・ドウルン氷河、4,400m・インド

ところがである。高山病の危険を回避できた「幸」か、カイラスに行けなかった「不幸」か、コロナ禍によってこのツアーも消えた。今後、コロナの収束には相当の時間を要するだろうし、たとえいつの日か再開されたとしても、その時の私は老い過ぎていよう。カイラスはもはや永遠に訪れ得ない「心を残した」地となってしまった。

さて、行く宛先の無くなった連休の期間、たっぷりの時間は草取りや読書に費やし退屈はしなかった。ただ振り返ってみると何日に何をしたかが全く思い出せない。そんなノッペラボウの日々に比べると、「旅に出ることはヒトの脳が作り出した仕組みの外に出ることだ」（養老孟司）のように、非日常の旅の毎日の記憶は鮮明だ。あの日、どこで、何を見、何を感じ、何を食べたかなどなど、それぞれに「心が残って」いるからだ。

さて、旅と同義の観光は『易経』に「観国之光」（国の光を観る）、つまり「諸国を見聞きし実情を視察」とあり、『大言海』（大槻文彦著）には「家ヲ出デテ、遠キニ行キ、途中ニアルコト」と、旅は過程と目的地が一体となったものだ。ただ私の旅もそうだったように、近年の旅の多くは途中経過が軽視され、乗客は狭い座席に縛られ目的地へと一直線に輸送される。目的地に集中し過ぎた旅に満足感が少ないのは、徒歩とロープウェイとの登山の違いと同様だろう。

古代ギリシャの叙事詩オデュッセイア（ホメロス作）はトロイ戦争後、故郷に凱旋する戦後10年間の漂泊・苦難の旅（過程）の話である。

『銀河鉄道の夜』を書いた宮沢賢治は、最愛の妹を失った翌年、傷心を抱いて樺太を訪ねた。目的地は大泊（樺太南端の港、現コルサコフ）、そこの製紙工場に勤務する旧友に農学校の教え子の就職を依頼するためだった。早々に目的を果たすと、彼は最北端の駅へと数時間の汽車の旅に出る。津軽と宗谷の二つの海峡を渡り花巻から最果ての地まで、その間に残した沢山の詩（心象スケッチ）をもとに、翌年『銀河鉄道の夜』の初稿が書かれた。

バックパッカーのバイブルとなった『深夜特急』（沢木耕太郎著）は、インドのデリーからロンドンまで、ユーラシア大陸を乗合バスで走破した一人旅の記録だ。途上での見聞に、作者が何を感じ何を想ったかが綴られている。

「魂はラクダの歩む速度で動く」（アラブの格言）ように、上記作品や『奥の細道』『土佐日記』などなど、紀行文学に必要だったのは目的地ではなく過程（移動）の時間だった。もし、旅の途中が省かれるとどうなるか? こんな小話がある。空港に着いた青年がトランクに腰掛けてぼんやりしている。何をしているのかと入管員に問われ、「心が追いついてくるのを待っているのだ」と。

「せかせる文明」の競争社会ではぼんやりや戸惑いなど人間の感情は軽視・無視あるいは否定され、time is moneyの価値観のもと、効率や便利さが追求される。コロナのパンデミックは著しい経済成長による環境破壊や、グローバルなヒトの移動の結果だった。まさに「急ぐのは悪魔の仕業」（イラン格言）で、ローマ皇帝アウグストゥスの「急がば回れ」も、速さは時に人間の欠点にもなりうることを強調した言葉という。

「将来についてひとつだけ確実なことは、将来というものには必ず、恐らく起こらないだろうと思われるような予期せざることが起こるということが確実だということである」。これは年頭に友人から届いた手紙に引用されていた言葉だが、つい半年前は頭の片隅にもなかったコロナ禍に全世界が襲われた。そして今、コロナの収束に「絆」から「三密」へと、「新しい生活様式」が提唱されている。先の見えない未来に誰にも不安が募るが、こんな状況だからこそ自分にとって何が大事かを考える時間を持てた人もいるだろう。

例えば、ある会社員は満員電車や残業などに違和感を持たなかったが、テレワークで通勤がなく嫌な上司にも会わずにすんで、もう二度と以前の生活には戻りたくないとのこと。また出不精の人にステイホームの声が心地よく響いたのも、「家にいてもいい」ことが認められたからだろう。某保険会社の健康に関するアンケート調査では、ステイホーム中に食事や運動など生活習慣の改善で二人に一人が健康を実感したという。

話がそれたが、今までのような便利で快速で大量輸送の「動かされる旅」、つまりファスト トラベルFast Travelが過去のものとなった現在、「新しい旅」とは……、それは過程に重きを置いた「自分で動く旅」、すなわちスロー トラベルSlow Travelだろう。

「旅に必要だったのはピンクとブルーのパジャマだけだった」というド・メーストル（フランス、18世紀）は、「室内旅行」の結果を『わが部屋をめぐる旅』に残したがこれはあくまでも特殊例、我々凡人の誰にもできるのは歩きの旅だ。近所をゆっくりと歩く間に、あるいは野や山を歩く際に、今まで見逃してきた様々なものが見えてくるかもしれない。アリストテレスの逍遥学派は歩きながら哲学をし、ジャン=ジャック・ルソーは「立ち止まれば考えが止まる。心が動くのは、両脚と連動する時だけだ」と、歩きながら瞑想したという。実際、毎日歩けば脳細胞が刺激されて脳の萎縮が止まり、記憶を司る海馬の働きも強まるといわれる。

亀に綱をつけて散歩するのがエレガントとされたのは19世紀のヨーロッパ。「楽しみに金のかからない人がもっとも裕福である」（ヘンリー・ソロー）、「旅は安ければ安いほど体験が豊富となる」（某旅行社のリーダーの言葉）とすれば、近所を巡る無料の散歩に優る旅はないではないか。コロナ禍の時代、心に亀を飼わせ、「街角のタバコ屋までの旅」（吉行淳之介）ならぬ、「近くのコンビニまでの旅」の「道行き」を楽しみたい。

# 2 ポカラの休日

## ～ 歩行者天国の一日

山梨県医師会報　令和３年　７月号　№607

ポカラを飛び立った十数人乗りのプロペラ機は、8,000m級のアンナプルナやダウラギリなど、壮大なヒマラヤの山々を見上げつつ谷合いをジョムソンへと向かった。あのダウラギリの向こうがドルポとのこと。ネパールに20年以上住み続けた写真家エリック・バリが、標高4,000mを超えるそこで映画『キャラバン』をオールロケで制作したところだ。フランス、ネパール、イギリス、スイス合作の本作はセザール賞で最優秀撮影監督賞や最優秀音楽賞を受賞、フランスで250万人以上を動員する大ヒットになったという。

本作の出演者はほとんどが現地に住む監督の友人や知人で、物語は伝統や因習を巡る世代間の対立を軸に、冬が来る前に塩と麦を交換するため、ヤク（山の船といわれる）を引き連れ厳しい峠を超えて行く様子が、キャラバン隊の少年の目を通して描かれている。作品ではヒマラヤの映像の美しさに目を見張ったが、やはり立体的に広がる本物の景観は圧倒的で、そこに映像の記憶を重ねていると映画のサウンドトラックが耳に甦ってきた。ラマ僧の読経や伝統楽器に西洋の弦楽器とコルシカの女性コーラス（ポリフォニック・グループ）は調和し、普遍性を持った不思議なサウンドがフランス人に評価されたのだろう。

山岳フライトの出発地ポカラに戻ると、旅行者にとって思いがけないニュースが待っていた。明日から３日間、ネパール全土で決行されるゼネストのため、旅行者用の車を含め一切の車両は使用してはならないとのこと。やむなく午後の市内観光は徒歩でとなったが、折から降り出した雨に中止、夜になって雨の勢いは増した。翌日の天候を危惧しながら早々に床に就いたのは、明朝の１月１日、初日に輝くマチャプチャレ観光の出発が５時と変更になったからだ。当初の予定では車で７時に出発、ホテルのある南端から北端の登山口まで街を縦断、そこから約２時間弱、山道を登ってサランコットの丘に到着するというものだった。車が使えないとなればホテルから丘上まで、全行程12～13kmを歩かなければならなくなってしまったのだ。

まだ深夜に近い早朝、モーニングコールにカーテンを開けると、幸い雨は上がっていた。パンにゆで卵、チャイだけの簡単な朝食を済ませ、ホテルの灯りを背に私たちは人気の無いガランとした街に向かって歩き出した。闇はまだ深く、裸電球の街灯は間遠にあるだけ、暗い足元は懐中電灯の灯りが頼りだ。寒さと眠気をこらえ、水溜りを避けながら黙々と歩く。

「俺たち外国人だし、車はダメかなー。みんな寝ていて誰も見てないよ」

ツアー仲間の若者が不服そうにガイドに話しかけた。

「とんでもない。もし見つかったら石投げられるね。私殺されるよ」

暗闇でガイドの表情はわからなかったが、真剣なガイドの口調に私はふとある出来事を思い出した。それは数年前の秋、この国の首都・カトマンドゥを訪ねたときのことだった。長かった雨期があけてヒマラヤの山々が姿を現す10月中旬、ちょうどネパールの正月といわれるダサインが始まっていた。10日間の祭りがダサインといわれるのは、ネパール語で10がダスと言われるからだが、地方出身者が故郷に帰って家族全員で祝うのは日本の正月と同じだ。

これは、女神ドゥルガーが牛の姿をした魔人マヒシャースルとの戦いに勝ち、平和がもたらされたことを祝う祭りとのこと。生け贄にウシやヤギが捧げられるが、それらは街の辻々や民家の庭で首を切られる。鮮血で朱に染まった道路には山羊の首が転がり、血の海となったヒンズゥー教寺院の石段には、牛の頭が列をなして並べられていた。空港に迎えに来た友人K氏の車（パジェロ）に血糊が飛び散っていたのは、興奮した人々が生け贄の血を投げつけたからだった。

一説によるとこの血祭りには、民族間（ネパールは36以上の民族からなる多民族国家）やカースト間に溜まった様々なストレスを発散する意味があるという。穏やかな日常を過ごすために年に１回、人々にとってこの残忍な祭りは欠かせないというのだ。一見おとなしく穏やかに見えるネパールの人々の深層には、切っかけさえあればすぐにも燃え上がるエネルギーが潜んでいるのかもしれない。そういえば以前、王族同士が殺しあう王家殺害事件があったっけ……、ガイドの言うようにスト破りはとんでもないというわけだ。

２時間近く歩いただろうか、あたりがぼんやりと明るくなった頃、登山口近くの街路にちらほらと人影が見え出した。あと半道中と山道を登り始めてしばし、

「皆さん、見えます! 見えてきました! マチャプチャレが見えます!」

突然、我が事のように興奮したガイドの声が朝モヤの中に響いた。前方のモヤの合間に、カミソリで削ぎ落としたような鋭利な岩肌が見て取れる。意外な近さだ。こんな近くにと思うと、いやが上にも期待は膨らむ。間もなく朝日とともに周囲のモヤは消え、茜色に輝くマチャプチャレがその全貌を現した。するするとカーテンが開くと、舞台中央にスポットライトを浴びた主役が立っている、そんな絶妙な自然の演出だった。

凛として聳えるピラミッド形のマチャプチャレ（6,993m、魚の尾ヒレの意、角度によってそのように見える）の背後には、屏風のようにアンナプルナ連峰（7,500〜8,000m）が連なっている（写真①）。アンナプルナほど高くはないマチャプチャレだが、連峰前の独立峰のため圧倒的な存在感がある。チベットのカイラス山と同様に登攀が許されないのは、古来、聖なる山として崇められてきたからだ。

マチャプチャレを前にした丘の上、広げられた青いビニールシートの上で朝食の準備が始められた。大きな荷物を背負った男が２人、ホテルから随行していたのが調理人だった。文明国でアウトドアライフの食事となればバーベキューかレトルト食品か、いずれにしても簡便なものだがここでは違った。調理器具から食材や水まで、彼らが運び、しかも料理の全てを下ごしらえから始めたのだ。並べられた鍋や釜、石油コンロなどの傍で、彼らはジャガイモ、カボチャ、野菜などを刻み、粉をこねダンゴを作り棒で伸ばす。何を作るのかと問うとモモ（餃子）とのこと。ネパールでも慶事の際はモモは必ず用意されるという。ちなみに中国では五福（富貴、長者、多子、無病、出世）のうち餃子は富貴と多子の象徴で、形は馬蹄形の銀貨や子安貝を真似たもの、餃子の発音は子を授かる意の交子（ジャオズ）と同じで、正月など目出度い時に欠かせない。今日は１月１日、このネパールの餃子も中国文化の影響によるのだろう。皮から作った餃子の他に、彼らはジャガイモ入りのカレー、カボチャの煮物、野菜の天ぷら、さらに味噌汁までも用意した。雨上がりの澄み切った青空の下、新雪に輝くマチャプチャレを前に、手間暇かけた元旦の朝食が用意されたのだった。

日中の日差しは暖かく、時はゆっくりと流れていく。どこからともなく集まった子供たちに写真を撮らせてもらい、少女に案内された民家では教科書を覗き、チャイを振るまわれてと、現地の人たちの生活の一端に触れた。

もう今日の予定はない。あとは来た道を日暮れまでにホテルに帰れば良いだけだ。昼前後、空気が緩み穏やかな表情となったマチャプチャレを背に丘を下る。街中には地元の人や観光客が行き交っていたが、ゼネストと言ってもデモがある

⑴　マチャプチャレとアンナプルナ連峰

わけではなく、一台の車とて走らない街は長閑そのもの。「歩行者天国」と化した街をぶらぶらとホテルまで、道すがら古い建物や練兵場、路地を覗き、土産物屋を冷やかし、カフェで喉を潤す。

街中で特に賑わっていたのはCDショップだった。民族音楽が流れる店内で商品を眺めていたら、なんと『キャラバン』があるではないか。価格は日本円にして400円くらい、定価の数分の一の海賊版だ。入れ替わりやってくる観光客は、店員に薦められるままに声明や御詠歌のようなものを買っていく。それらはネパール土産に人気の商品だが、自身の経験からすればそんな単調なものは１～２度聴いておしまい。民族衣装を土産に買っても、日本ではまず袖を通すことのないのと同じだろう。それに比べれば『キャラバン』の通奏は読経と民族楽器で、それに西洋音楽がアレンジされたものだ。ネパールの特徴はしっかりと保たれ、しかも普遍的な高い音楽性を持っている。飽きずに何度も聴けるだろうし、何と言っても値段が安い。「袖振り合うも他生の縁」と、どれにしようかと迷っていた中年の日本人女性に「お買い得品ですよ」と耳打ちしたが、彼女は手に取ったもののチラッと見ただけだった。

散策中に目に止まったのは犬の多さだった。人混みの中を駆け抜ける犬もあれば、あちこちの店先で昼寝している犬もいる（１章扉)。江戸時代、はしたないこととされた「犬川（いぬかわ）」(「犬の川端歩き」の略）は、犬が用もないのに町を歩きまわることから生まれた言葉だが、文字通りここは犬川の天国だ。恐怖感が湧かなかったのは、彼らは人間に無関心だからで、同様に人間もまた彼らに無関心。恐らく飼い主はいないだろうし、もちろん犬たちに名前もないだろう。人間に縛られずに自由に生きているからか、喧嘩もなければ「無駄吠え」も聞かない。輪廻転生を信ずるネパールの人にとって、ひょっとするとあの犬に生まれ変わるかもしれない、あるいはあの犬は誰かの生まれ変わりかもしれない、そう思えば殺生（駆除）は出来ないし、「不要犬」として処分も出来まい。ちなみにブータンのある村では犬はみんなのものだから野良犬はいないという。

陽が傾いてホテルが近づいた頃、空き地の草をウシがのどかに食んでいた。その先の民家の前では犬が寝そべり、その周りで数匹のヒヨコが遊んでいる。人の気配に危険を感じたのだろう、ヒヨコたちは傍にいた親鶏の懐に慌てて飛び込んだ。その羽の間から好奇心いっぱいで私を見つめるヒヨコたちのつぶらな瞳は、夕陽を浴びてキラキラと赤く輝いていた（写真②)。ふと先を見ると軒先で７～８歳の少女とその母親の二人、座って何やら作業をしている。軒の陰で手元が分からなかったが、近づくと鶏の毛をむしっていた。すると脇にある山積みの裸の鶏は……、明日の私たちの食料かもしれないし、可愛いヒヨコたちの将来の姿だ。のどかに見える平和な情景の中に、ごく自然に死が存在している。生きることが残酷なのは、そんな他者の命を日常に摂り続けるからだし、また摂り続けなければ生きていけないからだ。食事の際に手を合わせるのも、他者の命を「いただく」ことに感謝の気持ちを示してのことだ。

早朝から日没まで、車のないスローライフの一日に足は棒になったが、幼少のころが思い出され何やら穏やかで懐かしい気分だった。車社会で見過ごしていたものが見え、便利な生活が見失わせていたものを気づかせてくれた。忙しさに追われる日常では、後ろを振り返る余裕はなく過去は忘れ去られる。チェコのある作家は、現在は「忘れる」ことに取りつかれた時代と言った。何かを思い出そうとすれば、歩みは自然に緩む。もともとヒトの日常は歩くことで成り立ち、走ることは特別の場合だった。「不倫に走る、非行に走る、汚職に走る」など、走ることが悪意に用いられるのも、それが不自然な行為だからだろう。

文明の進歩を求めひたすら突っ走ってきた私たちは、便利で豊かな生活を手にはした。しかし一方で温暖化や格差社会など、闇が輝きを増している。「過去ではありません。過ぎ去ったのは未来です」と、これは子孫に残すべき財産を消費してしまった20世紀を総括したある詩人の言葉だが、それから早や20年、事態はさらに悪化しそして今、世界はコロナのパンデミックのさ中だ。「新しい生活様式」をと過去の価値観を否定したコロナは、人類の存亡が危機的状況にあることへの強烈な警告なのだろう。

② 母さんの懐で、ポカラ

# 3　葡萄は駱駝の背に載って
## ～　法薬・秘薬になった

山梨県医師会報　令和4年　9月号　№621

渭城の朝雨　軽塵をうるおし
客舎青々　柳色新たなり
君に勧む　更に尽くせ　一杯の酒
西の彼方陽関を出ずれば 故人なからん

この詩、「元二（元家の二番目の男子）の安西に使いするを送る」は、唐の詩人・王維によって詠まれた。漢の時代以降、別離の際に「早く帰って下さい」との願いを込めて、柳の枝を輪にして旅人に贈る礼法「折楊柳」が生まれた。「輪」は「環」（huanと発音）に通じ、それはまた同音の「還る」に通じたからという。

しっとりと柳色（緑）豊かな都・渭城（西安の近隣）から乾燥の西域へ、はるか陽関（敦煌の西南、砂漠の中の砦）を出れば、酒を酌み交わすべき友人・知人はいないだろう。さあもう一杯を干し給えと、別離の哀惜の情を詠んで、古来これに優る詩はないといわれる。

陽関を訪ねたのは1990年代の半ばだった。西安を早朝に発ち、万里の長城の終着点・嘉峪関まで２時間のフライト（当時は敦煌までの直行便はなかった）、そこから敦煌までは約400キロ。対向車のほとんどないゴビ灘をひたすら走って10時間、やっと着いた敦煌からさらに西南へ80キロ、見渡す限りなだらかな砂の起伏の小高い丘の上の、崩れた烽火台が今は昔の陽関だった。飛ぶ鳥もなく、聞こえるのは風の音ばかり、昔の旅人や防人たちの寂寞感はいかばかりだったろうか。

さて、別離の宴での「更に尽くせ一杯の酒」とは一体どんな酒だったのか。西域経営を手中にした唐の時代、都には葡萄酒などの西域名産品が、シルクロードを駱駝に載せられて盛んに運ばれてきた。洛陽や長安の酒家では、李端の詩に「肌は玉のように白く、鼻は錐のように高く、桐文様の薄物を身に巻き付け、葡萄文様のある帯を長く垂らしている」と詠まれた胡姫が、異国情趣豊かな葡萄酒を注いでは客を喜ばしていたという。となれば、西域に発とうとする旅人の杯に注がれたのは、珍重された舶来の酒・葡萄酒であったろう。実際、漢代末期には葡萄酒を贈って地方の長官の地位を得たという話があり、魏の文帝は朝臣に対し「葡萄は醸して酒にする。その傍らを通れば涎を流し唾を嚥む。ましてや、みずから飲むにおいてをや」との詔を発している。

紀元前100年頃、葡萄は漢の武帝の時代、張騫によって西域から中原にもたらされた。『史記』の「大宛国伝」には、「その俗、土着して田を耕し、稲麦を作る。

蒲陶あり、善馬多し。蒲陶をもつて酒となし、富人は酒を蔵すること万石余にいたる。漢使はその実を取りきたれり。ここにおいて天子初めて、うまごやし、蒲陶を肥えた土地に植ゆ」とあり、「劉司直の安西に赴くを送る」（王維）はこの史実をもとに詠んだものという。

絶域　陽関の道
胡砂と塞塵と
三春　時に雁あり
万里　行人少なし
苜蓿は天馬に随い
葡萄は漢臣を逐う（後略）
（はるか西域、陽関の砂塵は砦を包んでしまう。まだ寒い春の３ヶ月、時には雁の姿も見られようが、万里の道に旅人は稀だろう。その道を通ってウマゴヤシは天馬と共に、葡萄は漢の使者の後を追って来たのだ。『唐詩選』前野直杉・注解、以下同）

唐代になると葡萄は、山西省を中心に中原でも栽培されるようになり、「葡萄の詩」（劉兎錫）からは貴重な葡萄が都の長安でも栽培されていたことがうかがわれる。

客あり汾陰（山西省）より至り
常に臨んで双目を瞠る
自ら云う我は晋人（山西省）なるも
此れ（葡萄）を種うること玉を種うるが如し
此れを醸して美酒と成さば
人をして飲みて足かざらしむと
（山西省からやってきた客人が、庭の見事な葡萄に目をみはり、自分は葡萄の栽培地の山西省のものだが、宝玉を扱うように大切に葡萄を植えている。これから美味しい酒を作れば、いくら飲んでも飲み足りないだろう）

西域に対する軍事拠点の前線基地でも、切々たる望郷の念を癒すため葡萄酒は兵士たちに欠かせないものだった。嘉峪関近く、交易と軍事拠点の要衝として栄えた街・酒泉の中心には鐘鼓楼が建ち、その北門には「北通沙漠」（北は沙漠に通ず）の門額が掲げられている。この街が酒泉と名付けられたのは、匈奴征伐に活躍した漢の武将が、少ない酒をこの地の泉に注いで、それを全軍に分け与えたという故事によるが、酒泉の太守（岑参）の「酔いて後に作る」には、

「牛を丸焼きにして、駱駝を煮る。交河（トルファン地方西域経営の最前線の街）産の美酒を金杯で飲む。深夜に酔っ払って軍中で寝てしまう。都に帰る夢は如何ともしがたい」と詠まれた。明日の命とて知らない防人たちの美酒に酔いしれる心境を語って悲しいが、中でも有名なのが王翰（おうかん）の「涼州詩」（涼州は甘粛省・武威郡）だろう。

葡萄の美酒　夜光の杯
飲まんと欲すれば
琵琶　馬上に催す
酔うて砂上に臥すとも
君笑うことなかれ
古来征戦　幾人か回（かえ）る

（夜光の杯に満たされた葡萄酒を飲もうとすると、杯を干すようにと、突然馬上で琵琶がかき鳴らされる。世の人よ、酔い潰れて砂漠で寝てしまっても、どうかだらしない姿を笑わないでくれ。昔から、戦場に駆り出された兵士のうち、一体何人が故郷に帰ることができたことだろう）

西域地方では、酒蔵に貯蔵した葡萄酒を「夜光の酒」と呼び、それを注ぐ杯を「夜光の杯」と称した。この杯は、やはり西域地方特産の玉から作られたが、「夜光の杯」という美しい名前は酒を注いだ際（「夜光」は透明な美しさの形容）、天然の文様の透明な部分を通し、月光を透かして見ることができるからという。

古来、中国では「清明の玉気は能く神と通ず」と、玉には霊力があるとされて

① 夜光の杯と玉の飾り物

きた。産地は遥か西方のトルキスタン地方とされ、敦煌の西北90キロ、砂漠の中の玉門関（玉の通る門の意、密輸を防ぐための関所）を通って遠く都に運ばれた（ちなみに、玉には硬玉と軟玉があり、前者はジェダイトという宝石で翡翠を指し、産地はミャンマー北部。後者は西域産でネフライトといわれる。写真①は葡萄をかたどった玉の飾物）。

玉門関も古来より攻防の地として知られ、李白は「漢は下る白登の道、胡はうかがう青海の湾、由来征戦の地、見ず人の還るあるを」と詠み、王昌齢は「従軍行」で次のように詠った。

青海の長雲　雪山暗し
孤城遥かに望む　玉門関
黄砂百戦　金甲を穿つも
楼蘭を破らずんば終に還らじ
（青海の上の雲で雪山は翳っている。孤城からはるかに玉門関を望む。砂漠の中の百戦に堅い鎧にも穴が開いてしまった。しかし、楼蘭を破らなければ絶対に国には還らない）

現在、「夜光の杯」は祁連（きれん）山脈から産する玉を使って酒泉で作られ、そこを代表する名産品だ。唐の詩人に倣って、土産の夜光杯に葡萄酒を注いで月光にかざせば、酒泉の泉や敦煌の洞窟、陽関や玉門関の砦跡など、シルクロードの情景が浮かぶ。

日本の葡萄や葡萄酒は、仏教と共に中国から伝えられた。葡萄の語源はペルシャ語のbadah（バァーダァー）で、中央アジアでブダウ、日本ではブダウ → ブーダウ → ブドウとなったという。正倉院の紺瑠璃碗（ガラス製）は葡萄酒を飲むのに利用されたのだろうか、それは遥か遠くペルシャから、パミールの高原を越え、タクラマカンの砂漠を渡り、中国を経て伝えられた。この時代の葡萄や葡萄酒は大変貴重な薬果・薬酒で、唐詩で詠まれた飲用葡萄酒とは違う。それは、奈良・薬師寺の本尊・薬師如来の台座に、葡萄の房を葉で包み込んだ葡萄唐草が描かれていることからうかがえよう。当時、薬師如来は医薬を司る仏として、延命除病に不可欠の存在だったが、その台座の装飾に葡萄唐草が用いられたのは、葡萄と医薬が深く結びついていたからだ。

葡萄唐草とは葡萄の実や葉、蔓をモチーフにした模様だが、発祥は古代西アジア地方といわれる。乾燥地帯でも葡萄の木は強靭で、一本の蔓に無数の葉が茂り、多数の房を実らせることから、葡萄は子沢山と子孫繁栄を連想させ、不死なる生命の象徴と見なされた。この葡萄唐草は、それに込められた思いとエキゾティシズムのゆえに、西はペルシャを経てギリシャ・ローマへ、東は中国を経て朝鮮や日本へと伝えられた。
紀元前後、東西交通の要衝として栄えた砂漠のオアシス都市、シリアはパルミラ遺跡のベル神殿に葡萄唐草が残され（2015年、ISにより破壊）、パキスタン・ガンダーラ遺跡の葡萄唐草は薬師寺のそれに酷似しているという。葡萄の房も多産と吉祥の象徴となり、それを持つ神像は東西の遺跡に見られた。東トルコのワン湖上のアルメニア教会（10世紀）の外壁には、右手にワイングラスを、左手に葡萄の房を持つキリストのレリーフが残され、中国は雲崗の石仏（５世紀）の大自在天（第８窟、仏教の護法神とされる）は右手に葡萄を持ち、子宝に恵まれるからと中国人に人気の像という。

『古事記』や『日本書紀』には、イザナギノミコトが黄泉の国から逃げ帰るとき、追ってきた鬼（ヨモツシコメ）にエビカズラの実を投げ付けて退散させたとある。エビカズラは野生の葡萄といわれ、桃と同様にそれにも邪気や病魔を追い払う力があると信じられたのだろう。
仏教とともに伝えられた葡萄が、法薬・秘薬として貴重だったのは、その強靭な生命力に対する憧れとともに、その薬効にも期待が寄せられたからだろう。伝来当初、葡萄は仏教の盛んな近畿地方を中心に栽培されたが、平安期ころからは薬師信仰とともに栽培は各地へと広まった。甲州葡萄発祥の地・勝沼には養老２年（718年）、僧・行基が開いたとされる大善寺（国宝）があり、その本尊の薬師如来は別に「葡萄薬師」とよばれる。本尊はかつては右手に葡萄を持っていたとの伝承があり、その出所は「連座に座る薬師仏は左手に法印を持ち、右手に葡萄を持っている。葡萄は様々な病気を治す妙薬である」との経典（鎌倉時代『覚禅鈔』）によるという。寺の由緒によると、行基が甲斐の国は勝沼で修行中、霊夢の中で右手に葡萄を持った薬師如来が現れたため、彼はそこに寺を開き、法薬である葡萄の作り方を村人に教え、また薬園を作って衆生を救済したとのこと。
葡萄が薬果として有用だったのは、その豊富な糖分のほとんどがブドウ糖で、それはすぐに吸収されてエネルギー源となり、病後や疲労回復に役立ったからだろう。日本では「勝沼や馬子も葡萄を喰いながら」（芭蕉）と詠まれたように、葡萄は果物として利用されても、ヨーロッパのように醸造して葡萄酒にするという発展はなかった。戦国時代に来日した宣教師ルイス・フロイスは、その著『日本史』の中で次のように述べている。
「酒はコメからできているが、葡萄から作られるワインはヨーロッパからの輸入品で、これはミサ用として使う葡萄酒か、大人用の薬として用いているだけである」と。

ところで、図（写真②）のように、右の薬師如来（明治時代の撮影）は経典のとおり右手に葡萄を持っているが、現在の薬師如来（左）はそれを左手に持っている。なぜなのか?　その理由について大善寺は次のように説明された。

「明治・大正期にかけて、県内の文化財修復のため仏像が善光寺に集められた。その際、本来の薬師如来の姿と違うからと、大善寺の如来の由緒を知らない仏師が右手を切り落としてしまった。というのも古来、衆生の病苦を救う仏として崇められてきた薬師如来は、左手に薬壺（やっこ）を持ち、右手は手掌を前にする施無畏（せむい）印（恐れる心を除き、安心させてくれる意）という形が踏襲されてきたからだ。仏師が本如来の経典を知っていればこの事故は起こらなかっただろうが、葡萄を薬壺と見立てた彼は左手に葡萄を載せ、右手を膝前に垂下した触地（そくち）印（不細工に見える）にしてしまった。この印は悪魔の誘惑に打ち勝ち解脱した釈迦を意味し（誘惑や障害に負けずに心理を求める強い心）、仏師は薬師如来に釈迦如来の印相をつけるという二重の過ちを犯したのだ。修復後の姿を見た住職は「何だ?　これは」と激怒、元に戻すようにと抗議したが、善処すると言われたまま時は流れ、昭和29年、国宝だった当如来は作者不詳との理由で重要文化財に変更された。再度の修復依頼が受け入れられないのは、「指定文化財に手を入れるわけにはいかない」（文化庁）からという。

②　今昔の葡萄薬師　　勝沼・大善寺

# 4　追憶の旅で
## ～ シンクロニシティという超常現象

山梨県医師会報　令和４年　１月号　№613

昭和42年10月中旬、私は札幌から京都へ向かう旅の途上、久しぶりに実家に寄ってみようと、身延線は甲斐岩間駅に降り立った。西の山に夕陽が落ちる前の、夕刻には少々早い時間だった。狭い改札口では人々が押し合いながら身を乗り出し、ホームからの下車客に目を注いでいた。

「誰かの迎えかな？ でも田舎の駅でこんな時間にこんなにたくさんの人・・・、一体誰なんだろう」

改札口近くで数人前後の下車客を見渡したとき、突然私は腕を掴まれた。

「栄ちゃんけ?」

食い入るような目つきで問いかけてきた人は、実家の前の長嶋屋（駄菓子屋）のオバサンだった。待ち伏せた大勢の報道陣に突然囲まれ、状況がわからず目を白黒させる当事者、それはテレビで見慣れたシーンだが、そんな状況に突然放り込まれた私は、兄の「栄」と見間違えられているとわかるのに二瞬が必要だった。

「僕は弟の“勝六（しょうろく）”だけど・・・」

「てっ！知ってとうけ!」

「何を・・・？」

「先生が倒れとうさ、早く早く!」

オバサンに腕を掴まれたまま、私は周りの人たちと一緒に駅前の実家に向かって走り出していた。

実はその日の午後、小学校の予防注射の最中に脳卒中の発作で倒れた父は、昏睡状態で生死の境をさ迷っていた。母は東京在住の私の兄・栄に「チチキトク」と打電、近所の人たちが今か今かと首を長くして待っていたのだ。

当時、まだ医師免許の無い私は当直のアルバイトで糊口をしのぎ、有名無実化したインターン制度の中でぶらぶらしていた。将来といっても来年のことだが特別にやりたいことはなく、進路が決められないでいた。さてどうするか、観光がてら京都の友人に相談してみようと、前日の昼ころに札幌を発ったのだった。

アルバイト料が入ったばかりで懐は暖かく、学生時代の急行のワンランク上、函館まではジーゼル特急の「北斗」で、青函連絡船で津軽海峡を渡り、青森からは寝台特急「ゆうづる」の客となった。上野には午前中に着き、新幹線を使えば夕方には京都に着けたが、もう１年以上も帰郷していない。実家には取り立てて用事があるわけはなく、さりとて素通りするのも・・・。時間はたっぷりある、ちょっと寄っていこうかと、軽い気持ちで上野から新宿へ、中央線は「かいじ号」に乗車し、甲府で身延線に乗り換えたのだった。

「お父さんが呼んどうだよ・・・」

以後、死去するまで父と寝食を共にした１ヶ月間、たまたま一番乗りをしてしまった私の胸に、親戚や近所の人たちの異口同音のこのセリフは強く響いた。「偶然の女神は準備したもののみに訪れる＝セレンディピティ」（パスツール）とすれば、この偶然は女神が意図した必然なのかもしれないと・・・、当初は勝手に思い込んだ。生前、父は私に後継者として帰ってきてくれとはっきりとは言わなかったが、言外にその意はありありだった。基礎医学への道を選んだ兄に、田舎の開業医の選択はもちろんなかった。しかし、私は後継者になるための準備をしてきたことはなく、そのためこのセレンディピティではない「偶然の感動」は、時とともにインパクトを失い色褪せていった。

当時、父の治療にはM町のＴ先生に一方ならぬお世話になった。何もできない医者の卵の私に、注射や薬など様々なことを教えて下さったが、何よりも強く印象に残ったのはその診療内容だった。先生はご自分の診療を終えた後、まだ未舗装だったガタガタ道をM町から岩間まで１時間弱、それこそ毎日、夕刻から夜にかけて往診してくださった。それだけでも大変なのに、傾眠状態の父に気分はどうか、足や腰は痛くはないか、だるくはないかと絶えず声をかけながら約１時間、父の全身をマッサージしてくださったのだ。

開業医の鏡のようなT先生は実は私の叔父（父の義弟）で、だからこそそんなことができたのかもしれないが、では自分がその立場だったらどうか? 残念ながら否としか答えられない。このような叔父の対応だけでなく、「偶然の感動」の無くなった私に代わって、後に子息（従兄弟）のHが当地で開業され、地元に帰らなかった親不孝息子としてはT親子に感謝の念で一杯だ。

それはT叔父の７回忌を記念しての追憶の旅だった（1999年）。目的地はメキシコのテワンテペック。そこが叔父の出生地だったからだが、なぜ彼はそこで生まれたのか? 実は、浜松近郊の豪農の長男だったTの父は、厳格な父（Ｔの祖父）に反発し1895年（明治28年）渡米、ユタのビジネスカレッジを卒業した。一旦帰国して女子医専卒の女医と結婚、メキシコに渡りそこで長男Tと長女が生まれた。その後両親は離婚、２人の子供は母に連れられ帰国し夫の実家に身を寄せた。程なく母は再婚し、幼い子供たちは祖父母に育てられた。当時の様子を叔父は次のように記している。

「幼にして両親と生別、時に日本語を話し得ず、暮色迫ると共に“スペイン語”にて母を求めて号泣す。祖母泣きながら言語不明のK子（Tの妹）を負ふ。祖父無言にて吾を負ひ、泣き疲れて寝むるを待って床に入る。夕食なるもの可成り成長するまで食したるを知らず。祖父母もまた然らざらん。声をあげて泣く祖母、無言の祖父。祖父母の血涙と愛情に依り育成されたり。かの広大なる屋敷を何万回負ひて廻りし事ならん。流せし涙の量、測り知れず。今にして胸煮えたぎりて充満し、熱涙を禁じ得ず。祖父母の恩、海よりも深く山よりも高く、広大無辺にて言語に絶す。何を以て過去の高恩に報いん」

ところで、太平洋とメキシコ湾を分けているテワンテペック地峡は幅220㎞、標高250mの熱帯低地である。このような地理的状況から大西洋と太平洋を結ぶ国際ルートとして注目され、運河建設が計画されたが実現しなかった。1907年(明治40年)、この地峡を結ぶ鉄道が開通しアメリカの東西を中継する役割を担った。

この地峡にある街・テワンテペックは、太平洋岸から10㎞のほど東方内陸に入ったところに位置する。Tの父はこの地で事業を始めたが、パナマ運河開通、メキシコ革命による政情不安、そして1929年の世界恐慌などの影響を受け、彼は再婚したスペイン系メキシコ女性と、その間に生まれた２人の子供を伴って帰国した。当時、中学生だったTは胸踊らせて恵那山麓に拓いた農場に身を寄せたが、雪降る冬の寒さにメキシコ人妻は耐えられず、一家はTを残して早々にメキシコへと去った。その後ほどなくHの祖父は波乱に富んだ49年の人生をテワンテペックの地で終えたのだった。

恐らくTの父に対する想いは複雑であったろうし、そんな気持ちを察した子息のHが祖父の墓参を計画したのも、父の７回忌がきっかけだった。一緒に行かないかと誘われ、Hの友人K氏（WHO職員）の３人でメキシコの地に降り立ったのだ。

メキシコシティから地峡の太平洋岸の地までフライト、そこでフォードのワゴンに乗り換えた。車は太平洋岸に沿って南へ１時間ばかり、そこから東の内陸へと方向を変えた。しばらく走ると市街が近づいたのだろう、交通量が増え人家が並び始めた。土盛りされた国道が右に緩やかにカーブしたあたりから渋滞が始まり、前方に見えた橋の先が街の中心のようだった。目的地は「テワンテペックフェロカリル街31」。地図は持たず、住所の書かれたメモ用紙一枚のみ、そこがどの辺なのか全く見当はつかない。当時はスマホもグーグルもなく、今にして思えば雲を掴むような旅だった。

夜までにメキシコシティに帰らねばならず、渋滞に時間は使えない。急に右折して国道を離れたのは、そこに土手下に通じる道があったからだ。降りたところは旧道なのだろう、国道に並行して未舗装の道が走り、その中央に単線の鉄路が延びていた（写真①)。周辺の古い民家の家並みからすると旧市街のようだ。近くにいた老人にガイドがフェロカリル街の場所を尋ねると、ここだと言うではないか。じゃあ31番地はと聞くと、そこだよと斜め前方を指差した。エッと驚いた私たち３人は、黙ったまま互いに顔を見合わせた。何と私たちは奇しくも目的地に降り立っていたのだ。日本からはるばる何千里、地図も持たずにたまたま降り立ったところが・・・、偶然とは言い難いような偶然の一致はシンクロニシティ（意味ある偶然、ユング）と言われるが、この偶然には日頃不信心なHや私も何やら因縁を感じざるをえなかった。しかし住所の書かれたメモを見るHの口調にくぐもりがあった。

「祖父の住所は確かにフェロカリル街って書いてある。でもオヤジはいつもテワンテペック電車通りって言ってたけどな・・・」。半信半疑のHの呟きに、

「ああそれって、いいんですよ。フェロは汽車、カリルは通りだから」とガイド。

「そうか・・・電車通りは・・・汽車通りだったんだ！」

納得したHはそう言うと、西に続く鉄路に目をやった。その先には太平洋が、そして遥かかなたに日本がある。そこからやって来た私たちが今ここに立っている・・・、何か「偉大な力（サムシンググレート）」に導かれてきたと思わざるを得なかった。

「どの家だったか聞いてきましょうか？」。ガイドにそう聞かれて我れに帰ったHは、慌てて手を振りながら答えた。

「いいよ、いいよ。ひょっとするとオレのハトコがいるかもしれないからな・・・」

心に抱いたイメージをなぞりながら虚像を追うのが旅情というものだろう。血縁のものが突然現れたりすれば、それは生臭い現実の世界となってしまうかもしれない。31番地１区画にある数軒全体、それらをまとめて父の生家としておくことでよかったのだ。

① フェロカリル街「電車通り」テワンテペック

テワンテペックから東へ約20km、祖父の墓地があるというフチタンに向かう。ちょうどシェスタの時間なのか、墓地の門は閉ざされていた。周囲には誰もいない。ガイドがどこかに消え、探し出した門番に扉を開けてもらう。門から北に伸びる一本道を中心に、碁盤状に区画整理された墓地は広大で、祖父の墓を探し出すことは叶わぬことだった。ガランとした炎天下の昼下がり、汗をぬぐいながら歩いていくと、中心あたりに大きなネムの樹が立っていた。

「ここにしようか」というHの言葉に、K氏が持参のワンカップ大関、ペットボトルの日本茶、線香、数珠などを取り出し読経を始めた。実はK氏は真言宗の僧籍も持っていたのだ。祖父の戒名は「実相諦観居士」、波乱万丈の生涯を駆け抜けた彼は、その人生を明らかに見て諦めることができたのだろうか・・・。一木一草にも仏が宿るとする曼荼羅の真言密教、個体性を重視し、その生き方を肯定し、そして呵々大笑して悟りとなすという。異郷の地で没した祖父に、K氏の陀羅尼はなによりの手向けだったのではないか。長い読経が終わったとき、突然ネムの葉がザワザワと揺れ、一陣の風が吹き抜けた。「ありがとう」との祖父の挨拶ではなかったかと、顔を見合わせた皆の想いは同じだった。

メキシコシティに帰った翌日、私たちはある日本人気功師宅を訪ねた。施術の際のHの反応は強く、彼の全身は小刻みに震えたのち、上半身が夢遊病者のように揺れ動いた。気功が終わって我に還った彼に聞くと、爽やかなさっぱりした気分とのこと。気功なんてと斜に構えていた私は、「あの動きは体内の邪気が外に逃げ出す際の反応」との気功師の説明に納得せざるをえなかった。実際、Tと父（Hの祖父）の間には様々な葛藤があっただろうし、直接に関係のないHにとっても、それは潜在意識としてあったのだろう。

帰国後の後日談では、Hが仏壇に向かって旅の報告をしようと、まずは蝋燭に点火、その火で線香を薫くと、上昇した香煙が風もないのに位牌に吸い寄せられ、同時に蝋燭の炎もゆらゆらと位牌に向かった。と次の瞬間、バチッと音をたてて停電・・・。そして翌春、玄関先にネムの木が芽生えたとのことだった。

そんな超常現象を聞くにつけ、私もメキシコでの不思議な体験を思い出した。帰国前日、ホテルで荷物の整理をしていた際、ショルダーバックにトルコ土産のナザール・ボンジュウを発見した。邪視を防ぐというそれは青色の丸いガラスに白い円の描かれたお守りで、直径８cm、重さ250g、我が家では玄関先にぶら下げておいたものだ。携帯用ではない重いものを、私は旅行中ずっと持ち歩いていたのだ。自分で持ち出すわけはなく、ならば大きい方が効果があるだろうと妻が忍ばせたのか? 帰国後に問うと「そんなことしないわよ」と妻は一笑に付した。では一体どうして・・・？

# 5　香りの文化
## 〜　薫香（くん）・焚香（ふん）の世界

山梨県医師会報　令和５年　７月号　№631

約2000年前、イエス・キリストはパレスチナの寒村ベツレヘムの馬小屋で生まれた。

そのイエスを探し当てたのは、星に導かれて来た東方の３博士といわれ、映画『ベン・ハー』（ローマ帝国支配下のエレサレム、ユダヤ人貴族ベン・ハーの、イエス・キリストを信ずるにいたる半生が描かれた歴史スペクタクル。1959年）はそのシーンから始まる。彼らは乳香、没薬、黄金の３種の宝ものを幼な子イエスに贈るが（マタイ福音書）、乳香は神、没薬は救世主（薬）、黄金は王（権力）の意とされた。昔、この話に接したとき、黄金はともかく、乳香や没薬という神秘的・異国的な名前に、どんなものだろうかと惹きつけられた。

アラビア半島の北のシリアやヨルダンは「岩のアラビア」、中央のサウジアラビアは「砂のアラビア」、南のイエメンは「幸福のアラビア」と呼ばれる。北と中央のアラビアは地理的に見た通りだが、南が「幸福のアラビア」と呼ばれたわけは、古代ローマ人にとってそこが金に勝るとも劣らない乳香や没薬の生産地だったからだ。

イエメンの首都、サナアのオールドタウンの市場（スーク）は、雑踏と喧騒にスパイスと乳香の香りが入り混り、まさにそこは絵本や童話の中世アラビアンナイトの世界だった。香料店の店先で薫かれる乳香はモクモクと乳白色の煙を立て、そのミステリアスな香りの中から何やら悪魔が現れそうだった。

古来、アラビアでは煙は悪魔や魔物の宿る場所と言われ、その神秘性ゆえに古代メソポタミアやエジプトでは、薬の源は動物の糞便や腐った脂肪、焼いた羊毛など、悪臭で胸がむかつくようなものだった。これらの薬に呪文をかけて病人に与えると、病人の中の悪魔が閉口して逃げ出すと考えられた。「虫の居どころが悪い」（不機嫌な意）、「虫歯」などの語源も、悪魔は虫に姿を変えて体内に入り、病気を起こすとされたからという。

その後、神に捧げた生け贄が火の中で発する異臭に対し、それを打ち消すために香草・香料が使われるようになった。その薬効が認められるようになって、香りのある煙（燻香）は医療や料理、宗教儀式に欠かせないものになった。

今でもイタリアやスペインでは、野外料理の際、火中にオレガノンやバジルがくべられるし、「ハーブとは医者の伴侶、料理が誉め称えるもの」（ローマ時代）というherb（ハーブ）も、ラテン語の「草」とか「緑の野菜」を意味するherba（ヘルバ）から生まれた。現在のperfume（パーヒューム）（香水、香料）の語源がラテン語のper（ペル）（によって）とfumum（フムム）（煙）から生まれたのも、煙と香りは一体（ハーブを焚いた煙）として利用されたからだ。英語のdrug（薬）もdry herb（乾燥した植物や薬草）から生まれた言葉という。

古代バビロニアの粘土板には「病めるものよ・・・彼の顔を被い 糸杉と薬草を焚くべし・・・大いなる神々は、悪疾を除き給い　悪霊はしりぞかん・・・」とあり、古代エジプトでは「香煙によって霊魂を天に呼ばせ給え」と、太陽神ラーに祈りを捧げる際に乳香などが用いられた。これはエジプトで使われた最古の薫香料（インセンス）で、特に乳香は「神のもの、さらに神そのもの」と考えられ、朝夕の礼拝には欠かせないものだったという。

その伝統は各地に伝えられ、例えばスペイン北西部ガリシア地方のサンティアゴ・デ・コンポステラ大聖堂では、ヨーロッパ各地から集まった多数の巡礼者たちの頭上、天蓋から吊るされた大香炉（ボタフメイロ、ガリシア語で煙を吐き出すものの意、高さ約1m、重さ約50kg）がブランコのように大きく揺れる。香煙が彗星のような長い尾を引き、それをまた帰りの吊香炉がかき乱す。香煙に霞む堂内で巡礼者たちは祝福され、同時に彼らの体臭も和らげられる。

元旦に訪ねたインドのヒンズゥー教の古刹では、祭壇の僧侶が鐘や銅鑼の音に合わせて香炉を振り回し、正午の儀式に集まった信者たちに香煙のシャワーを浴びせていた。2003年、当時のタリバン政権崩壊後、アフガニスタンで初めて制作された映画『アフガン零年』は、カブールの街のお香屋の少年が缶を振り回しながら、外国人ジャーナリストに厄除けの香を勧めるシーンで始まった・・・。

乳香は南アラビアの海岸地方や、東アフリカのソマリランドに産するカンラン科の樹脂で、この名はミルクがしたたり固まったような色と形をしていることからつけられたという。英語ではオリバナムともフランキンセンスとも言われ、後者は「品質の高い、真の」という意のフランク（中世フランス語）とインセンス（香料）から生まれた。この乳香には呼吸をゆっくりさせる力があるから咳を鎮め、呼吸器の感染症に有効とのこと。また感情を鎮める効果は瞑想の助けとなり、不安が発作の引き金になる喘息にも使われたという。

ミルラといわれる没薬も、乳香と近い種類の木の樹脂が固まったもので、優れた去痰剤として使われたという。また創傷の治療剤としても有用で、古代ギリシャの兵士は常に没薬の軟膏を携帯したと言われ、実際、キリストより数百年前のイソップ物語には、没薬でこすって鷲の羽を生やしたと記されている。このように肌を保護する働きのあることから、エジプトでは遺体の防腐用として腹部の中に大量に使用された。

ちなみに、ミイラ作りには瀝青（れきせい）（天然アスファルト）も使われ、それを意味するアラビア語のムミアイから英語のmummy（マミイ）（塩漬けの意もある）が生まれた。日本語のミイラはこの輸入語から派生したものではなく、没薬のミルラが訛ったものという。すなわち、中世のヨーロッパではエジプトのミイラの断片や粉末は鎮痛剤や強壮剤として珍重され、それはオランダを通して日本にも輸入された。日本人はそれを没薬のミルラと勘違いしてしまったが、後にミルラはミイラ（乾燥した死体）と判明、以後ミイラは没薬のミルラではなく乾燥した死体を意味するようになった。陸海のシルクロードを経て中国に早くから伝えられたオリバナム（乳香）やミルラ（没薬）は鎮痛剤として用いられたが、日本には実物は伝えられずに名だけが伝えられたため、ミイラと没薬（ミルラ）が混同されてしまったのだ。

日本では乳香や没薬は常用されなかったが、仏教とともに中国からもたらされたインドや東南アジアの香木が、供香（そなえこう）（仏前を清める）、塗香（ずこう）（僧侶の心身をきよめる）として利用された。この際に用いられる香は香木と他の香料を混ぜ合わせた練香だった。室町時代以降に「香すなわち沈」と、香木の沈香（じんこう）（乾燥状態では無臭、加熱で芳香を放つ）だけを薫く日本独特の「香道」が生まれた。

白檀と沈香のふたつに分けられる香木だが、前者は木材そのものが香るため、香料の他に仏像彫刻や扇子などにも使われる。白檀は辺縁の樹皮には香りはなく、芯材を乾燥させると初めて香りを発する。インドでは貴人や富人の火葬に霊木として用いられインディラ・ガンジー女史の葬儀には約２トンの白檀が使われたという。

後者の沈香は『日本書紀』の推古天皇の３年（595年）夏４月の条に、「沈水、淡路島に漂着（よれり）。その大きさ、一囲（ひといだき）、島の人、沈水を知らずして薪に交えて竈に焼く。その烟（けむり）、気遠く薫（かおる）。則ち異なりとして之れを献る」とある。

平安時代には部屋や衣服に香を焚きしめる空薫物（そらだきもの）が流行するようになったが、水の中に入れると沈むことから沈水香木、それが縮んで沈香となった。沈香は20mを超えるジンチョウゲ科の樹木が、様々な外的要因で木質部に凝縮した樹脂が、50〜100年の長期間、バクテリアの働きで熟成されたものとも、また樹木の根本に大蟻が巣を作り、そこに貯められた石蜜が年月を経て木に浸潤してできたともいわれる。

ベトナム、カンボジア、ラオス、タイなどで産出されるが、採取料は少なく、中でも最高品質のものは伽羅（きゃら）と呼ばれ、金と同価値とされた（伽羅は沈香より木質が柔らかく、常温でも香りがあるという）。正倉院に保存されている沈香は蘭奢待（らんじゃたい）といわれ、長さ1.56m、根本の太さ0.8mで先細り、内部は空洞が多く、重さは11.6kgとのこと。勅許で使用したのは足利義政、織田信長の２人、明治天皇が奈良行幸のとき１寸四方を切り取ったのが最後という。香木の入手に熱心だった徳川家康は、遺品に伽羅27貫目、沈香50貫目を残した。それはホイアン港（ベトナム）から朱印船によってもたらされたが、支払いが銅だったことからベトナムの通貨単位がドン（銅）になったという。唐の玄宗皇帝は楊貴妃のために沈香亭を建て、沈香や白檀を柱や建具に使い、壁には麝香などの香料を塗り込めたという。

私の伽羅（沈香）との出会いはある年、僧侶の研修会に出席したときだった。休憩時間にロビーの展示場を覗いたら、袈裟や数珠など僧侶用のグッズの中に伽羅があった。手に取り鼻にかざしても無臭だし、値の高さに手を出す気にはなれなかった。

その後、イエメンの旅からの帰途、中継地のアラブ首長国連邦はドバイでスパイス・スークを訪ねたときだった。乳香でも追加購入しようと散策していると、とあるスパイス店の前で熱心な客引きに会った。店内の商品を眺めていると、彼はカウンターの下から大事そうに菓子折り大の紙箱を取り出した。箱の中には黒っぽい木片が少々、たっぷりの空間を残して入っていた。

「キャラ?」「イエス」。最高級のカンボジア産とのこと。「ハウマッチ?」。彼は10gを量り値段を示したが安くはなかった。しかし日本の値に比べれば格安だ。旅の土産にと購入、帰国後、温めた香炉に載せると甘く芳しく華やかな香りが漂った。

食べものの味を文字で表現するのは難しいが、香りはさらに難しく、たとえば香道では甘、苦、辛、酸、鹹の五味と分類するが一体何のことやら・・・、視覚や聴覚を測る単位はあっても、嗅覚の単位は存在しない。百聞は一見（聞）にしかず、自分で嗅いでみるしかない。

ちなみに、この抽象的な五味に対し英語の嗅覚sence of smellでは、好ましい匂いはperfume（強くていい匂い）、fragrance・sent（ほんのり香るいい匂い）、aroma（飲食物のいい匂い）の三つに分けられる。

室町時代に始まった「香の道」（香道）には御家（おいえ）流と志野流の二大流派があり、前者は典雅な遊びの要素が強く「貴族・公家の流派」、後者は精神修養に重きを置くことから「武家の流派」といわれる。後者の志野流は８代将軍・足利義政の側近として仕えた志野宗信によって、応仁の乱後に生まれた東山文化（北山文化の金閣寺の華やかさに対し、東山文化の銀閣寺は「ワビ」「サビ」など幽玄性を持つ）の中で始められたという（写真①）。

日本独特の「香道」では香りを嗅ぐとはいわず「聞く」、つまり「聞香（もんこう）」といわれる。人間の五感の中で嗅覚は最も退化してしまったが、無心になって微かに漂う幽玄の香りに心を委ねれば、それは深い原初の世界へ通じるのかも・・・。心身が浄化され解き放たれるとすれば、体につけたものを嗅ぐという直接的な西洋の香水と違って、精神性の高い香は心を「聞く」と云えるのだろう。後に「特によい所もなければ、悪い所もなく、平々凡々である」ことを意とする「沈香も焚かず、屁もひらず」の言葉が生まれた。

聞香は煙よりも香りだけを目的とし、貴族や武士など一部の人だけのものだったが、一般的な薫香としては白朮（おけら）やヨモギが利用された。前者は江戸時代、根茎は焚蒼（たきそう）といわれ、梅雨時には湿気払いや蚊遣（かや）りにと火にくべられた。大晦日から年頭にかけて京都は八坂神社の白朮参りでは、「をけら灯籠」の火を火縄に受け、その白朮火で元旦の雑煮を炊いて一年の無病息災を願った。

後者のヨモギは乾燥するとよく燃えることから、昔は火を起こすときの「ほぐち」として用いられた。灸に用いられるモグサは、乾燥したヨモギの葉の粉末を篩にかけて、残った葉の裏の白い繊維を集めたもので、モグサの名は「燃える草」「燃え草」が転じたものという。

灸の起源は古く、約2000年前の孟子の言葉「７年の病に３年の灸を求むる如し」（７年の長い病に罹ってから始めて、３年も乾燥したヨモギを求めること。病気の重いのに気付いてから慌てて良薬を求めるの意。日ごろの心構えが大切だとの例え）から、当時、灸治が行われていたことが窺われる。この灸治は仏教とともに伝来し、後拾遺集（平安時代）には「かくとだにえやは伊吹の指燃草（さしもぐさ）（モグサの意）さしもしらじな燃ゆるおもひを」（こんなにも思っているのに言うことができない。ましてや伊吹山のモグサのように燃えるような思いを、貴方はご存ないでしょう）と歌われた。戦国時代には武士たちは門出に３里の灸をすえるようになり、「灸をすえない者と道連れになるな」といわれた。以後、下半身の強化に効果があるとされた足三里の灸は「くもすけ灸」「かごかき灸」といわれ、芭蕉もそこに灸をし『奥の細道』の旅に出た。

江戸時代、「百病に灸すれば　一切の鬼悪を治す」と、灸は庶民の間に普及、２月は風邪除け、８月は暑気払いと、２月２日と８月２日の「２日灸」は、特に

(T)　香道・志野流、左は銀閣寺、京都

効果のあるものと信じられた。当時、来日したヨーロッパ人は、「東洋人の中で最も知能的である日本人が行っているのだから、必ずや理にかなった療法であろう」と母国に報告した。日本語が英語になった数少ない単語の一つにmoxaがあり、それはモグサがモクサと伝えられたからだ。

現在、灸治療は四肢や関節のいたみやシビレ、自律神経やホルモンの失調、消化機能改善や免疫能強化などを目的に活用される。その作用機序は熱刺激による神経反射で、血流改善やエンドルフィンなどが分泌されるからと説明されるが、しかし、これらは物理的な温熱刺激による反応の説明で、もしそれだけなら刺激物質は手軽な電子灸でもよいはずだ。ところが灸治の現場ではモグサに優る刺激物質はないとのこと。灸をされると気分が落ち着いたり、眠くなったりすることがあるという。それは、モグサの中の何か揮発性の成分が、鼻や肺から吸収され効果を出してくれるのかもしれない。つまり、モグサには物理的な温熱刺激だけでなく、芳香療法（アロマテラピー）（アロマはギリシャ語で芳香の意）の働きもあるわけだ。ヨーロッパの薬草書には、「子どもを陽気にするには、ニガヨモギをベッドの下で燻すこと。こうすれば子供のむずがりは止められる」とあるという。

匂いの分子は嗅覚によってキャッチされると、嗅細胞を通して脳を刺激、情動をつかさどる扁桃体に伝わると、神経やホルモン、免疫能などを調節する視床下部に働く。匂いや香りに接した瞬間、記憶や思い出が蘇るのは海馬が刺激されるからだ。

動物実験では匂いを感知する部分を破壊すると、その動物は刺激に対し不安定な異常行動を示し、逆にストレスによる免疫能の異常は香りで修復されるという。実際、香気の強い漢方薬は気剤といわれ、気鬱・気滞・気逆・気虚など、気分の乱れを整える際に用いられている。

古来、日本では春は沈丁花（香りが沈香に似ていることから命名された）、夏はクチナシ（実が熟しても口を割らないから口なし、タクワンなどの染料に使われる）、秋は金木犀（桂花酒、茶に用いられる）が三大香木、冬の蝋梅（花弁の質感がロウソクの蝋に似る）を加えて四大香木といわれる。以前は自然の環境の中、四大香木のかぐわしい香りは四季の風物詩として親しまれてきた。中でも香りの強い金木犀はトイレの周囲に植えられることが多かったため、近年、トイレの芳香剤として使われることが多く、本物の金木犀の香りに接すると「あっ、トイレの匂い」と反応する人がいるという。

癒しやリラックス効果のある香りだが、現在は洗剤、化粧品、香水、整髪料、柔軟剤などなど、残香性の高い合成香料（化学物質）が普及し、不快感や頭痛、アレルギー症状などの香害が見られる。自分には心地よくても他人には苦手の場合もあり、使用に際しては注意が必要だ。

# 6 私の写真
## ～　一期一会の心を写す

山梨県医師会報　令和５年　２月号　№626

とある街角、ストリートミュージシャンのバイオリニストが「新世界」を奏でていた。たまたま通りがかった通行人が「そこ、違っているよ。こうした方がいいね」と注意。ムッとしたミュージシャンは「貴方はどういうお方だね？」。口を尖らすと、「その曲は私が作ったんだよ」と。

翌日、ドヴォルザーク（通行人）がくだんの街角を通りがかると、昨日と同じように例のミュージシャンが演奏していた。足元には何やら看板が、昨日は無かったものだ。そこには黒々と筆跡も新しく、「ドヴォルザークの弟子」とあった。

「写真の師は？」と、たまさか尋ねられることがあったが、私は躊躇なく「細江さんと西村さん」の名を挙げる。しかし、私はこのお二人に弟子入りしたことはなく、もちろんお二人も私を弟子だとは思っていない。私が勝手にお二人の名を語っているだけだ。

多くの人と同様に、私もカメラとの付き合いは長い。学生時代に始まり家庭を持ってからも、折に触れ記念写真を撮り、旅行には欠かさず携帯した。それには簡単な汎用カメラで十分、高級カメラや、ましてや写真コンテストに投稿することなど考えたこともなかった。

以前、プロカメラマンの西村豊さんと知り合ったが、それはたまたま氏が私の友人・ステンドグラス作家の友人という関係だったからだ。我が家にある作品（ステンドグラス）の撮影のため、西村氏が来訪したのだ。氏はヤマネやキツネ、祭りなどの民俗を対象とした自然写真家で、すでにベストセラーになった写真集を何冊か出版していた。

写真に対する取り組み方とか撮影のエピソードなどを聞くことはあったが、それらはカメラマンに対する一般的な質問で、弟子が師に聞くというスタンスではなかった。親しく付き合うようになってから、何かの折り、氏からキャノンカメラのストラップ（吊り帯）をプレゼントされた。えんじ色の地にPROFESSIONAL VERSION（プロ用）と金字で刻印されたそれは、宣伝用にとキャノンがプロカメラマンにプレゼントしたものだった。氏の予備用の一本を頂いたのだが、当時その価値は分からず、汎用カメラには不要と引き出しの奥に仕舞い込んだ。

その後しばらくした頃、山日紙を繰っているとふと月例写壇のページに目が止まった。以前から掲載されていたそれに関心はなかったが、なぜかその日は上位作品に惹きつけられた。下位作品はと見ると、「この位だったらオレだって」と不遜にも思ったのがコトの始まり、早速投稿してみたもののあえなく落選だった。「傾向と対策」を考えながら投稿を続けると、選外ながら名前が載るようになり、時には入選したが、しかし上位は遠かった。

当時、入選者が使っていたカメラはほとんどが一眼レフだったため、カメラを替えればもっといい成績が取れるのではと、欲の出た私はキタムラ（カメラ店）を訪ねた。

棚にはズラリと各社の高級カメラが並んでいる。しかし、何を選んだらよいのかわからない。相談を受けた店員が「これは」とすすめてくれたのがキャノンのイオス・キスだった。傍に「女性でも簡単に使える」という今なら炎上ものの宣伝文句があった。当時、ジェンダーに関心がなかった私は「なら、男のオレだって・・・」と、また西村氏からストラップをもらったことを思い出し、女性でも使えるという初級の一眼レフカメラを手に入れたのだった。

イオス・キスにつけられたプロ用のストラップは、もちろんカメラを保持する機能は他と同様だが、時に注目の的となった。旅行中、あるアマチュアカメラマンにはそのアンバランスを指摘されたし、また私の腕を勝手に評価した人や、マニア仲間では垂涎の的だから盗まれないようにと忠告されたこともあった。

カメラを替えた効果だったのか、月例写壇の入選回数が増えたころ、『大塚薬報』の表紙写真にふと目が止まった。当時は若い女性のポートレートが多く、そういうジャンルには興味がなかったが、その号はボールを小脇に抱えた少女がヨーロッパの街角で一休みしている写真だった。

「こんな写真もアリか、ならアレはどうかな・・・」と、そのころにカンボジアで撮った写真を応募してみた。それはアンコールワット近くの農家で、出産直後の子豚の世話をしている少女の写真だったが、翌月号に投稿作の掲載はなかった。やっぱりダメだったかと思う一方、不遜にも選者に目がないんだと思ったりした。ところがである。翌々月号を手にしたとき我が目を疑った。何と「クメールの少女」が表紙を飾っていたのだ（写真①）。

「外国人の大人に顔を上げて本能的にわずかに警戒の姿勢を保ちながらも正視して、思いなしか微笑み返す健気な少女。血の通ったドキュメント・レポートである」と、選者の細江英公氏の評だった。投稿作品は２ヶ月後に掲載されることも知らなかった初心者の、怖いもの知らずのビギナーズ・ラックだった。

その一年後、細江氏が館長の清里フォトアートミュージアムで、西村氏の「ヤマネ・森に棲むもの」展が開かれた。そのオープニングレセプションに出席した私は、「井上です」と自己紹介をしつつサインをいただきたいと、西村氏に付き添われて細江氏の前に立った。「クメールの少女」の掲載誌を差し出すそうとすると、「ちょっと待って、思い出しますから」と細江氏。驚いたのは私だ。選者とはいえ、多忙な写真家が１年も前の作品はともかく、名前まで覚えているなんて、まさか・・・。

「“カツロク”さんと言うんですか。カンボジアの女の子の写真、憶えていますよ」といいながら、氏は快くサインをしてくれた。「しかし、よく、私の名前を・・・、びっくりです」と、驚きと感激の気持ちを伝えると、「お名前に特徴がありましたからね」と言われた。「“ショウロク”と読みますが、親父に妙な名前をつけられましてね」（P187参照）。

名前の謂れを説明しつつ、ビールの力もあって少々陽気になった私は、初めは落選と思って選者をけなし、入選を知ってさすが選者だと思ったことを、細江氏を前にペラペラとしゃべってしまった。言い過ぎたと思ったのは後の祭り、氏に対し何と失礼なことをと、おそらく西村氏はハラハラしただろうし、ニコニコと聞き流された氏は何と思われたことか。

その後、写真界の状況が分るにつけ、細江氏の業績と立場を知ることとなった。10代から頭角を現した氏は写真リアリズムに反逆、『おとこと女』で脚光を浴び、三島由紀夫を撮った『薔薇刑』は日本写真批評家協会作品賞を受賞した。また高齢者に対する写真制作の効用や、若手の育成を目指しての公募展主催など、様々な業績が評価され、英国王立写真協会の「生涯に渡って写真芸術に大きく貢献した写真家」に選ばれた。また写真界のアカデミー賞と言われるルーシー賞の先見的業績部門賞、また毎日芸術賞、後に文化功労者に選ばれた。

もしこのような偉大な業績を知っていたら、氏を前に私は気安い態度はとても取れなかっただろう。「知らぬが仏」ゆえに、「この道の重きを知らぬ者、目くら

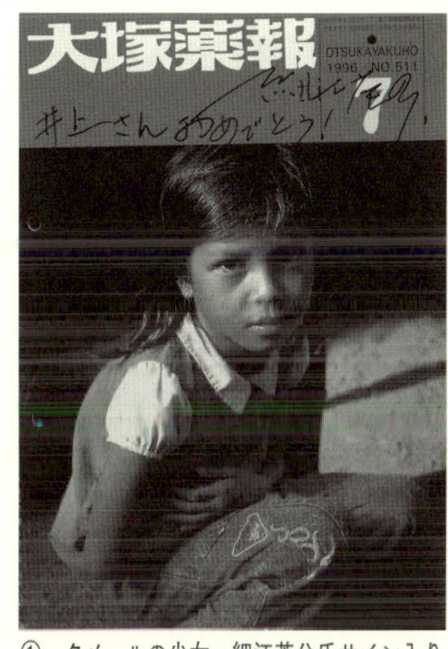


① クメールの少女、細江英公氏サイン入り

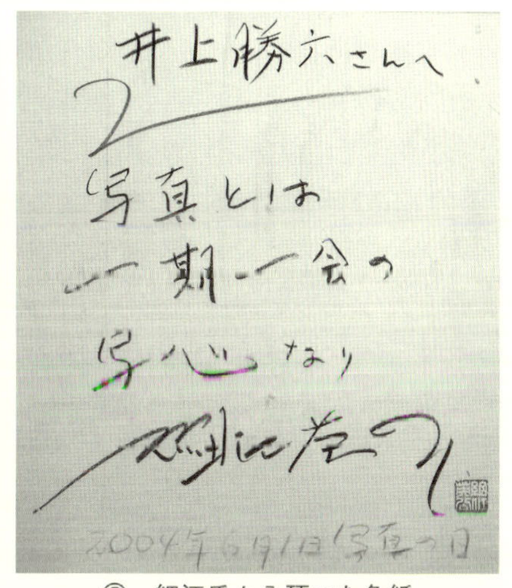


② 細江氏から頂いた色紙

蛇に恐れずといへるごとく・・・」(『近来俳諧風体(ふうてい)抄』江戸前期の俳論書)だったのだ。

ところで2001年、還暦を迎えた私はその記念に写真集を作ることにした。コンテストに応募した写真が溜まってきたのだ。編集に関しては西村氏の助言を参考に、人生の旅が感じられるようなものとした。万歩ではなく、千歩くらいの小径しか歩いていなかったと思い、タイトルは『目の千歩径』、題字は友人の陶芸家・堀野富洋氏にお願いした。

西村氏に頂いた「『目の千歩径』によせて」と題した序文には、

「・・・井上氏の被写体は“人物”を中心に撮影されてきているが、私が初めて写真を見せて頂いたとき、おそらく撮すことで精一杯のように思えた。しかし、それから半年ばかり経ったとき、拝見した写真は優しさを感ずる氏らしさのあるものだったので、その後の変化が楽しみになっていた。・・・氏の素晴らしい感性が被写体を選び、優れた作品が生まれて今回一冊の写真集にまとめられた。これからも氏らしさのある写真をたくさん撮って、多くの人にぜひ見て欲しいと願っている」とあった。

編集後記のページには、師と仰ぐ細江・西村氏とヤマネ展で一緒に撮らせて頂いた写真を載せることにした。細江氏の許諾が必要なことを西村氏に指摘され、慌ててお願いの手紙を細江氏に出すと、折り返し了承した旨の丁寧な返信を速達で頂いた。

その数年後のある年の秋、清里での細江氏の講演会に際し、『目の千歩径・パートII』を片手に、もう一方には『薔薇刑』を持ってフォトミュージアムへと向かった。

二冊目の写真集には細江氏から「井上勝六の写真」と題した序文を頂いていたのだ。それは身の縮むような励ましの言葉だったが(下記)、しかし「日暮れて道遠し」、師の言葉には応えられず今に至ってしまっている。

「井上勝六さんは医師だが、アマチュア写真家の間では、とくにお医者さんの間では名が通っている。その理由は、大塚製薬のPR誌「大塚薬報」の表紙写真に「井上勝六」の名前が何回も載っているからだ。私はその雑誌の表紙の審査員を何年も続けていたからよく知っている。そもそも私がこうして井上さんの写真集に序文を寄せていることも「大塚薬報」が縁になっているからだ。

私が知っている井上さんの子供写真は、その多くが東南アジアで撮影したものだが、一見して“あっ、これは井上さんの写真だ”というくらい徹底して子供の笑顔が特徴である。それが単なる笑み・笑顔の写真といった単純なものではなく、子供の笑顔の中に、はにかみの笑顔、優しい笑顔、困った笑顔、嘲笑する笑顔、等々がある。やはり医師としての人間観察眼が深いからだろう。
だから井上さんの写真は“子供写真”が終点ではなく、子供の写真を起点として、もっと複雑多義な人間全般の写真へとつながる道がその先に見えている。困難な道ではあるが、それが医師であり写真家である井上勝六さんの豊穣なる道に繋がっている。井上さんには是非そのような長い道のりを歩んで欲しいと願っている」。

ところで、細江氏の名が我が家の食卓で話題になったとき、妻が突然思い出したように声を上げた。「あの『薔薇刑』、ひょっとすると細江先生の作品かも・・・？」と。「まさか・・・」、驚いたのは私だ。半信半疑で書庫を探すと、片隅に半紙大の分厚い一冊があった。結婚前、月給３万円の妻が、定価の28,000円を月賦で購入したという。埃の積もった包装紙を紐解くと、ケース表面には確かに細江英公の文字。三島由紀夫の名に隠れて、たいへん失礼にも我が家では作者は無視されてきたのだ。
ケース内面にはヒンズゥーの神の下、裸体の上に薔薇が散乱した三島の姿が横尾忠則によって描かれていた。本書の「細江英公序説（三島由紀夫）」には「氏（細江）が私を拉（らち）し去つた場所は、裸かで、滑稽で、陰惨で、残酷で、しかも装飾過多で、目をおほはせるほど奇怪な都市でありながら、その地下道には抒情の澄明な川水が盡きることなく流れているのである。さうだ、私が連れて行かれたのはふしぎな一個の都市であった」とあり、海の目、目の罪、罪の夢、夢の死、死・・・、の５章には様々なポーズの三島由紀夫が写し撮られていた。
三島由紀夫に通底する心情を細江氏はこのように撮ったのか・・・。被写体の肉体を通し、彼の「生と死」をレンズを通して主観的に証言したのだろう。白黒の陰影に富む技巧的な作品は、西村氏のパーティーで接した氏の印象とおよそ結び付かなかった。
講演会後、受付で氏に面会し『目の千歩径』を贈呈、次いで『薔薇刑』を差し出しサインをお願いした。氏は「古本屋ででも求めたのか」と驚かれたが、妻が独身時代に購入したことを告げると再度驚かれた。
「ケースがちょっと汚れているけど、中身は新品同様だね。ニューヨークの美術店では今20万くらいかな。サイン入りだから倍になるかも」と、氏は頬を緩めペンを置かれた。

その後も『大塚薬報』には折りに触れて投稿、入選作品に何度か批評を頂いた。その内容は技術面よりも「何を撮るか」に重点がおかれたものだった。例えば、イエメンでの「鉛筆にキス」では、「スカーフの少女がイラク人ではないが、少女の無表情さが不気味だ。海外で撮るスナップでも、単なる旅行写真の域を越えて何らかの問題提起をして欲しい」、東トルコの「クルドの少年」では、「幼いながらも見知らぬ人を警戒している表情が痛々しい感じがする。そこをもっと突っ込んで撮って欲しい。表紙にならなくてもいいではないか、厳しい現代の一面がそこに記録されて一枚の傑作が生まれる」。またカンボジアの地雷記念館前（アンコールワット近く）で撮ったシャボン玉を吹く片足の少年「夢」では、「少年の背後のビラに“今、私たちが欲しいもの、人手、車、英語の話せる人、NGOの作り方、パソコン、薬・・・”とある。少年の写真がここに載ることで、彼らに救いがあればいいとあえてこの一枚を選んだ」などなど。

『大塚薬報』への私の投稿歴はビギナーズ・ラックから８年、細江氏は９年間、選者として関わられた。その最終号に「鉛筆にキス」が選ばれたことに不思議な縁を感じたが、掲載後ほどなくして、『大塚薬報』から一通の封書が届いた。何だろうと開けてみると、中から出てきたのは細江氏自筆の色紙だった。「写真とは一期一会の写心なり」と記されたそれは、選者を辞めるにあたって常連の投稿者に記念にと出された一枚だったのだろう。「瞬間を切り取った一枚の中にどれだけ心を写すことができるのか」、そんな目標をくださった氏を、私は師と広言してはばからない（写真②）。

今は高性能なスマホが普及し、誰でも何処でも何時でも何でも簡単に写せる時代だ。しかし、周囲を見渡せばあふれる情報はあっても人の顔の見えづらい匿名社会、しかも誰の顔も「顔パンツ」（マクス）で覆われている。また少子化によって外で遊ぶ子供たちの声も姿もない。

「子どもたちにカメラを向ける写真家は、きみたちが軽やかに身をひるがえす、その一瞬のひらめきを追いつづけてきたし、これからも追いつづけていくだろう」という重松清氏の言葉（日本写真家協会編“日本の子ども60年”より、2005年）はとうに死語だ。カメラを受け入れる環境の無くなった社会で何をどう「写す」のか、師から与えられた言葉が重い。

# 7　光陰は矢のごとく

## ～　孫と旅して

山梨県医師会報　令和５年　３月号　No.627

鳥取行き297便の搭乗案内が羽田空港の出発ロビーに流れた。チケットを用意するよう孫のKに伝えると、彼はさっとウエスト・ショルダーに手を入れた。ポケットからポケットへ、手の動きがせわしい。チケットがすぐに見つからなかったからだ。手荷物検査後、荷受け台でKがチケットをショルダーに入れたことを確認していた私は、「あるから大丈夫、慌てるな」と、諭しながら見守った。ほどなく、内ポケットに張り付いていたチケットを見つけた彼は、ホッとした表情で取り出した。「死ぬかと思った。よかった・・・」という彼の言葉は、もともと大袈裟なものいいをすることを差し引いても、自身でチケットを管理することに相当緊張していたからだろう。

ジイの私と小学４年のKとの２人旅は２回目だったが、今回は私の見たい「狛犬あれこれ」展と、砂丘を見たいというKの希望が一致したからだ。文化として日本に伝わってきた「獅子のきた道」に関心のある私は、大陸や半島から山陰地方に伝わってきた獅子や狛犬の流れを知りたかったし、一方、Kは学校で鳥取砂丘を学んだばかりだった（写真①）。

空港から鳥取駅前まではバスを利用、駅周辺で夕食を摂ろうとしたが、適当なレストランがない。ビジネスホテルでコンビニ食を摂ったが、その夜はKのイビキと寝相の悪さに睡眠が妨げられた（扁桃腺肥大のあるKは、翌年に摘出術を受けた）。

①　狛犬展と「時の塔」、鳥取

Ｋの両親たちとの家族旅行は飛行機や車の移動が多く、電車やバスなどの公共機関の利用は少なかった。社会経験の足しになればと、目的地の因幡万葉歴史館へはバスで行くことにした。翌朝、バス停に立ったが、定刻近くになっても誰も現れない。ハテと思って時刻表を見ると休日のため運休だ。やむなくタクシーに乗るがシートベルトがない。シートの隙間に深く仕舞い込まれていたのだ。引っ張り出そうとしても指先に触れるだけ、何とか取りだそうとしていると、ドライバーに「大丈夫です」と言われた。以前、地元のタクシーでも同様のことがあり、「大丈夫ってどういうことだ」と気色ばんで、ドライバーと気まずい時間をすごしたことがあった。

下車し後続のタクシーに乗る。「乗り換えなくたって・・・」と怪訝な表情のKに、「シートベルトは必ず着用するように」と、友人から強く忠告されたことを説明した。彼はタクシーに乗った際、近距離だからとついベルト着用を怠った。信号待ちで後続車に激突され、頚椎損傷で３ヶ月の入院を余儀なくされたのだった。

以後、私はタクシーでも必ずベルトを着用しているが、この「自分の身は自分で守る」ことを、時々ヘルメットをかぶらないで自転車に乗るKに学んで欲しかった（今もヘルメットなしで乗っていることがある・・・）。

因幡万葉歴史館は天平の時代、国司として赴任（758年）し、万葉集を編纂したという大伴家持を記念して作られた。狛犬などの展示に関心のないKは、館外の回遊式庭園へ。そこは万葉集に歌われた植物が植えられた「万葉と神話の庭」だが、それらにも関心のないKは、小川や小さな滝などの造りが気に入ったようだった。

歴史館入り口には「時の塔」が立ち（写真①）、約30mの展望台からは眼下に国府平野、周辺に因幡三山と、古の雰囲気の残ったのどかな風景が広がっていた。もちろん私はエレベーターを利用したが、競争しようとKは階段を駆け上がり、また駆け降りた。勝敗はともかく、息荒く汗を流すKの姿は眩しく、若さのエネルギーに圧倒された。

歴史館からは予約のタクシーで鳥取駅へ、そこから山陰線を上りの鈍行気動車で餘部に向かった。２～３の駅を過ぎると乗客は半減、沿線にも住宅は少なく、静かな山合いに気動車のエンジン音が響いた。１時間ちょっとで餘部駅に到着、そこには長谷川を挟んで対岸の鎧駅との間に300mの鉄橋が渡され（約100年前に完成、河床から41mの高さ）、その景観は多くの鉄道ファンを惹きつけてきた。ところが、強風による列車転落事故や老朽化により、平成22年（2010年）、新しくコンクリート橋に架け替えられた。その際、餘部駅側の３本の橋脚は余部鉄橋「空の駅」展望施設として残され、また近くの住人と観光客のために、全面ガラス張りの「余部クリスタルタワー」も併設された（「餘部」の駅名は姫新線の

「余部（よべ）」駅との重複を避けるため、橋は余部（あまるべ）と記される）。

そのエレベーターに乗ろうとしたが長い行列だ。気動車内の乗客はまばらだったから、自動車で訪れた客が「空の駅」を見学後、降りるのを待っていたのだ。順番が来て河床に降り、橋脚を見上げる。後は帰るだけだが、上りのエレベーターも長蛇の列。乗れば１分弱、ただ待ち時間が長ければ帰りの鳥取行きに遅れてしまうかもしれない。40m上の駅まで、背後の日本海の絶景を振り返りつつジグザグ坂に息を切らしたが、先を行くKの姿はたちまち消えてしまった。

鳥取市内への帰途、途中の浜坂駅で時間調整のため10分間の停車となった。午後１時を過ぎていたため、昼食をと駅内や周辺に店を探したがどこにもない。やむなく自販機でアイスキャンディとアイスクリームを買って車内に戻った。私の姿が消えて不安にかられていたのだろう、「どこへ行っていたんだ」と問われたが、空腹の彼はすぐにキャンディを舐め始めた。ところがKの舌が真っ青だ。「どうした！？」。キャンディの色ではない。口一杯、家では禁止されていたモンスターガムを噛んでいたのだ。どぎつい青色の舌がペロペロと動くのを見ているうちに、私はふと彼の両親から聞いたKの「不安に襲われた」エピソードを思い出した。

それは４～５歳の頃、台湾のホテルでのことだった。エレベーターが目的階に着いたとき、「お先にどうぞ」と両親に声かけ遊び（エレベーターボーイ？）をしていたＫは、「開」ボタンを押していた客も一緒に降りたため、ドアはスルスルと閉まり閉じ込められてしまった。Ｋの叫び声を残しエレベータは階下へ。誘拐されてはと、驚いた両親は隣の台に乗って後を追った。フロントに着くと、Ｋは若い２人の日本人女性に抱かれてあやされていた。途中階で乗った彼女たちが「どうしたの？」と、面倒を見てくれたのだ。すでに泣き止んで半ベソだったが、若いお姉さんに抱かれたKは満更ではなさそうだったという。

鳥取駅周辺で昼食を摂ると砂丘への到着が遅くなる。「どうする？」と聞くと、早く砂丘に行きたいとのこと。バスに乗り出発を待っていると混み合ってきた。2020年春にコロナの緊急事態宣言が出され、７月に第２波襲来、夏が過ぎると下火になったものの、今までの外出制限の反動だろう、彼岸の連休は鳥取砂丘も混み合っていた。駅から砂丘まで、通常は約20分の所用時間が、渋滞のため１時間も要してしまった。

砂丘へのリフトに乗るにも行列だった。砂丘が近づくにつれ気持ちが昂ってきたのだろう、Kはリフトを降りるや否や靴を脱ぎ、草むらに隠すと脱兎のごとく駆け出した。降りて登った砂丘の頂上（馬の背）、待っていたKにやっと追いつく。息を整えつつ戻ろうかと聞くと、Kは海まで行きたいという。降りればまた登らなければならない。老体にはしんどいが仕方ない・・・、駆け出すKを急ぎ足で追いかけた。浜辺では打ち寄せる波に近づいては逃げ、逃げては近づく。たちまち下半身はずぶ濡れだ。

夕暮れがせまってきたので帰途につく。Kを追って砂丘を登り、また降りてまた登る。ターミナルのレストランに客はまばら、ラストオーダーに滑り込みセーフ。昼食抜きのKは相当空腹だったのだろう、３人前の注文も足りないくらいだった。

あとはホテルに帰るだけ、バス停に行くと何と１時間待ち。水平線に日が沈み気温が下がってきた。Kのズボンは濡れたまま、風邪でも引かれたら厄介だ。しかし、タクシーは出払って予約もいっぱい、バスを待つしかない。時おり駐車場を走らせたのは体を冷やさないためだったが、バス停に男の子を連れた中年の夫婦が現れた。どちらからとの質問に岡山からとのこと。「じゃあ鉄道で」「ええ」「今は津山経由でなく、智頭(ちず)急行でしょう？」「よくご存知ですね」「昔、鉄道ファンだったので。一度乗ってみたいな」「鳥取まで２時間弱と早くなりましたが、トンネルが多くて・・・」。車社会で鉄道が生き残るためには、直線化しスピードアップが必要だ。20年ほど前に短絡線として完成したのが智頭急行線だった。

「ところであの子はお孫さんですか？」、ちょうどKがランニングから帰ってきたところだった。「ええ」「ご一緒に旅行なんて・・・、いつもですか？」「いや、今回が２度目ですが、たまたま目的地が一致したので」「それにしても・・・」という質問に対し、私はモンゴルを旅したときの話をした。

４半世紀ほど前の夏休み、ツアーに中学生連れの70歳前後の男性がいた。聞くと祖父と孫の関係だった。旅行中、二人が親しく会話する様子はなく、祖父は遠くから孫を眺めている感じだった。聞くと、孫は不登校中とのこと、大草原でのびのびと遊ばせてやろうとした祖父の接し方が好ましく、もしも将来、私に孫が恵まれたら一緒に旅ができたらと思ったのだった。

そんな会話をしていると、Kは連れの男の子と何やら話をしていた。Kより２歳下の小学２年生、砂丘で遊べて楽しかったと、たがいに気持ちが通じ合ったようだった。満員の最終バスはやはり渋滞で遅れたが、鳥取駅前で下車したとき、岡山からの親子連れはすでに降りた後だった。前方の雑踏に消えて行く後姿を見ながら、「さよならが言えれば良かったね」と、Kはちょっぴり残念そうだった。ほんの一時だけの「袖振り合うも他生の縁」、恐らくそれは記憶には残らないスパイスとなって、Kの旅の印象をちょっぴり深めたかもしれない。

翌日の朝は鳥取駅前からバスで空港へ、羽田からはモノレール、山手線と、中央線はかいじ号に乗った。甲府駅で改札口を出たときのことだった。なんとそこにKの父親Sが立っているではないか！。帰りは夕方あたりと伝えてあったが、到着時間をどうして知っていたのか？・・・。実は、東京から遊びに来た客人を改札で送り出したところ、たまたま鉢合わせしたのだった。互いに驚いたが渡りに舟、彼の車に乗って帰宅すればよい。ところがKは「まだ旅は終わっていない」という。Sへの遠慮や、わざわざタクシーに乗らなくてもと思ったものの、Kの思いを尊重することが「有終の美」だろう・・・。タクシーの車窓に茜色の空が流れていく。「きれいだね」とのKのつぶやきは、「いい旅だった」という私の想いに重なった。

Kと初めての二人旅は、彼が小学2年の2018年夏、家族や友人のYさんと共にベトナムはダナンを訪ねたときだった。そこにはベトナム戦争による孤児救済のため、児童養護施設「希望の村」が設立され、妻の友人Mさんがその支援活動のため滞在していた。施設見学や観光だけではKは退屈するだろうし、別行動でDMZ（DEMILITARIZED ZONE 非武装地帯、ベトナム戦争時、17度線を東西に流れるベンハイ川沿いに、幅4㎞に渡って軍事活動のできない地域）を見学しようとしていた私は彼を誘った。オモチャは機関銃、小銃、拳銃、水鉄砲などなど、戦争ごっこが大好きなKに、老爺心から戦争の現実の片鱗を見てもらいたかったからだ。

早朝に迎えに来た女性ドライバーの空（ヴァン）さん（兼ガイド）の車で国道1号線を北へ、約100kmのドライブだった。彼女の説明によると、戦闘が激しかった地域では多数の死者が出たことから、夜になると幽霊が出るとの噂が流れ、交通事故が絶えないとのこと。また、夏暑く、冬寒く、雨の多いその地のジャングルは枯れ葉剤によって消滅。戦後、政府は南ベトナムの生活困窮者をこの地域に移住させたが、土壌や水質の汚染でガン患者が続出。出生数も少なく、生まれても障害児が多いことから、今は大人だけが住んでいるという。

この枯れ葉剤の影響を描いたのがドキュメンタリー映画『花はどこへいった』（坂田雅子監督・撮影・編集、2008年）だ。監督が制作を始めたキッカケは、カメラマンだった夫の肝臓がんは、枯れ葉剤（米軍兵士として従軍した）が原因ではとの疑念からだった。映像は眼球や両足のない子ども、頭の2つある子どもなど、「ベトちゃん、ドクちゃん」を思い出させるが、密林の消滅と土壌の汚染は、住人の居住を抹殺したゲルニカや重慶、ドレスデン、東京、広島、長崎などの無差別爆撃や、プーチンの焦土作戦に通底しよう。

ちなみに、ベトナムでは1954年、インドシナ戦争終結による独立の際、北に住むことを嫌った200万人が南へと移住したという。ベトナム戦争後、新体制を嫌って約100万人のボートピープル（難民）がアメリカに移住した。また、残された人々もさまざまな辛苦を経験したため、南部人の北部人に対する印象は良いとはいえないという。実際、サイゴンがホーチミンへと改名されたのに、市内を流れる川は相変わらずサイゴン川だった。聞けば、それはあくまでも政府が対外的につけた名前で、そこに住む土地っ子には関係ないとのことだった。

さて、米軍はホーチミンルート（北ベトナムからラオス、カンボジアを経て南ベトナムに至る陸上補給ルートで、山岳地帯やジャングルを縫っていた）遮断のため、ラオス国境近くの山中にケサン基地（空港）を作ったが、ホーチミン軍の２ヶ月余の激しい攻撃で撤退を余儀なくされた。訪ねたときは冷たい霧雨が降っていたが、滑走路脇に輸送機やヘリコプター、戦車などが残され、まさに「夏草や兵どもが夢の跡」（芭蕉）だった（写真②）。塹壕を歩いたあと、戦争記念館で陳列されたさまざまな銃器の前に立つ。「ほんものはすごい」と興奮するKに、「銃を持てば人を殺し、また殺される」ことを想像してくれればと私は思った。

山から降り海際へ、ヴィンモックトンネルは住民が空襲から身を守るため、８年をかけて作ったものだ（約３km弱、３層）。そこで６年間生活した住民400人は、アメリカ軍の計9,000トンの爆弾攻撃に耐え死者はゼロ、その間に17名の子が生まれた。現在、彼らは40歳前後だが、みな背が低いという。狭いトンネルを抜け出て外気を胸いっぱい吸い込むと、Kは開口一番「こわかった・・・」と。今でも時折り、トンネル内のモデル像が目に浮かぶことがあるという。ホテルでの夕食の際、「どうだった？」という皆の問いかけに、「戦争はこわい、でも夢のようだった」とKは答えた。

Kとの３回目の旅はコロナがやや下火となった2021年４月の春休み、宿題の原稿のテーマになればと、「親知らず」に行ったときだった。甲府からあずさ号で南小谷へ、鈍行に乗り換え糸魚川へ、駅前食堂でラーメンを食べ、レンタカーで「親知らず」に向かった。

② ケサン基地で、ベトナム

そこは高さ300〜400mの急崖が約15kmに渡って続く北陸道最大の難所で、『奥の細道』には「今日は親知らず、子知らず、犬戻(いぬもどり)、駒返しなどといふ北国一の難所を超えて、疲れ侍(はべ)れば」と記されている。国道８号線を離れ、遊歩道となった旧道（今はコミュニティロード）を歩くが、春休み中なのに観光客はゼロ。急峻な崖下70mには日本海の白波が砕けている。天下の険（天険）と言われたここに道路が通じたのは明治16年、海に面した大岩盤面には「如砥如矢(とのごとくやのごとし)」（砥石のように平で、矢のように真っ直ぐの意）と、工事関係者が刻んだ文字が残されていた。その文字を眺めながら、ふと友人の令二君が浪人中、自転車をかついでここを徒歩で越えたという話を思い出した。東京から富山まで、未舗装の20号線・８号線を自転車で走行中、台風による土砂崩れに遭ってしまったのだ。その令二君の「令」をもらってつけたのがKの母親の名前だが、Kは「そう・・・」と言った以上の関心は示さなかった。

遊歩道と海岸の中間くらいの場所に、昔の北陸本線の軌道が残されていた。ジグザグの急な階段を降りると「親不知レンガトンネル」が現れた。約700m、鉄路は撤去され、片側に歩道が整備されている。通り抜けたいというKと歩き始めたが、所々にフットライトがあるものの相当に暗い。怖くなったのだろう、繋いだKの手に力が入ってきた。途中で駆け出し出口で待っていた彼は、今度は海岸まで降りたいという。帰りの登りは倍になるし・・・、降りたくはなかったがその思いは飲み込んだ。

小川の流れ込んだ谷合いの狭い海岸は、波に洗われ丸くなった大小の石でいっぱい、芭蕉も歩いた海岸だ。海に向かって小石を投げ、波と戯れるKを見ながら、疲れた私は石に座って休んでいた。すると何を思ったのか、近づいてきたKは、「Ｈさん、愛してるよ！」と海に向かって叫べという。Hは私の妻の名だが、誰もいないからといって叫べるものでもない。しかし、しつこい催促に意を決し「ハビティ、ハビティ、Ｈさ〜ん」。すかさず「ハビティって何だ？」とK。実は「ハビティ」はアラビア語で「愛しい人」の意で（女性から男性へはハビヒ）、あるアメリカ映画で恋人の機嫌を損ねた主人公が口にしていたものだ。「これは使える」と憶えていたのは、「人前で使っても誰にもわからない」からだ。

「ジイ達は恋愛結婚か？」と聞かれ、「見合い結婚だよ」と答えると、目を丸くしたＫは「ウェー！」と大袈裟に反応した。「見合いだから愛なんてなかった。だから無かったものは無くならないね。今は“豆と人参”」。「何それ？」「味噌汁に豆腐やワカメがヒットのように、アメリカでは豆と人参はいつも一緒だって。別れずにきたのは友情かな」。そんな答えに納得したかどうか・・・。

翌年の春休み、どこかに行こうかと聞くと、反抗期の始まりなのだろう、「昔話と説教はねー」と、もう乗ってこなかった。

# 第2章

# 風土の中で

海底からウスチウルト台地へ、アラル海・ウズベキスタン

# 1 砂漠の華

## ～ 糸で織った宝石

山梨県医師会報　令和４年　７月号　№619

暮れから正月にかけ大嵐と大寒波に見舞われた中近東地域では各地でフライトが欠航、イラン南部のシラーズからイスファハンへはバスでの移動となった。標高千数百メートルのザグロス高原への登り口では、何台もの大型トラックが乗り捨てられていた。峠まで、吹き溜まりやアイスバーンでノーチェーンの車体（バス）は不気味にスリップする。その都度、つい足に力が入り、手には汗、喉はカラカラだ。無事峠を上り切るとそこは「月面の銀世界」、壮大・壮厳な雪景色が果てなく広がっていた。しかし、暖房は効かず、体は冷える。手袋をつけ、靴下を重ね、コートの襟を立てて首のボタンを止めた。

標高が下がるにつれ道路の雪は消え、日が落ちると満天の星空の下、ヘッドライトが漆黒の闇を切り裂き、バスは目的地へと向かってスピードを上げていた。

かつて「世界の半分」と称された古都イスファハン、漆黒の土漠を通り抜けてきた目にホテルの玄関は不夜城のように明るい。フロントの壁面には深紅の絨毯がライトアップされ、鮮やかに咲いた大輪の花のようだ。絨毯が「砂漠の華」といわれるのも、水や樹、花のないところで暮らす砂漠の民の、オアシスへの憧憬が色と形に凝縮したものだからだろう。

ホテル売店には、絨毯、ペルシャガラス、宝石や陶器が所狭しと並べられ、千一夜物語の夢の世界だ。正面の壁には細長いタペストリーが一枚、天井からぶらさげられている。周囲を大小のペイズリー（勾玉文様）に囲まれ、中央にはアーチ型のミフラブ（聖地メッカを向いてモスク内部に設けられた凹み）、その中に一本の花木が咲き広がり、枝々には小鳥たちが集っている。生命感あふれる紋様が深紅のウール地に丁寧に刺繍された見事な逸品だ。

ためつすがめつ眺めていると、近づいてきた中年の店主が「折り畳めば荷物にならないよ」と私の耳をくすぐった。値段を聞くと２万リアル（約６万円）という。これだけのものを作る手間暇を考えたら決して高くはない。10時間近くかかってやっと辿り着いた憧れの地、そこでこの「砂漠の華」が迎えてくれたのだ。欲しくなった私は、１万リアルと提示した。

値段の交渉はまず半値から始めよと聞いていたからだが、映画『イングリッシュ ペイシェント』には次のようなやり取りが描かれている。カイロのバザールで言い値の８ポンドでカーペットを買った彼女に、それを後で聞いた彼は「値切らないと、彼らへの侮辱だ」と諭すのだ。

店主は肩をすくめさっさとカウンターに戻ってしまったが、他の品々に目を移しても私の関心はついタペストリーに向かってしまう。そんな様子を見て脈ありと読んだのだろう、椅子と熱いチャイを勧められた。日本人か、イランの印象はなど、定番のやりとりのあと、店主はタペストリーの説明を始めた。

それはイラン南東部ケルマーンで作られた「生命の樹」、別に「宇宙樹」「世界樹」といわれ、絨毯の文様中で人気が高いのは、健康・繁栄・幸運・幸福などを象徴する目出度いものだからとのこと。「生命の樹」とは、乾いた大地に一本だけで立っている大樹のことで、それがどのくらい大変であるか・・・。酷暑・酷寒・旱魃・強風などに耐え、地中深くの水を吸い上げて大樹になる。土に深く根ざしているからこそ、葉が茂り花が咲き、実が鳥を呼ぶ。砂漠の謎、奇跡、アッラーの思し召しだ・・・と。

そんな説明に、もし買わなければきっと後悔するだろうと思った私は、両者の中間の1.5万リアルを提示した。すると即座にオーケーと同意の握手を求められた。あまりにものあっけなさに拍子抜けしたが、ふと「もっと安くかえたかも・・・」と打算が働いた。品物を丁寧に畳み新聞紙に包み終わると、彼は更紗のテーブルクロスと染め付けの絵皿を包み始めた。怪訝に思っていると「これはプレゼントだ」という。それは私が手に取って買おうかなと迷ったもので、もっと安く買えたかもと思った自身を恥じた。温もりの伝わってくるような品を脇に抱え、幸せな気持ちで店を後にしたのだった。

ペシャワールはパキスタン北西部、アフガニスタンへと通じる古くからの隊商の街である。そこの市場（バザール）で求めたオールドカーペットは、上部にモスク（イスラム教寺院）が織り込まれた礼拝用絨毯（サッジャーデ）だ（写真①）。「この世の秩序の王座」といわれるサッジャーデは、サジデ（礼拝、アラビア語）に用いる敷物の意から生まれ、ムスリム（イスラム教徒）はこの上で跪き、額を大地につけて礼拝する。ウマル・ハイヤームは四行詩集（ルバイヤート）の中で次のように謳っている。

足しげく詣でる回教寺院
されど　われ　祈りのためならず
かつて盗めりサッジャーデ
つぎなる好機（おり）狙いて　今日も通うなれ
（小川亮作　訳）

一畳大の渋く落ち着いた色調のそれは、一体今までどのくらい多くの人の祈りを聞いてきたことだろうか。手に入れようとしたが相当の言い値だ。交渉での隔たりは大きく諦めかけていたところ、折しも夕闇をついて断食解除（たまたま断食月（ラマダーン）だった）を知らせるサイレンが鳴っ

① サッジャーデ、パキスタン（撮影・西村豊氏）

た。初老の店主は突然交渉を中止、新聞紙の包みの中から取り出したデーツ（ナツメヤシ）を食べ始めた。今朝から何も食べていない彼にとって、「断食明けの食事」（フトゥール）は大変なご馳走なのだろう。目の前の私を全く無視、息もつかずに続けて何個かを食べた。一息ついた彼は、お前も食べないかとおもむろに新聞紙ごと勧めてくれた。一瞬躊躇したのは、バザールでハエに覆われたデーツが黒山になって売られていたからだ。しかし、断れば交渉は終わりだろうとの思いが、その１個をつまませた。恐る恐る口に入れると、滋味豊かな甘さが口中に広がった。１個食べればもう２個も３個も同じだ。２個目に手を出すと彼は表情を和らげた。そんな彼に好感を抱いた私は値段への執着が失せ、当初の４～５割引きの提示を２割引きにした。するとデーツを食べつつ、彼は脇のメモ帳を取り上げ何やら記した。差し出されたそれには何と３割引の値段が書いてあるではないか。こちらの言い値よりも低いなんて・・・、間違いではと驚いた私が顔を上げると、彼は右手を胸に当て「神のお恵みを（インシャラー）」と呟きうなづいた。恐らくデーツの甘さが彼の心までも甘くしたのだろう。チャイで口の甘さを流して立ち上がると、「持っている絨毯はその人である」（のような意か?）といいつつ梱包した品を渡してくれた。

トルコの東の果ての街、アララト山南麓のドウバヤジットは人口10万前後、東30km先はイラン国境だ。夕食前の一時、散策の途中に一軒の絨毯屋に立ち寄った。広めの店内を気楽に一巡できたのは、中年の店主は絨毯の片付けで手が離せなかったからだ。階段近くの壁に架けられた素朴な一枚は、キリムとカーペットがモザイク状につぎはぎされたものだった。東トルコという貧しく厳しい自然環境の中、切れ端を有効利用しようとして作られたものだろう。近づいてきた店主に「あれは?」と壁の一枚を指差すと、この地方独特のものという。荷物になるほどの大きさではなく、値段も手頃だ。他に客も従業員もいない。交渉の時間はたっぷりあった。ガラス窓越しにアララトの山頂がくっきりと夕陽に輝いている。店名が「アララト」だったことから、「ここで絨毯買えば、いつでもアララトを思い出せるね」。世辞を言うと、仕事の手を休めた店主は嬉しそうにうなずいた。ちょっと待つようにとの仕草を残して消えた彼は、しばらくしてガラスコップに熱いチャイを並々と入れて戻ってきた。

「日本人か?　どこから来たのか?トルコの印象は?」等々、お定よりの質問が一段落したところで、私は将を射るため馬を射ようと店主に尋ねた。

「ショーウインドウの絨毯、すばらしいね」と。実際、青地に細かな花柄のそれは、シックで落ち着いたものだった。

「あれが欲しいのか?」「大きすぎるね」「船便でオーケーね」「うちはウサギ小屋だからね」。

諦めた店主は絨毯の山の中から一畳大の何枚かを取り出した。いずれもショーケースのそれに似た洗練されたものだったが、ここ鄙びた東トルコのイメージとは違う。「アレは?」と、500ドルの値のついた壁の一品を指差すと、私の意図を見抜いていたのだろう。店主はニヤッと笑った。「いくらなら買う?」「400ドル」「オーケー」。あっという間の商談成立だった。

店主が絨毯を梱包していると、ワン・ディッシュ・メニューの食事を持った少年が現れた。彼の夕食だろうか、大皿にはキョフテ（羊肉の一口ハンバーグ）、一串のシシカバブ、タンドリーチキン、ナン（薄焼パン）、トマトのサラダなどが盛られていた。

そろそろ夕闇が迫っていた。こんな田舎町ではもう客は来ないだろう。店でそれを食べる店主は独身なのだろうか? 想像を巡らしていると、彼はそのプレートを持ってきて私に食べろと勧める。まさか他人の食事をここで食べる理由はないし、しかも夕食はホテルで用意されている。もちろん固辞したが、彼は食べろ食べろとしつこい。「ちょっとでも・・・」という再三の言葉に負け、キョフテを一個つまむと、なんとスパイシーで美味しい。結局、ホテルよりこちらの方がマシかと、彼の言葉に甘え食べつくしてしまった。

満腹になった私は、「どうしてあなたの夕食をご馳走してくれたのか」と彼に聞いた。

「今日はもう仕事は終わったと思っていた。そこにあなたが来て買ってくれた。それもこの土地のものを。これもアッラーの思し召し、感謝の気持ちだよ」。そして続けた。

「売り買いは生きるためだけど、そのためだけに商売をしているわけではない。品物に込めた心が相手に伝わるとうれしい。この絨毯を見てはアララトを思い出してくれ・・・」。

腹も心も満ち足りて店を後にして幾星霜、居間の壁に掛けられた絨毯を見るたび、私はアララトの地を懐かしく思い出す（223ページ、写真②）。

東トルコはヴァン湖畔のホテルで、夕食後にヴァン猫を見に行かないかとガイドに誘われた。目の色の片方が青、片方が黄という。夏は泳ぎもするという猫で、知り合いの絨毯屋にいるとのこと、つまり猫が「客寄せパンダ」というわけだ。

店には何人かの先客がいたが、商品の説明に関心を示していなかったのは「招き猫」がお目当てだったからだろう。しかし、店にしてみれば何はともあれ来客だ。チャイを振る舞い、「見るだけ、見るだけね」と流暢な日本語で絨毯を広げるのだった。

ガイドの説明によると、観光客の激減した状況の中、絨毯屋も生き残りをかけて必死なのだという。というのもここ東トルコ、西イラン、北イラク地方一帯はクルデスタンと呼ばれ、2,500万以上のクルド人が暮らしている。しかし、独自の言語、歴史、文化があるにもかかわらず各国に分割統治され、クルド人は国を持ったことのない最大の民族といわれる。

1,500万の人が住むトルコでも、「民族」としての自己主張は弾圧され、国内でのクルド語やクルド音楽の演奏は禁止されてきた。それに対し、1980年代末から民族解放組織「クルド労働者党」の武装闘争が始まり、それに対するトルコ軍の掃討作戦は熾烈を極めた。1998年、共和国成立75周年を迎えたトルコは祝賀ムードの裏で弾圧をさらに強化、1999年、党首オジャランの逮捕によって闘争は沈静化した。

私が東トルコを旅したのは2002年のことだった。「この地方を旅行できるようになったのも、ほんの２年くらい前からですよ。でも個人旅行はまだ危険で、こうしたバスツアーでないと・・・」。ガイドの説明を聞きながら、私はここまでの道中、要所要所で軍の厳しい検問があったことを思い出した。ヨーロッパからの観光客がぼつぼつ増え始め、いよいよこれからと観光業者の期待が膨らんだのも束の間、2001年の９・11事件後はすっかり元の木阿弥、観光客の姿は消えてしまったという。

広げられた絨毯が積まれて小山ができた頃、お目当てのヴァン猫が登場した。カゴの中にけだるそうに横たわっていたのは老猫なのだろう、白毛にツヤはなく黄ばんでいた。客たちの声に鬱陶しそうに開けた目は、確かに青と黄のビー玉のようだった。代わる代わる覗き込んだ客たちの撮影が終わると、店員たちは目星をつけた客に再び絨毯の紹介を始めた。猫の目を見て用の無くなった私はトイレに立った。薄暗い通路に山と積まれた絨毯を一瞥しながら歩いていくと、ふと無造作に置かれた一枚に目が止まった。思わず手に取って驚く。軽かったのはそれは絨毯ではなく布地だったからだが、明るい部屋に戻って広げて見ると、大きさは一畳大、アズキ色地の全面に鶏卵大のペイズリー模様が規則正しく並んでいた。しっとりと落ち着き、渋さと深みと気品がある。「いいね!」と呟きつつ裏を見て思わず息を飲む。それは織物ではなく刺繍品だったのだ。裏一面に細い刺繍糸が縦横斜めに隙間なく走っている。刺繍だからこそ文様は穏やかで柔らかく、奥行きのある風合いが醸し出されるのだろう。毎日毎日、坦々とした手仕事の積み重ねによって、完成まで一体どのくらいの時間を要したのだろうか。土地に根ざした単調であろう生活からもたらされたそれは、作り手の生きた証でもあり、文字通りの「地の味（地味）」が感じられた。

店主の説明では、作り手はヴァンから南へ100km、イラクとの国境の町ハッカリの老女。そこは「山が、自分を見てくれるものがいないと、神に孤独を訴えた」「我々に山以外の友はいない」といわれるほどの辺境の地。後継者はすでになく、作られたのは20年くらい前、結婚などの祭りの際に女性がまとったものとのことだった。ミュージアムに納めるような希少品で、飾っていても売れないからほってておいたのだという。

店主とガイドの間の交渉で値段が決まり、「領収書は半額ね」と品物と一緒にレシートを渡された。怪訝な顔つきでいると、「出国の際、高級品には輸出税がかかるね。これもサービスね」と、ウィンクをして店主は私に握手を求めてきた。

16世紀以来の伝統を持つイランの絨毯は「糸で織った宝石」で、金と同じ価値があり、良品は必ず値上がりするという。絨毯の上で生活するイラン人にとって、100年はもつという日常必需品のそれは、土地と同様に残される財産だ。彼らが訪問者に敬意を表すためそれを足元に敷くのは、客人の品定めをする意もあるからという。敷物であり飾り物や絵画でもあるそれは、世界唯一の足で踏めるアートで、しかも踏めば踏むほど味わいが出てくることから、「絨毯と女房は古くなるほど値が上がる」といわれる。また遊牧民にとって絨毯が必需品なのは、羊毛の匂いをヘビやサソリが嫌うからとのこと。

イラン南部ザグロス山脈の高原、春になると緑になった草原のキャンバスに、ポピーの朱が線状・帯状・面状にと刷毛で描いたように現れる。そんな色と文様は遊牧民カシュガイ族の絨毯ギャッベGABBEHのモチーフだ。

ギャッベとはペルシャ語で目が荒く毛足の長い絨毯の意で、過酷な山岳地帯を遊牧するカシュガイ族が、敷物や夜具用にざっくりと織ったものだ。職人のつくるペルシャ絨毯のノット数（結び目）は１㎠当たり90〜100と精巧だが、ギャッベは約10と荒い。羊毛は遊牧地で採取された草木で染られ、図案には特に手本はなく、周囲の大自然や日常生活を素材にして自在に織り上げる。それらは移動先で家事の合間に女たちが即興で紡ぐことから一枚とて同じものはなく、女性が結婚するときは、幼いころから「たしなみ」として織ってきた中の最高の品を持参、それは花嫁やその実家の名誉に関わるという。とはいえ、洗練された伝統的な商品価値の高いペルシャ絨毯に比べ、荒く重く不揃いのそれは長らくgarbage（ゴミ）と下手物扱いされてきた。しかし近年、素朴なデザイン、自然の草木染め、生活の中での手結び作りなどの「用の美」（柳宗悦・無名の作者の手仕事による日常生活品の美しさ）が評価され、また日常から生まれたモダンアートとして、欧米では都会生活を営む人を中心に人気が高まっているという。

# 2 獅子と狼

## ～ 生物多様性と共生

山梨県医師会報　令和３年　９月号　№609

サファリは「野生動物を自然のままに観察する旅行」の意で、その語源はスワヒリ語の「旅」、そこから「狩猟旅行」の意となり、当初、サファリに必須だったライフルはカメラへと変わった。

インド西部・カチュアル半島はギルの森（写真①）、昨日からの３回目のサファリドライブなのに、まだお目当てのライオンに会えない。夕日が山陰に近づき、頬を切る風は冷たくなった。ただ周囲の落葉樹林は明るく、視界は良好だ。なだらかな起伏の山道を、幌無しジープはゆっくりとロッジへと向かっていた。約40㎞のコースを荷台に揺られてたっぷり２時間、見通しのよい落葉の森の中に、シカの群れやアンテロープ、イノシシやジャッカル、それにサル、イノシシ、クジャクやイーグルなど、多くの野生動物は目にした。しかし、それらを見にここに来たのではなかった。目的はライオン、しかし昨夕のサファリは不発、今朝のサファリもダメだった。今夕のサファリが終わろうとする今、「今回もダメだったか。また明朝……」と、無理やり気持ちを切り替えたときだった。

「ライオン！」突然、助手席のガイドが抑えた声で叫んだ。指差した前方ゆるやかな坂上の道路際の草むらに、１頭の雌ライオン、その近くに２頭の子ライオンが坐っていた。諦めたところの不意打ちに、驚きと嬉しさが同時に湧き上がる。ゆるゆるとスピードを落とした車は、ライオンの目前10mくらいで止まった。リラックスした様子で車を見つめる子ライオンが可愛い。目を閉じたままの母ライ

① ギルの森看板、インド

オンは横向きのままだが、耳の動きに警戒心が見て取れる。助手席からそっと降りたガイドは車の横で片膝をつき、何枚かシャッターを切った。危険ではと後で聞いたら、下車できるのはライオンの腹が満たされている時のイブニングサファリだけ、獲物を探している時のモーニングサファリでは厳禁とのことだった。

落葉樹に覆われた自然保護区（1965年誕生）のギルの森は1,400平方㎢、甲府盆地の約3倍の広さ。現在、この森には500～600頭のインドライオンを数えるが、1870年代には12頭にまで減少、インド各地で絶滅したライオンの最後の砦だった。当時、世界各地でヨーロッパ人が行ったライオン狩りは、彼らの植民地支配の象徴だったが、この地方の太守はライオンがいなくなると狩りができなくなり、それでは客人に自慢できないと一時的にライオン狩りを禁じた。その後、手厚い保護によって「国獣」とされたライオンは次第に回復したが、旧石器時代のラスコー洞窟画にも見られるように、ライオンはもともとアフリカ、イベリア半島、ギリシャからペルシャ、インドにかけて広く生息していた。人類に次いで最も広い生息地域があった哺乳類だが、人口増加とともに彼らの生息域は減ってしまった。

学名に「ペルシャ」がつけられたインドライオンは、アフリカライオンと比べて体形はやや小さく、たて髪も短い。生態では群れを作るアフリカライオンに対し、インドライオンのオスは単独で、メスは子連れで暮らし、ライオンの子はオスにとって獲物になることもあるとのこと。視界のきくサバンナで暮らすアフリカライオンが群れを作るのは、その方が獲物を捕りやすく、また防衛に適しているからで、インドライオンが群れないのは見通しの悪い落葉樹林の中で暮らしているからという。

さて、人目につかないようひっそりと森や山の中を歩くトラやヒョウに比べて、たて髪が特徴的なライオンは開けた草原で姿を隠さず、好奇心旺盛で怖いもの知らず、群れをなして暮らすことから、古来人間との関わりが強かった。体重200㎏を支える力強い四肢と隆々と盛り上がった肩、たて髪をなびかせながら時速50㎞の速さで疾駆し、集団でのチームプレーで獲物を襲うライオンは、人間にとって恐れと憧れの対象だった。黄金のたて髪は太陽のイメージとも重なり、姿形や行動からライオンはまさに「百獣の王」となり、その後様々な文化の中で守護者やリーダーとしての地位を確立した。

メソポタミアの遊牧・牧畜地帯では、放牧のウシやヒツジはしばしばライオンの餌食になったため、それを殺し家畜を守る狩人はライオンのような勇敢な勇者、つまり、「ライオンの心と体を持つ」英雄となった。文明発祥の地・メソポタミアで最初の国・シュメールを起こしたギルガメシュ王（前27世紀）は、片手に剣、片手にライオンを抱えた姿で表された（ルーブル美術館蔵）。鉄を初めて使った民族ヒッタイトは、その城門（前17～12世紀）にライオン像を、石版には逆さ吊りにしたライオンに王が斧を振り下ろす像を残した。また、イランのペリセポリス遺跡（前５世紀）にも王がライオンの腹部に剣を突き刺す姿があり、これらはいずれもライオンを従えた王者の力（王権）を示している。
　古代エジプトでは、ネコは暗闇でも目が利くことから「その目を通して下界を見る」太陽神の目となり、そこからネコ属の長のライオンが「見張り」の象徴となった。太陽神ラーの地下通路の出入り口はライオンによって守護されているとされ、ここにも「王城と王門を守るライオン像」の伝統が見られる。ライオンのたて髪を模したファラオ（王）の被る頭巾は、ピラミッドを守る守護獣スフィンクスに残されている。

　権力や守護獣に象徴される西洋の「獅子座の思想」に比べ、東洋では獅子は人間と共生する存在だ。ライオンのパワーは宗教に積極的に取り入れられ、ヒンズゥー教ではナラシンハ（人獅子、顔はライオンで身体は人間）や、獅子に乗った女神（ドルガー神）が生まれ、その伝統は仏教に伝えられた。南伝大蔵経には「ライオンの神聖なエネルギーはナラシンハに化身し、力と勇気をもたらし、悪と無知を破壊する。正義の力のライオンは至高のブッダで、会衆にダルマ（法）を説く様は、獅子が吼えて百獣を恐れさせる威力にたとえられる」とあるという。
　前３世紀、仏教を守護したアショカ王はそれを広めるため、各地にアショカ・ピラー（王柱）を建てたが、その頭部には４頭の獅子が置かれた。四方に獅子の声を伝える、つまり「獅子吼（ししく）」に乗せて王の命令を全国に伝達するというもので、この王柱の獅子像は現在、インドを代表する文様として紙幣やコインに使われている。
　中国では廃ってしまった仏教だが、その痕跡は全国の名所旧跡や公園、ホテルやレストランの入り口など、いたるところで獅子像が見られる。日本の獅子像は、古くは出雲の古墳から出土した獅噛環刀太刀（しかみかんとうたち）（太刀の柄頭（つかがしら）に獅子が噛み付いている）に見られる。後にこの文様は兜の正面や茶釜の脚や取っ手に使われ、渋面の「しかめっつら」は獅子がものを噛むときの表情「獅子噛面（ししかみつら）」から生まれた。法隆寺には聖徳太子が物部守屋との戦いで軍旗に使ったとされる「四騎獅子狩文錦」が残されているが、これは馬上の騎士が襲いかかる獅子に対し、振り向きざまに矢を放とうとする図（パルティアン・ショット）で、紀元前後にイランで栄えたパルティア王朝の図柄のため、仏教の影響はなく王権を象徴したものだ。
　インドのサーンチのストーパ（仏塔）には、仏陀（菩提樹で表されている）の説教に耳を傾けている獅子の姿が刻まれ、高野山の仏涅槃図には、涅槃となった仏陀を囲んで嘆き悲しむ弟子たちと共に、ひっくり返って号泣する獅子が描かれている。ライオンは西洋のように殺し排除する対象（抗生）ではなく人間と共に生きる仲間（共生）で、生きとし生けるものが一体となった調和の世界の象徴としてあった。例えば、聖武天皇の大仏建立の詔には「動植ことごとく栄えむとす、必ず、必ずこれらの衆生より始めて、一切衆生、皆々仏となせ給え」とあり、「草木国土悉皆成仏」（天台本覚思想）、「山河を見るは仏性を見るなり」（道元、自分と宇宙は一体で、同じ生命を生きている）などと言われる。

さて、野生のライオンが絶滅しかかったインドだが、近年、ギルの森では少しずつだが増加している。もちろん、政府の手厚い保護政策があったからだが、実はこの森の中に住む人たちは殺生を忌避する敬虔なヒンズゥー教徒やジャイナ教徒だ。ギルの森には先住民族マルドハリ人（約2,000人）が住み、彼らは昔から水牛の放牧で生計を立てて来た。ライオン生息地域内だけに、時には財産の水牛がライオンの犠牲になることがあるという。しかし、歯向かわない限りライオンは人には危害を加えず、シカの増え過ぎを抑えてくれるからこそ水牛の飼育ができると、彼らは伝承や歌でライオンを称えてきた。つまり、ライオンとの共生があったからこそ、ギルの森は奇跡的にもアジアで唯一、ライオンの生息地として残されたのだった。

この共生の思想は別にギルの森だけのものではなく、輪廻転生が信じられるインドでは人間と動物の距離が近く、街中では犬はウロウロ、家畜も通常放し飼い。鶏はもちろん、シヴァ神の乗り物の聖なる牛は街のメインストリートを悠然と歩いている。また、象は荷物を運び、コブラは笛の音に踊り、公園では猿やクジャク、リスやトカゲが見られ、ネズミはガネーシャ神の乗り物として崇められている。棲息する動物の多いインドでは、動物と人間の生活の場の境界があいまいで、だからこそ動物と結びつきの深い宗教が生まれ、ガンジーは「国家が偉大で道徳的に進歩しているかどうかは、動物の扱い方によって判断される」との言葉を残したのだろう。

農耕文化圏の日本ではシカやイノシシの食害は、生態系ピラミッドの頂点にいたオオカミによって防がれてきた。シカなどの繁殖がオオカミによって抑制され、森や畑が荒らされずにすんできたのだ。各地にオオカミをご神体とする神社があったのも、「狼」は字のごとく「良いケダモノ」で、それ故に大神として奉られてきた。

北海道のエゾオオカミは明治中頃に絶滅したが、その理由にシカ肉缶詰の製造のため開拓使による大量のシカ捕獲、明治12年の大雪で食料を失ったシカの大量死による食料の激減、また人間による駆除や感染症（犬ジステンパーや狂犬病）などがあげられる。本州でも同時期に絶滅し、植物━植食動物━肉食動物の食物連鎖は切られ、近年は高齢化のためハンターも減少、その結果、シカやイノシシは異常繁殖して深刻な農林業被害や自然植生の変化が現れている。この事態の改善・解消には食物連鎖の頂点にいるオオカミ（最上位の捕食者 top predator（プレデエイター））の復活しかないが、そうなると当然人間や家畜への被害も発生しよう。私たちにライオンの被害を容認するギルの森の住人のような発想ができるかどうか……。

ヨーロッパではオオカミは家畜を襲うことから忌み嫌われ、グリム童話の「赤頭巾ちゃん」（お婆さんの家を訪ねた赤ずきんの女の子が、森の中で待ち伏せしていたオオカミに食べられてしまう）のような物語が生まれたが、しかし、オオカミは人に対し警戒心が強く、「此方より手を出さざれば、人を噛むものにあらず」（安永２年　三河での見聞）といわれた。ヨーロッパでは野生動物保護に関する「ベルン協定」（1979年）以後、保護されたオオカミは今や２万頭以上に達したと推定され、家畜の捕食被害はあるものの人身害は起きていないという。

アラスカの北極圏内を訪ねた際、コールドフートの山小屋でガイドのケリーさんは尊敬と親しみのある口調でオオカミについて語ってくれた。遠吠えは聞いても姿を見ることがないのはオオカミが賢いからで、そんな彼らを捕獲することはできないとのこと。雪が深い年はカリブーなどの獲物が捕れないためオオカミの個体数は激減し、逆の場合は繁殖する。つまり、自然のサイクルの中で増減を繰り返しつつ、長期的にはバランスのとれた生態系が維持されているのだという。そんな絶妙のバランスが崩れたとき、例えば、オオカミのいなくなったアメリカのイエローストーンでは大型草食動物が異常繁殖して森林が減少、場所によっては消失してしまった。撹乱された生態系を取り戻す試みとしてオオカミを導入したところ、森が回復して沼に水が戻り、魚や鳥も見られるようになったという。

害獣は駆除するという効率優先の思想の限界が明らかになった今、生態系を考える際にはある面では害があっても、別の面での益を見るという複眼思考が欠かせまい。例え害も益もないように見えてもそれは単に人間に見えないだけで、生態系全体から見れば恐らく「万に一つも無駄がない」のではないか。

ライオンが増えたというギルの森の明るいニュースの一方、現在、インドでは人間に生息地を狭められた象による農作物の被害が増大、象に襲われて死ぬ村人は毎年200人を越すという。人口が急増する中、共生と生物多様性保全は相容れ難いが、地球の再生能力の1.69倍の資源を浪費している現状では、「自分たちが、未来に地球を手渡せる最後の世代」（ニュースキャスター、国谷裕子）だ。「地球環境の自動調節作用を担っているのは生物多様性に他ならない」（物理学者、ホーキング）だけに、SDGs（持続可能な開発目標）を抜きに未来は語れない。

# 3 カシミヤブームの裏側で
## ～ パシミナの道を訪ねて

山梨県医師会報　令和3年　10月号　№610

30年くらい前のこと、それとの出会いはデリーのホテルだった。夕食後の無聊を慰めようと、ウィンドウショッピングにロビー近くの売店に向かった。夕刻のチェックインのとき、サリーやショールなど、インドの物産が並べられたそこは観光客で賑わっていた。夜は8時半過ぎのロビーに人影はまばら、さして広くないショール店に客はいなかった。覗いてみると、店のオーナーなのだろう、背の高い中年の男が「こんばんは」と、流暢な日本語で迎えてくれた。

「どこから？ 東京？ 大阪？」。馴れ馴れしい声かけに曖昧に答えながら、ゆっくりと店内を見回す。ホテル内の専門店だけに品揃えは豊富、ディスプレイも華麗で豪華だ。

「これいいね」。男が広げたのは、深紅の地に大柄な花が金糸で縁取りされ、全体にスパンコールが散りばめられたド派手な一枚。一瞥でノーだ。

「これいいね」。次の一枚も似たようなものだった。三枚目を見せようとするのを手で制し、自分で探すからとハンガーラックに目をやる。3～4カ所のラックからこれはと思うような色柄を取り出し、カウンターに数枚を並べた。値段交渉の前に、もっと気に入ったものがないかと店内を見回わしてみる。ふと入り口のショーウィンドウに目が止まった。薄暗いケースの中にさりげなく置かれた一品が、スポットライトを浴びて浮き上がっていた。鮮やかな色柄の品々と違って色は小豆茶、地味なのに不思議と存在感があった。「あれは？」と指さすと、男は床にひざまづき丁寧な仕草でケースから取り出した。うやうやしく差し出されたそれを手にしたとき、驚いたのはその滑（ぬめ）るような柔らかさと軽さだった。握っても抵抗はなく、さりとて握りを緩めればふわりと元に戻る。明かりに近づけて目を凝らすと、生成りの地の中のペイズリー文様が・・・、織り込まれたそれが角度によって穏やかに輝く。

「なんだろう、これは？！」。質問しようとすると、そのタイミングを狙っていたのだろう。「シャトゥーシュね」。側に立った男の声に馴れ馴れしさはなかった。

「シャトゥーシュ？ シャトゥーシュね・・・」。ぶつぶつと反芻しつつ、手触りを確かめていると、耳元で男が囁いた。「握った指の隙間にバターが入ってくるようだろう」。以下は男の話を基に、帰国後に調べた内容だ。

シャトゥーシュとは、ペルシャ語で「王様の布、王の毛織物」の意で、カシミヤ（カシミール）ショールの最高級品とのこと。結婚指輪の中を簡単に通せるからリングショールともいわれ、素材はヒマラヤ高地に住む野生山羊アイベックス（哺乳類偶蹄目ウシ科に属す山岳性山羊七種類の総称）の薄く柔らかい胸毛で、羽毛の軽さと温かさに絹の光沢を持つ。高山地帯に住むアイベックスは、厳寒期を耐えるため保温性の高い内毛を生やす。その必要の無くなった春には、それを取り除こうと体を岩や潅木に擦り付ける。その少ない獣毛を拾い集めて作るため量は少なく、かつ柔らかいため制作に大変な技術と手間を要す。

同じ重さの金よりも高価とされたカシミヤは、インドでは王族たちの花嫁の持参品として、また一家の家宝として珍重された。昔、王侯が何かを決断するときは、まず沐浴で身を清め、素肌にカシミヤの毛布をまとって寝る。軽く、しなやかな肌触りで安眠し、翌朝の快適な目覚めは活力と素晴らしいアイデアをもたらしたと。ナポレオンはエジプト出征のおり、シルクロード経由でもたらされたそれをジョセフィーヌ皇后への土産とした。以来ヨーロッパの王侯・貴族たちに、もてはやされたという。

カシミヤショールの原材料はパシミナといわれ、サンスクリット語で「動物の宝石、自然の宝石」、ペルシャ語で「細く柔らかい毛」を意味するという。それがカシミヤと呼ばれるようになったのは、繊細な毛を織る高等技術がインドのカシミール地方にあったからとのこと。布には綾組織の中に綴れ織りの精緻な文様が施され、それは布に光沢と弾力性を与え、同時に空気を保つため断熱効果も高い。一畳大のショールを織り上げるには、ペイズリー文様入りなら熟練した男が一台の器械に2人、2～3年の月日を要するという。

デリーから空路で北へ約1時間、雪に被われたヒマラヤ山脈の西端を通過すると、北方にカラコルム山脈の重層した峰々が見えてくる。両山脈の間を流れる大河インダスの上流を見下ろしつつ、乗機は谷あいの飛行場（標高3,500m）に着地した。鋭利な刃物で空を切り裂いたような山々に緑はなく、俗に「月の国」と呼ばれる荒涼としたここラダック地方は、東はチベットへ、西はカシミール地方へと連なっている。「峠を越える」という意のラダックは、かつてはチベットとインドを結ぶ交通の中継地として栄えたところだ。チベット文化圏において西チベットと呼ばれて来たが、チベット本国の中国化が進む中、ここにはチベット文化の源流が色濃く残されている。ラダック地方の中心地レーには空港からバスで20分くらい、周辺の丘にはゴンパ（ラマ教寺院）が点在し、街を見下ろす岩山には旧王宮がそそり立っている。16世紀に建てられたというこの廃墟となった王宮は、ラサのポタラ宮のモデルになったという。

街の中心の大通りの両側には仏具、衣類、民芸品などの店が軒を連ね、地元のラダック人、山を降りてきたチベット人、ターバンを巻いたインド人など、様々な人が行き交っていた。デリーのホテルでたまたまシャトーシュに出会ってから2年後、その原料の産地でもあり中継地でもあるレーの街を私は歩いていた。とある衣料品店を覗くと薄暗い店内は倉庫のよう、奥に続く棚には分厚く畳まれた毛皮が大量に積まれていた。この中にシャトーシュの材料があるのかないのか・・・、周辺の放牧地から、あるいは遠くチベットや中国から集められた原材が市場に出るには、ここから西のカシミールへまだ500㎞弱の旅が必要なのだ。

列車の振動に眠りは浅い。トイレに起きたのは午前３時過ぎ、ラサ行きの寝台車の客となって西寧（せいねい）を発ったのは昨日の午後３時だった。乗車してちょうど12時間、時刻表からすれば恐らく列車はココシリ自然保護区内を走っているはずだ。デッキの窓の外は漆黒の闇、空には無数の星が輝いていた（写真①）。

モンゴル語で「美しい娘」、チベット語で「青い山」を意味するココシリは、天山山脈と崑崙（こんろん）山脈に挟まれた九州くらいの広さの盆地で、北極、南極に次ぐ第三の極地と言われる（海抜4,700m）。時は暮れの12月31日、極寒の地にも29種類の哺乳動物が生息し、そのうちの11種類はここでしか見られないとのこと。その中で特筆されるのがチルー（チベットアンテロープ、チベットカモシカともいわれる、体長約130㎝、体重50kg）で、防寒のため全身が細かい毛で密に覆われている。

1980年代後半に世界的なカシミヤブームが起こったが、中でもシャトゥーシュの人気は高く、その材料にチルーが盛んに密猟された。私がデリーでそれに接したのはブームの始まりの頃だったのだろう。1990年代には日本でも人気を呼んで１枚何十万の値がつけられ、美しく刺繍されたそれはロンドンやニューヨークで１万ドル以上だったという。

しかしである。その１枚のショールのために５頭のチルーが犠牲となり、その結果、20世紀初頭の100万頭が、1990年代後半には１万頭に激減してしまった。群れで移動するチルーは車で追い回す密猟者の犠牲になりやすく、自動小銃で一晩に数百頭も射殺されたこともあったという。ワシントン条約（1979年）でその取引は禁止されていたが、1990～98年には毎年２万頭が密猟され、そのうち約100件の密輸が摘発され3,000人の逮捕者が出たという。密猟の絶えない背景には草原の砂漠化による放牧の破綻や、毛皮３枚で500ドルの高収入（ココシリ周辺住民の平均年収に匹敵する）など、環境破壊や貧困の問題があった。

このような事態を憂いた周辺のチベット系住民は、1993年に自発的にパトロール隊を結成、その活動半ばで隊長は密猟者の銃弾に倒れた。その事件の報道が中国政府を動かし、1997年にココシリ国化級自然保護区管理局が設立され、チルーの保護が強化されるようになった。また国際社会へのシャトゥーシュ不買協力の呼びかけに応じ、各国でその販売が禁止されるようになった。これらの運動・努力によってチルーは数万頭にまで回復、2008年の北京オリンピックではマスコットの一つに選ばれ（名前はインイン）、人々の保護への関心に一役買った。ちなみに2006年に開通した青蔵鉄道（走行距離2,000㎞）はココシリ保護区内を通過するため、餌場の分断を避けるため33カ所に動物用の通路が設置されている。

この私設のパトロール隊と密猟者の壮絶な戦いは、半年に及ぶ過酷な現地ロケを経て映画『ココシリ』(2004年)(写真②)に結晶された。密猟者によって殺された何百もの横たわるチルーの屍体、空気の薄い高地で追う者と追われる者の息遣い、餓死と凍死の危険に晒され、流砂に飲まれる隊員などなど、非情なシーンに思わず息を飲むが、極地という厳しい環境下で命と隣り合わせ、しかも無償という行為に隊員たちを動かせたものは何か?

「チベット仏教では食べる以外の殺生は禁じられている、この仕事は天命だ、人も動物もすべての命は平等だ」との信仰が原点だというのだ。ただ作品では密猟者たちの密猟せざるを得ない状況や、パトロール隊の懐事情など、金銭をめぐる葛藤に冷徹な視線もしっかり描かれている。例えば、私設隊に経済的援助はなかったから、隊員たちの食料や燃料代が窮したとき、非合法を承知の上で隊長は決断を下す。密猟者から押収した毛皮を売れと、そして呟く。五体投地をしながら聖地を目指す巡礼に例えて「顔や手足は汚れているが、魂は清らかだ」と。

シャトゥーシュは世界的なカシミヤブームの先駆けだったが、その後、一般のカシミヤにもブームが到来、カシミヤ山羊(家畜山羊)の飼育が各地で激増した。セーター1枚にヤギ5頭、コートには30頭の毛が必要とされ、生態系を無視した乾燥地草原での過放牧は砂漠化(砂漠化土地は中国全体の26%、2014年)を進め、北京が砂嵐に襲われることも多くなった。

市場経済が遊牧民の生活や環境に多大な影響を与えている様子が描かれたのが、映画『トゥヤーの結婚』(2007年、ベルリン映画祭グランプリ賞)だ。ストーリーは、乾燥化の激しい内モンゴルの草原地帯を舞台に、生きていくため事故で働け

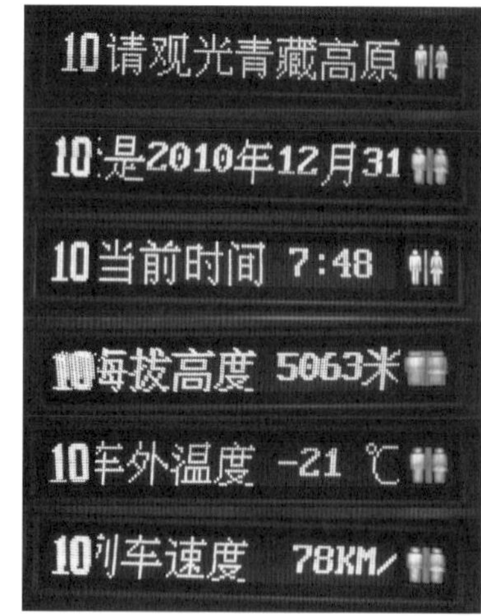

① 青蔵鉄道車内表示

② ココシリ、DVDジャケット

なくなった夫と離婚、子を連れ、さらに元の夫を連れて再婚するという愛の物語である。映画撮影終了後、環境劣化を防ぐため中国政府は早々に、ロケ地に住む遊牧民を強制的に都市に移住させる「生態移民」を実地したという。

チルーと同様、乱獲で激減したのが4,000～5,000mのアンデス高地に棲息するラクダ科のビクーニャだ。チルーとほぼ同じくらいの大きさのビクーニャも、厳しい寒さから身を守るため（昼20度となる夏でも夜は－８度となる）細くて柔らかい体毛で覆われている。毛は動物界で最も細く、直径0.013ミリでカシミヤの0.015ミリよりもさらに細い。その保温性から古代インカ人はその毛を利用して王族たちの衣服を作った。

「神々の繊維」「繊維の宝石」とも言われるのは、２年に１度の刈り込みで成獣１頭あたり300gほどの体毛しか得られないからだが、その希少性・保温性などから征服者スペイン人によって乱獲され、推定100万頭が20世紀後半には１万頭まで激減したという。ペルーの国章にも描かれているそれは、ワシントン条約で保護動物に指定されてから、インカ帝国時代に行われていたチャクという囲い込みが復活、現在は10～15万頭にまで回復したという。このビクーニャの毛から作られる織物はビキューナといわれ、東京の某デパートで手にしたとき、その柔らかさもさることながらカーデガン一着70～80万の価格に驚かされた。

ビクーニャ属に属するアルパカは、すでに紀元前３～４世紀に体毛利用のためビクーニャから家畜化され、現在はペルー、ボリビア、アルゼンチン北部などアンデス高地に約200万頭が棲息している。体長はビクーニャよりやや大きく、毛の太さは0.02ミリ～0.03ミリ、切らずにおけば２年で地面に届くほどに伸び、量的にはビクーニャより優る。暖かくふっくらとした毛は毛玉ができず、シワになりづらく、耐久性があり、インディオはマントやポンチョ、カーペットなどに利用してきた。日本ではマフラーやショール、ひざ掛けなどに利用されるが、以前は高級背広の裏地に使われた。静電気が起きづらく、光沢があって耐久性に優れていたからだが、今は乾燥・滑り・強度・安価などの特色のあるポリエステルにとって代わられた。

# 4 消えたアラル海

## 〜 船の墓場に立って

山梨県医師会報　令和３年　８月号　№608

さらさらした細かな砂に足が埋まる。なだらかな砂丘の向こうは砂漠から沙（水が少ない）漠へ、遠くには地平線がくっきりと一本。目の前にはボロボロに錆びた廃船が列をなし、船の影は強い昼の日射しに濃く短く、広大な海（湖）底に人影はない（写真①）。ふとどこかで見たことのある風景だなとの思いがよぎる。「さてどこでだったろうか」と記憶の糸をたどると、浮かんできたのが映画『猿の惑星』の最後のシーンだった。

踏み入ってはならないとされているサル種族の禁断の地へ、ヒト種族の主人公が反対を押し切って出かけて見たものは、朽ち果て半ば砂に埋った「自由の女神像」だった。人類はほぼ死滅し、代わりに進化した猿の支配する惑星は、実は何百年も後の未来の地球だったのだ。ここ「船の墓場」は、もちろん場所も状況も映画とは全く異なるが、既視感が生じたのは環境破壊による地球の将来が暗示されたからだ。

この「船の墓場」のあるムイナクは、ウズベキスタン国内、カラパルパクスタン共和国の首都ヌクスから北に約200km。50年前のここはアラル海南端の町で当時の人口は10万、漁業の中心地として栄えたところだ。今や２万人に減少してしまった町からアラル海に到達するためには、ここから北へ230kmも走らなければならない。そこまで海岸線が後退してしまったのは、九州の1.6倍（琵琶湖の100倍）の広さだったアラル海が10分の１以下に縮小してしまったからだ。

①　船の墓場、アラル海、ムイナク

ムイナク歴史博物館は街の中心部にあるものの、周囲はガランとして人影はない。観光客などおよそ来ないのだろう、体育館のような建物は閉まったままだ。管理人に開けてもらって入った館内には、かつてアラル海が活き活きとしていたころの資料や写真が展示されていた。野鳥や哺乳動物の剥製や毛皮、また漁の様子や港の賑わい、活気に満ちた缶詰工場などの写真は、たった30～40年前のこと。当時、船団を組んでの漁は年間４～５万トンにもおよび、1,500人が働く缶詰工場で作られた19種類の缶詰は近くの空港からモスクワに空輸された。旧ソ連時代の小学校の教科書には、「ロシア革命直後、アラル海の漁港ムイナク町の漁師たちは大量の魚を供給し、モスクワの食糧危機を救った」と記載されていたという。つい近年まであった豊かな環境と生活は今はまぼろし、資料を前に過去と現実とのあまりにもの落差に「アラル海の縮小・消失は20世紀最大の環境破壊」との言葉を実感した。

アラル海が縮小し始めたのは1950年代から始まったアムダリア、シルダリア川（ダリアはトルコ語で川の意）の大規模な灌漑利用を嚆矢とする。水位低下は当初年平均20cmくらいだったが、1970年代には60cmとなり、低下のスピードの増したアラル海は1989年に北側の小アラル海と南側の大アラル海に、2005年には大アラル海は東西に分断され、そして2014年、東アラル海はほぼ消失してしまった。

わずか数十年前まで「中央アジアの真珠」と呼ばれたアラル海は、面積６万数千平方kmの世界４番目の大きな内陸湖だった。湖の存在によって周辺地域の気温や湿度の変化は少なく、周囲の広大な森林や湿地帯には多様な動植物が棲息していた。ペリカンなどの渡り鳥の飛来地として、またトラやオオカミ、キツネなど哺乳動物も多く、リゾート地としてソ連時代にはモスクワとムイナクを結ぶ定期航空路線もあったという。湖の北東部には天山山脈を源とするシルダリア川（全長2,212km）が、南部にはパミール高原を源とするアムダリア川（全長2,540km）が流れ込み、豊かな融雪水によって湖の水量は維持されてきた。

車は今、もとアラル海の海底だった平坦な地を遥か遠のいたアラル海へと向かっている。定まった道路はなく、深い轍を避けながら荒野を走るためスピードは出ない。これだけ平坦なら海岸線が一晩に数十メートル、１mの水位低下で20～50kmも後退したことを納得する。

50年位前までのアラル海の塩分濃度は海水の３分の１程度、多くの生物が生息できる水環境だった。内陸部のアラル海は流出河川のない「尻無し湖」で、「海」と呼ばれたのは塩湖で広大だったから。太古の時代、流入するシルダリア、アムダリア両河川流域は海底だったため流水に塩分が含まれていた。高温・乾燥の地で水が蒸発すればアラル海の塩分濃度は高まるはずなのに、それが一定に保たれてきたのはなぜか？それは湖水に住む大量の貝類の殻が、カルシウムやマグネシウムなどの塩類を吸着してきたからという。ところが、灌漑によってシル・アム両川からの水供給が低下すると海水は濃縮され、また海水減少が貝類の棲息場所を奪い、何百年もの間、一定に保たれていた絶妙なバランスが乱れた。今や通常の海水の数倍の塩分濃度となった西アラル海は、どんな魚介類も生息できない死の海となってしまったのだ。

塩分濃度の上昇は海の生物の死滅をもたらしたが、それはアラル海周辺の耕作地にも多大な影響を及ぼしている。大規模灌漑が乾燥地帯を農地に変え、収穫物は人々に豊かな富をもたらした。しかしそれは一時のこと、最盛期に比べ農作物は半減してしまった。昔海底だった土地を灌漑した結果、空焚きした鍋底に塩が溜まるように、また水分が蒸発散する際の毛細管現象で、地表が真っ白になるほどに塩が浮き出てきたのだった。

シルダリア・アムダリア川流域では、何世紀も前から広範な灌漑が行われていたが、利用する水量と耕作地のバランスがとれていたため、アラル海に特別の変化や被害の出ることはなかった。ところが高緯度による農業生産性の低さのため十分な食料生産を確保できなかった旧ソ連は、安定供給を目指して1950年代後半から砂漠を開拓、新たな農地を開発する「処女地開拓計画」「自然改造計画」を始めた。当時は両河川ともほとんどがソ連邦内に属していたため、民意は無視され政府の計画が実行された。

その代表例はアムダリア川上流から引かれたカラクム運河で、現トルクメニスタン国内をカスピ海に向かい1,300km（世界最長）に渡って開削され、この主運河からの支線運河が砂漠の中に網の目のように張りめぐらされた。かつてジャイホン（流れが速い）と呼ばれたアムダリア川は、「太陽の国」と呼ばれたホレズム地方（夏は50～60度、冬は－20度、年間300日は晴天）の砂漠地帯で氾濫、古来、人々の生活は川の流れの変化に翻弄されてきた。それが運河の完成によって川は鎮まり、砂漠地帯は豊かな耕地へと変貌、人間が自然を克服したかに見えたのだった。

そこでは多量の農薬と化学肥料を用いて綿花と水稲が栽培され、50％増加した穀物生産量は「砂漠の奇跡」と称賛された。しかし、それは一時のこと、アラル海の縮小による厳しい気候変化が耕作期間を減少させ、また塩害によって綿花の収穫量も半減してしまった。

公害問題や環境問題に関心が持たれなかった当時、ソ連中央政府は「アラル海で捕れるチョウザメのキャビアがどれほどの利益になろうか。それが社会主義の勝利にどれほど貢献するというのか。それよりも砂漠の地を緑に変え綿花を栽培すれば、どれだけ利益が生み出されることか。なるほど、灌漑によってアラル海は干上がるかもしれない。しかし社会主義の勝利のためには、アラル海はむしろ美しく死ぬべきである」と述べ、共産主義のイデオロギー闘争の象徴として灌漑・綿花栽培を推し進めたのだった。また、環境への配慮はまったくなかったことから、灌漑用水路の土木工事は水資源の80%が砂漠に吸収されてしまうという雑なものだった。

漠たる砂漠を走行中、遠く前方に見えた砂煙が時とともに成長、一本の竜巻になった。現地語でドベレーといわれるそれは、1960年代半ばから気温が上昇するとしばしば見られるようになり、砂漠に集積した塩類や農薬を遠く500～600km先まで飛散させるようになった。年間4,000～5,000万トンもの塩分の含まれた砂塵は、周辺集落の家屋を３年で埋没させただけでなく、広範な地域に住む多くの人々に喘息や結核などの呼吸器疾患、ミネラル分の過剰摂取による腎臓疾患など、様々な健康被害をもたらしているという。

このようなアラル海の縮小と周辺地域の惨状は、島や周辺に軍事施設があったことから海外には秘密にされてきたが、1980年代、ペレストロイカ（再構築）・グラスノスチ（情報公開）政策を推進したゴルバチョフ大統領は「アラル海問題は全ソ連の痛み」と表明、ようやく世界に知られることとなった。

ムイナクから北上すること約２時間、天然ガス試掘用の櫓が一本現れた。それがランドマークになっているのだろう、車は西へと直角に進路を変えた。正面はるか彼方にカラパルパクスタンのグランドキャニオンと言われる断崖が見え、その上はウスチウルト台地、はるか西へ向かえばカスピ海だ（２章扉）。しかしこの台地も70～80m下の海底と同様、360度見渡すかぎり平らで走っても走っても同じ景色が続く。ようやくアラル海の南端に着いたののは陽が傾きかけてきたころだった。

「ところで、今、ボズロジデニア島どうなっているの？」とガイドのMさんに質問したのは、アラル海のほぼ中央部にあった孤島・ボズロジデニア（再生・復活の意）島は、ソ連時代には生物学的兵器の研究・実験場として使われていたと聞いていたからだ。

「私たちは何も知らない。かえって外国人の方がくわしいね。いろいろ調べまわったりすると私はいなくなるかも・・・」とのこと。

後に得られた情報は以下の通りだ。島には強い海流で容易に近付くことができなかったため、本土と隔絶されたそこは格好の生物化学兵器の極秘研究所として、ペスト菌や炭疽菌など細菌兵器の研究・実験施設となった。英・米・ソ連は1975年、「生物兵器禁止条約」を結んだが、日本軍の731 部隊起源の炭疽菌を開発したソ連は、禁止条約後も極秘に研究を継続、人類を何度も滅亡させる量を備蓄していた。ところがソ連崩壊による混乱で施設は放棄され（1992年）、さらに湖水減少で島は陸続きとなった。残存する細菌がテロ組織に利用されることも懸れたアメリカは2002年、処理チームを派遣し100〜200トンの炭疽菌を処分したという。

河川流入量の減少でアラル海は大アラル海と小アラル海に、さらに大アラル海は東西アラル海に分かれ、そして東アラル海が消え、残った西アラル海も消えゆく運命だ（写真②③、②はムイナク歴史博物館で撮影）。

1991年のソ連崩壊以降、アラル海の北半分を管轄することになったカザフスタン政府は、小アラル海だけでも残そうとコカラル・ダムを建設（2005年８月完成）、小アラル海から大アラル海への流れをせき止めた。またシルダリア川流域の気候は稲作に不適のため水使用が少なく、水路改善の効果もあり、2010年時点の小アラル海の水位は以前の70％位まで回復した。その結果、周辺の酷暑・厳寒は緩和され、砂嵐も減少、雨雲が雨を呼び、湖の塩分濃度も以前の４分の１程度となり、魚や野鳥も戻りつつあるという。「これまでアラル海を訪れた研究者がバケツ一杯ずつ水を持ってきてくれていたら、今頃アラル海は元の姿に戻っていただろう」と、これは世界中から訪れた多くの研究者の提言がいずれも無効だったことを揶揄したジョークだが、コカラル・ダムは唯一の成功例で、アラル海（小アラル海）はかろうじてこの地球上に残されることとなった。

ちなみに現在、地球温暖化による気候変動のもと、過剰な取水と渇水によって、世界の巨大な内陸湖が消えつつある。例えば現地語で「大きな水域」という意のチャド湖（チャド、ニジェール、ナイジェリア、カメルーンにまたがるアフリカ大陸中央部の湖）は、この数十年間で半分以下に縮小、農業や漁業のできなくなった周辺住民は都会のスラム街へ、貧困にあえぎ希望を失った若者は、ボコハ

②　死の海

③　2009年のアラル海、案内板・ムイナクで

ラムのような過激派組織に走るという。

中東でカスピ海に次ぐ大きさのイランのウルミエ湖は、夏季の異常高温による湖水の蒸発、流入河川のダム設置、周辺農地での違法な井戸の掘削などによって、この30年間で約８割も縮小、ペリカンやフラミンゴ、カモなどの野鳥の姿は消えた。

ボリビアのポーポ湖は干ばつや灌漑、鉱山の採掘などで湖水が減少、水温が38度を記録した湖は「発熱している」と言われ、2015年、ついに消失した。

水のないところにヒトは住めない。かつて栄えたメソポタミアの古代都市が滅んだのは、樹木の大規模伐採による洪水の多発、またチグリス・ユーフラテス川からの灌漑による塩害などが原因だったという。近年では、インドやバングラデシュ、アフリカやタイなどの農村地帯では、食料自給を目指した1960年代の「緑の革命」で、単位面積あたり収穫量の大きい小麦栽培が行なわれた。多量の水が必要なこの品種のため灌漑が行われ、また多量の農薬・化学肥料が使われた結果、収穫量が上がり飢餓はもはや過去のものと盛んに喧伝された。ところがである。塩害や農薬・化学肥料の過剰使用で次第に土地は痩せ、結局収穫量は低下し「緑の革命」は失敗に終わった。南インドでは綿花など高収益作物の栽培を続けるために、さらに深い井戸を掘ろうとして失敗、重ねた借金を苦に自殺者が絶えないが、生産性は上がらないものの伝統的な農業を守った地域に自殺者はいないという。成果を求めての努力は必要だが、それぞれの土地にはそれぞれの生産力があり、その「産土（うぶすな）」の限度を超えた灌漑や放牧は、たとえ生産量が増えてもそれは一時のこと、持続可能な限界を超えればやがて土地は痩せ衰え荒地化・砂漠化が進む。

世界が水不足に直面し、安全保障として水の確保が最大重要課題となった今、世界各地の国家間で水を巡る争いが起きている。ヨルダン川（レバノン・イスラエル・ヨルダン）、ナイル川（エジプト・スーダン・エチオピア）、チグリス・ユーフラテス川（トルコ・シリア・イラク）、メコン川（中国・ラオス・カンボジア・ベトナム）、インダス川（中国・パキスタン・インド）などなど、メコン川が古来「戦争の川」と言われたように、ライヴァルrivalの語源はラテン語のriver（同じ川を用いて競い争っている人々）だ。記録に残る人間最初の争いであった「水戦争」は、21世紀、国家の存亡をかけた「最後の戦争」となるかもしれない。

# 第3章

# 出会いの軌跡

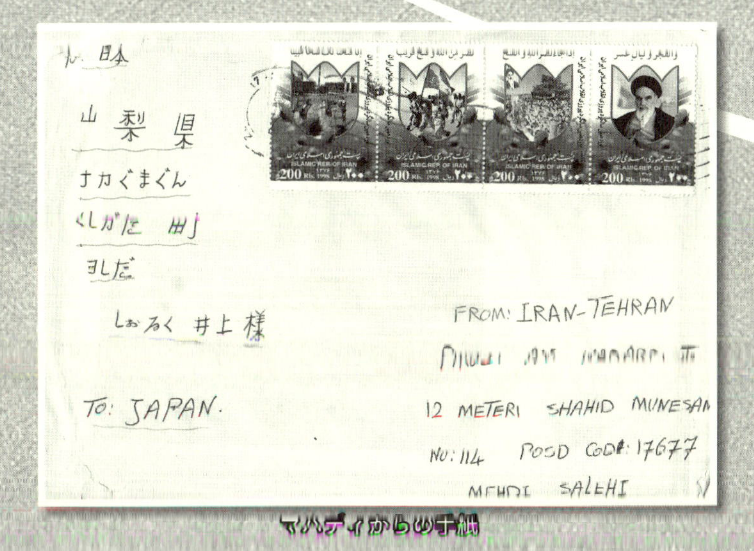


マハディからの手紙

# 1 偶然という縁（えにし）

## 〜 ハナレテイテモトモダチダ

山梨県医師会報　令和３年　11月号　No.611

「今は渡航禁止中です。何か特別の旅行計画書はお持ちですか？」
「旅行じゃないけど。イランの友人にカンパしようと思って」
窓口での質問に、私は正直に答えた。
「イランですか・・・？」
担当の中年女性は一瞬の間を置いたのち、
「上司に伺ってきます。しばらくお待ちを」
「何故かな？」という私の疑問に返ってきた答は、
「申し訳ありません。両替はお断りさせていただきます」
「えっ、どうして・・・？」
「上司の指示ですから・・・」
「どうしてなの？」聞き返す私の語気は強まった。
「その筋のお達しですから・・・」
「だって、個人的にプレゼントするだけだよ。ダメなの」
「ええ、申し訳ありません・・・」
アメリカのイランに対する経済制裁政策が、日本の地方の銀行にまで及んでいたのだ。

2020年４月の緊急事態宣言中、イランの友人マハディから突然の電話。東日本大震災以来だったから９年振り、懐かしい声だった。あの時は放射能を避けしばらくイランに来ないかと誘ってくれたっけ。今回はコロナ禍を心配しての見舞いの電話だった。何かの折に気遣ってくれるマハディ、翻って自分は・・・？ コロナ禍やアメリカの経済制裁でイランの物価は２倍にもなったというニュースに接し、マハディも大変だろうなと思っただけ・・・。負い目を感じた私は、イランに行くという知人の商社マンにカンパを託そうと銀行を訪ねたのだった。結局、口実を変え他の銀行で入手したドルは彼に届けられ、後日、ローマ字綴りのメールが届いた。
「プレゼント　ホントニアリガト　デンワシテ　イノサン　コエキイタトキウレシカッタ　マタゼッタイ　アイタイヨ　モウニホンゴ　ワスレテ　ゼッタイヘタダカラ　マチガイイッパイネ　ヨムノタイヘンネ　ゴメンナサイ　ヘンジクルマデ　マッテマス　コロナキオツケテネ　サヨナラ」

マハディと知り合ったのは1990年代の前半、バブルが弾け景気が急速に冷えつつある頃だった。研修会終了後、私はDホテルの玄関先で「ハロー、コンバンワ」と突然呼びかけられた。たどたどしい声に振り向くと、細身の外国人青年が壁際に立っていた。

「ハロー」と返し、「何か？」と聞く。日本語は挨拶しかできないのだろう、青年は片言の英語を口にした。宿泊の問い合わせではなく、仕事を探しているとのこと。日本に来てすでに２週間、まだ仕事が見つからない。何でもいいから仕事を紹介してくれないかと、相手は一所懸命だった。晩秋は金曜の夜半、薄手のジャンパーは霧雨に濡れ、寒さのためだろう軽く足踏みをしていた。

名前はマハディ、25歳でイランはテヘラン出身。片言の会話が続くうち同情と不憫さが芽生えた。週明け仲間に聞いてみよう、月曜の昼過ぎに連絡をと伝えて別れる。初対面のイラン人に名刺を渡すなんて・・・、軽卒とは思ったが私はイランに好印象を持っていた。以前イランを訪ねた時、各地で温かなもてなしを受けたことがあったからだ。

週明け早々、知人の経営者たちに問い合わせたが、１年前だったらといずれも断られた。幸い当院のスタッフが、夫が店長をしている郷土料理店に頼み込んでくれた。その日の昼を千秋の思いで待っていたのだろう、正午きっかりに電話が鳴った。「サンキュー　サンキュー」と、何度も繰り返すマハディの声は明るく弾んでいた。翌日の昼、甲府駅前で落ち合い目的地に向かう。「住み込み、日給5,000円」との店長の話に、彼の表情は曇った。

一週間後、彼から突然の電話。仕事は紹介したし、もう用はないはずだ。不審な思いで受話器を取る。「9,000円　ケンチク　シゴト　アッタネ」と彼の声は明るい。料理店の仕事は仲間に譲ったとのこと。「勝手なヤツだ・・・」と呆れたものの、わざわざ知らせてきたのだ。多少は申し訳ない気持ちもあったのだろう、「まあ、ガンバレヨ」と電話を切った。

年が明けて桜の咲く頃、「会って礼を言いたい」との電話。紹介先はすぐ辞めたし、礼を言われるほどのこともない。この電話で結構と答えるが「渡したいものがある」とのこと。休日の昼過ぎに会う。渡されたのは母親が送ってくれたという唐草模様の木綿の更紗だった。

「コニチワ　ゲンキ？　アイタイネ」。マハディから電話があったのは梅雨明けの頃だった。日本語の上達がめっぽう早い。会う必要も感じなかったが、彼の母親へのプレゼントを持ってファストフード店で落ち合う。

「イノサン、オイシイネ、オイシイネ」。フライドチキンをパクつく彼の食欲は旺盛だ。

「イノサンて？」と尋ねると、「アンタネ」とのこと。馴れ馴れしさに苦笑したが、親しみも感じた。

「好き嫌いは？」の問いに、「リンゴモネ　トンカツ　オイシイネ　シャチョウイッショネ」。職場の社長に連れて行ってもらったという。
「ブタはダメだろ」「ココ　ニホンネ」マハディは白い歯を見せて笑った。
晩秋の頃、電話の声に元気がなかった。「ケイキワルイ　シゴトナイ　イノサン　ドースル」。彼は不景気の寒風にもさらされていたのだ。「ドースル」は「どうしようか」の意とわかっていても、何度も言われるとつい「俺のことではないのに」と邪険になる。さりとて窮状は窮状だ。何ヶ所かに当たってみたが２～３日後の「ドースル」にも、師走半ばの「ドースル」の電話にもノーとしか答えられなかった。諦めた彼は年末、イランの知人を頼って上京した。
「ドースル」から解放されホッとしたのも束の間、正月明け早々インターフォンが鳴った。「シゴト　ナカッタネ」、彼が玄関先にしょんぼりと立っていた。
不景気に加え、年末から正月にかけどの建築現場も休みになっていたのだ。肩を落として帰る後ろ姿に不憫が募り、もう一度と郷土料理店に問い合わせてみると、幸い３月までなら空きがあるとのこと。彼の「ドースル？」の電話に「今度は勝手にキャンセルするな」と伝える。「イノサン　ウレシイ」と、潤んだ声が聞こえたが、「オレの顔に泥を塗るな」の意が通じたかどうか・・・。
彼岸を過ぎたころ、マハディから電話。また「ドースル」かと思いきや、「シゴト　アルヨ」と彼の声は明るい。翌冬のオリンピックを控え、長野では建築仕事が盛んになっていたのだ。
その後、長野からは月に一度くらい、定期的にご機嫌伺いと近況報告の電話が鳴った。ある時は「イノサン　ゲンキ？ セッシャワ　ゲンキデゴザル」とのこと。「何？ そのセッシャは？」と聞くと、テレビの時代劇で覚えたという。また「ほおズラ　ああズラ」の方言も飛び出し、長野の生活に馴染んでいることが窺われた。正月には驚きの年賀状が・・・。「キんがしんネん　つづしんネん　しんしぉの　おヨるくび　もしアゲます」。平仮名・片仮名混じりのそれは、数ある賀状の中で最もインパクトのあるものだった。

オリンピックが始まるころ、「イノサン　ドースル　モウ　イイネ」との電話、仲間に横浜での仕事を紹介されたとのこと。その後も横浜から電話が鳴ったが、年が明けた２月下旬の昼過ぎ、「イラン　カエルネ　ダカラ　アイサツネ」との電話。「・・・そう、帰るのか、それは良かった」「ダカラ　アイタイ」「俺に？」「イエス　セワニナッタネ」「挨拶は電話でいいよ」「アリガト　デモ　コレカラ　イクネ」
すでに彼は決めていたのだ。電話があったのが午後３時ころ、３～４時間もすれば到着するだろう、なら一緒に夕食をと、ジンギスカン鍋用の羊肉を解凍して待つ。ところが８時を過ぎても連絡がない。「コウフエキ　ツイタネ」と連絡があったのは９時半過ぎ、もうバスはない。タクシーで来いとも言えず、迎えに行く。私の不機嫌など眼中にない彼は、「イノサン　ヒサシブリ」と嬉しそうだ。遅くなったわけを聞くと、横浜線経由、八王子からは鈍行を乗り継いで来たとのこと。詫びれた様子がなかったのは、鈍行に乗るのが彼の常識だったからだろう。私は彼が一円でも節約しようとする出稼ぎのイラン人であることを忘れていたのだ。

10時も半ばを回って、彼の空腹は限界に達していたのだろう。焼き上がるやいなや「オイシイネ　オイシイネ」と、鍋をつつく彼の食欲は見事だ。「トンカツより旨いだろう」と皮肉ると、「ヒツジ　サイコーネ」とゴクリと肉片を飲み込んだ。食後の紅茶に一息つくと、改まった様子で彼は訥々と話し出した。

「イランを出て３年半、すっかり日本の暮らしに馴染んだ。祈りもせず、トンカツを食べビールも飲んだ。このままだとイランの心を忘れてしまいそうだ。帰りたくもあり、帰りたくもなし・・・。横浜の生活では仲間同士の喧嘩や万引き、テレフォンカード偽造や酒に溺れるものもいた。金のために日本に来たけど、金が全てではないような気がしてきた。もっと金は欲しいけど、大事なのはハートだ。何をしてもいいという自由の魅力の虜になれば、自分も寿町の仲間のようになってしまうかもしれない。ハートが壊れないうちに帰った方がいいと思った。日本に来てから羊は食べたことがなかったけど、今ここで食べて故郷を身近に感じた。自分の決心は正しかったと思う。イノサンに会いに来てよかった」

３月半ば、イランより手紙が届いた。「ジブンノクニニカエリマシタ。イママデナニモシナイ。ナニヲスレバヨイカ　ワカラナイ。ニホンデワ　ボクノコトナガイアイダ　エロエロ　タイヘンアリガト。イノサンノコト　ゼッタイワスレナイヨ」。帰国後の戸惑いが記されていたが、間もなく２便が届いた。

「ワタシハゲンキ、ガンバッテマス　イノサンノコト　イツモオモッテイルヨ　ボクノコトワスレナイデ　ヘンジヨロシク　デワマタネ　ハナレテイテモ　トモダチダヨ　マハディ」（３章扉）。

その後、年賀状を含めて年に２～３回、手紙もあったが国際電話も鳴った。ある年の連休に私がタイを訪問中、マハディの電話を義母が取った。お互い舌足らずのため、彼は私がイラン訪問中と勘違いした。「イノサン　ワタシ　デンワノマエ　３ヒ　マッテタヨ」。帰国後のデンワで平謝りした私は、「そのうちきっと行くから」と約束したのだった。

そんな彼との関わりも「去る者日々に疎し」、数年後からは年賀状もなくなった。「便りがないのが無事な便り」と思うものの、ふとどうしているかなとの思いが浮かぶ。彼から投げ続けられたストレートの思いが時と共に発酵、懐かしい思い出に育っていた。しかし、電話は通じず、手紙も一方通行だった。

２～３年後、前回のイラン訪問の際、日程の都合で古都・イスファハンでの滞在が短かったため、もう一度とイランを訪ねた。もとよりマハディに会えるとは思わなかったが、しかしイランに行けば彼との約束は果たしたと自分を納得させられる。滞在中あるいはと、ガイドのペガーさんに何度か電話してもらったが、もちろん応答はなかった。

帰国前日、イスファハンからテヘランに戻ったがまだ陽は高い。

「せっかくイランに来たのに、どんな所だったか行ってみませんか」。ペガーさんの勧めで昔の手紙の住所に向かう。そこは住宅街の中、車は細長いモダンな四階建てのビルの前に止まった。四つ角の雑貨店の隣、それはアパートなのだろう、階ごとの表札を見たがマハディの名はなかった。何か手掛かりはと、それぞれの階のインターフォンを押したペガーさん、三階の住人から「転居してきたとき、マハディの表札が残っていた」ことを聞き出した（写真①）。

「マハディがここにいたんだ！　彼がこの家を建てたんだ！」

そこに彼がいるかのような錯覚を覚えた私は、「約束を果たしに来たよ」と建物（マハディ）に語りかけていた。そこへドライバーのザーメニさん、メモ用紙を片手に興奮した様子で駆け寄ってきた。ペガーさんの通訳によると建物の持ち主が分かったというではないか。

「隣のビルの持ち主を知っているか？」と、角の雑貨店で尋ねたドライバーに、店主の答えは「地主は雑貨店と同一人物で、自分はその地主から店を借りている」とのこと、そして地主の電話番号を教えてくれたのだ。早速、ペガーさんが連絡をとる。驚いたのは相手だ。何と地主はマハディの父親だったのだ。

「イノサンのことはよく知っている。息子の手紙にたびたび書いてあった。よ

① マハディの建てた家、テヘラン

② 聖文言、サマルカンド

③ メディナ、サウジアラビア

くぞ来てくれた」。大喜びの父親はすぐ連絡するようにと息子のケータイ番号を教えてくれた。マハディの消息がわかった。諦めていた彼とすぐにも話ができる。まさかまさか・・・、小説より奇な展開はまるで映画のよう、急転直下の成り行きに胸の高鳴りが止まらない。

「ハロー、マハディ。オレ、イノサンだよ。久しぶり。元気だったんだ・・・。約束を守ったよ」。込み上げてきた熱いものを飲み込む。彼は郊外の自宅へと車を走らせていたのだ。

「イノサン・・・、コニチワ・・・、ビックリネ・・・、ウレシイ・・・、イマドコ、アイタイネ・・・」（写真④）。

驚きと喜び、それに何年振りかの日本語・・・、彼の言葉は途切れ途切れだ。

夕食を約しホテルへと向かう。感動に浸る胸にある想いが浮かんだ。そう、この偶然は「つまるところ神である」（アナトール・フランス）とすれば、ここはイスラム教の国、まさに「インシャラー（アラビア語・神のご意思の意）」（写真②、③）だったのでは・・・、点灯を始めたテヘランの街並みが映画のエンドロールのように流れていった。

④　マハディとバガーさん。テヘランのホテルで

# 2 出会いの軌跡
## ～　魅せられし人たち①

山梨県医師会報　令和４年　12月号　№624

15～６年前のこと、中世の街並みの残るルーマニアはトランシルバニア地方へ、３泊４日の旅にバスは首都ブカレストの街を後にした。空は青く高く、陽春の朝日にライラックやマロニエの花がキラキラと輝く中、交通量の少ない道を大型バスは滑るように走る。流れ去る長閑な田園風景を楽しんでいると、バスは急にスピードを下げ道路脇に止まった。ドライバーはなにやら不機嫌そうに下車した。「スピード違反らしいです」と、経緯（いきさつ）を眺めていた添乗員の言葉。「罰金はどのくらいかな？」との乗客の質問を受け、警察官の書類にサインしてきたドライバーに添乗員が聞くと「60万レイ」とのこと。一瞬「エーッ！」と車内がざわめく。昨夜、１万円を200万レイに両替したばかりの私たちは、まだルーマニアの貨幣感覚に馴染んでいなかったのだ。

「大丈夫です。日本円にして3,000円くらいですから」と添乗員の説明に、「そうか、それくらいなら・・・」と、なんとなく車内に納得の雰囲気が漂った。しかし、平均月収200ドル前後のルーマニアでは、60万レイは「大丈夫」という金額ではあるまい。「もし自分だったら落ち込むだろうな」、そう思うとこれからの運転が気になったが所詮は他人事、バスが走り出すとそんな危惧はすぐに消え去った。ところがである。小１時間ばかり走ったころのトイレ休憩の際、同行の初老の女性Ｙさんがドライバーにそっとお金を渡す現場を妻が目撃した。誰もが気づかない一瞬の出来事だった。その後のハンドルさばきが軽くなったと感じたのは、彼女を除けば私たちだけだったろう。

帰途に寄った中世の街並みが残るブラショフ（ルーマニア第２の都市）は、13世紀初頭にドイツからやってきたザクセン人（西ゲルマン族の一族、東西交易で繁栄した）によって建設された。旧市街に面したホテルの部屋からの眺望は素晴らしく（写真①）、しかし反対側は新市街に面した部屋だ。この美観を見ずにブラショフは語れまい、朝日に輝く街並みを見てもらおうと、妻はＹさんと連れの姪御さんたちを自室のベランダに誘った。たまたま彼女たちは廊下を隔てて反対側の部屋を割り当てられていたからだ。

翌日の午後、ブラショフからブカレストへの帰路、昼食のワインにほろ酔いの私はルーマニアの景観を反芻しつつ、バスの揺れに身をゆだねていた。前席にはＹさんが座り、隣に座った男性と関西弁の会話が始まった。自ずと耳に入ってくる内容からＹさんは大阪在住の中企業の管理職、同世代という男性は京都在住の医師だった。話題は医療、経営、歴史、文化など多岐に渡り、ついつい聞き耳を立ててしまった。

旅の最終日のブカレストではカジノで夕食とのこと。はしゃぐ姪御さんたちに比べYさんは気が進まない様子。Yさんの話を聞いてみたいと思っていた妻は、たまたま『アイーダ』が上演中とフロントで聞き「いかがですか？」と声をかけた。

タクシーで向かったクラシックな佇まいの国立オペラハウスでは、客席後方のボックス席に案内された。私が初めてオペラを鑑賞したのはエジプト旅行中、ルクソール神殿前で催された『アイーダ』だった（1987年）。世紀の大イベントと宣伝されたそれはミラノ・スカラ座の引っ越し公演で、屋外の特設舞台が神殿前に用意されていた。その時のチケット代は10万円、それに比べてブカレストの貴賓室はたったの２ドルの安さだった。

オペラ終了後、ルーマニアでは高級とされていたマクドナルドで遅い夕食を摂ったが、オシャレな彼女は好奇心旺盛で、歴史、文化、芸術などに造詣が深く、内容は多岐に渡って話が尽きない。ご本人は「私は風呂屋の娘、湯（言う）ばっか」「五月の鯉の吹き流し（口先ばかりでハラワタなし）」と謙遜しきりだったが・・・。

妻は非社交的だがYさんとは何故か馬が合い、以後、アメリカからアジア、中近東、ヨーロッパからアフリカへと、何回も旅をともにした。

後に聞いたことだが、彼女は鞄持ちにと何人もの姪御さんたちを誘っては世界各地を旅していた。ルーマニアでお会いしたときは彼女たちが大学を卒業するころ、そんなスタイルの旅はもうお終いと思っていたので、私たちとの出会いは「渡りに船」だったとのこと、しかしYさんがもたらす豊富な情報は私たちの生活に様々な彩りを添えてくれた。

⑴　ブラショフの朝、ルーマニア

例えば、北八ヶ岳の山荘への途中に拙宅に寄られた際、土産に持参されたのが大阪の「土居こんぶ店」の品と『美味しんぼ』の掲載記事だった。驚いたのはそれは我が家の愛好品で、以前から岡島デパートの「良い食品のコーナー」で求めていたものだった。100年の伝統を持つ土居昆布店は全国で数十ある「良い食品づくりの会」の一員で、「良い食品」の製造と販売を目的とする会は、安全、美味しい、適正価格、ごまかさないの４条件と、良い食材、清潔な工場、優秀な技術、経営者の良心の４原則を基本理念とし、そのためには消費者、一次生産者、加工業者の三者が補完し合わなければならないと活動を続けているグループだった。

あるとき、大阪での学会の折り土居昆布店を訪ねたが、訪問予約の際、自己紹介を兼ね郵送していた昆布に関する書きものに対し、昆布の効能について医師の話は大きな励みになると喜ばれた。案内された二階の和室でお茶を振舞われたが、茶碗底のお多福顔がニコニコと揺れる様が、初対面の緊張を和らげてくれたことを思い出す。

土居さんは、「食に携わることは聖職である」から、生活に困らなければ「儲からんでええ」、第一次産業を守ることは自給率上昇や環境保全に欠かせないから良い食材を高く仕入れる、それを安く売るため過剰包装や宣伝はせず、代わりにメディアなどに積極的に情報発信をしていることを訥々と話された。

昆布と鰹節と食塩だけで作った土居店の「10倍出し」は味も香りも良く、遠くはイタリアやフランスのシェフたちも味見に訪れるが、日本の子どもたちにも本物の味を知って欲しいと、氏は小学校の食育にも携わってきた。私が学校保健に関わっていた際の講師として来ていただいたことがあったが、「10倍出し」と「化学調味料の出し」の比較試飲では、全員がその味の違いに驚いていた。

味の基本に真摯に向き合ってこられた土居さんだけに、京都で夕食の機会があったとき、きっとオススメの店はあるだろうと尋ねてみたが、具体的な店名は教えてくれなかった。美味しい店はあるけれど値段がリーズナブルではないと、大阪まで足を伸ばさないかと誘われたのだった。なお来春、大阪の味として親しまれてきた食文化を次世代につなげようと、土居店は「大阪昆布ミュージアム」の設立準備中だ。

月刊誌『大塚薬報』は、恐らく医薬業界では長い歴史を持つPR誌の一つだろう。40年ほど前だったろうか、「陶源郷をたずねて」と題して、日本各地の窯元がシリーズで紹介されていたことがあった。陶芸にさしたる関心はなく、シリーズはタイトルを見ていただけだったが、たまたまある号が「丹波焼のふるさと・立杭（たちくい）」だった。

立杭は丹波の国の西南の山あいの小村で、鎌倉時代から甕や食器などの日用品が焼かれてきたという。古陶器とともに紹介されていたある作家の作品は妙に惹きつけるものがあった。素朴で力強く、しかも洗練されている。その年の連休、関西在住の弟宅を訪ねた際、丹波へも足を伸ばしたのだった。

山裾にある藁葺きの窯元を訪ねたとき、２週間ほど前に窯を開けたばかりだったため作品はなく、軒先には次の窯用の半完成品が並んでいるだけだった。せっかく山梨から来たのだからまあお茶でもと、主の生田和孝氏はロクロを回す手を休めてくれた。案内された座敷の畳の上には使い込まれた絨毯が敷かれ、年代物の大型の茶棚とどっしりした座卓、襖という襖には等身大の羅漢さんが描かれていた。もとより作品に惹かれて来ただけ、私には陶芸の知識はない。モノがなければ窯元と何を話したらよいのか・・・、部屋のたたずまいが良かったので、黒一色で力強く大胆に描かれた襖の羅漢像について聞くと、それは東大寺の清水公照氏の筆によるとのことだった。

ふと茶棚に目を移すと、その一角に『戦艦大和ノ最期』（吉田満著）が立てかけてあった。半年ばかり前に出版されたそれは、学徒出陣によって「大和」に乗船、撃沈されたのち九死に一生を得た著者が、「戦争の唯中の赤裸々の姿」（あとがきより）を記したものだ。同じ書物を手にしていたことに親近感を覚えた私は、失礼とは思いつつ読後感を尋ねると、なんと氏は特攻隊の生き残りとのこと、そのため生死の狭間で揺れ動いた著者にいたく共感したという。

戦後、世相の激変に戸惑った氏は、モノには裏切られないだろうと焼き物の道へ。民芸の世界に興味があったことから、知人の紹介で京都の河井寛次郎に師事した。10年後、立坑に窯を開くが、面取(めんと)りと鎬(しのぎ)の技、糠白(ぬかじろ)と鉄と飴(あめ)の釉薬からなる氏の作品に魅力を感ずる顧客が増え、一時、ある茶道の流派に乞われ茶器作りに励まれた。年１回の総会にはグリーン車で上京、東京駅から会場まではロールスロイスの送り迎え、夜は高級料亭での接待が続いたとのこと。作品の変化に気づいた知人に「ここ２～３年、生田さんの作品、つまらなくなったね」と指摘され、目から鱗の落ちた氏は手を引いたという（写真②③）。

② 河井寛次郎記念館、京都

③ 生田和孝氏作品

そんな会話が続いたが、氏はふと「妻が嫌がるけど、茶棚の中の食器を持っていくヤツもいる」と漏らした。親しく話を聞けただけで良しとは思うものの、手ぶらで帰るのも心残りだし・・・、暗黙の了解を得たと勝手に解釈した私は、意を決し食器棚の前に立った。恐る恐る抜き出した中皿を差し出すと、氏はニヤリと笑って頷いてくれた。

しばしの対談後、氏は弟子の一人、山梨県出身の男がいるからとM氏を紹介してくれた。長身でベートーベンのようのようなぼさぼさの髪、年は私と同世代、温厚な感じの氏は中庭を隔てた物置で暮らしていた。山梨から遠く離れた地での同郷者との出会いに、氏にも親近感が湧いたのだろう、コーヒーでもと誘われる。片付いた部屋には美術書と小ぶりの壺や花瓶が置かれ、質素だが落ち着いた雰囲気が漂っていた。言葉を選びつつ立杭に来た理由を話しながら、氏は手回しのコーヒーミールで豆を砕き、自身が焼いたカップに丁寧にドリップしてくれた。ふくよかなコーヒーの香りを楽しみながら、ふと、インスタントコーヒーを出来合いのカップでそそくさと飲む自身の日常を思った。

帰りの列車の時間が気になったのはつい長居をしてしまったからだが、M氏は山陰線の篠山口駅まで送ってくれるという。彼の運転する軽四自動車は未舗装の農道をガタガタと走る。氏も時間が気にはなっていたのだろう、ハンドル片手に右手で作業ズボンの外ポケットから何やら取り出したのは、握りこぶし大の目覚まし時計だった。フロントに置いたそれをチラチラと眺めつつ、「大丈夫です」の言葉通り駅には辷り込みセーフだった。

その後２回、丹波を訪ねたのも、作品だけでなく生田・M氏に惹かれたからだが、数年後、肝臓癌を患った生田氏は鬼籍に入った。最期を看とって帰郷した氏は県内各地を探し歩き、芦川渓谷の古民家に居を定めた。落ち着いたら訪ねるといわれて３年、ある日、これから伺うとの連絡。しかし待てど暮らせど現れない。近くの開国橋上で、スピード違反の取り締まりに遭ってしまったのだ。帰郷してからの３年に比べ２時間程度の遅れなんかと、再会の乾杯は苦笑混じりだった。

氏は国展では注目の作家だったが、積極的に注文に応じることは少なく、野山を駆け巡る生活を楽しみ、拙宅にも折々の野の花や山菜を届けてくれた。自足に近い生活や人柄が慕われ、各地から集まった個性豊かな人たちに囲まれ、夜更けまで談笑が絶えることはなかった。

そんな交流の場に若手のH氏がいた。彼は黒帯の空手家だったが、格闘の世界での限界を悟り、さりとて就職する気にはなれず、民芸の世界に憧れM氏に私淑した。その後沖縄へと移住、縄文やアフリカなどの原始美術を参考に修行、南蛮焼き締めの技を携え信濃境（諏訪郡）に窯を開いた。

古民家の移築や窯作りに東奔西走中、M氏を訪ねた氏は痛飲、疲労が重なっていたのだろう、意識を失った。深夜を過ぎたころM氏から往診依頼の電話、伺ったが命に別状なく、小１時間ばかり滞在し様子を見たことがあった。

その後、１～２ヶ月くらい経ったころだろうか、ある日の昼前、受付嬢から面会者ありと、何やら「あっち系」のような人だという。「ハテ・・・？」。会って見れば確かに恐ろしげ、しかし礼儀正しい青年だ。「先日のお礼です」と、渡された包みからは、自然で素朴な茶灰色の地に黒い釉が叩きつけられたような大皿が現れた。先日、M氏宅に往診したH氏の初窯の挨拶だった。

自然にあるものの生命力を引き出すような独特の作品は高く評価されたが、もっと日常雑器もとの要望はほどほどに聞き、氏は道場を開き「唐手」の指導も始めた。多くの体育会系の指導者と違い、生徒たちの心にも丁寧に寄り添ったからだろう、ストレスを抱えた社会人や不登校の子どもたちの集まる場ともなった。

そんな折、千変万化する炎を観察したいと、近くの別荘に滞在中のMアニメ映画監督が窯を訪れた。後に監督から制作上の助言を求められるようになり、また、沖縄・久米島の「風の帰る森プロジェクト」（環境保全、自然再生の中、希望を持った未来の子どもたちを育てる）の設立などにも参加した。ところが次第に忙しくなり、ある年の秋は庭の栗も収穫ができない・・・、山村に居を定めた原点は何だったのかと、反省した氏は上京の機会を減らしたという。

昨年、H氏の唐手の弟子の一人、イラストレーターのK氏から一枚の画をプレゼントされた。この画がもたらされたのも始まりは丹波の生田氏、その後M氏、H氏と出会いがあったからだ。「芸術家とは、職業ではなく、生き方なのだ」（岡本太郎）の実際を目にしてきた私にとって、この画はそれを象徴する記念の品、駐車場入り口の看板に使わせてもらった（写真④⑤）。

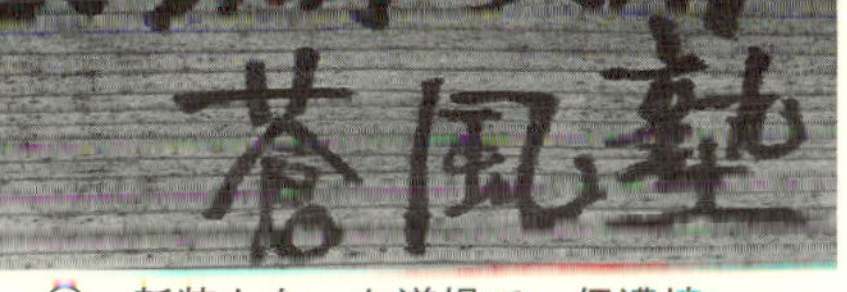


④　新装となった道場で、信濃境

⑤　看板（原画K氏）

# 3 岳麓（八ヶ岳）の地で
## ～　魅せられし人たち②

山梨県医師会報　令和５年　12月号　№636

我が家とゲストハウス・バーネットヒル（清里のペンション）との関わりは、毎日新聞の紹介記事がキッカケだった。鬱蒼とした森の中に瀟洒なイギリス南部風（ハーフテンバー様式）の建物がたたずみ、オーナーの入江良雄氏が設計したそれは、一人大工さんと共に自らも汗を流して完成させたという（写真①）。

大人のための休息の場所、目的のない豊かな刻を過ごして欲しいと、テレビなし・読書コーナーありとのコンセプトに惹かれ、ある年の正月明け、中学生の娘２人を連れ家族４人で訪ねたのだった。

吹き抜けのゆったりしたダイニングホールにはウオールナット（クルミ科落葉広葉樹）製のグランドピアノが置かれ、バーコーナーの暖炉の薪はパチパチと燃えていた。２階の読書コーナーに須美子夫人の蔵書が並んでいたのは、後に毎日新聞の読書欄に「入江須美子の読書日記」（週に１回、計17回）が掲載されるほどの読書家だったからだ。紹介書にはサン・テグジュペリ、レイチェル・カーソン、ラインホルト・メスナーなど洋書が多かったが、その中に拙書『食卓は警告する』も加えてくれた。

最初の訪問の際、もとより入江ファミリーの構成など知るよしもなかったが、翌朝のチェックアウトの際に驚きが待っていた。機を窺っていたのだろう、コリー犬のフレップ、３本足の雑種のメイ（雌犬）、そして猫のチニタが先を争っ

①　ゲストハウス・バーネットヒル、フレップとジュン
写真提供、バーネットヒル

てフロントに飛び出してきたのだ。まだ部屋にいた娘たちを驚かせてやろうと、「目を閉じていて」とフロントに案内したが、「触ってごらん」と言われフレップやメイに触れた途端、歓声をあげた彼女たちの目は大きく見開いた。

「出発の時間だから」と何度も催促され、娘たちはやっとフレップたちに別れを告げたが、彼女たちには「セラピードッグ（癒し犬)」だったのだろう、思春期で気難しい年ごろの娘たちも、「今ごろフレップたちどうしているかな？また会いたいね」と、そんな会話が母娘間に交わされるようになった。

さまざまなコンパニオン・アニマル（伴侶動物）と過ごされてきたことを知り、妻は入江夫妻に当時ベストセラーだった『ハラスのいた日々』（中野孝次著、1988年新田次郎文学賞受賞、帯文には「一匹の柴犬が子のない夫婦のもとにやって来た。掌にのせられ家に到ったその日から、抱かれて冷たくなった日まで～、犬を“もうひとりの家族”として」とある）を贈った。たまたま飼い始めた一匹の犬が、著者夫妻の人生に深く関わり、かけがえのない存在になったという内容に、須美子さんから「笑って泣いて一気に読了した」との礼状が届いた。

私たち夫婦はある年の冬、入江一家（チニタを除く）に雪の八ヶ岳牧場へピクニックに誘われた。快晴とは言っても厳冬、雪上を吹き抜ける風は冷たく痛い。ラッセルしながら雪原の真ん中へ、そこで沸かしたコーヒーを飲みオニギリをいただいたが、老犬のフレップが新雪を蹴散らして走る後を、３本足のメイは体を揺らし懸命に追いかけた。メイの足が１本無いのは電車に轢かれたからだが、半死半生で倒れていたところをたまたま通りかかった良雄さんに発見され、家で手当を受け家族の一員となったのだ。

ゴールデン・レトリーバーのジュンが入江家の一員に加えられたのは生後20日目、なぜそんなにも早く親元から離されたのか？それはチニタやウサギたちが怖がらないよう、小さいうちに慣れさせようとしたからだ。実際、入江家に伺うと、犬、猫、ウサギなどが仲良く暮らしているのが日常だったし、見慣れるとそれが当たり前と思えた。なら我が家でもと真似したが見事に失敗、犠牲になった動物たちには済まないことをしてしまった。

たとえば、入江家から譲っていただいたウサギのセサミ（雄）は、私の膝に乗ったり炬燵に入ったりと懐いてくれた。ところが座布団はともかく電気コードを齧るようになったため、やむなく囲いのある庭で放し飼いにしたところ、ある朝姿が見えない。おそらく犯人は野犬か野良猫だったのだろう、ブロックの隙間に彼の毛が残されていた。入江家で可愛がられていたウサギを失跡させてしまって・・・、私たちはその件をなかなか言い出せなかった。

「あら旅に出たのね。今ごろきれいな花の傍で、彼女と一緒に幸せに暮らしているわよ。きっと」

やっとの思いでその件を告げたとき、須美子さんの言葉にどれほど救われたことか。
　また、アイガモのポコをベランダで飼ったときは、ドアを閉め忘れた一瞬の隙に飼い犬のレア（柴犬・雄）に襲われた。犬小屋を嫌った彼は台所の土間を住みかにしていたが、いつもベランダの気配を気にしていた。入江家の動物たちとは明らかに様子が違うため、一緒には暮らせないだろうと思ってはいたのだが・・・。
「バカ、バカ、バカ」と、泣きながらレアの頭をスリッパで叩き続ける妻に、身を縮めた彼は怯えきった目つきで私に助けを求めていた。

「この人とやっていけるのかしら、と須美子は悩んだ。だが、なぜか現実離れしたこの人（良雄）に魅かれたのだ。いつかデートしたとき、時間に遅れてきた。理由を聞くと、目白の駅の近くで猫と立ち話をしていて遅くなった、と言った。その一言で不機嫌はなおった。猫と立ち話できる人ならいいや、そう思った」（早瀬圭一著『転職』より）。
　旧約聖書に出てくるソロモン王は、動物と話ができる指輪を持っていたという。入江夫妻の指にはもちろんそんな魔法の指輪はないが、彼らの心にはそれがあったのだろう。でなければ動物たちとあのような共同生活は成り立つはずはあるまい。
　そんな指輪の力はフレップの後継に迎えられたジュンにも伝えられ、人間の子どもや小さな生き物に対し大変優しい成犬に成長した。アヒルの子や子ウサギは彼の背中で遊んだし、昼寝中の傍にはリスや小鳥たちが集まってきた。タヌキに似た雑種犬の卯月は、生後すぐに捨てられていたところをジュンに発見され、入江家の一員になった。もちろんジュンは人間の言葉を理解したから、彼と出会って動物好きになった宿泊客の子どもも多かったという。
　誰からも愛されたジュンは12歳弱でその生涯を終えたが、死が近づいたころに彼の目から涙が・・・、余分な塩分を排出する生理現象といえばそれまでだが、これは夫妻にとっては別れの涙以外の何ものでもなかった。
「犬が人間にとって本当にかけ替えのないもの、生の同伴者と言った存在になるのは、犬が老い始めてからだ。子犬のころ、若犬の頃はただそれだけで楽しい生きものだが、老いの徴候を否応なく見せだしたあと、彼は何か悲しいほど切ない存在になる。体をまるめて眠っている姿を見つめていると、“生ハ悲シ”といった思いがふつふつと湧いてくるようである」
　と『ハラスのいた日々』にあるように、犬年齢は人間の７倍の速さで進むため、飼い主は幼犬・成犬・老犬と否応なく速やかな時の流れを目にすることになる。人と犬が信頼という太い絆で結ばれて過ごした幸せの日々の果ては「会者定離（えしゃじょうり）」、会うものは必ず別れなければならないという運命の掟だ。以下は死を間近にひかえた犬に、“生ハ悲シ”を実感した故・平岩米吉氏（動物学者）の『犬の歌』だ。

犬として死に行く犬の老姿(おいすがた)
　　　　ひたに見つめてわれはありけり
あたたかき舌を触れつつ我が掌(て)より
　　　　もの食(は)む日々もはやつきんとす
犬は犬 我は我にて果つべきを
　　　　命触りつつ睦ぶかなしさ

入江夫妻にとってジュンを失った悲しさはいかばかりであったろうか。闇があるから明るさが輝くように、たくさんの幸せを貰ったからこそ、悲しみは深く大きい。夫妻は記念にと写文集『for JUN あるゴールデン・レトリーバーと過ごした日々』を上梓したが、「この悲しみは幸せだったときの一部分・・・」だったからだろう。帯文に自然写真家の西村豊氏から次のような文章が寄せられた。

「私の知っている人たちの中で、動物たちと共に暮らす人は多い。でも、この入江さんのように、これほど動物たちと自然に家族として暮らしているご夫妻を私は他に知らない。きっとお互いに姿形や言葉は違っていても、心が通い合う幸福な家族だと思う」。

レコーディングスタジオを併設した「星と虹歯科診療所」は、八ヶ岳南山麓のなだらかな斜面に位置している。南全面がガラス張りの診療室からは、甲斐駒ヶ岳を中心に左右に連なった南アルプスの山々が間近に望める。

歯科医でミュージシャンでもあるF氏は、ノンフィクション作家・沢木耕太郎氏の『彼らの流儀』（1991年 国内外の市井の人々の人生を簡潔軽妙に、しかも味わい深く切り取った33編、朝日新聞紙上で連載）で紹介された。沢木氏がF氏を取材するようになったキッカケは以下の通りだ。

自然の中でのんびり刻を過ごそうと、知人の紹介で沢木夫妻がバーネットヒルを初めて訪れた際、オーナーの良雄さんとの会話でたまたま２人は同年齢、しかも26歳のとき共にインドを放浪していたことを知った。そんな偶然にいたく驚いていたところに現れたのがF氏。フットワークの軽い彼が須美子さんの歯の診療に、小淵沢から往診を兼ね遊びに来たのだった。

では入江夫妻とF氏の出会いは・・・？東京から移住して来た入江夫妻に清里はもとより不案内の地、歯の治療を受けようと歯科医院探しは電話帳が頼りだった。目に止まったのが「星と虹」というユニークな名前、そこでの診療が付き合いの始まりだった。

Ｆ氏は礼文島出身、中央線の車中からたまたま目にした甲斐駒ヶ岳が、少年時代に見慣れた隣島の利尻富士に結びつき、彼は小淵沢に居を定めたのだった。

八ヶ岳山麓の魅力に惹かれた旅好きの県外者同士、また須美子さんは日航国際線のスチュワーデスだった。豊富な話題や共通する価値観に波長が合ったのだろう、当時独身だったF氏は診療が終わると小淵沢から清里へ、しばしばバーネットヒルを訪ねるようになっていた。

あるとき、たまたま上京したF氏はヤマハの展示場でウオールナット製のグランドピアノを発見する。注文客がキャンセルしたものだった。特製だけに右から左へと簡単に売れるものではない。「またとない出物だよ、ホールにピッタリだ。オレが毎週弾きに行くから」との積極的な電話に、断りきれなくなった入江夫妻は購入を決めた。

そんな経緯（いきさつ）は知るよしもなかったが、一人でも多くの人の目に触れた方が良いだろうと、私は我が家にあったアンティークなリードオルガン（西川オルガン製、日本で最初に製造）を譲ることにした。ピアノとともに、バーネットヒルの家具調度と引き立て合うと思ったからだ。

そのオルガンはもと福沢諭吉邸にあったのものだが、我が家に来た謂れはこうだ。

明治時代、イギリス聖公会から派遣されたアレキサンダー・クラフト・ショー師は慶應義塾で講義をするかたわら、福沢邸の家庭教師もしていた。師は日本聖公会の宣教活動にも関わっていたため、その縁で福沢邸から甲府聖オーガスチン教会に会議用テーブルと椅子、オルガンが寄贈された。オルガンは長年の使用に楽器の機能を失ったが、義母が教会に通っていた縁で、骨董品として我が家が譲り受けたのだった。

良雄さんがそのオルガンを受け取りに来た際、助手として同行されたのがF氏だった。たまたま廊下に裏面で立てかけてあった画を手にした彼は、「何これ？」と裏返した。それは出品後に返ってきたばかりの妻の画（日本画）だったが、「いいじゃん、ホールにピッタリだ」と。「本人の意向も聞かずに！勝手なんだから」。良雄さんは慌てて制したが、結局、広々としたホールの漆喰壁面に飾られることになった。

バーコーナーの一角に置かれたオルガンは、昔からそこにあった様に違和感なく納まったが、入江夫妻は折角だからと修理に出した。修復後、忘年会を兼ねた記念コンサートでは、パイプオルガニストにバッハやモーツアルトのオルガン曲を奏でてもらった。第２部はオルガンからグランドピアノへ、F氏のビートルズのヒットナンバーの弾き語りを楽しんだのだった。

インドのデリーからロンドンまで、バスの一人旅を綴った『深夜特急　第１便・第２便』（沢木耕太郎著、1986年）は、発刊後たちまちベストセラーとなり、「第３便はまだか」と多くの読者が首を長くしていたころだった。良雄さんから

「沢木夫妻が見えるから来ないか」とのお誘い。「あの話題の著者に会えるなんて」と私たち夫婦は喜んで清里へ、夕食後、F氏ともども沢木夫妻を囲んで楽しい団欒の一時を過ごした。皆の関心はもちろん『深夜特急』、旅でのエピソードや出版事情など、率直な質問に氏は丁寧に答えてくれた。

文章の書き方について聞くと、「簡単ですよ」とあっさりした答え。テーマを支えるエピソードをいくつか、伏線効果を考え流れに変化を持たせる。余韻を残すよう全ては書かないなど・・・。

「すでに作家として評価が高い沢木さんなら、もう編集者の出る幕はないのでは？」との質問には、「編集者だった妻にチェックしてもらう。遠慮がないだけにとても厳しい」とのことだった。

自分の時間を失なわないよう仕事はほどほどに、不自由になるからテレビには出ない、一定以上の収入は望まず旅を続けたいという。金銭の話になったので、失礼とは思ったが「もし離婚となれば慰謝料はもちろん『深夜特急』の版権（著作権）ですよね？」と夫人に聞くと、これからも読み継がれていくだろうと、同感の彼女は笑みを浮かべて頷かれた。

ちなみに、バックパッカーのバイブルとなった本書に影響され、海外へと旅立った若者は数知れないだろう。後に私がエチオピアを旅した際、同行者に旭川から参加した30歳過ぎの男性がいた。首都アディスアベバの市場（マルカート）は広大で迷路のよう、しかも治安が悪いため車窓からの見学だった。しかしそれでは物足りないと彼はガイドの忠告を無視、財布、パスポート、腕時計などすべてを部屋に残し、短パンとTシャツ、ゴム草履姿で市場に向かった。夕食の席で市場の感想を聞くと、暑かったし緊張もしたし、汗ビッショリだったけど楽しかった、良い経験だったと。

「『深夜特急』は読んだ？」。聞くと未だという。ならぜひにと薦めた。帰国後ほどなく彼から礼状が届いた。成田空港では旭川への乗り換え便がないため都内で一泊、その際、宿泊ホテル近くの書店で文庫化された『深夜特急』１・２巻を購入した。読み始めたら止まらず、気がついたら朝方だった。旭川では旅装を解く間もなく書店へ、続きの３～６巻を求め一気に読了したと。手紙の最後に「もし20代にこれを読んでいたらヤバかった」と記されていた。

世界各地を旅してきた氏の話題は多岐に渡り、しかも軽妙で淀まない。飲み過ぎの失敗談が３回あったという話も面白く、２回目が終わったのは夜も更けていた。「３回目はまた後で」と氏が言われたとき、「（『深夜特急』の）３便はまだなので、３回目はいつになるのかな・・・」と未練を残した（私の）妻の一言に全員が爆笑、お開きになったのだった。

沢木氏にバーネットヒルで再会したのは、それから半年くらい経ったころだろうか。自動車免許取得のため、小淵沢の教習所に通うときだった。そのキッカケを聞いて思わず笑ってしまったのは、「オレも取ったよ」と、友人の歌手（独特の美声を持つＩ氏）の前に、それをポンと投げ出してみたいと思ったからとのこと。そんな稚気に触れ、クールでスマートな雰囲気を漂わす氏がグッと身近に感じられた。

翌朝、車で清里から氏の宿泊予定地・小淵沢のＦ氏のスタジオへ、互いに娘を持つ親同士、子育ての話になった。数年前、氏は娘さんが生まれた直後に取材でフィンランドへ、その後アメリカを経由し３ヶ月後に帰国した。娘が生まれたからといって、これまでの生き方を変えたりしないぞという稚い意気がりがあったからという。そんな話をある会合でしたところ、一人の先輩に「子どもの最も可愛いときを見なかったのは不幸なことだ」といわれ、そのひとことに大きな衝撃を受けたとのことだった。

「すべての赤ちゃんは、神様が人間に絶望していないというメッセージを携えて生まれてくる。赤ちゃんが眠るとき、くちびるにほころぶほほえみ」（タゴール）、「妖精が光となって赤ちゃんに差したとき始めて笑う」（映画『ネバーランド』より）というあの微笑を見逃してしまったのだ・・・。

以後、氏は生活のリズムを変える。夜型から朝型へ、毎日規則正しく仕事場に通う、家事を手伝う、昼食は自分で作るなどなど・・・、夫人には「お嫁に出せる」と言われたそうだが、何より一人で生きていけるだけの家事能力は何にも代えがたい自信になったという。

私の歯の主治医でもあるF氏は、八ヶ岳山麓に住むミュージシャンたちとグループを結成、県内外で演奏活動を行なっていた。メンバーはバイオリン、クラリネット、ギター、マンドリン、それにピアノ・ボーカルのF氏と合わせて５人、当院のサマーコンサートでも演奏をお願いしたことがあった。グループ名はマウンテンパパ、メンバーのそれぞれが発育盛りの子を持つ父親だったからだ。

原村（諏訪郡）に住むバイオリニストB氏（バイオリン製作者）の庭でのバーベーキューパーティでのことだった。招待客の一人に頭角を現していた俳優・役所広司氏の姿があった。1985年に公開された映画『タンポポ』（伊丹十三監督、売れないラーメン屋を立て直すというストーリーで、ラーメンウェスタンと称された）の中、ストーリーと無関係に唐突に現れる中折れ帽を被った白スーツ姿のカッコイイ彼が、相方の女優と生卵の黄身を数回、口移しで出し入れするシーンがあった。この食と性を象徴したシーンの印象は強く、氏に聞くと撮影には苦労したとのことだった。以後、ダンディから渋い役者へ、昨年からは『峠 最後のサムライ』『ファミリア』『銀河鉄道の父』と続けて主役をこなし、今や押しも押されぬ日本を代表する俳優だ。そして今年の第76回カンヌ国際映画祭では、『パーフェクトデイズ』で見事に男優賞に輝いた。

# 4 書物を通して

## ～　新たな出会いが

山梨県医師会報　令和５年　10月号　№634

大阪は心斎橋のホテルから地下鉄で天王寺へ、そこからチンチン電車に揺られて約15分、国宝の住吉大社は周囲の街並みと隔絶され、鬱蒼とした緑に囲まれていた。降雪という天気予報は幸いにもはずれ朝から快晴、しかし風は冷たくコートの襟を立てる。３万坪の早朝の境内に人影はなく、楠の緑が朝日に輝いていた。歩を進め本殿に近づくと、その脇の店舗前に一人の婦人が立っていた。「まあ、せんせ、ようお越しくださって。お待ちしておりました」。「うどんや風一夜薬本舗」と印された、白い法被姿の末広夫人だ。頭のてっぺんから出るような明るく元気な声に、初対面の緊張はいっぺんに吹き飛んだ。丁寧な説明を聞きながら神社の参拝を済ませ、夫人の案内で主人の待つ店舗へ向かった。

ところで、「うどんや風一夜薬（かぜいちやくすり）」とは江戸時代、風邪をひいたらウドン屋に駆け込んでアツアツのウドンを食べ、そこで売っている風邪薬を一緒に飲んで寝ると、「風邪の神一夜にしてほろぶ」ことから生まれた言葉という。『二十四の瞳』（壷井栄著）には、風邪を引いた大石先生に対し、「大石先生、青い顔よ。（略）うどん屋かぜ薬というのがあるでしょ、あれもらったら?」と、同僚の先生の言葉が記されている。

実際、風邪をひいた時に熱が出るのは、発熱によって風邪のウイルスを排除しようとするからで、それは身体にとって必要な防衛反応だ。そのため、無闇と熱を下げるのは好ましくなく、逆に体温を上げることが望ましい。熱いウドンや粥を啜ることは理にかなっているため、以前、そのことを記した『生活習慣病と食養』（現代出版プランニング）に、「うどんや風一夜薬本舗」の登録商標をカットとして使わせてもらった。今回は大阪での所用の機会を利用し、拙書を携えてのお礼の訪問だった。

末広夫妻は、にこにこと腰が低く、「来る者に安らぎを、去る者に幸せを」与えてくれるようなお人柄だった。歴史ある大社の境内で古来ただ一軒、営業を続けてこられたのも「白馬神事」（正月七日の神事で白馬を見ると、年中邪気を遠ざけて風邪をひかない）の故事と風邪薬が一致したからだろうし、また末広家の日頃の精進もあったからだろう。人っ子一人いない早朝から店を開け準備されたアツアツの生姜湯は、冷えた身体はもちろん、心の芯まで暖めてくれたのだった。

180年もの間、ダシを毎日継ぎ足し使い続けてきたという「たこ梅」（大阪・道頓堀）は、日本最古のおでん屋といわれる。訪問前の電話で、「大阪でどこかご希望の店は?」と中垣剛典氏（ケフィア園販売元・大阪）に聞かれ、躊躇なく「たこ梅」の名を挙げたのは、名物のタコの甘露煮と鯨の舌（さえずり）を食べてみたいと思っていたからだ。

レトロな感じの暖簾をくぐると店内は懐かしい昭和の世界、コの字型のカウンター内のおでん鍋から立ち上るダシの匂いと湯気に包まれた。「たこ梅」の名の「たこ」は、鍋の前に立つ店主が「四方八方」にタコのように腕を伸ばしてサービスする、「梅」は初代の名が梅次郎だったことから名付けられたという。

串刺しの「さえずり」が鍋から出されると、カウンター斜め先のほろ酔い加減のオッサン、私が地元の客ではないと見たのだろう、「お客さん、あんた知らんやろけど、それ高うおまっせ」と、さらに「よう噛んで食べなはれ、鳥のさえずりのようでっしゃろ。だからそう言うまんねん」と口出し。隣席の中垣氏は戸惑った様子だったが、帰路「ほんまに余計なこと言うやつおりまんねん、大阪には。失礼しました。先生、追加の注文遠慮されたんと違いますか・・・」と恐縮された。氏は下見に前日も来店したとのこと、私もまた恐縮したのだった。

中垣氏との関わりは、何かの雑誌でケフィアの紹介記事を目にしたのが始まりだった。ケフィアに関して無知だったが、乳酸菌で牛乳を発酵させるヨーグルトと違って、ケフィアは乳酸菌と酵母で発酵させ、腸内でビフィズス菌をさらに増やす働きがあるとのこと。ならばと我が家で使い、知人や友人、さらには患者さんにもと紹介の輪を広げていった。

私は当時、「きな粉」の再認識をと、健康雑誌『壮快』や当院のミニコミ紙「ぽすと」などで情報を発信していた。美味しくて廉価、栄養価が高く入手しやすいなど、素晴らしい伝統食品が日常の食卓から消えつつあったからだ。ご飯にかける、味噌汁に加える、オムレツやハンバーグなどに入れる、「きな粉ドリンク」にして飲むなどなど、利用法はごく簡単だ。

ちなみに、牛乳に「きな粉」を入れて飲むという「きな粉ドリンク」は、1980年代中頃に長井盛至先生が提唱、1990年代中頃にブームとなった。私もそのブームの尻馬に乗ったが（『きな粉ドリンクが効いた！』監修、マキノ出版）、下痢しやすい乳糖不耐症の人には乳糖が分解されたヨーグルトが勧められる。そこでヨーグルトにきな粉という組み合わせを提唱したが、ケフィアを知ってからはヨーグルトをケフィアに代えた。

その後、ホルモン剤や抗生剤を使った牛乳の問題点が指摘されるようになったため、牛乳を豆乳に代えて発酵させた「トーグルト」（自称）を用いることにした。それにきな粉を加えれば大豆イソフラボンの摂取量が増え、乳がんや前立腺がんの抑制、コレステロール低下効果などさまざまな健康効果が期待されるというわけだ。

私は長井先生推奨の北海道・十勝産きな粉（坂口製粉所製・札幌）を紹介していたが、93歳で他界された先生の横浜での葬儀の際、札幌から上京した坂口社長から「これから挨拶に伺いたい」と、式後に電話があった。「30分くらいで着けるか?」と問われ、「遠いので、お言葉だけで」と返答したものの、「ぜひに」と言われた氏は新宿経由で夕刻７時ころに来宅した。明日早朝の便で札幌に帰るからと、我が家での滞在は顔見せだけの短時間だった。フットワークの軽さに驚いたが、あるいは死期の予感があったのかもしれない。というのも１年後、氏は肝臓がんで他界されたからだ。当時、長男は浪人中だったため、やむなく素人の夫人が社長に。そして現在、長男が社長となって経営は順調という。

「きな粉ドリンク」を紹介した「ぽすと～小医院からのおたより」は、開院した翌月（1983年７月）から月１回発行、開院25周年の2008年７月に300号を迎えた。「始めあれば終わりあり」「継続はマンネリの証し」と思っていたから、切りのよい数字は休刊の大義名分となった。

このミニコミ紙「ぽすと」の名は、当院の玄関先に立っている丸型の郵便ポストに由来する。それは以前、郵政省が丸型の郵便ポストの廃止を決定（完全廃止とならず、今も少数が使われている）、放出されたものが開院記念にと地主だったK氏からプレゼントされたものだ。

一昔前、人々の通信手段は肉声の伝わる電話や葉書・封書が主流で、ポストに投函された手書き文は近隣から遠くは海外へと配られた。「手紙を書くというのは、人生に証拠を残すという厳粛な行為」（社会学者、清水幾太郎）はいささかオーバーとしても、「相手に対してどのような気持ちでいるか、手紙は相手のある文章である」（詩人、大岡信）ように、人はそれを手にしたとき、何が書いてあるのだろうかと期待し、また書き手の思いや温もりを感じたことだろう。そんな手紙文化とともにあった丸型のポスト、その雰囲気が医療の現場でも多少とも伝えられたらと、ミニコミ紙のタイトルを「ぽすと」にしたのだった。

発行当初、すでにワープロ文字が主流になりつつあったが、あえて手書き文字にこだわったのも手紙文化への郷愁だった。しかし、いつのころからか「ぽすと」も活字文になってしまい、そして今やネット全盛の時代、角形ポストを通して配られるのはダイレクトメールが主流だ。

「ぽすと」は『ぽすとpart1～6』と折々に冊子化したが、最終の『ぽすとpart 6』（写真①）のカバー紙は世界各地で撮影したポストの写真で飾った。民族や言葉、文化が違うように色や姿、形もさまざま、風雪に耐えたそれらから過ぎ去った人々のさまざまな思いが偲ばれようか。

食に関心のあった私は40代前半、たまたま読んだ食評論家Y氏の著作に感銘を受け、氏に感想文を送ったことがあった。自己紹介を兼ね拙文（医療タイムス掲載）を同封したところ、雑誌『食の科学』の編集長でもあった氏から、「薬喰いと食文化」のタイトルで「医師の目から食を語って欲しい」と、同誌への投稿を勧められた。不安ではあったがせっかくの機会だし・・・、結局、隔月に20回、なんとか投稿が続けられたのは、Y氏の励ましと甘言があったからだ。「面白いから続けて、まとまったら単行本にしましょう」と。

タイトルにある薬喰いは、「薬喰人目も草も枯れてから紅葉（鹿肉）鍋」と江戸川柳にあるように、肉食は文化の表層では忌避されたものの、深層では病人の養生や健康回復、美味欲求など、薬になるという口実で通底していた。

実際、「汝の食事を薬とし、汝の薬は食事とせよ」（ヒポクラテス）、「空腹を満たすときは食と言い、病を直すときは薬という」（中国、黄帝内経）など、病気治療も食事摂取も生存のため必要不可欠との「薬食同源」「医食同源」の思想は世界に共通する。その視点から眺めた食に関する世界の歴史や文化、医療などを記したが、タイトル中の「喰」は効果的だったようだ。というのも「喰」は日本で創られた国字だが、「食」よりも動物的・野生的雰囲気があり、「生きるための食べもの」の意が強く感じられるからだ。

その効果があったのかどうか、出版後に講演依頼の電話があった。北海道新聞（道新）の編集委員T氏からだった。会合で上京した際、たまたま立ち寄った書店で拙書が目に止まったとのことだった。

札幌での「道新健康セミナー」の際、私は前座で薬喰いの話をしたが、メインの講師はベストセラー作家の椎名誠氏、講演内容はパタゴニアの旅の話だった。ユーモアを交え淡々と語られた「旅する心」の話は面白く、あっという間の1時間だった。講演後の会食の際、ホテル自慢のジャージャー麺が供されたが、箸を取る前に氏は小声で仲居さんに酢を注文された。「中華には酢は欠かせません。

① 「ぽすと　part 6」表紙

よかったら皆さんお試しを」と言われ、以後、それは私の中華料理の食卓で必須の調味料となった。

氏が国内外を忙しく飛び回っている様は、会食中、何度か電話に呼び出されたことからも窺えたが、そんなに忙しいのに一体いつ執筆しているのかと聞くと、「機内は書斎で、窓際の席は自分だけの世界。コーヒーはコールボタンを押すだけ、いつでも飲める」との答だった。

その講演から数ヶ月後、『パタゴニア～あるいは風とタンポポの物語り』が出版された。手にして驚いたのは、あの講演時の言葉がそのまま文章化されていた（と思った）からだ。完成した文章が次々と頭に浮かび、それがそのまま活字化される！、それが氏の多産を支えている原点ではと合点したのだった。

ところで、幸運にも椎名氏に会えたのは「薬喰い」の効用だったが、逆に忌避されたこともあった。食品メーカーに勤務していた同世代の友人に拙書を送ったが、何の応答もなく（賀状交換はあった）20年近く経ったころだった。終活中の彼が書棚を整理していたとき、片隅に埃の積もった一冊を発見。著者はと見れば私の名前だ。定年近く暇になった彼がページを繰ったところ、「内容に驚いた。贈呈されたとき読むべきだった。礼状が遅れて申し訳ない」と、遅い詫び状が届けられた。拙書を初めて手にしたとき、「薬喰い」のタイトルが「医者のあいつはドンブリ一杯、患者に薬を喰えと出しているのか」と、反射的に拒否反応を催したとのことだった。

拙書は人生最初の出版だったため、最終校正を終えたときは肩の力が抜けたようだった。その後の経過・顛末は、発刊部数は初版2,000部、１年後に再版1,000部、５年後に改訂版1,000部だった。ところが出版業界不況の流れに出版社の三嶺書房は倒産。すると「残部が500くらい。希望があれば送料と手数料で手配する」と管財人から連絡があった。知人・友人にはすでにバラ撒いてあったし、手元にあっても・・・。しかし処分されるのは忍びがたく、希望者があればと待合室に置くことにした。幸い残部は次第に減少、また兄の紹介で大英図書館に収蔵された（写真②）。

なお、成人病が生活習慣病へと名前が変った飽食の時代、再度、Y編集長から執筆を勧められた。伝統栄養学と近代栄養学の調和を図った新たな日常茶飯をと、『月曜日からの食卓・日常茶飯の食事学』（光琳）が「食の科学選書シリーズ」の一冊に加えられたが、それが二匹目のドジョウだった。

大分県日出（ひじ）町の「城下カレイ」は「海中に真水清水湧きて魚育つ」（高浜虚子）と歌われ、美味としてつとに有名である。日出城址下の海岸海底からは豊富な真水が湧き、海水と混じった汽水域で育つマコガレイは泥臭くなく、淡白ながら上品な甘味があり、珍味なそれは干物にされ徳川家へ献上されたという。

そんな情報に惹かれた私は、ノコノコと大分から日出（ひじ）へ鈍行で約30分、日出城址に接して建つ的山（てきざん）荘（老舗料理店）へ。暮れなずむ別府湾を眺めながら、刺身、煮物、唐揚げと「城下カレイ」のフルコース、どんなにおいしいかとの期待はみごとに外れ、一人で黙々と食べた夕食は味気なく、「鯛も一人はうまからず」を痛感した。家族や友人、恋人、親しい知人などと一緒なら、カレイはどれほどおいしかったことか・・・。

また「心安らかに食べたパンの皮は、不安な気持ちで食べた宴席料理よりはるかに優る」（『イソップ物語』）ように、おいしさは食べる際の心の有り様にも大いに影響される。まさに「心に通じる道は胃を通る」（ヨーロッパ格言）のだ。

人の心を結びつけるそんな食文化に関し上梓したのが『食卓は警告する』（大修館書店）だったが、『「薬喰い」と食文化』がそうであったように、編集者や出版社にとって、まず読者の目に止まるために書名は重要関心事だ。当初、拙書のタイトルに「食べものには心の栄養がある」「食卓の心（アート）」「自己家畜化をくい止める食文化」などを提案したが、編集会議で却下された。それに対し提案されたのが『食卓は警告する』。露骨な表現に納得しかねたが「他人のフンドシ、まな板の上の鯉・・・」、まあ、仕方ないかと受け入れたのだった。

発刊後、ある先輩から注文の電話があった。「『食卓直撃』面白かった」と。「警告」と「直撃」は違うけれど、やっぱりインパクトはあったんだ・・・。

新聞や雑誌などに書評が載ったからだろうか、それなりに販売部数が伸びたが、発刊十数年後、時期は違うが複数の大学入試問題に拙書の一節が採用された。

たとえば某大学の小論文の問題。

「（前略）人類にだけみられるこの共食という行為によって人間社会の基盤が作

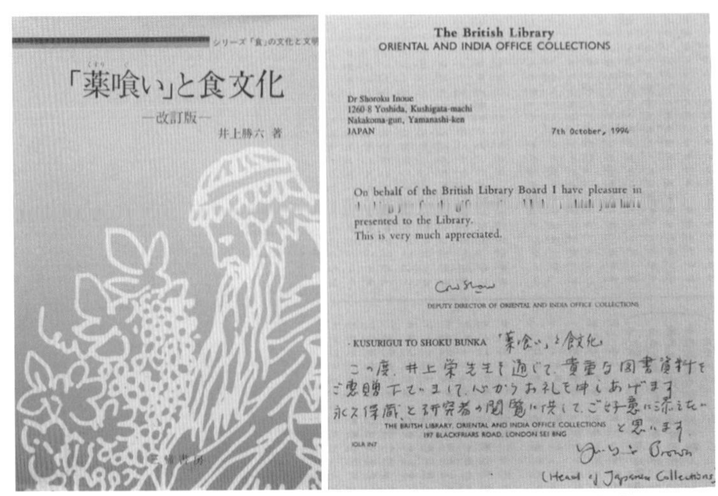

The British Library
ORIENTAL AND INDIA OFFICE COLLECTIONS

Dr Shoroku Inoue
1260-8 Yoshida, Kushigata-machi
Nakakoma-gun, Yamanashi-ken
JAPAN

7th October, 1994

On behalf of the British Library Board I have pleasure in
[illegible]
presented to the Library.
This is very much appreciated.

DEPUTY DIRECTOR OF ORIENTAL AND INDIA OFFICE COLLECTIONS

- KUSURIGUI TO SHOKU BUNKA 「薬喰い」と食文化

この度、井上栄先生を通じて、貴重な図書資料をご恵贈下さいまして、心からお礼を申しあげます
永久保蔵と研究者の閲覧に供して、ご好意に添えたいと思います

(Head of Japanese Collections)

THE BRITISH LIBRARY, ORIENTAL AND INDIA OFFICE COLLECTIONS
197 BLACKFRIARS ROAD, LONDON SE1 8NG

② 左、「薬喰いと食文化」 右、大英図書館からの礼状

られてきた。ところが、文明の進歩は人間の管理化、規格化を進めて、人間同士を結びつけるという食卓の心（アート）を奪ってしまった（a)。体を養うという栄養（サイエンス）面ばかりが強調されるような食事は、実は家畜や飼育されている動物と同じで、これは自ら家畜になろうとする動き、すなわち人間の自己家畜化現象に他ならない（b)。(後略)」

と拙書から引用し、問1、(a) について、具体的事例を挙げ、現在の食事の在り方について、あなたが考えたことを、400字程度で書きなさい。問2は、下線部（b）を踏まえ、世の中には、一人で食事をすることを余儀なくされている人がたくさんおられます。あなたが、将来、下宿等で、ひとりで食事をしなければならなくなったとき、どのような工夫をしたいと思いますか?　200字以内で書きなさい。

この問題を読んでまず思ったことは、「オレ、こんなこと書いたんだ。それにしても難しい。数学や物理と違って正解があるわけでなし、採点者も大変だろうな」だった。その際、思い出したのが南木佳士氏（芥川作家）のエッセイ、入試に出された自身の文章の問題に答えられなかったという一節だった。

閑話休題（それはさておき）、時は読書の秋。書物には見知らぬ新しい世界が広がっている。書評や書店で、また人伝にと興味の湧いた本を手にするが、それだけだと選択の幅が限られがちだ。ところが知人、友人、先輩、後輩、執筆者などから紹介され、また贈られた本に、思いも及ばなかった新たな驚きの世界を見ることがある。例えば、以前にも記したがルーマニア旅行の際、友人に勧められて読んだ『百年の預言』（高樹のぶ子著）は、バイオリン曲「バラーダ」の譜面を軸に、ルーマニア革命に翻弄される人々の姿が描かれるが、その本がキッカケでバイオリニスト天満敦子さんの知遇をえた。またその際のツアー仲間だった大阪のYさんからは『森の隣人』（ジェーン・グドール著、チンパンジー研究家）や『生き方』（稲盛和夫著）などを贈られ、世界には知らないことがいっぱいといささかなりとも視野が広がった。

「ひとり燈（ともしび）のもとに文（ふみ）をひろげて 見ぬ世の人を友とするぞ こよなうなぐさむわざなる」（兼好法師）で、自著に費やしたエネルギーに比べれば、他著の本を読むのは「楽（たの）」しく、実に「楽（らく）」だ。

# 5 ラマさんとペガーさん
## ～　二人の女性ガイド

山梨県医師会報　令和５年　1月号　№625

インド西部のカチュアル半島はギルの森へ、野生のインドライオン見学のため成田を発ったのは2004年の暮れだった。成田は定刻に飛び立ったものの、４日前に起きたスマトラ島沖大地震（マグニチュード9.1）による影響でデリーでの中継時間が長引き、ムンバイ到着は深夜となった。

空港到着口で出迎えてくれたのはラマさん、旅行社の説明でガイドは女性と聞いていた私は、小さめの頭で顔の彫りが深く、潤んだ大きな瞳、スラッとした身体にカラフルなサリーをまとい、それを翻しながら颯爽と歩く・・・、と勝手な想像を膨らませていた。ところが、ざっと見回してもそんな女性はいない。到着客たちは思い思いの方向に散っていき、ごった返していた人影は少なくなった。一体どこにいるのだろうかと注意深く見回すと、薄暗闇の中に黒っぽいサリーをまとった老婦人が一人。まさかと思いつつ近寄ると、小柄で浅黒く、顔にはシワが深く刻まれ、お腹の大きい女性が・・・、お腹の出っ張りを除けば近所のK婆さんそっくりだ。まさかKさんがここにいるわけはなく、するとその女性がラマさん?・・・。まさかと思ったが、手に持った小さなカードには「MR INOUE」の文字。勝手な思い込みが否定された瞬間だった。

旅の折々に聞いたところでは、ラマさんの年齢は78歳、実年齢をいうと客が不安がるので、10歳サバを読んで自称68歳とのこと。しかし、「老けた」見かけと違い彼女は心身ともに若く、とても優秀なガイドだった。『世界ふしぎ発見』など、日本のテレビ局の仕事も多く、そんなことまでと芸能界の裏事情にも詳しかった。ペラペラの日本語は幼少時代、対英独立に日本軍と共に闘った父親とミャンマーで過ごしたからで、日本の兵隊さんにはたいへん可愛がられたという。

ラマさんの案内で印象深かったのは、性格なのか年の功なのか、強引な交渉で結局は自分の要求を通してしまうことだった。たとえば、ムンバイからギルの森への午前のフライトでは、旅行社の手違いで彼女のチケットは翌日用だった。暮れの繁忙期で余席はない。午後のフライトを勧められると、客と離れてガイドは務まらないと譲らず、ついにチケットを入手した。その経緯（いきさつ）は不明だが、押しの強さに驚くと同時に、何よりガイドなしで先行しなくてすむことに安堵した。

また購入したばかりでケータイの操作が疎かった彼女は、周辺の人たち誰かまわず臆せずに質問していた。元旦にギルの森近くのヒンズゥー教の古刹を訪ねたとき、異教徒は寺院内に入れないのにもかかわらず、遠来の特別の客だからとしつこく交渉、立錐の余地もないほど混み合う祭壇前で、新年の聖なる香を浴びるという稀有な体験をした。

ギルの森には４日間滞在したが、スマトラ沖地震の影響で欧米の客のキャンセルが続き、広いホテルには私たち夫婦とラマさんの３人だけとなった。毎日ホテルの食事では飽きるだろうと、ラマさん自らが厨房に入って作った家庭食や、シェフたちの賄い食でもてなしてくれた。その際、驚いたのはチャイ（紅茶）の飲み方だ。日本の立ち飲み酒場で日本酒を注文すると、受け皿に溢れるくらいコップに注がれる。客はまず受け皿の酒を舐め、その後おもむろにコップを口に運ぶが、何とチャイの飲み方がそれと同じだった（写真①）。

帰国後にイギリス帰りの司祭に尋ねると、以前はバケツ一杯飲むイギリス人にとって、カップは深い受け皿とセットが普通だったとのこと。一説によると、昔のカップには把手がなく、熱くて持てないことから深い受け皿に溢れさせ、そこで少々冷めたチャイから飲み始めたという。インドで宗主国の古い習慣を見たのは、以前サンフランシスコに行ったとき、大きなガンモドキを見たのと同様、昔の文化が出先で残っていた例だった。

インドでも日常に欠かせない飲み物となったチャイは、19世紀、イギリス人の飲まない品質の落ちたダストティーを飲みやすくするため、たっぷりのミルクと砂糖を入れ、苦い味を整えたのが始まりとされる。このミルクティーに好みに応じてシナモン、クローブ、ジンジャー、カルダモン、ナツメグなどを入れたマサラ・ティ（マサラはヒンズゥー語でスパイスの意）の人気も高く、冬に需要が増えるのはそれに体を温める働きがあるからという。旅の途中、ラマさんの親戚の家を訪問、マサラ・ティをご馳走になったが、ベランダにはジンジャーやトウガラシが干してあった。

人口の70～80%がベジタリアンといわれるインド人に、特に中高年者に腹の突き出た肥満者が多いのも、砂糖たっぷり入りのチャイを一日何杯も飲み、またナン（発酵あり、バター入り）やチャパティ（発酵なし）など、カレーと一緒に食べる薄焼きパンの摂取量も多いからだろう。実際、高齢なのにラマさんの食欲は旺盛で、いつもナンは一枚以上と美事な食べっぷりだった。

食に関しては、ムンバイにはビジネスマンのため昼食の弁当を配達するという珍しいシステムがあり、その見学のため昼前に鉄道駅を訪ねた。弁当配達サービスに関わる人はダッバーワーラーと言われ（ヒンズゥー語でダッバーは弁当、ワーラーは配達人の意）、毎日5,000人のワーラーが20万食のダッバーを配達しているという。ムンバイにはヒンズゥー教徒、イスラム教徒、ジャイナ教徒、拝火教徒、シーク教徒などが混住し、宗派によって食生活が違う。ウシを食べないヒンズゥー教徒と、ブタを食べないイスラム教徒には食卓上の交わりはなく、またカースト制度もある。自分の宗派や身分に合ったレストランを探すのは容易ではなく、また家庭の味の暖かな弁当を食べたいとの希望が相まって、ビジネスマンは100年以上前から各自の家から届けられる弁当を食べるようになった。郊外の家から1個ずつ集められた弁当は、専用車両で市内に運ばれ、駅で待機していたワーラーによって各自の職場に届けられる。ところが2020年コロナ禍以降のオンライン普及で失職者が急増、このシステムの存続が危ぶまれているという。

ちなみに、偶然にも誤って弁当が配達されたことによって、夫の浮気に悩む妻と、妻に死なれ定年間際の独身会社員の間に、弁当箱に入れた手紙の交換によって生まれた交流を情感豊かに描いた映画『めぐり逢わせのお弁当』(2013年)は、ヨーロッパで大ヒットしインド映画の歴史を塗り替えたという。

ラマさんが装身具を一切身につけないのは20数年前、夫に先立たれたからとのこと。夫以外の誰に見せようとするのかと・・・、全ての宝石は友人たちにあげてしまったという。

彼女は太っているから寒さに強いのか、インドといっても冬は寒いのに、早朝の幌なしジープのサファリドライブでの服装は、サリーの上に薄手のカーディガンを羽織っただけだった。高齢だし特に風の当たる助手席では寒かろうと、私の後部座席との交代を勧めたが、彼女はガイドだからと頑として譲らなかった。

ラマさんは夏のシーズンオフに渡米、アメリカで生活している養女を訪ねるためだが、その際、日本に立ち寄り友人の女医宅(日本人)に滞在するのが毎年のスケジュールだった。彼女に出会った翌年の夏、ラマさんは滞在先の東京から小さなボストンバッグ一つで我が家にやってきた。サリー姿で散歩に出かけた際、たまたま出会った人にペラペラの日本語で話しかけたため、一体何者なのだろうと近所で話題になった。散歩の帰り、庭のローズマリーを見つけた彼女は、早速台所に立って美味しいタンドリーチキンを焼いてくれた。

私がムンバイを訪ねた当時、ラマさんはすでにガイド仲間では長老だったが、9年後(2013年)にインドに行ったとき、担当のガイドに彼女の消息を尋ねたところ、元気に仕事をしているとのこと、何と86歳で現役中だったのだ。

私の2回目のイラン訪問は14年ぶりの2005年、前回は悪天候に見舞われイスファハンの見学が駆け足だったため、今回はゆっくり滞在しようと、またトモダチのマハディに会えればとの期待もあった。イランに発つ前、旅行社からガイドは女性との連絡を受けたとき、前年のインド旅行でのラマさんを思い出し苦笑した。

「かっこいい美人という勝手な思い込みが見事に外れたっけ・・・、今回はそんな妄想は持つまい。男中心社会のイランでは、女性のガイドなら同伴の妻には何かと都合がよいだろう」と、軽い気持ちで成田を発ったのだ。テヘランのメフラバード空港に着いたのは午後11時過ぎ、入国審査を済ませターンテーブルへ。旅行社によると、そこでガイドのペガーさんが待っているとのことだった。しかし、それらしき女性はいない。どうしよう。近くにいた男性ガイドに聞いても要領をえず、一気に不安が増す。

ターンテーブルが回り始めると、荷物を手にした乗客は次々と出口へ、周辺は次第にまばらになっていく。ガイドに会えなければどうしようかと、憂鬱な気分で出口へ向かう。出迎えの人でごった返す薄暗い通路を進むと、斜め前方から「井上さん、ですか?」と女性の声。ちょっと鼻に抜ける優しい日本語だ。右手に「井上さん」と書かれたノート大のカード、左腕に赤白の花の混じった花束を持っている。ガイドのペガーさんだった。

ブルーのヒジャブ（スカーフ）、グレーのチュニック丈のコート、ジーパン姿の目鼻立ちの整った彼女は、周辺の女性たちが黒いチャドル（テントの意）姿だけに、夜目に鮮やか、掃き溜めに鶴のようだった。

ガイドに会えてよかったと心底ほっとする。と同時に昨年のラマさんと違って、今回は若くて美しい女性だ。瞬間、「絵になる、モデルになってもらおう」と気分は一転、地獄から天国へと一気に舞い上がった（写真②）。

ペガーさんの父親はイラン人、母親は東京・山の手育ちの日本人で、留学中の父と文化財調査中の母がインドで出会って結ばれた。日本での新婚生活で姉妹が誕生、長女のペガーさんは小学１年まで日本で暮らしたという。名前のペガーは「曙」の意で、性格は明るく爽やか。丁寧で優しい上品な日本語は母親譲りだろう、若い日本女性の乱雑な言葉に慣れた耳には新鮮で、彼女と話をしていると何やら昭和の時代にタイムスリップしたような気になった。それは以前サンフランシスコを訪ねた際、「お父様は学者様でいらっしゃいますか?」と、同行の娘たちにクラシックな言葉で接した初老の日系女性ガイドの、穏やかでゆったりした雰

①　お茶を飲むラマさん

②　ペガーさん、ジャーメ寺院前で
イスファハン・イラン

囲気に共通していた。
　大学卒業２年目の彼女のガイド歴は浅く、住まいがシラーズのため近くのペリセポリス遺跡の案内が主だったという。ツアーガイドの経験は少なく、ましてや個人客のガイドは今回が始めてだった。当初とても緊張したのは、もし私たちと相性が悪ければ・・・、数日間、朝から晩まで一緒だ。ツアー担当ならたとえ嫌な客がいても集団のためストレスは薄まるのにと・・・。幸い互いに相性はよく、打ち解けた彼女は家族や友人、イランの日常生活など、また日本の思い出を楽しそうに話してくれた。
　彼女は朝が弱いらしく、朝食を摂らないか摂っても少々。「いつもなの?」と妻が問うと、夕食後に社に提出する報告書記載に時間を取られ、その後、娘を気遣いつつ日本の情報も知りたい母親と、つい長電話になって就寝は深夜１～２時になってしまうとのことだった。
　イスファハンのバザールでのこと、ホテルで見かけた絨毯カーテンPardeh Farsh（馬の胸の飾り用）が気に入り、それを探していたときだった。ペガーさんは雑踏の中で突然一人の男に声を掛けられた。しばらくの会話ののち、「目的の店を紹介してくれました」という。「知り合いなの?」「いいえ」「じゃあなぜ?」。日本人と一緒に歩いているペガーさんを見た彼は、自分と同業のガイドだと直感したという。というのも「イランでは女性ガイドは一人だけ」という情報を、彼はガイド仲間の連絡網を通じて知っていたのだ。「でもどうして?」という疑問に思い当たったのは、彼女はホテルやレストランで各国のツアー客に遭遇すると、決まって担当ガイドの元へ挨拶に伺い、自己紹介をしていたことだった。
　夏の夕刻、イスファハンの市民は市内を流れるザーヤンデ川に沿った公園に涼を求めて集まってくる。夕食後にそこを訪ねた私たちが散策していると、背の高い穏やかな感じの初老の婦人がペガーさんに話しかけてきた。熱心な話ぶりに、ペガーさんは戸惑い恥じらっている様子。気になった私は「何を言っているのか?」と聞くと、何と息子の嫁にどうかと口説かれているとのこと。「へー」と驚くと同時に興味の湧いた私は、縁談話ならばと婦人に向き合い質問を始めた。父性本能が芽生えたのはペガーさんが娘のように思えていたからだ。息子の年齢、職業、学歴、性格、家族関係等々、当事者のペガーさんが聞きづらくても、旅行者の私なら遠慮はない。質問はペルシャ語に通訳され、答えはペガーさんから帰ってくる。熱心な質問に脈ありと思ったのだろう、婦人は１つ１つの質問に丁寧に答えてくれた。
「28歳、空軍の優秀なパイロットで健康そのもの、友人も多く母親思いの優しい息子」とのこと。よい知らせを頂けたらと、婦人は住所の書かれたメモ用紙を残して去った。「いい話のようだけど、どうなの?」と聞くと、「素敵な男性のようだけど、突然言われても・・・」とペガーさんは語尾を濁した。彼女によるとイランでは息子の嫁探しのため、母親が街頭で目にかなった女性に声をかけスカウトする習慣があるとのことだった。

ところで、人間は欲望をもつ存在であることを前提にしたイスラム教は、食欲や金銭欲と同様に快楽としてのセックスも認めている。ただし、それは夫婦間に限られ婚姻外は厳禁、国によっては姦通は石打ちの死刑だ。

1977年のイスラム革命以後、イラン政府は女性のチャドルやベール着用を強制、外国人旅行者も例外ではない。学校や病院などの公共空間での男女隔離政策を始めたのも、男性の性的欲望を刺激しないようにとの配慮からという。ちなみにテヘランの地下鉄は先頭と後方車両は女性専用車で、最近は女性専用のバスが登場、２両連結のバスは前車が男性用、後車が女性用。１両のバスでは前席が男性、後席が女性で、運転手の気が散らないよう、女性は間違っても最前列に座ってはいけないとのこと。

寺院（モスク）では男女の入り口は別々で礼拝場所も同様だ。もしも礼拝場所が同じなら、女性は必ず男性の後ろで礼拝しなければならない。女性が前に座ればそのお尻が妄想を呼び、祈りの妨げになるからという。

また、公衆の面前では夫婦や婚約者同士以外のカップルは認められず、結婚が前提でなければデートはできない。そのデートも兄弟姉妹の監視つきで２人だけにはなれないし、婚前交渉などはもってのほか。「２人は付き合っている」という噂が流れると、そのカップルは結婚しなければならない。実際、イスファハンのホテルでペガーさんの学生時代の友人を夕食に招待したとき、現れた４カップルはすべて婚約中だった。

女性が単独で旅をすることは好ましくなく、高級ホテル以外では女性単独での宿泊は許されない。このようにイスラム圏女性のガードが堅いのは、結婚制度や性的倫理を守るため男女の隔離が原則で、イスラム教徒（ムスリム）の男性は「ナーマフラム」（妻や母、姉妹など近親の女性）以外の女性には触れてはいけないとのこと。帰国の際、空港でペガーさんと別れの握手をしたら、彼女は近くにいた男性に注意されてしまった。写真撮影も基本的にタブーで、本人の了解が得られても近くにいる男に注意が必要だ。

2006年から2007年にかけ、イラン南部と西部地域へペガーさんとともに旅したが、南部のシラーズでは彼女の実家を訪問し両親に面会した。世話になった礼にと2008年の夏、ペガーさんと妹のパリサさんの二人を日本に招待、私の友人夫妻が経営する清里のゲストハウスの手伝いを頼んだ。９月になって彼女たちは上京し、来日中の母親の紹介で翌春までアルバイト。ペガーさんは４月からK大の修士課程に入学、パリサさんは就職した。

ところで、夏の清里で姉妹を「萌木の村」に案内した際、そこではたまたまペルシャ絨毯展が開かれていた。彼女たちを担当者に紹介すると、その境遇が輸出に関ってくれたイラン駐在の日本の商社マンO氏に似ているという。彼は彼女たちと同様、父がイラン人、母は日本人というのだ。話を聞いて驚いたのはペガーさん、何とその男性を知っているという。商用でイランに来る日本人顧客の観光案内をO氏に請われ、ペガーさんとは顔見知りだったのだ。

その後しばらくしてO氏は本社転勤となり来日、彼女との付き合いが始まったのは自然の成り行きだった。新宿で皆と一緒に食事をした際、ペガーさんに「彼はどうかしら?」と聞かれ、ノーと言う理由はなかった。イラン人男女の交際となれば当然結婚となり、挙式はテヘランで行われた。

修士課程を終えた彼女は夫の転勤でドバイへ、そこで長女を出産。その後、再び本社勤務となった東京で次女を出産し、2019年、家族4人揃ってイランはテヘランへ転勤となった。ところが水入らずの生活も束の間、2020年1月3日、アメリカはバクダッド空港でイランのソレイマニ司令官をドローンで殺害、アメリカとイランの軍事的緊張は一気に高まった。本社から直ちに帰国命令が、早々に一家はカバン一つで帰国した。落ち着いたところでO氏は単身でイランに戻ったが、今度はコロナのロックダウンで仕事がない。帰国しようにも空港は閉鎖中のため、難民さながら着のみ着のまま陸路を隣国のアゼルバイジャンへ、そこからのフライトでやっと帰国したとのことだった。

その後、緊張が解けたイランへO氏は再々度赴任、後を追う予定だった妻子はコロナ禍で東京を離れられない。2021年7月、O氏はイランから直接バンコクへ転勤、やっと日本出国が可能となった妻子はタイへと向かった。ところが到着後すぐには会えず、ホテルで2週間の隔離を余儀なくされた。毎日駐車場に来た父に、娘たちはホテルの窓越しに手を振り、夫婦はスマホで会話を続けたという。家族全員の再会は1年ぶりだった。

# 第4章

# サハラを巡って

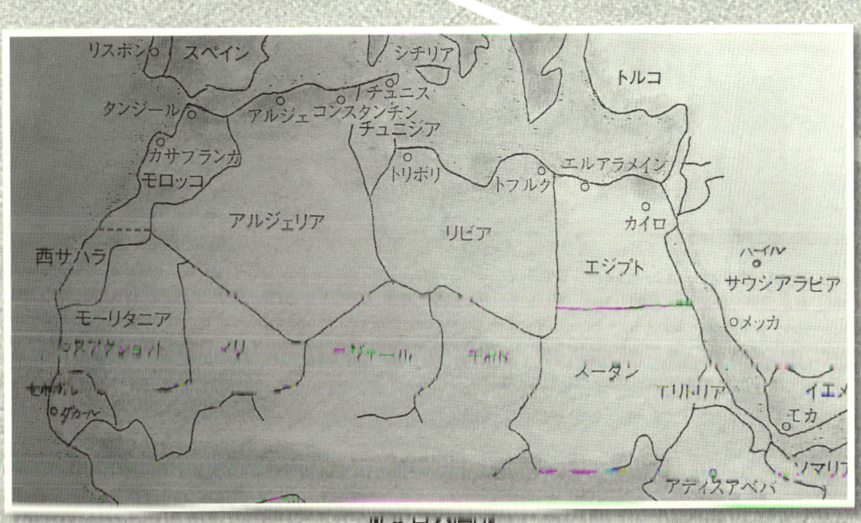


サハラの国々

# 1 砂漠の国々

## ～　サハラを巡って

山梨県医師会報　令和５年　４月号　№628

モーリタニアは砂の国である。日本の国土の３倍、ほぼ平坦な大地の90%以上が砂漠だ。アラビア語で砂漠を意味するサハラは、アフリカ大陸の東から西へ、エジプト、スーダン、チャド、リビア、ニジェール、チュニジア、アルジェリア、マリ、モロッコ、西サハラ、モーリタニアへと広がっている。近年、モーリタニアの国名が日本で認知されるようになったのは、同国の大西洋沖で漁れるタコの輸出国（日本の消費量の７割）になったからだ。

モーリタニアの国名は、アフリカ地中海岸に存在した古代国家マウレータニア（アルジェリアとモロッコ地域）にちなむ。人口構成はアラブ人とベルベル人（北アフリカの白人系先住民で、「蛮語を話す」という意のギリシャ語バルバロイが語源）の混血のムーア人が30%、黒人が30%、ムーア人と黒人の混血が40%。1960年フランスから独立し、公用語はアラビア語でイスラム教が国教だ。

サハラ砂漠はこの100年で10%広がったといわれ、内陸200kmから続くモーリタニアのアマトリッチ大砂丘も、大西洋沿岸の首都ヌアクショットの郊外まで迫っている。モロッコとマリやガーナと結ぶ交易路（3,000km超）の中継地として、12世紀から栄えた内陸部の隊商都市シンゲッティ（1996年文化遺産登録）も、今や砂に埋もれつつある。廃墟化した街中の一角に立つ高さ５mの掲示柱は2002年当時の積砂の高さを示していたが、５mの砂を取り除いて現れた街並みも、私が訪ねた2014年にはすでに0.5mの砂に埋もれていた（写真①）。

①　左、迫り来る砂丘　右、埋もれる街

モロッコから塩や装身具が、マリやガーナからは金や象牙、奴隷などが運ばれ賑わったこの街も、大航海時代の始まりとともに衰退した。シンゲッティが隊商の中継地としてだけでなく、イスラム教第７の聖地として栄えたのは、メッカ（アラビア半島）への巡礼の旅の出発点となったからという。巡礼者300人と1,000頭のラクダが、半年をかけてメッカへ向かったこの街にはイスラム学者が集い、今も古書を保存する図書館が複数残されている。宗教・教育の街の影響は国の各地に及び、そのためモーリタニアは「シンゲッティの国」と呼ばれたという。

砂下に昔の街が眠っているという郊外の小高い砂丘に登ると、遥か地平線の彼方まで砂丘が続き、背後のシンゲッティの街は逆光に霞んでいた。この地には2022年６月までの11年間、一滴の雨もなく既に２m以上もの砂が積もり、約１万人の半数は「もうここには住めない」と街を捨てたという（世界銀行報告）。

モーリタニアほぼ中央部、グランドキャニオンのようなテーブル状台地に挟まれ、幅２～３kmくらいはあるだろうか、ディボジャルと呼ばれる平坦なワディ（アラビア語で「川床、川谷」の意、雨季の一時だけ水が流れる水無川、涸川）を、「鉄のラクダ」のトヨタ・ハイラックスは100km/hを超すスピードで走っていく（アラブ圏には「トヨタは死なない」との俗言がある）。砂が白いことから白い渓谷ともいわれるそこは、以前はパリ・ダカールラリーのルートとなっていたところ。このラリーの創始者ティエリー・サビーヌ（フランスのオートバイレーサー）は次のような言葉を残している。

「私にできるのは、“冒険の扉”を示すこと。扉の向こうには危険が待っている。扉を開けるのは君だ。望むなら連れて行こう。なぜ走るのか？そう、その自問自答こそ、ダカールまでの生きるエッセンスなのだ」と。

このラリーは1977年、北アフリカでラリーの途中、リビア砂漠で迷子になったサビーヌの経験が発端だった。過酷な状況を生き延びて生還した彼は、「あの無限の砂の海に、できるだけ多くの人を案内したい。そして、あの激情を共有したい」と、パリを起点にサハラを縦断してセネガルまでのレースを提唱した。

「参加者は挑戦を、観戦者には夢を」と謳われたレースは、毎年１月１日パリをスタート、スペインからアフリカに渡りセネガルの首都ダカールまで、およそ12,000kmを走破するコースだった。「プロが参加しても面白いアマチュアのためのラリー」は、２週間以上を要し落伍率50%、死傷者も出ることもあるレースで、完走車は全て勝利者といわれた。

レースでは、アフリカ地域がかつてフランスの植民地だったことから、植民地主義的との根強い批判があり、しばしばテロの標的となった。また猛スピードで走る競技車両と住民との接触事故や、競技車に対する強盗や投石など、さまざまな事件が頻発するようになった。

さらに2007年末にはフランス人旅行者が殺害されたためフランス政府は中止を

勧告、また主催者にはテロの脅迫状が届いた。折しもモーリタニアの治安も悪化し、2008年のレースは開催前日に中止が発表され、サハラを舞台にした30年のレースに終止符が打たれた（2009〜2019年は南米で、2020年からはサウジアラビアで開催中）。

チュニジアはアルジェリアとリビアに挟まれた小国だ。南部にはサハラ砂漠が広がり、オアシスのキャンプ地・クサールギレン（クサールはムギやデーツなど貯蔵倉庫の意）でサンセットツアーのラクダに乗った。ラクダの背に揺られて小一時間、不安定な鞍上では重心のズレを常に正さなければならない。夕陽を浴びて砂丘に映るラクダの影がくっきりと、長く伸びてきた。小高い砂丘の頂きでラクダを降りる。背後のオアシスの緑は砂丘に隠れてちょっと見えるだけ、風もなく音もなく、沈みつつある落陽に我が身が赤く染まっていく。空から眺めれば赤と黒の幾何学模様の砂丘がどこまでも続いているだろう（写真②）。

この砂漠の上を西から東へ、複葉機とその影が平行しつつ静かに飛んでいくシーンで始まるのがアメリカ映画『イングリッシュ・ペイシェント』（1996年）だ。突然のドイツ軍の銃撃で機は墜落、全身火傷の主人公はイタリアに移送され、爆撃で廃墟になった僧院に収容される。過去の記憶を失い身元不明となった患者は、英語をしゃべれること、持っていた本がヘロドトスの『歴史』であったことからイングリッシュ・ペイシェント（イギリスの患者）と呼ばれる。余命幾ばくもない彼だが、手厚い看護によって記憶が断片的に甦り、それが回想シーンとなって物語は進む。

時は第二次大戦前夜から終戦直後まで、主人公である中年のハンガリーの伯爵

② サンセットツアー

アルマシーは、英国地理学協会に属し北アフリカのサハラ砂漠で測量に従事していた。「所有すること、されること」を嫌い独身を貫いてきた彼だったが、あるとき、英国人の人妻キャサリンに出会う。ともにヘロドトスの愛読家であったことから、惹かれあった２人は激しい恋に落ちる。その結果、彼女に対して抱いた所有欲が彼の人生を変え、悲劇がもたらされる。アルマシーはカナダ人看護師の看護を受けながら、国境も民族もない「地図のない世界」へと旅立つが、「愛という所有欲」が『愛の讃歌』（エディット・ピアフ）の歌詞さながらに、「世間の問題なんてどうでもいい、祖国も友も捨て」させたのだった。

イギリス映画『シェルタリング・スカイ』（1990年）は、ポール・ボウルズの同名小説を映画化したものだ。舞台は第二次世界大戦後まもなくのモロッコ。倦怠期を迎えた中年夫婦（夫は作曲家のポート、妻は劇作家のキット）はニューヨークの生活に倦み、新たな夢や発見を求めて資産家の友人タナーとともにモロッコはタンジールへ向かう。

「帰国しないこともあるトラベラー」の夫婦と、「着いてすぐ帰ることを考えるツーリスト」のタナーの３人は、錯綜した関係を続けながらサハラの奥へと進むが、途中、タナーは粗末な食事と不衛生な環境に脱落する。ところが２人になった夫婦の旅の先には、孤独から逃げられない過酷な運命が待っていた。ポートはチフスに感染、キットの必死の看病にも関わらず命を落とす。ポートを失ってその存在の重さに気づいたキットは、「あんまり独りぼっちなので、独りぼっちでないという感覚を思い出すこともできない」。言葉は通じず、だれ一人知る人のないオアシスの街で、やるせない寂寞感、喪失感、孤独感に襲われ心身を喪失、オアシスの水辺に立ちすくんでいるところを通りがかった隊商に拾われる。

美しく陰影に富む月の砂漠、爽やかな朝の砂漠、炎天の昼の砂漠、暮れゆく夕陽の砂漠、そしてまた夜の砂漠を約１ヶ月、アラブの楽器や歌声に乗って隊商は進む。圧巻の映像が繰り広げられる中、キットは隊商の若きリーダーに体を奪われる（委ねる）が、旅とともに表情は次第に穏やかに、洋服はアラブの衣装に、そして持参の原稿は切り刻んでしまう。

「人間が砂漠に行くのは、自分のアイデンティティを見つけるためでなく、それを失うため個性を失い、無名の人間になるためだ・・・」（エドモンド・ジャベス、フランス詩人）、「砂漠には何もない、ただ、その人自身の反省だけがあるのだ」（ジョン・スコール、探検家）といわれるが、キットが砂漠の世界で生き残ることができたのは、文明を捨てアラブの世界に同化したからだった。タナーの出した捜索願でキットが発見されたとき、彼女の手足には土地の女たちに見られる刺青が残されていた。

タンジールに連れ戻されたキットは、もはや昔のキットではない。雑踏の中をさまよい歩く彼女は、この地に初めて来たときに入ったカフェを発見。吸い寄せられるようにふらふらと入ったそこには、キットをじっと見つめる原作者のポール・ボウズルが佇んでいる。「迷ったのかね？」と尋ねるポールに、キットがうなずくと彼は呟く。

「人は自分の死を予知できず、人生を尽きせぬ泉だという。だが、物事はすべて数回起こるか起こらないかだ。自分の人生を左右したと思えるほどの大切な子どものころの思い出も、あと何回心に思い浮かべるか？　せいぜい４～５回くらいだ。あと何回満月を眺めるか？ せいぜい20回くらいだろう。だが、人は無限の機会があると思いこんでいる」。

題名『シェルタリングスカイ』は「庇護している空」、つまり、宇宙の闇から大地を保護している意だろうか。古代バビロニアでは地上をアーチ状に覆う天蓋があり、それが人類を「無」の闇から守っていると信じられたという。「無」から庇護された「有」の世界で人間はどう生きるのか・・・。倦怠期の夫婦が新たな関係や夢を求めてサハラに来たものの、庇護された広大なサハラの空の下であっても「無限の機会」があるわけではない。夫妻は互いの愛を確かめられないまま、妻は夫を失い「迷って」しまったのだ。

ポートは「帰還ゼロ」、キットは「迷った」トラベラーとなったが、一般に「旅」といえば、「住む土地を離れて一時、他の土地にいくこと」（『広辞苑』）と「帰還」が前提だ。しかし、遊牧民やロマ（ジプシー）の人たちのように帰還を前提としない旅もある。そんな旅の目的はただ一つ、「生きること、生き抜くこと」だ。人生が旅になぞらえられるのも、人は生まれてから死ぬまで、この世からあの世へと帰還のない一方通行だからだろう。シェルタリング・スカイの下、人が自らの空白の地図に足跡を残しながらそれぞれの旅を続けていく。ゲーテは「人が旅をするのは到着するためでなく、旅をするためである」といったとか・・・。

本作の封切り数年後、ストーリーはともかくその鮮烈な映像に惹かれ私はモロッコを訪ねた。大道芸人の集まるマラケシュの広場、古都フェズの迷路、アトラス山脈やサハラの景観などなど、いずれも魅力溢れるものだった。

砂漠の玄関口エルフードの村ではある出会いがあった。夕食後、無聊を慰めようとホテルに近接した一軒の土産物店を訪ねたときだった。８時ころだったろうか、砂漠入り口のそこに人気はなかった。電柱の裸電球が間遠に道を照らし、漆黒の空に星が輝いていた。店内はガランとして客はいない。カーペットや民族衣装、装身具、陶器などの品々を見ていると、突然奥のカーテンが開いた。現れたのは民族衣装に身を包んだ目鼻立ちの整った中年女性、アラブ系？スペイン系？あるいは日本人？いずれにしてもエキゾチックな美人だ。

赤、黄、緑の刺繍のほどこされた黒いキャップからは額に簾状の紐が垂れ、眉間と下顎部には↑印が、鼻には黒点が描かれている。首にはサンゴ・琥珀・トルコ石の太いネックレスが巻かれ、黒の長いマント状ドレスには、肩・胸・上腕に金糸・銀糸・赤糸の鮮やかな刺繍。夜の辺境の地で忽然と現れた美女、アラビアンナイトの幻影？・・・、目を疑うと、「こんばんは」と軽く会釈された。日本人だったのだ。カメラに気づいた彼女に頼まれ、私は何回かシャッターを切った。

翌日サハラを離れ、アトラス山脈を越え古都のフェズへ。ホテルでチェックインを待っているときだった。後続のバス（別のグループ）を降りた昨夜の女性から、写真を送って欲しいと名刺を渡された。それを見ていたツアー仲間から、「どうして名刺をもらったの？」と聞かれた。昨夜のいきさつを話すと「ワー！」と喚声、「どうして？」と驚いたのは私だ。「だって、あの人、有名な女優さんよ」。当時、サントリーのお茶のCMに登場されていたとのこと、名刺には「市田ひろみ」とあった（写真③）。

帰国便はたまたま隣席同士だった。彼女は世界の民族衣装を蒐集しているという。貴重で膨大なコレクションはどうするのかと聞くと思案中とのこと。私の親戚の上田美枝（「着物を着やすいように」と工夫し多くの特許を残した）は郷里に「美枝きもの資料館」を開設したことを話すと、美枝さんは大先輩で世話になったことがあるとのことだった。

民族衣装を求めて世界中を駆け巡った市田さんは2022年８月、服飾評論家として90歳の生涯を終えた。生前、50年かけて蒐集した400点余の民族衣装と付属品は母校の京都府立大学に寄贈されたという。

③　市田ひろみさんと民族衣裳展のパンフレット

# 2 砂漠の民 ベドウィン
## ～ アラビアを旅して

山梨県医師会報　令和５年　５月号　№629

アラブ人とは、アラビア人から発生した名で、アラビア語（セム語）を共有する人々を指すが、もともとアラブとは砂漠の遊牧民ベドウィンを意味するヘブライ語が語源という（ベドウィンはアラビア語のバドウに由来、町以外に住む人々の意）。

現在、サウード家のアラビア（サウジアラビア）が治める地域は、古くから「もてなしの国」といわれ、どこに行ってもまずはコーヒーが出される。この地はアフリカ大陸とアジア大陸に挟まれているため、古代ギリシャのオデュッセウスの時代から人々の交流が盛んで、互いに助け合い仲良く暮らすための生活の知恵や工夫が生まれた。また旅人のもたらす土産話は商品の一部とされ、それを聞くため客人歓待の習慣が発達、客をもてなす寛大さは最高の美徳とされたという。

その慣行がさらに確たるものとなったのは、イスラム以降「神と最後の審判を信ずるものは客人を歓待せよ。第１日目は特別のご馳走をし、３日間もてなすように」との予言者ムハンマドの言葉による。これはアラビア語ではディヤーファと呼ばれ、英語でArabic Hospitalityと訳されるが、社会的習慣であるそれには相互扶助的意味もあったという。14世紀、モロッコ生まれの旅行家イブン・バットゥーダがアフリカからインド、中国まで、30年かけて旅ができたのも、背景にこの文化・宗教・習慣があったからだろう。

15世紀、エチオピアからアラビア半島にもたらされたコーヒーは、飲むと食欲が落ち、しかも眠くならないことから、「何かへの欲望を少なくする、慎む」意のある「カフワ」（アラビア語）が語源だ。「キリストの血」に喩えられるワインは陶酔と食欲増進をもたらすが、禁酒のイスラム文化圏ではコーヒーは覚醒剤「イスラムの酒」として、コーランの教えとともに各地に広まった。

カルダモンなどの香辛料が入った浅煎りのアラビアコーヒーは、ダラーと呼ばれるコーヒーポットからお猪口のような小さなカップに注がれる。インドのマサラティー（スパイス入りミルク紅茶）のようだったが、いっしょに齧るデーツDate（ナツメヤシ）の自然の甘味と相性が良く、つい杯を重ねてしまう。

数千年前からアフリカや中東地域で栽培されてきたデーツは、世界で最も古くから栽培された植物の一種で、その栄養価は高く、100g（７～８個）で270kcal、食物繊維（３g）やビタミン、ミネラルも豊富。遊牧民ベドウィンが砂漠の旅を乗り切ることができたのは、保存食のデーツと同行するラクダの乳があったからだ。

古代メソポタミアの時代に「農民の樹」とされたデーツは旅の携帯食で、手にナツメヤシの房を握った豊穣の神イナンナの像（おたふくソース、イナンナ像で検索可）が残されている。『創世記』には「エデンの園の中央に植えられた”生命の樹”の実（デーツ）を食べると、神に等しき永遠の命を得る」とあり、聖書には「正しい者はナツメヤシの樹のように栄え、主の家に植えられ、私たちの庭で栄え、老いてもなお実を実らせ、瑞々しく生い茂っていましょう」とある。

コーランには「ナツメヤシのある家庭は決して貧しくない」「マルヤム（マリア）が分娩の苦痛の中で主の声を聞き、ナツメヤシの実で滋養をつけ無事にイーサー（イエス）を産んだ」とあり、実際、妊娠中の女性が毎日デーツを食べると自然分娩が促されるという。

ムスリムに課せられるラマダーン（断食し心身を戒め慎む行事）では日中の飲食は禁止、日没後に最初に口にするのが「神の与えた食物」「神聖な果物」のデーツだ。宗教行事や祝い事、また日常食として欠かせないだけに、サウジアラビアのデーツの品種は300種以上、生産量は年80万トン、熟度に応じて17もの名称があり、自家用の樹には名前がつけられるという。サウジの国章には農業、オアシス、生命力、成長のシンボルとしてナツメヤシが描かれ、2022年には「ナツメヤシの知識、技能、伝統と慣習」がユネスコの無形文化遺産に登録された。なお日本では40年以上前から、「まろやかな甘さ」をキャッチフレーズにしたお好み焼き用「おたふくソース」に用いられている。

「ホスピタリティの街」ともいわれるハーイルは、首都リヤドの北西、約700kmに位置する。数千年前から交易の要衝として栄えたオアシスの街には、「どんな人でも、ともかくはもてなすべき」という「もてなしの文化」が残され、それを象徴する巨大なコーヒーポットのモニュメントが街の出入り口のロータリーに設置されていた。街角に残飯や水が置かれているのも、鳥や犬や猫への「もてなし」とのことだった。

また、スーク（市場）の店頭でのデーツやナッツの選りどり見どりの試食や、アラブの衣装や土産品などの丁寧な説明にもチップは不要、それは当たり前の習慣なのだろう、あっさりと「シュクラン（ありがとう）」の一言だけだった。驚いたのは、ガイドのハリード氏が露店で買い物をした際、代金を支払わなかったことだ。露天商から渡された名刺の口座に、後日、振り込むという。「知り合いなの?」、聞くと赤の他人とのこと。こんな商習慣が根付いているのもここはイスラム教発祥の国、いつも「お天道様（アッラー）に見られている」からか、また「正直の頭（こうべ）に神宿る」（諺）に反すれば最後の審判で失格、天国には行けないからだろうか。

ハーイルから北へ約90km、「サウジアラビアのハーイル地方の岩絵」（2015年世界遺産登録）の一つ、ジュッバのそれは「大いなる砂」と呼ばれるナフード砂漠を渡ったところの岩山にあった。太古には麓に水源の湖があったとされ、その周辺で生活した人や動物の痕跡が岩絵に残された。最古のものは約１万年前、多くは5〜6000年前といわれ、アラビア半島が砂漠化していった時代の動物（ラクダ、ヤギ、ダチョウ、チーター、ライオン、ウマ、オオカミなど）や、人々の生活様式（古代文字や狩の様子）など、数千もの岩絵が見られる。

この地域はラクダのコブのような岩山が林立していることから、ジャバル（山）・ウンム（母）・シンマン（ラクダのコブ）といわれるが、その名と関連があるのか、実際、約2,000の動物の岩絵のうちその７割がラクダだ（人物像は約260体）。ラクダ数が圧倒的に多いのは、約１万年の砂漠化の歴史の中で、それが人々の生活にウンム（母）として必要不可欠だったからだろう（写真①）。

砂漠には「砂の砂漠」「土の土漠」「岩の岩漠」があり、古代の人間や動物などの生活状況が岩漠の岩絵に残されている。モーリタニアのアモグジャール峠周辺の岩壁には、キリンやウシ、踊る人たちの絵が描かれていた。また岩絵で名高いアルジェリア・サハラのタッシリ・ナジェール、その地名はトゥアレグ語で「川の多い台地」「水流の多い台地」を意味し（トゥアレグ族はサハラ砂漠に住むベルベル系遊牧民、青い衣装を着ることから青衣の民といわれる）、当時のサハラは緑に覆われ湿潤な地だったといわれる。その岩絵の時代は7000年以上前に遡り、水泳や狩猟、舞踏など人々の活動やワニや牛の群れなど、約１万点以上の内容は様々な民族が交代しながら描き続けたといわれる。映画『イングリッシュ・ペイシェント』にはチュニジア・キャニオン地帯の「泳ぐ人の洞窟」が、映画『炎の戦線エル・アライメン』にはエジプト西砂漠のシカやヒトの岩絵が登場する。

① ラクダ岩と岩絵

これら岩絵が残された背景を『砂漠・この神の土地』（曽野綾子著）は次のように記している。

「砂漠（デゼール）とは"空っぽ"な状況を指すのではなく、"打ち捨てられた"ということを意味している。ラテン語のdesertusの意味で、砂漠とは、人間が決して足を踏み入れたことのない荒涼たる広がりではない。人間が始祖となることのできなかった世界なのである。だから人間は身を退いたのだが、彼らは自分が通過した跡を至るところに残したのである」と。

砂漠の移動に「鉄のラクダ」の四駆車が主流となった今、ラクダの旅は昔話の世界となった。砂の海を渡る舟、つまり「砂漠の舟」として、つい近年までサハラの交易の主役だったラクダは、古代オリエントの遊牧民・アラム人によって最初に家畜化されたといわれ、他の使役動物では決してできなかった砂漠越えを可能にした。

水の無い砂漠でラクダが旅に耐えられるのは、発汗・排尿の抑制と血中水分の蓄積という生理機能による。コブの中の脂肪はエネルギー源として、また太陽の熱をさえぎる。体温調節作用にも優れ、気温の高いときは通常34～38度の体温は40度くらいに上がって水分の漏出を防ぐ。尿量が少ないため尿濃度は高く、そのため塩分濃度の高い水も飲め、また一度に100～130ℓも飲む水は血中に蓄えられる。ラクダ以外の哺乳類では多量の血中水分は赤血球を溶解（溶血）するが、ラクダにはその２倍の耐性がある。また、ヒトは体重の１割程度の脱水で命に危険が及ぶが、ラクダは４割が失われても生存可能だ。体型としては長い睫毛は目を保護し、鼻の穴を閉じ砂塵を防ぎ、厚い足底は丸く砂に沈みづらい。皮膚の厚い膝は耐熱性に優れ、熱した砂地でも座って休むことが可能だ。

実際、100ℓの水を飲んだあとは１滴の水を飲まなくても10日以上の長旅に耐えられるという。５人分の荷を背負い、１日に50kmは歩けるとなれば、他の家畜はとうてい足元に及ばない。コーランではラクダが雄大な空、山、大地と同等の位置に示されるのも、それなしに砂漠の民の生活は考えられなかったからだろう。また、犬や猫に名前はないが、家族同然のラクダにはそれがつけられるし、種類や容姿、性格など、ラクダの特徴を示す言葉は1,000を超えるという。

「魂はラクダの歩む速度で動く」（アラブの格言）ように、俗に「あわてない、あせらない、あきらめない」（あの特徴）といわれるアラブ人の特徴も、常にゆっくりと、忍耐強く、確実に歩むラクダと一緒だったからこそ生まれたのだろう。

ところで、『砂漠・この神の土地』には「乾きを覚えないラクダ」というウソのような話が紹介されている。それは「約１ヶ月間、900kmの砂漠の旅で水を飲まなかったラクダは、水を飲むという習慣を忘れてしまい、旅の終わりには水を飲むことを強要しなければならなかった」というのである。
ウソッぽい話をもう一つ、旅行者には不機嫌そうで近寄り難いラクダだが、「涙もろい」性格らしい。モンゴルの伝説では、移動中に遊牧民の誰かがが死んだ場合、埋葬しても広い草原では墓の位置がわからないから、目印のためその場で子ラクダを殺す。親ラクダはその場所を覚えていて、後日そこを通りがかると涙を流すため墓の場所がわかるというのだ。
ラクダが泣く・・・？　実際、ドイツのドキュメンタリー映画『らくだの涙』（原題・泣いているラクダの物語）にはラクダの泣くシーンがあった。舞台はモンゴルのゴビ砂漠、若い母ラクダが出産の春を迎えていた。しかし大変な難産で、遊牧民一家の手を借りてやっと白い子ラクダが生まれる。初めての出産があまりにも辛かったためか、母ラクダは子どもに乳をあげようとせず、乳房を求める子を足蹴にしたり、さらには噛み付いたりする。
やむなく一家は母ラクダに馬頭琴を聞かせようと街から奏者を呼ぶ。甘く優しいメロディに合わせ、一家のお母さんが歌を歌うと、穏やかな気持ちになったのだろう、母ラクダは子ラクダを受け入れる。そして・・・、なんと授乳中の母ラクダの目からポロポロと涙がこぼれ落ちるのだ。
ちなみにラクダはいつも「涙を流しているように見える」涙目だが、モンゴルの伝説は次のようにいう。
「ラクダにはもともと神様のご褒美として枝角が授けられていた。あるとき狡い鹿がやってきて、"角を貸してくれ"とラクダに頼んだ。心優しいラクダは貸してやったが、鹿は二度と返さなかった。以来、ラクダは地平線を眺め、今でも鹿が戻ってくるのを待っているのだ」と。

砂漠の旅に不可欠だったラクダは今、使役に替わってミルクと肉に需要が高まっている。ミルクをヨーグルトにしたラバンは濃厚な味で美味しいし、肉はローストやシチューに使われる。老いたラクダ肉は硬くて味が遠いが、若い肉は柔らかで臭みが少なく、ハーシーといわれるそれは客人や家族の集まる金曜日のご馳走だ。サウジの伝統料理カブサは、さまざまなスパイスに漬け込んでローストされた肉が、その肉汁で調理した米に載せられて供される。リヤドで食べたラクダ肉は程よい硬さ、スパイスが隠し味となって馬肉や鹿肉をおいしくした感じだった。
ちなみにイランのキャヴィール砂漠で食べた伝統料理アブグーシュトは、ラクダ肉、ジャガイモ、玉ネギとヒヨコ豆などを入れた円筒状の鍋を、地中に掘った穴に入れて数時間、焚き火による地熱でゆっくりと加熱したトマトベースのシチューだった。味はともかく、遠来の客をもてなす手間暇かけた調理法が最大のご馳走に思えた。

マダインサーレは紀元前後の時代、ナバテア人が隊商都市を築いた古代遺跡だ。約900km離れたヨルダンのペトラと隊商路で結ばれたここには、岩山に彫られた巨大な墳墓群が残された（写真②）。この遺跡の近く、BC6～5世紀ころに栄えたというダーダーン王国の遺跡では、岩壁に墓として掘られた穴が並び、その上にライオンの像が彫られている。埋葬された人の権力の象徴として、また墓守りの意もライオンにはあったからだろう。

当時、この地方にライオンが生息していたことは、近くの城址から発掘された「授乳するライオン像」の碑版や、北東へ約500km離れたジュッバの岩絵の「ライオンに立ち向かう人」などからうかがえる。

実際、ライオンはもともとアフリカ、イベリア半島、ギリシャ、小アジア、ペルシャからインドへと、人類に次いで最も広い地域に生息していた哺乳類だ。好奇心旺盛、開けた草原で姿を隠さず、頭脳的チームプレーで獲物を襲うライオンは「百獣の王」となり、それを征服した狩人は「ライオンの心と体を持つ」英雄となった。また古代エジプトでは暗闇でも目が利くネコは神聖な動物と崇められ、その長のライオンは「見張り」の象徴となった。スフィンクスを始め、ミケーネ（ギリシャ）やヒッタイト（トルコ）遺跡の「獅子の門」などのように、この王国の「ライオンの墓」も「王城と王門を守るライオン」と同様だろう。

②　マダインサーレ遺跡、サウジアラビア

# 3 アルジェを訪ねて

## ～　映画を旅する

山梨県医師会報　令和５年　６月号　№630

アルジェリアに内戦があったことは聞いてはいたが、所詮は遠い「地の果ての国」の火事、「もう安全です。ツアーを再開しました」と、「古代ローマ遺跡見学」のパンフレットに惹かれ、私がアルジェリアの地を訪ねたのは2006年の夏だった。深夜に関空を発ち早朝にドーハ着、そこで数時間を過ごしチュニスを経由、アルジェに着いたのは夜も更けていた。到着まで30時間、日本からはさすがに「地の果ての国」だった。

高台にある歴史的なホテル、エル・ディアザイールに宿泊。朝食後、カメラを手にホテル周辺を散策していると、２人連れの中年の男に突然行く手を阻まれた。写真撮影は禁止、散歩するならカメラをホテルに置いてこいとのこと。旅行者には内戦が終わって既に４年、しかし、アルジェリアの人にはまだ４年で、内戦の後遺症は風化していなかったのだ。実際、遺跡見学への道中では、道路脇に晒されていた戦車の残骸を目にした。

ところで地中海沿岸の北アフリカの国々の中、日本でアルジェリアという名を聞き郷愁を覚えるのは、歌や映画、文芸作品などの影響を受けた私のような年配者だろう。

さて、還りたくてもそれが叶わなかった男の物語『望郷』（1936年）は、日本では1939年に公開された。原題は『ぺぺ ル モコ』と主人公の名前だが、『望郷』のタイトルは当時の中国大陸へのロマンと重なったのだろう、ぺぺを通して望郷の想いが描かれた本作は、日本人の琴線に触れ名画として記憶された。

凶悪犯の主人公ぺぺ（フランス人）はアルジェのカスバに逃げ込み、そこでボスとして君臨していた。「女には身体を与えても頭はやらん。腑抜けになるからな」と、日ごろ豪語していたぺぺだったが、あるときカスバを見学に来たフランス人女性ギャッピーに心奪われる。彼女の漂わすパリの香りに、望郷の念が一挙に燃えあがってしまったのだ。讒言（ざんげん）によって逢瀬の約束が破られたぺぺ、彼女に会いたい・・・、しかしカスバを出ればたちまち逮捕される身の上だ。胸かきむしられ悶々とするぺぺを前に、昔パリで歌っていた仲間の女が在りし日を思い切々と歌う。それを聴いたぺぺは居ても立ってもいられない。ついにカスバを出て波止場へ、しかし、船上の彼女を目にするもその場で逮捕されてしまう。「ギャッピー‼」と涙して絶叫するぺぺの声は、出港の汽笛に消され彼女の耳に届かない。単純なホーム・シックではなく、「不治の病＝望郷」に冒されたぺぺは、隠し持っていたナイフで自らの腹を刺し息絶えるのだった。

ちなみにカスバとはアラビア語の「砦」の意で、アルジェのカスバは16世紀のオスマン帝国時代、太守が海に面し起伏に飛んだ地形（高低差120m）に城砦を築いたことが始まりだ。中の通路は階段が多く、蟻の巣のように入り組んでいる。1830年フランス統治以降、カスバは昔のアラブの面影を残しつつフランス風に改造されたが、世界各地から様々な人種が集まったそこは、強盗、賭博、麻薬、売春などなど、何でもありの無法地帯だった（写真①）。

ところで、年配者なら一度は聴いたことがあるだろう、アルジェリア独立戦争に参加した外国人部隊（外国人傭兵）と、彼らを相手に春を売る女の悲恋を歌った『カスバの女』（作詞者・大高ひさおは、往年の歌手がパリを懐かしんで歌った『望郷』のシーンを参照したという。久我山明作曲、歌手・エト邦枝、1955年発表）。それは映画『深夜の女』の主題曲として作曲されたが映画制作は中止となり、「ここは地の果てアルジェリア」と哀愁に満ちた歌は日の目を見なかった。エトさんは失意のうちに引退し、後にバスガイドの歌唱指導に10年ほど携わる。その間に教えた「カスバの女」をバスガイドが歌い、それを聴いた客が酒場で歌い、客から客へ地下水脈のように歌い継がれていったらしい。転機は12年後の1967年、盛り上がるベトナム反戦運動の影響だったのだろう、緑川アコがカバーして大ヒット、その後も青江三奈、藤圭子らによって歌われた。

映画『望郷』の中、ペペの手下のピエロはフランス軍の脱走兵だが、植民地化したアルジェリアにフランス軍の駐留は不可欠だった。フランス政府は地中海沿岸部の肥沃な北部アルジェリアをアルジェ県、オラン県、コンスタンチーヌ県に分け、本国と同等の行政単位とした。「セーヌ川がパリを横切るように、地中海がフランスを横切る」と公言、この３県にフランス人が入植（コロンともピエ・ノワールとも呼ばれた）し、内地化が進められた。全人口900万のうち、約100万

① カスバ遠目、アルジェ

に達したというコロンはブドウ中心のモノカルチャー経営を行ったため、土地を奪われた先住のアラブ人やベルベル人は失業・貧困に陥り、出稼ぎでフランスに渡った者は在仏アルジェリア人の始祖となった。

ちなみに、132年間に渡ってフランスの植民地になったアルジェリアだが、1792年、フランス革命によって誕生したフランス共和国を最初に承認したのはイスラムの都市国家アルジェ（オスマン帝国下、独立した政治権力を持っていた）だった。当時、ヨーロッパではフランス革命に対する反革命の機運が強く、四面楚歌の共和国は経済的に窮乏したが、飢餓状態を免れ革命政権が維持されたのはアルジェの資金提供によったからという。（宮田律『イスラムがヨーロッパ世界を創造した』より）

第２次世界大戦後、仏領インドシナで民族独立闘争が勃発、足掛け９年に及ぶ戦争に大敗したフランスはアジアからの撤退を余儀なくされた。1954年ジュネーヴ協定でインドシナ３国（ベトナム、ラオス、カンボジア）が独立すると、その影響はたちまち各地に及び、1956年チュニジア、モロッコ、1960年にはアルジェリアを除く仏領アフリカの植民地が独立した。

アルジェリアでは1954年、独立を掲げた「民族解放戦線FLN」がアルジェのカスバでゲリラ活動を始めた。その経過を描いたのが映画『アルジェの戦い』（1966年、ベネチア国際映画祭金獅子賞）で、物語はFLNが白人警官を射殺すると、犯人をかくまった建物をフランス側が爆破、報復にFLNは空港やダンスホール、カフェなどを爆破、目には目を、歯には歯をと、互いにテロの報復が続く。１日に４件ものテロ発生に1957年、フランスは最強の空挺師団を投入。民心の離反や情報戦にも敗れたFLNのリーダーは次々と逮捕・処刑され、組織は弱体化しカスバにしばし平穏が訪れる。ところがその３年後の1960年、なぜか突然アルジェの市民が蜂起する。亡命中のFLN指導者もあずかり知らぬ事態だった。

本作の原作者はもとFLNのリーダーの一人、セフ・サーディで、彼は逮捕・護送されたパリの獄中で「機関銃をカメラに取り代える」と脚本を書き上げた。映画は何千人もの目撃者の証言や記録、写真を参考に、史実に基づき制作に５年を要した。２～３人の俳優を除けば登場人物は全て素人、撮影はほとんどカスバで行われ、ドキュメンタリータッチの物語は時系列で展開する。白黒の映像はあたかもニュース映画のようだが、しかし当時の実写は１コマも使われていないという。市民蜂起の撮影には８万のカスバ市民が参加、迫真の映像はクライマックス・シーンを飾る。

フランス植民地の中でアルジェリアの独立が1962年と最も遅れたのは、「アルジェリア人によるアルジェリア」（アルジェリア民族解放戦線：FLN）と「フランスによるアルジェリア」（フランス政府）の対立、フランス本土（パリ中央政府）と現地フランス軍部の対立、コロン（武装部隊OASを編成）とアンディジェーヌ（アラブ人やベルベル人などの先住民）の民族対立、さらにアンディジェーヌ内の親仏派と反仏派の対立など、様々な要因が複雑に絡んでいたからだった（写真②）。

色とりどりの雨傘に雨が降り始めるシーンで始まるミュージカル映画『シェルブールの雨傘』（1964年、フランス）、本作は1950年後半ころから始まったフランスの映画運動ヌーベルヴァーグ（新しい波）を代表する一作だ。この映画の背景は、アルジェリア戦争真っただ中の1957年、フランスは数十万の兵士を送り出していたころ。徴兵制のもと、召集令状の舞い込んだギイ（自動車修理工・20歳）は恋人（雨傘店の娘・17歳、カトリーヌ・ドヌーブ）と別れアルジェリアに出征する。ギイは戦地で消息を絶つが、２年後、負傷した足を引きずって帰郷。ところがギイの子を身ごもっていたカトリーヌは、母親の勧めで中年の宝石商と結婚していた。３年後の雪の降るクリスマスの夜、彼女があるガソリン・スタンドに立ち寄ると、そこのオーナーはギイだった。すでに彼にも妻子があり、互いの幸せを大切にしようと２人は見つめ合っただけで別れる・・・というお話は、抒情的な歌と映像の美しさで大ヒットした。戦争が有無を言わさず恋人同士を引き離すのは、あったかもしれない人生の否定でやるせなく哀しいが、ウクライナを舞台に描かれた映画『ひまわり』（1970年）も同様だ。

ヌーベルヴァーグの旗手ルイ・マルの初期作『死刑台のエレベーター』（1957年、フランス）は、部下である主人公が階上の社長室に侵入、殺害した社長を自殺に見せかけることで物語が始まる。主人公が柵に引っ掛けたロープをスルスルと登れたのは、彼がもと空挺部隊員だったからだし、社長に提示した兵器売買の書類からも、当時のアルジェリア戦争との関わりが示唆される。

アルジェリア戦争が長引く中、何とか早く終わらせようと1959年、ドゴール大

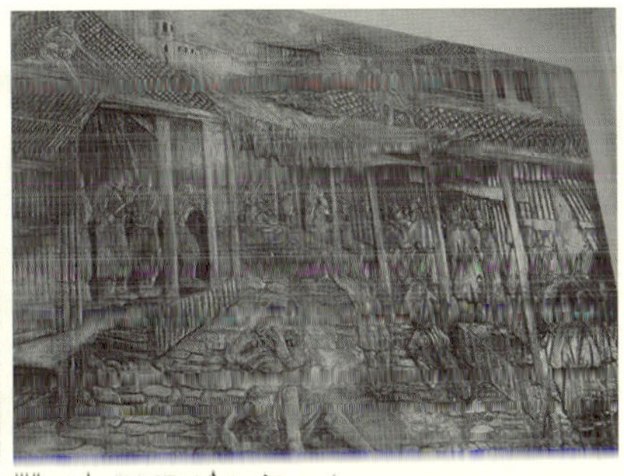

③　左、「アルジェの戦い」DVDジャケット
右、戦いのレリーフ（コンスタンティーヌ博物館）

統領は「アルジェリアの将来を自由に選択する」と約束したが、それに猛反発したコロンは秘密武装部隊OASにドゴールの暗殺を命じた。1961年9月、計画は失敗したが、それをテーマに作られたのが映画『ジャッカルの日』(1973年)、内容はOASに雇われた暗殺者ジャッカルと、それを阻止しようとパリ警察の捜査を描いたサスペンスドラマだ。

この背景にあったのはアルジェリア独立に反対するコロンや現地フランス軍の勢力だった。彼らは1958年、フランス政府の弱腰に暴動を起こしコルシカ島を占領、さらにフランス本土への侵攻を企てた。内戦の危機に陥るなか、次々と内閣が変わって「ヨーロッパの病人」といわれたフランス（第4共和制）は、ナチス・ドイツから祖国を解放した国民的英雄ドゴール将軍に再登場を願ったのだった。

1962年、ドゴールはアルジェリア独立に決着をつけたが、1954年からの戦争中、戦死者はアルジェリア30～60万人、フランス10万人に上った。アルジェリア武装勢力10数万に対し、フランス軍兵士は常に25万、時には50万を超え合計200万、そのうち3万弱の兵士が死んだという。

ただ、フランス政府はこの戦いを「アルジェリア事変」「北アフリカによる秩序維持作戦」と称し、1999年10月、公式に「アルジェリア戦争」と認めるまで時間を要したのは、「触れたくない過去」だったからだろう。

「アメリカがベトナムを描いたように、フランスもアルジェリアを描かねばならない」と、フランスを代表する俳優ブノア・マジメルが企画・立案し、「自国の闇」「触れたくない過去」に向き合い制作したのが映画『いのちの戦場 ～アルジェリア1959～』(2007年) だ。主人公としても出演した彼は30代半ばのアルジェリア戦争を知らない世代。原題L' ENNEMI INTIMEの直訳は「親しい敵」、それはアルジェリアの過去を反映し、登場人物の立場が複雑に絡み合っていることを意味する。つまり、ゲリラ兵として独立戦争に参加したアルジェリア人もいれば、寝返った者もいる。フランス兵としてフランス軍に参加した者もいれば、それらの板挟みで苦しむ住民もいる。しかも敵同士となったゲリラ兵とフランス兵は、先の大戦やインドネシアではともに戦った戦友だった。

そんな兵士たちの集まったフランス軍小隊は、アルジェリア北東部の戦場でFLNとの凄惨な戦いを続けていた。ある時、実戦経験のない人道主義者の中尉がリーダーとなる。捕虜の拷問や虐殺、ナパーム弾の使用などなど・・・、戦場の現実を前に「戦争犯罪は許さない、捕虜は丁寧に扱うべき」との中尉の正論は脆くも崩れ去り、逆に彼は捕虜や民間人の殺害に手を染めるようになる。戦場であらわになった彼の狂気もまた「親しい敵」だった。

1962年に独立したアルジェリア、しかし130年に及ぶ植民地支配の影響は大きく、独立後の道のりは平坦ではなかった。「暗黒の10年」「テロルの10年」「残り火の時代」などといわれた内戦が1992年に始まり、その後の10年間に死傷者は数万から20万に上ったという。

なぜ内戦が始まったのか？独立後はFLNの一党独裁政権のもと、経済面では豊富な石油・天然ガス資源により重工業政策が進められ、それは輸出総額の95%を占めた。内政面では、イスラム教とアラビア語を国民統合の柱とし、社会主義的・世俗的政策が押し進められた。その結果、若者にイスラム教は普及したもののフランス語能力は低下、しかし行政機関や大企業に就職するには堪能なフランス語が必要だった。また歴史教育によって宗主国だったフランスに対し反感が育つ一方、出稼ぎ国のフランスは豊かな憧れの対象となり、若者たちにとってフランスは愛憎半ばする国となった。

そんな状況下の1986年、石油・天然ガス価格の大暴落によって経済は破綻、政権内の腐敗とあいまって軍部とFLNによる社会主義政権は信頼を失う。国民の半数が失業者となった中で、「イスラムこそ救済の力」と訴える原理主義的政党「イスラム救国戦線：FIS」が勢力を拡大、1991年の国会議員選挙で圧勝した。ところが翌年、FLNと軍部のクーデターによりFISは非合法化される。指導者たちは逮捕・国外逃亡を余儀なくされ、残された困窮青年たちは小集団を結成しテロ攻撃を開始、それらが連合した「武装イスラム集団：GIA」と体制側との内戦が1992年に始まった。

テロのターゲットは都市部から農村部へ、一般市民や外国人などが無差別に標的となった。1995年には１年間のテロ犠牲者は8,086人に上り、1998年の集団虐殺では妊婦の母胎が切り裂かれ、バラバラに切り裂かれた胎児は壁に投げつけられた。男たちの四肢は切断され、女たちは性奴隷として連れ去られたという。しかし、体制側の反撃によりGIAは次第に弱体化、テロの犠牲者は減少し2002年、内戦は終了した。

この内戦中の1996年、チビリヌではGIAによりフランス人修道士の誘拐・殺害事件（９人のうち７人が殺害された）が発生した。この事件を題材に制作されたのが『神々と男たち』（2010年フランス、第63回カンヌ国際映画祭審査員特別グランプリ賞、アカデミー賞外国映画賞）で、フランスでは観客動員数300万を超す大ヒット作になったという。

本作はフランス人修道士誘拐殺害事件を題材にしているものの、民族紛争や宗教的側面より「生きることとは何か？」がテーマだ。ストーリーは、山あいの修道院で自給自足の質素な生活を送っていた修道士たちは、地元民のイスラム教徒とも仲良く暮らしていた。ところが近くの村で出稼ぎのキリスト教徒（クロアチア人）が武装勢力に殺害され、その危険は修道院にも迫ってくる。アルジェリア・フランス両政府に強く帰国を勧められた修道士は、居残って欲しいと願う村人に「私たちは枝に止まった鳥、いつ発つかわからない」と答える。対して「鳥は私たち、あなた方が枝、枝がなくなれば鳥は？」と村人。このやりとりは植民地支配が現状を招いたことへの皮肉とも暗喩ともとれようか。両者の板挟みになって困惑するが、結局、彼らは現地に留まることを決断する。生死の問われる選択を迫られる中、修道士たちの恐怖、悔恨、逡巡、苦悩などなど、揺れ動く心の軌跡が丁寧に描かれた秀作だ。

イスラム過激派の襲撃事件は2013年１月16日、アルジェリア南東部イナメナスのガス田施設でも発生した。多くの外国人が拘束され、10カ国中の37人が殺害、うち10人が日本人だった。この事件に対するアルジェリア軍の対応は素早く、17日には反抗グループへの反撃を開始、19日には作戦を終了した。さらにアルジェリア軍は国内の過激派の掃討作戦を展開、治安を回復したと発表した。このような電光石火の鎮圧活動の裏には、アルジェリア内戦に関わったGIAの残党が過激派内に加わっていたからという。

本年１月に封切られた日本映画『ファミリア』（成島出監督）は、息子夫婦（妻は妊娠中）を突然失った男（妻はすでに病死）が悲しみに暮れる中、在日２世の若者カップル（日系ブラジル人）と関わっていく物語だ。息子夫婦がイナメナスの天然ガスプラントでテロの犠牲者となったという設定のもと、家族の喪失が血縁関係のない新しい家族の誕生につながっていく。賞味期限つきヨソユキの短期訪日者に「オモテナシ」はしても、永住外国人には冷たい日本の社会、そこで描かれるのが困難ではあるが避けては通れない「共生」というテーマだ（写真③）。

2020年１月、中国武漢で発生した新型コロナは、燎原の火のごとくたちまち全世界に広がった。その年の春、横浜ではダイヤモンド・プリンス号が船内封鎖され、追って緊急事態宣言により我が国は鎖国状態となった。そんな状況の中、フランス植民地下の1940年代、ペスト禍で都市封鎖されたアルジェリアはオランを舞台に、住民たちの日常を記した小説『ペスト』（カミュ著、1947年）が注目され、日本では累計100万部以上が再読されたという。封鎖された環境にあって、病魔に襲われた人々の苦しみ、足掻き、哀しみや別離・・・、それらに対する地道で丁寧な対応など、医師や記者の目から見た「病気の不条理」「人間存在の不条理」が語られる。

映画『異邦人』（1968年制作）は同名の小説（カミュ著、1942年出版）の映画化だが、主人公ムルソーはアルジェリアで生まれ育った植民者の２世。母の死に顔を見ようともせず、葬儀にも冷淡な無神論者だ。海岸で友人の命を狙うアラブ人に会い、「眩しい日差しのせいで、頭がくらくらしていた」彼は、目に入った相手のナイフの反射光に幻惑され、「太陽のせいだ」と銃声５発、アラブ人を殺害する。

法廷で死刑を宣告されるムルソーの罪状は、「殺人」ではなく「人間の心のない不道徳で邪悪な人間」だ。「病気の不条理」がテーマの『ペスト』でもそうだが、本作に登場するアラブ人にも名前はなく、「植民地でアラブ人の命がいかに軽んじられているか」の視点からも、カミュは罪状の不条理を指摘したのかもしれない（写真③）。

ちなみに、植民者２世で貧しく育ったカミュは、アルジェリア戦争では「フランスとアラブの共同体」の思想を捨てきれず、フランスでは左右両翼から、またアラブ人からも非難を浴びたという。1957年ノーベル賞受賞。1960年交通事故死、享年46歳だった。

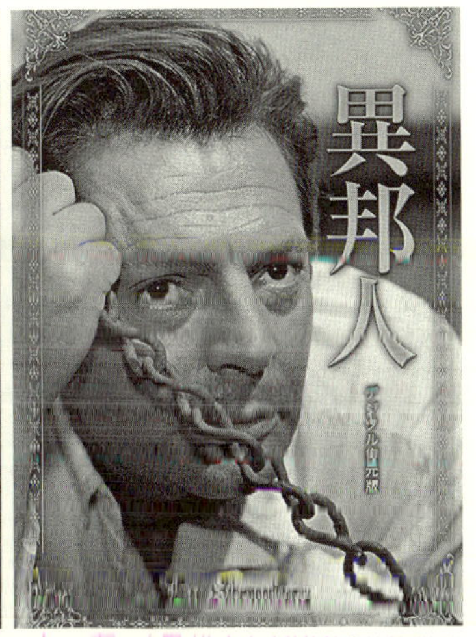


③　左、「ファミリア」DVDジャケット　右、「異邦人」DVDジャケット

第5章

# 胃は心と体に通る道

左・コーヒーセレモニー　右・街角のコーヒー売り、エチオピア

# 1　モカを捨てた国

## ～ 挽歌が聞こえた

山梨県医師会報　令和４年　８月号　№620

イエメンの首都サナアから西へ40～50km、標高2,500mの高原の端に350mの岩山が立ち、その上と下に1,000年以上前から双子の村がある。上の村コーカバンは、農業を営む麓の村シバームを守るため敵を監視・迎撃し、シバームは上のコーカバンへ生活物資を補給する役割を担ってきたという。

石と煉瓦で作られた城砦を見学した後、山道を下ること約30分、到着したシバーム村の広場で休憩した。集まってきた十数名の子どもたちは、継ぎの当たった古びた衣服をまとい、全員が裸足だ。カンロ飴に歓声をあげた子どもたちは、口々に何かを叫び前を指さした。無理矢理引っ張っていかれたところは雑貨屋だった。店内は薄暗く、商品はみな砂埃をかぶって白っぽい。子どもたちが指差す天井にはサッカーボールが３個、ネットに入ってぶら下がっていた。彼らはそれが欲しかったのだ。一つ買ってプレゼントする。歓声を揚げた子どもたちは、早速、店前の道路で元気よくボールを蹴り始めた。

私たちを迎えに来たマイクロバスが走り始めると、気づいた子どもたちは「ありがとう」の意だろう、手を振り声を上げ追いかけてくる。もうもうと砂埃の舞い上がる中、走るのを止めない。次第に遠ざかっていく姿を見ながら、あんなに喜ぶならどうして３個、まとめて買ってあげなかったのだろう、１個がたったの３ドルだったのに・・・。

あれから四半世紀、今は皆、30歳は超えているだろう。ただし生きていればの話だ。というのも、もともと世界の最貧国の一つと言われていたイエメンに2015年、内戦が再発（第２次）。飢餓や感染症（コレラ）も発生し死者は10万以上、国連は「世界最悪の人道危機」と表明しているからだ。

ところで、南北に分断されていたイエメンは1990年、イエメン共和国として統一されたが、部族、宗教、政治的相違などで1994年、内戦が始まった（第１次）。２ヶ月後に停戦合意がなされ、1999年に大統領選挙が行われた。私がイエメンを訪ねたのは2003年、観光も可能になったからだが、しかし地方に行く際は護衛の兵士のお供が必要だった。

南北に走る山沿いの国道を離れ、中古のランクルは西に向け直角にハンドルを切った。後方は刃物で削り取られたような鋭い山肌が続き緑はない。左右は低い灌木がまだらに生える砂漠だ。目的地はこの先50kmのモカ。直線の道路は所々が薄く砂に埋もれ、その先は砂塵の中に消えていた。砂の積もった道をスピードは緩めず、時速80km位だろうか、車は快調に飛ばしていく。スピードメーターの故障に加え、後部座席窓のスイッチも動かない。窓は開かず、クーラーの性能も悪く、運転席の操作で窓を開けてもらう。突然砂が舞い込み慌ててターバン用の布でカメラを覆った。

昨日、コーヒー産地の山岳地帯を通過した際、千数百mを示したフロントの高度計は今や数m、高度計はちゃんと作動しているのだ。もう海が近い。両岸の砂漠を映して赤いと言われる「ルージュ色の海」、シンドバッドが活躍したあの「紅海」が・・・。

30分くらい走っただろうか、砂のカーテン地帯を抜けるとなだらかな砂丘の彼方に白いモスク、その先に荒廃した建物が目に入った。半ば砂に埋もれたそのモスクがモカの街はずれだった。往時の街の中心には廃墟と化した商館が歯が欠けたように並び、その向こうには強風に白波が牙をむく青い海が広がっていた。昔ここが港だったと言われても信じられないような入江に、船外機をつけた小さな漁船が十数隻、肩を寄せ合って揺れている。今は2～3,000人位しか住んでいないといううら寂れた漁村、歴史と伝説がなければ地図にさえ記されないだろう場所、それがモカという名を世界に知らしめた街の、今の姿だった（写真①）。

朽ち果てつつある商館の出入り口は乱暴に板で塞がれ、ガランとした広場をコーラの缶を踊らせて突風が吹き抜ける。灌木に引っかかった色褪せたビニール袋が、千切れんばかりにハタハタと鳴っている。崩れたベランダの手すりに残る彫刻が、わずかに往時の栄華を偲ばせる。17世紀初め、コーヒー輸出港として隆盛を極めたモカ、イギリスやオランダの豪華な商館が軒を連ね、ラクダの隊商が各地から集い、人口５万を数えたというモカ。

これは白日夢なのか・・・。「アラブの偉い坊さんが、恋を忘れた男にモカマタリを飲ませてあげる。すると、ウキウキした男は若い娘に恋をする。素敵な飲

①　現在のモカ港（上）と周辺（下）・イエメン

み物を飲んで陽気に踊ろう。愛のコーヒールンバ」。
明るく軽快なメロディーやセリフの「コーヒールンバ」がただ虚しく空回りする。モカの今が歌の魂を消し、哀愁と鎮魂の挽歌に変えてしまったのだ。
昭和36年、日本経済が急成長を始めたころ、西田佐知子によって歌われたあの曲。ちょうど大学に入ったころだった。歌に誘われ初めて本物のコーヒーを飲み、未知の世界へ心膨らませてくれた喫茶店、一杯のコーヒーで友と語らい、本を読み、そして恋を夢みた。明日への希望と期待がキラキラと輝き、夢の前に未来への不安はなかった。そして80年代後半、「コーヒールンバ」は井上陽水によってリバイバルヒットした。時はバブルの真っただ中、その時もまだ日本は明るかった。

現在、モカといえばコーヒーを指し、コーヒー味のケーキやアイスクリームもモカ、肌色もモカブラウンだ。「コーヒールンバ」に歌われるモカマタリのマタリは、アラビア語で「雨の子孫たち」を意とするバニー・マタル地方のマタルが訛ったものだ。
コーヒーの木は１年を通じて霜の恐れのない温暖な気候と、年間1,200mm以上の降水量を必要とする。この条件を満たした場所がアラビア半島南西の西側斜面、最高峰シュワイブ山（3,660m）の麓の標高1,500～1,600mのイエメンはバニー・マタル地方だ。暑過ぎず寒過ぎず、雨が多く、紅海から立ち登る雲が霧となり、世界最高級のコーヒーが生まれた。それは17世紀、ヨーロッパ各地の都会に誕生したコーヒーハウスで愛飲された。数多の財宝を携えエルサレムのソロモン王を訪ねたシバの女王の地、「幸福のアラビア（アラビア・フェリックス）」への強い憧れのあるヨーロッパ人は、オリエントの香り豊かなコーヒーに酔い痴れた。モカから積み出されるマタル地方のコーヒー、それがモカマタリだったのだ。
コーヒーの木は東アフリカ・エチオピア地方が原産地といわれ、伝説によると15世紀、ザブハーニーという名の南アラビアの僧侶（コーヒールンバで歌われた偉い坊さん）が、紅海対岸のエチオピアを旅したとき、現地の人たちの飲み物に薬の働きがあることを発見。それを飲むと、疲労感と無気力が去り、元気が出たという。彼は「目覚めてあれ」「眠るな」「微睡を追い払え」と歌うイスラム神秘主義の僧侶（スーフィーと呼ばれる）だったから、「飲むと眠れないコーヒー」は格好の飲み物だった。（５章扉）
コーヒーの語源となったアラビア語の「カワフ」は、「何かへの欲望を少なくする、慎む」の意で、具体的には「食欲を慎む」ことだ。飲むと食欲が落ち、しかも眠くならないコーヒー、これは修行僧にとってまさに神からの贈り物だった。僧侶のアリー・ウマルがコーヒーの栽培や、コーヒー交易船の無事を司るモカの守護聖人となったのも、その地で流行った疫病をコーヒーで治したからという。

その後、その嗜好性ゆえに宗教指導者によって何度もコーヒー禁止令が出されたが、隊商宿や居酒屋での人気は高く、結局、コーヒーはイスラム世界全体へと広まっていった。

17世紀、ヨーロッパで高まったコーヒー需要に対し、イエメン産とエチオピア産（イエメン産に比べやや苦味が少ない）のコーヒーをモカからまとめてヨーロッパに輸出したイエメンは富み栄え、文字どおりの「幸福なアラビア」となった。しかし18世紀、セイロン（イギリス植民地）やジャワ（オランダ植民地）へコーヒーの木が持ち出され、各地に植民地農場が拓かれるとともにイエメンの凋落が始まった。折しも、モカは潮流で運ばれた砂によって港の機能を失う。さらに第一次大戦では同盟軍と連合軍との戦場となり、歴史的建造物は破壊され、廃墟の街と化してしまった。

信州の高遠では、塩は駿河から富士川を上り鰍沢を経由して運ばれたことから、「塩がなくなった」は「鰍沢がなくなった」といわれる。モカと同様、商品の経由地が代名詞となった例だ。しかし、「コーヒー・モカ」の場合、積み出し港はモカだけでなく、紅海に面したホデイダなど、他の港からもモカに劣らない量が積み出されていた。では一体どうして「モカ」なのか？実はモカの港だけが、イギリス、フランス、オランダなど、ヨーロッパ船舶の直接寄港と買い付けが許されていた。エチオピアはハラール地方のコーヒーも、モカを経由したからモカ・ハラーと呼ばれる。つまり、「モカ」はヨーロッパ中心の歴史観によって付けられた名前だった。

ところで、流通ルートを持っていれば、商品を買い付けるよりも直接生産した方が利益が上がる。そのため、西欧諸国は競ってコーヒー農園を南米やアフリカで経営、植民地支配を確立した。コーヒーだけを栽培するモノカルチャーは豊かな自然環境を破壊し、伝統農業の衰退は多くの貧困者を生んだ。また、ヨーロッパ市民階級が飲むコーヒーや紅茶、さらにはそれらに使う砂糖を作る労働力として、１千万を超えるアフリカ人が奴隷として新大陸へ送られた。壮年の働き手を失った豊穣の地アフリカは、「暗黒大陸」へと転落、コーヒーは「黒い血液」と呼ばれるようになった。

現在、イエメンの人はモカを飲まない。昔も今も豆は大事な輸出品だからだ。飲むとすれば、コーヒー豆の殻を煎じたものに、ショウガの粉と砂糖を入れた飲み物ギシルで、日本の番茶のようなものだ。レストランで旅行者が飲めるのはネスカフェだけ、それが置いてあればの話だが。イエメンの人はコーヒーの代わりにカートというアカネ科の木の葉を噛む。朝摘みのカートを午後になると噛み始めるが、噛みかすは片方の頬の内側に貯め込むから、夕方にはこぶとり爺さんのようにぷっくりと膨らむ。カートの目的は社交とくつろぎで、重要な政治決定も閣議ではなく、大統領のカート・パーティでなされるという。

カートエキスにはアンフェタミンが含まれているため、眠気予防になるのだろう、わがランクルのドライバーも噛むのを止めない。助手席のガイドが時折、枝からちぎった葉をかいがいしくドライバーの口に入れてやり、頬を膨らませた二人がモグモグ、クチュクチュする様は、あたかもヤギやヒツジのようだった。

新鮮な葉を毎日確保するためカート畑は次第に増え、代わりにコーヒー畑は減り続けているという。栽培や収穫に手間暇がかかり、また投機性の高いコーヒーよりも、カートは栽培が簡単で確実な現金収入（コーヒーの６倍）となる。なにしろ国民の収入の３分の１はこのカートに消え、労働者の７人に１人はカートに関係する仕事についているという。自給自足で国民がこぞって噛んでハッピーならば、「外貨獲得のためコーヒー増産を」との声もかき消されよう。ただカート用農業用水は全ての地下水量の３分の１を占め、今後の水資源の減少が危惧されているという。

アラブの最貧国といわれるイエメン、私が訪ねたときはインフラは遅れ、モノは古く少なかった。しかし男たちは伝統の民族服（フタハ）で身を包み、幅の広いベルトに半月刀（ジャンビア）をさし、午後は仲間とカートを噛んでゆったりと過ごしていた。そこはモカを捨てた国、貧しくモノはなくても「幸福なアラビア」のように見えた。しかし、内戦が続き「世界最悪の人道危機」と言われる今、人々はカートを楽しんでいるだろうか・・・。

一度は訪ねてみたいと思っていた憧れのモカ。幸いイエメンが束の間の平和だったとき、私は訪ねることができた。夢が叶って何やら哀しいのは、それがまた一つ消えてしまったからだろう。しかし、痺れるような芳醇な香り、柔らかな酸味とほろ苦さ・・・、モカマタリは飲む度に旅の余韻を奏でてくれる。そうモカは「心が残った」土地なのだ。伝説の無い土地は幼少年時代のない大人のようなものという。その伝説と青春の残像に彩られたモカだからこその味、彼の地の人が再びゆったりとカートを噛める日が来ることを願いつつ、今日もまた一杯のモカを飲む。

# 2 美味から滋味へ
## ～伝統食に軸足を

山梨県医師会報　令和３年　４月号　№604

以前、チベットを旅したときのこと、ある日の夕食（中華料理）に昆布の煮物が出されたことがあった。エビやホタテ、ナマコなどの海産物を乾物にして保存、その旨味を引き出してさらに美味な料理にするのが特徴の中華料理にとって、海から遠く離れたチベットのような奥地は、その調理の腕を発揮するのに適した地だろう。大麦しか採れない高地・荒涼の地で、品数の多い豪華な中華料理は観光客の目や舌を楽しませてくれた。箸休めなのか、途中で出された小皿がコンブのうま煮だったのだが、驚いたのは今まで食べた中華料理にコンブだけの一皿などは経験したことがなかったからだ。時空を超え、こんな奥地にも伝えられた北海道産のコンブは、恐らく客をもてなす貴重な一品だったのだろう。

実は、「ヨードの倉庫」といわれるコンブのヨード含有量は100g中0.3～0.5gで、海水中のヨードが100万倍にも濃縮されている（鉄の濃縮率は1.5万倍）。周囲を海で囲まれた私たち日本人は、日常にコンブなどの海藻を食べているため、ヨード不足とは無縁だ。新陳代謝を盛んにする甲状腺ホルモンを作るのにヨードは欠かせないが、それを含む食品は海藻を除けば殆どない。そのためアルプスやヒマラヤ、アンデスなどの内陸部、また洪水で土が洗われるバングラディシュなどではヨード不足になりやすく、甲状腺機能低下を伴った甲状腺肥大症が発症する。筆者もエチオピアの田舎でキリスト教の遺跡を訪ねた際、土産店の初老の女性に甲状腺腫を認めたことがあった。

ちなみに、妊娠中の母親のヨード不足によって、世界中では2000万人の脳障害を持つ子供が生まれるといわれ、現在は10億人という開発途上国のヨード欠乏症に対しヨード添加の食塩が普及しつつある。

さて、昔から中国では「太首病にはコンブがよい」と言われ、唐書『渤海伝』には「俗に貴(とうと)ぶ所は東海の海帯(はいたい)（コンブ）」とある。太首病とは甲状腺肥大症のことで、中国人はこの病気にコンブが効くことを経験的に知っていた。コンブは中国では採れないため貴重で、北海道や東北産のそれは古くは日本海経由で、近世には琉球を経由して輸入された。美味しさに惹かれてコンブを食べていた中国人は、結果的にその薬効を知るようになったのだろう。約2000年前、秦の始皇帝が不老長寿薬を求めて東海の島へ徐福を派遣したのは、昆布を求めてのこととの説もある。

ところで、私たち日本人は日常的に大豆を食べるが、大豆のサポーンはヨードの吸収を阻害する。しかし、日本人にヨード欠乏による甲状腺肥大症が少ないのはコンブを始め海藻をたくさん食べるからだ。大豆と海藻を組み合わせて食べる、例えば、納豆に海苔、湯豆腐にコンブ、ワカメと豆腐の味噌汁、ヒジキと大豆の煮物などなど、これらの組み合わせは甲状腺肥大を予防するだけでなく、サポニンが海藻の繊維を柔らかくして食べやすく美味しく、理にかなった組み合わせとなっている。

昆布のおいしさはアミノ酸のグルタミン酸によるが、1908年、日本の池田博士によって発見されたそれは「旨味」と命名された。これは世界に誇れる発見の一つで、日本の十大発見の一つと言われる。この伝統を受けて後に鰹節からイノシン酸、シイタケからグアニル酸などの旨味が発見された。これらアミノ酸系・核酸系の旨味は生命現象の基本に関わるサインであり、おいしいものを食べることは健全な体を作ることにつながる。

また、旨味にはそれぞれの旨味を混ぜ合わせると数倍にもなるという相乗効果があり、例えば、昆布の消費量が全国一の沖縄（薩摩藩時代、中国への昆布の密貿易の中継地だった）では、豚肉とコンブを一緒に煮込んだおいしい郷土食（昆布のグルタミン酸と、豚肉のイノシン酸による相乗効果）が生まれた（写真①）。

ところで、おいしいものを食べると脳が「快」と判断し、様々な脳内ホルモンの分泌が盛んとなって食欲が進む。また血液中のタンパク質や白血球、唾液中の免疫物質などが増え、それらはストレスホルモンを抑制して免疫能を上げる。おいしいものを食べると元気がでることから、古来、食べ物をおいしく組み合わせる工夫がなされ、それは各地の食文化となって伝えられてきた。「餅と大根おろし」や「麦飯とろろ」には消化促進効果、「刺身とワサビ」や「寿司とショウガ」には殺菌効果、「冷奴にネギやショウガ」には胃腸保温効果、「焼き魚に大根おろ

① コンブなどの乾物売り場、栄町市場・那覇

し」には解毒効果というように、よい食べ合わせはおいしく、しかも身体にとって好ましい。

また、おいしいものを前にすると思わず食指が動いたり、唾を飲み込んだりするが、唾液には食べものの通りをよくし、消化を助け、毒素を中和し、脳神経を刺激し、免疫能を強めたりと様々な働きがある。「命の泉」といわれる唾液は中国語で「口水」といわれ、それが多いことは「活き活き」につながる。つまり、「千口水」からなる「活」は「口の中に水（唾液）が一杯」、すなわち、おいしいものを摂り続ければ唾液が一杯で活き活きするという意だ。

さて、昆布のおいしさがヒントとなって旨味が発見され、そこから化学調味料が開発された。おいしくて安くて便利なため、今や多くの加工食品に使われている。しかし、これは自然が持つ旨味に比べ味覚刺激作用が強いため、その刺激に慣らされると味覚の退行が進む。本来の自然な旨味をおいしく感じられなくなってしまうからだ。味覚は舌の味覚細胞でキャッチされるが、この細胞は一週間くらいで新しい細胞に生まれ変わる。その際に亜鉛が必要で、それが不足すると細胞の若返りが阻害され味覚障害が引き起こされる。化学調味料や防腐剤など食品添加物は血中の亜鉛を吸着しやすく、加工食品の摂り過ぎは味覚細胞の新生に支障をきたす。近年、年間十数万人に味覚障害が発生しているといわれ、特に幼いころから濃い味の加工食品を食べ続けていると味覚に鈍感となり、素材のもつ本来のおいしさを味わえなくなってしまう。含塩量でもコンブだしは100g当たりナトリウム61㎎に対し、風味調味料は16gと圧倒的に多く、減塩の点でも加工食品の過剰摂取には注意しなければならない。

もともと、食材を選び調理するという食の営みは個人や家族の範囲内にあったもので、食べもののおいしさや安全性は自分の感覚を大切にし、商品情報はあくまでも参考にして選択すべきものだ。しかし、忙しい生活を余儀なくされている現代人に、ファストフードや加工食品のない食生活は成り立たない。消費者はメーカーの提供する食品を好みや価格で選択することになるが、食品素材の安全性についての注意は欠かせない。

ちなみに、10年ほど前に発生した中国産冷凍ギョーザ事件では、味に違和感を覚えて吐き出した人は事なきをえたが、食べてしまった人は意識不明の重体に陥った。意識を失ったある高校生は「苦い」と思いつつ、それはパッケージに表示された「ハーブ使用」の味と思って食べ続けたとのこと。「味わう力」を持っていればこの事件は防げたはずで、安心・安全のためには自分の味覚、つまり、舌の感覚を磨いておかなければならない。そのためには新鮮な素材のおいしいものを食べ続け「舌を肥やす」ことが必要だ。様々な味が脳に記憶され、また様々な味の判別ができるようになれば、健全な心身の成長は促され、それはまた病気の予防や治療に役立つだろう。

「今日の食は明日の命なり」(俗言)、「食べものを医薬とせよ」(ヒポクラテス)、「食よく人を養い、食よく病を癒す」(中国)、「我々は、我々の食べているそのものである」(ドイツ格言)、「どんな食べものを食べているか言ってみたまえ、君がどんな人であるか言いあててみせよう」(ブリア・サバラン)などなど、身体と食べものとの関わりを示した言葉だが、生きるために食べてきた人間には危険なものを避け、身体に必要なもの、さらにはよりおいしいものを食べたいという本能(遺伝子)が備わっている。

実際、生理的にも解剖学的にも人間の身体は危険なものやまずいものを避け、おいしいものを効率よく摂りこむようなシステムができている。しかし、これはモノの少ない飢餓線上を生きていた時代には当てはまっても、現在のような情報とモノが氾濫する時代には、注意を怠ると過食や偏食などの弊害が避けられない。「体に通じる道」は胃を通るから、それぞれの人の年齢やライフスタイルに合った「胃の道」の交通整理が必要だろう。正しい知識・情報を得るために膨大な食情報の中から何を選ぶか、一時の流行に左右されないために必要なことは何か?文法では主語・述語が基本となるように、食では主食・副食のバランスが基本となる。江戸時代の『早見献立表』には「第一飯、第二汁、第三平皿の三種別して心を用ゆべし。三種よろしければ自ずから料理すすむものなり」とあり、和食の伝統はそれが基本となっている。

それぞれの風土に根ざした伝統食・スローフードは、自然という外なる環境によく(地産地消のためフードマイレージはゼロ、新鮮で美味しい)、地味(滋味)のそれによってその土地の人々の体が作られてきた。「環境に関心のないグルメは愚か者だが、かといって、食に関心のないエコロジストは、それはただ退屈なだけだ」とのスローフード協会　カルロ・ペトリーニ会長の言葉は言い得て妙だろう。

伝統食である和食は主食のコメにコンブや鰹節、煮干などの調味料で味付けされた副食に、味噌汁(具だくさん)の添えられた一汁一菜が基本だ。ビタミン・ミネラル補充型の副食の味は、油脂や糖質、塩分の多いファストフード(旨味の足された美味)と違って、素材の自然な味が引き出された滋味・淡味である。実際、無味無臭の米は噛んでいると甘く、また喉の渇きに水は甘露となるように、「妙味必淡」(発酵学者・小泉武夫)、「味淡有眞楽」(味淡くして眞楽あり・土居こんぶ店)で、貝原益軒(『養生訓』)は「凡ての食、淡薄なるものを好むべし、肥濃油膩(こってりと油っぽい)の物、多く食ふべからず」と述べている。

ちなみにある調査によると、抗がん剤の副作用による味覚障害に最も食べやすかった味は天然だしと甘味であったとのこと。本ものの味のおいしさに関してはある小学校の食育の講演会でのこと、昆布から作られた「だし」と、化学調味料主体の「本だし」の比較では、生徒全員がその味の歴然たる違いに驚いていた。

「私たちの料理は、薄っぺらで中身がないと思われるかもしれませんが、食材自体、ほのかな自然の風味と趣を喜んでいただけるようになるはずです」

これは Japanese Cooking : A Simple Art（辻静雄著 1980年）の前書きで、その序文に「この本は、ただの料理の本ではありません。哲学の論文です」と、ルース・レイシェル（『グルメ』の編集者）の言葉が添えられている。

刹那的・瞬間的な美味しさの対極の滋味・淡味は、口に入れた途端においしいと感ずるものではなく、迎えにいかなければわからない。そのためにはある程度の空腹状態など、感覚を磨いておく必要がある。

ところで、「秋きぬと目にはさやかに見えねども　風の音にぞ驚ろかれぬる」（古今集）には豊かな感性が詠まれている。「目には青葉山ほととぎす初がつを」（山口素堂）の青葉は視覚、ほととぎすは聴覚、かつをは味覚を示すが、これに「京のやつはし（嗅覚）独活（うど）に竹の子（触覚・歯ごたえ）」の文言を加えれば五感を表す歌として完成する。五感を研ぎ澄まし、日常茶飯に四季折々の滋味豊かな食べものをおいしく、感謝しながらいただくことが心身の健康に通じよう。

「おいしさ、盛り付けの美しさ、季節感、伝統、多様性、ヘルシー」などの特徴のある和食は、保全、普及、継承すべき遺産として2013年、ユネスコ無形文化遺産に登録された。魚、大豆、野菜などの組み合わせも脳や心臓疾患予防に有効で、和食が新たなブームとなった海外で日本食レストランが急増したという。スローライフを余儀なくされたコロナ禍の今、下記の歌を味わい伝統食にシフトした日常食を楽しみたい。

「土井勝の昭和は遠きレシピなり丹波黒豆ふつふつ熱く」（依田邦恵、山日歌壇）

注）土井勝氏は一汁一菜を薦める料理研究家

「楽しみは春の桜に秋の月　夫婦仲良く三度食ふ飯」（太田蜀山人、江戸時代）

「楽しみは妻子（めこ）睦まじくうち集い　頭（かしら）並べて物を食ふとき」（橘曙覧、江戸時代）

# 3 豆は世界を救う

## 〜 まめまめしきはよし

山梨県医師会報　令和３年　５月号　№605

「ダニエルはバビロンに移された後、王の肉とブドウ酒を食するように命じられた。それを拒否してパルス（豆）と水を食した彼は、10年後に他の捕虜たちと比べられた。ダニエルの容貌は王の肉を食べた者たちよりも健康的で丸々と太って見えた」（『ジェイムス王の英訳聖書』）

トルコ中央部のアナトリア高原は標高1000m、５月初旬といっても吹く風は冷たく、荒涼とした大地はうっすらと雪化粧していた。小雪が舞ったり薄日が差したりと不安定な天候の中、バスはなだらかな起伏のある道を一路、奇岩群で有名なカッパドギアに向かっていた。

いくつかの廃墟となったキャラバンサライ（隊商宿）を通過した後、昼食のためバスはとある街の郊外のドライブインに止まった。熱いチャイをすすりながらふと隣のテーブルを見ると、地元の高校生だろうか、数名が昼食を摂っていた。内容は皿に盛られた豆ご飯に豆スープ、それに全粒粉のパンだったが、驚いたのはその豆の量だった。豆ご飯やスープにウズラ豆やエンドウ豆、ヒヨコ豆が半分弱、ガイドに尋ねるとそれが日常食で、羊肉はハレの日のご馳走とのことだった。

その後、中近東の各地のバザールでは麻袋に山盛り一杯の様々な豆を見かけたが、スナック用の豆売りもトルコ以外の各地の街角にも立っていた。大人も子供も茹でた豆を一掴みほど買って塩をつけて食べるが、ポテトチップスなどの油菓子に慣れた舌に豆そのものの滋味が広がった。また男たちで賑わう店頭では、ターメイヤやフェラフェルというヒヨコ豆やソラ豆粉のコロッケ、ホンモスというヒヨコ豆のペースト（薄焼きパンに塗って食べる）などが売られていた。

中近東・ヨーロッパがヒヨコ豆・レンズ豆文化圏なのは、レンズ豆もヒヨコ豆に劣らず利用されているからだ。紀元前2700年頃のピラミッドから発見されたというレンズ豆は、プトレマイオス朝時代（紀元前30年〜300年）には「アレキサンドリアの街では、今にレンズ豆の料理しかみられなくなってしまうだろう」といわれ、旧約聖書の『創世記』には「エサウは空腹のため、弟のヤコブの煮ていたレンズ豆のあつものを欲しがって、長子相続権と交換してしまった」とある。「塩と豆さえ出せば、十分相手をもてなしたことになる」（プルタルコス・ギリシヤ）とも言われたレンズ豆は、ごくありふれた食材になったからだろう、ローマ時代には「レンズ豆は貧民の食物」と言われるようになった。

しかし、タンパク質が肉の1.3倍と多いレンズ豆は「貧者の牛肉」と言われ、貧しかったファーブル（『昆虫記』著）が給費生として高等中学に一番で合格したとき、「これで、寝る場所と豆のスープにありつける」と喜んだという。現在、フランスの田舎の日常食はパンにレンズ豆で、スウェーデンでは冬の間の木曜日は豆のスープを食べる日とのこと。イングランドの昔話『ジャックと豆の木』の牝牛と豆を交換して幸せになったという話も、貴重なウシと同様に豆はかけがえのないものだったからだろう。

英語のfull of beansは「元気いっぱい」（直訳は豆がいっぱい）、「いつも一緒」の意のbeans and carrotは、「豆と人参」が日常の食卓の常備菜だったことを示していよう。栄養価が高いことから日本でも「まめまめしきはよし」（『枕草子』）と、忠実（まめ）と豆が同義となったのかもしれない。

中南米、スペインはインゲン豆文化圏に属し、メキシコではトルティーヤ（トウモロコシパン）にインゲン豆を載せて食べ、ブラジルでは黒豆と塩漬け豚肉を煮込んだフェアジョーダが代表料理だ。

アメリカ開拓者のメニューのベークドビーンズは、白インゲンをクマの脂肪とメイプルシロップで煮たネイティブ・アメリカンの料理がヒントになった。

『大草原の小さな家』（ローラ・インガルス著）の中の「長い冬」には、「スープというのは豆を煮た汁だった。豆をミルク沸かしに入れ、豚の脂身を置き、糖蜜を落としてオーブンに入れる」とある。「13ドルの安月給に食事は豆」はジョン・ウェイン扮する騎兵隊長のセリフだが、このカウボーイシチューの伝統は豆と豚肉をトマトとともに煮込んだポークビーンズとして、アメリカを代表する料理となっている。

新大陸からヨーロッパにもたらされたインゲン豆は、ポルトガル、スペインを経由してイタリアなど南欧に伝わったが（写真①）、「豆を食べる男」（カラッチ・

①　インゲン豆料理、左ポルトガル・右スペイン

アンニーバレ作16世紀後半）には、中南米の雰囲気が色濃く描かれている（ネットで検索可）。インゲン豆やソラ豆をコメや魚と一緒に煮た料理が名物のイタリア・トスカーナ地方では、土地っ子は「マンジアフォリオリ（豆食い）」と言われ、トラピスト寺院など寺院や修道院の伝統食は玄コムギパンに多量の豆類という。

アジアは大豆文化圏に属するが、中近東やアフリカなどから様々な豆が伝えられたインドは大豆を筆頭に「豆の宝庫」（豆生産世界第１位）といわれる。栄養価の高い豆は豊凶の差少なく大量に収穫され、美味しくて安価で保存が効くことから、不殺生（アヒンサー）の菜食主義思想を根本教義とする仏教やジャイナ教（紀元前６世紀）が生まれ、現在のインドでは人口の７割がベジタリアンという。インドの隣国ミャンマーの豆生産はインドに次いで第２位、白い豆腐（大豆製）や黄色い豆腐（ヒヨコ豆製）もあり、日本で売られているモヤシの原料の緑豆はミャンマーが原産だ。

一般に豆はタンパク質などの栄養価に富んだ食品だが、体内で作ることのできない必須アミノ酸のバランスが悪いという欠点がある。豆類にはメチオニンとシスチンが少なくリジンが多い。逆にコメやパンなどの穀類のアミノ酸は豆類と逆になっている。そこで穀類と豆類を組み合わせて食べればその凸凹が埋め合わされ、必須アミノ酸のバランスは理想的（良質のタンパク質といわれる動物性タンパク質）となる。この組み合わせは世界のどの民族の伝統食も穀類２、豆類１の割合で、これは人類生存の黄金率といわれる。

タンパク源としての豆類依存率が最も高い豆食文化のインドだが、摂取する豆の種類や量が多いだけでなく、その食べ方でも豆をモヤシにするという大きな特色がある。種子や豆をモヤシにすれば煮えやすく、加温と水で処理すれば「野菜」だ。発芽の過程でA、B、E群などのビタミンの量が増え、また存在しなかったCが生まれる。「モヤシはすでに消化された食品」といわれるのも、豆のタンパク質はアミノ酸に、脂肪は必須脂肪酸に、デンプンはブドウ糖に変化するからだ。

英語で「発芽する」の意のsproutがモヤシに当てられたのも、「萌（も）える」から「萌豆（もやし）」になったのも、モヤシの生命力によるからだろう。日本や東南アジアのモヤシは茎（軸杯）の伸びたものだが、インドのそれは芽が出た直後（芽出し豆）のもので、それを挽き割りにしてダル（豆のスープ）として利用するのが一般的だ。隣国のバングラディシュでも「ダルとバット（米）をすべての人に」が合言葉になっている。韓国ではコンナルム（豆モヤシ）を食べないと風土病になるといわれるし、楠木正成が千早城の籠城に成功したのも、モヤシで体力を維持できたからといわれる。

また、日露戦争の際、203高地の攻防戦で日本軍が辛勝したのはロシア側にモヤシの知識がなかったからだ。籠城戦で野菜不足のロシア兵はビタミンC不足による壊血病で戦意が低下、敵陣に入城した日本軍は手付かずの大量のダイズの山を発見したのだ。

中国での大豆栽培の歴史は古く、栽培大豆が日本に伝えられたのは縄文後期から弥生初期の頃といわれる。中国では大豆は「豆の王様」「畑の肉」「中国の乳牛」などと言われ、孫文は「大豆をもって肉類に代えるは中国人の発見するところなり」と言ったという。ダイズが「大豆」と書かれるのはそれが大きいマメだからではなく（大豆より大きなマメはたくさんある）、栄養価が飛び抜けて高いうえ、さらに豆そのものの利用だけでなく、ミソや醤油などの加工品としての利用範囲も広いからだ。中国では偉大な人のことを「大人（ターレン）」というが、「大」は大きさではなく尊称として用いられることから、マメの王様である大豆にも「大」がつけられたのだろう。

加工食品としての利用範囲も広い大豆は、豆腐や醤油、味噌、納豆などなど、その加工技術と共に中国周辺の国々に伝えられた。たとえばコメと大豆が基本食のインドネシアでは、大豆はタフ（豆腐）、タウゲ（モヤシ）、テンペ（糸を引かない納豆）、ケチャップ（醤油）として常用され、インドネシア人は3つのT（タフ、タウゲ、テンペ）で生きているといわれる。

植物学者の中尾佐助はダイズの加工体系として、地図上で味噌、醤油の分布を「ミソ楕円」（中国・朝鮮・日本を含めて楕円形）、日本の納豆、インドネシアのテンペ、タイのトウアナオ、ネパールのキネマの分布を「ナットウの大三角形」と提唱した。

古来、マメ類と穀類は栄養的に補完し合うものだが、「濃縮されたタンパク質」の供給者である豆類は、同時に「最も安価な窒素肥料供給者」でもある。つまり、穀物栽培による地力の低下は、豆類の根粒バクテリアによって空気中の窒素が固定・利用される。このマメ類の地力維持の役割は世界各地で知られ、日本では豆は麦の収穫後の畑（定畑（じょうばた））や田畑の畦などに植えられてきた。大豆の重要性に気づいていた武田信玄は信濃遠征の際、街道沿いの村々に大豆の畔作を奨励したといわれるが、以前、韓国の慶州を訪ねたとき、田の畔に大豆が栽培されている田園風景に接したことがあった（写真②）。

また豆類は世界の伝統的な焼畑農業でも選択的に作付けされ、土壌を「再び力づけるもの」（ギリシヤのテオフラトス）と言われたソラ豆は、緑肥として土の中に鋤き込まれたという。

食用や農耕に欠かせなかったことから、豆の持つ力に畏敬の念や霊性を感じた先人たちは、節分の豆まきや豆名月、おせち料理の黒豆（開き豆）などに利用した。死者の霊が家に残らないようにと、黒く炒った大豆を室内に撒く「マブリワハシ」（奄美地方）や、黒い豆を口に入れた家長が家の中を歩き廻り、それを吐き出しながら死者の霊を追い出すという古代ローマのレムリア祭も、「鬼は外」のように豆には邪気を追い払う呪効があると考えられたからだろう。

現在、世界中に蔓延しているコロナの原因は、地球規模の環境破壊やヒトのグローバルな移動の結果である。ヒトが生き残るための「新しい生活様式」には地球温暖化抑制は必須で、政府は2050年までに温室効果ガス排出を実質ゼロ（カーボンニュートラル）にするとの方針を打ち出した。国連食糧農業機関（FAO）の報告では、人為的に排出される温室効果ガス全体のうち畜産業は14.5%を占めている。家畜のゲップや糞尿に含まれるメタンや二酸化炭素が原因で、その量を減らすためには肉食を減らさなければならない。現在、世界の穀物生産量の半分は畜産用の飼料で、農水省の報告によると（平成27年）、牛肉１kgに必要な穀物量は11kg、豚肉７kg、鶏肉４kgとのこと。水の消費量も膨大で、大量のトウモロコシ、小麦を栽培するアメリカ中央部穀倉地帯の地下（オガララ帯水層）水量は、３分の２に減少したといわれる。世界有数の食料輸入国である日本は生産国の水（バーチャルウォーターという概念）の大量消費国でもあるのだ。

国連の定めた「国際マメ年」（2016年）には、食糧保障、持続可能な農業、栄養価・健康増進、土壌肥沃度の向上のため、世界各地でマメの栽培や消費を促すための啓発運動が行われた。マメの生産と消費は喫緊の課題で、肉食を減らす取り組みの筆頭に挙げられるのが文字通りの「畑の肉」の大豆だ。最近は牛肉や豚肉に味や食感を似せた「大豆ミート」や、動物性食材不使用の「グリーンバーガー」などが登場、大豆タンパク質の普及は脱炭素社会への必須の条件である。

② 大豆の畔作、韓国・慶州

# 4 湯気もご馳走のうち
## ～　犬食の文化は・・・

山梨県医師会報　令和５年　11月号　№635

ハノイ市街を抜け川沿いの道を空港に向かう途中、土手に平行して数軒の高床式の家が見えてきた。道路と水平に板張りの橋が架けられ、ベランダのようなその階にはテーブルと椅子のセットがいくつか並べられている。藁屋根やトタン屋根に掲げられた白地に赤文字の看板は、大きさや縦横の違いはあっても皆同じ文字だ。ベトナム語の意味は不明だが、あたりには人家がない田園のなか、数件が肩を寄せ合っているさまは、何か特別の場所かもしれない。ガイドのグェンさんに聞くと「犬料理ね」と、そっけない答えが返ってきた。

そういえばと、４日前のサパの市場の光景を思い出した。ハノイから車で北西へ約10時間、私は中国国境近くの避暑地・サパに遊んだ。市場にはモン族やザオ族など、色とりどりの衣装をまとった山岳民族が集まり、路上に並んだ露店には日用雑貨や米・肉・魚、野菜や果物などの食料があふれていた。

ふと目に止まったのは行李大の金網の檻、中には動物が数匹詰め込まれていた。何かなと見つめると黒や茶の中型犬、外界への関心は無いのだろう、目はトロンと宙に浮いていた（写真①)。

「食用・・・?」。私の質問に「私は食べないけど、ここら辺の人、食べるね」とグェンさん。犬たちに生気・生彩がなく、また野良犬のように痩せていないのは、もともと食用として育てられたからだろう。

①　食用犬、サパの市場で

空港への道路といっても田園地帯を走るそこはいたって長閑、時間に余裕があったので食堂の見学を希望する。打診に行ったグェンさんは「オーケーね」とニコニコ顔で帰ってきた。昼食にはまだ早く、客は誰もいない。階下の厨房へ案内された。薄暗い土間の片隅の檻の中には中型犬が２匹、人の気配に横たわったままうっすらと目を開けたがすぐ閉じた。ホッとしたのは、もしつぶらな瞳でジッと見つめられたらと思ったからだ。煙った厨房には調理器具らしきものはほとんどなく、薪で炊く竈には肉の固まりの入った鍋がかけられ、ランニングシャツ姿の青年が火加減を見ていた。

グェンさんの説明では、ハノイのような都会地では犬はタンパク質の補給というより、厄除けとして食べられるとのこと。ワンワンワンという鳴き声はベトナム語で GIÀUと書き、「金持ち」の意がある。つまり、犬を食べれば金持ちになるというのだ。特に月末や年末に食べるのは、それまでの不運をチャラにし、翌月や翌年の幸運に期待を寄せるからという。

ベトナムでは毎年およそ500万匹が食べられているが、話のついでにと、グェンさんはベトナム人が猫を食べないわけを説明してくれた。猫の鳴き声のミャオはNGHÈOと書き、それは「貧乏」を意味するとのこと。「中国人、猫食べるね。どんどん輸出しているよ」と続ける彼のしゃべり方に、ベトナム人の中国嫌いの一端が垣間見られたが、「でもね、ネズミがどんどん増えてね」。ちょっと困惑気味だった。

「昔、ヨーロッパでペストが流行ったのは、魔女の仲間とされた猫を大量に殺してしまったからだそうだよ」。そう話すと、「それは大変」と、彼は口をつぐんだ。

犬を食べる習慣は中国を祖とし、ベトナムや朝鮮、日本などに広まった。日本では縄文時代に犬食はなかったとされ（遺跡から犬は埋葬状態で出土するが、縄文後期の遺跡からは解体された骨が発見されるという）、弥生時代には解体痕のある犬が出土することから、渡来人の影響で犬食が始まったとされる。

16世紀に来日した宣教師は「日本人は野犬や鶴、大猿、猫、生の海藻などをよろこぶ」と記し、元禄時代の屠殺禁止令には「ウシ、ウマ、猪、鹿、犬、豚を食すれば百日の穢れである」とあり、犬食のあったことがうかがわれる。

現在、中国では主に東北部や南部で犬食の習慣があり、年間1000万頭の犬が処理されるという（世界では2000～3000万頭、スイスにも犬猫食の習慣があるという）。狗場は養殖場の意で、犬肉はシチューに似た煮込み料理として供されるとのこと。

以前、私は広州の市場で檻に入って売られていた犬を目にしたことがあるが、縫製の仕事で来日した中国人女性から、「日本の犬はコロコロと太っているのに、日本人はどうして食べないのか」と不思議がられたことがあった。

清の末期、全権大使としてロンドンに赴いた李鴻章は、イギリス首相から立派なシェパードを贈られた。その後「犬の様子は?」と質問され、「おいしく頂戴した」と答えて首相を仰天させたという話がある。台湾では香肉といわれた犬食文化があったが、2001年、動物保護法により犬、猫の屠殺は禁じられた。

「昔から韓国（朝鮮）は英語でLand of Morning Calm（朝の静寂な国）と言われてきた。この国を訪問してみれば、その訳がわかる。彼らは犬をすっかり食べてしまったからである」。これはある年の香港紙に載った韓国を皮肉った記事である。この英国人の投書に見られるように、韓国は世界で一番犬食が盛んな国といわれる。そのため顰蹙（ひんしゅく）を買ったり、異文化間の摩擦を起こしたりと、時折マスコミを賑わしてきた。

たとえば、1988年のソウルオリンピックでは外国人の目を気にし、犬食の食堂や屋台が看板を下ろしたり、表通りから裏通りへと移動した。

また2001年には翌年のサッカーワールドカップに向けて、「韓国の動物虐待中止に乗り出す」との国際サッカー連盟の報道に対し、韓国側は「韓国の犬食文化を一方的に批判したもの」と反発。仏国に対しては「フランス人と違い、韓国人は平和のシンボルの鳩は食べない」、英国に対しては「共催国の日本人は馬を食べるのに、なぜ抗議しないのか」とそれぞれ反発した。

2002年のソルトレーク冬季オリンピックでのショートトラックスケートでは、韓国選手はトップでゴールしたものの失格した。アメリカのテレビは「選手は怒って犬を蹴り倒し、その肉を食べたかもしれない」と報道し、人種差別発言だと怒った韓国人の対米感情が悪化した。

その昔、朝鮮半島の古代民族は遊牧系で、狩猟と牧畜中心の生活を送っていた。『三国志魏志東夷伝』によると、当時の行政職名は馬加、牛加、猪加、犬使など家畜名となっている。犬使の名は犬食があったからだろうが、遊牧から定住へと生活様式が変わり、４世紀に中国から仏教が伝えられると、肉食戒律によって朝鮮の人は次第に肉を食べなくなった。

ところが13世紀、朝鮮半島は蒙古軍（元）に征服され、彼らの肉食文化の影響で肉食が復活した。仏教国家の高麗が滅んで崇儒排仏（儒教を崇めて仏教を排す）の李朝が興ると、肉食に対する精神的抵抗はなくなり、牛や馬はもちろん、儒教の祖・孔子も犬を食べたとして犬肉を積極的に食べるようになった。17世紀の『飲食知味方（うむしくちみばん）』には、煮る、蒸す、焼くなど、さまざまな犬肉の調理法が記載された。

漢字の「献」という時は、「犬を宗廟に供える」の意で、古代中国では犬食が君主の儀礼食として供された。実際、5000年以上前の遺跡からは、食用にされた豚や犬の骨が出土するという。古文書『礼記(らいき)』には「君子は牛、諸侯は羊、士は犬」と格付けされ、『史記』には「狡兎死して走狗烹(に)らる（役にたつ間は使われるが、用がなくなれば捨てられるの意)」とあり、漢代には「狗屠(くと)」（犬殺しの意）という職業があったという。

中国で犬が食べられるようになったのは、

a）食料として、

b）人間を守ってくれる犬の肉を食べるとお守りになる、

c）老者は肉付きの食事を摂るべき、との３つの養老思想が挙げられる。

a）は当然のこと、

b）は犬の霊力を取り入れるため儀礼食として食べられた、

c）は「50になると身が衰え始める。60になると肉を食べないと満腹感がない。70になると絹の服を着ないと暖まらない」（『礼記』）と、養老の中心思想は肉食と保温だった。

陰陽五行説では犬は陽畜とされ、陽を補い体をポカポカさせる働きがあるとされ、「堂の東北側で調理する」は、「犬が東方で調理されるのは、東方が陽気の生じる場所」の意だ。

『名医別録』（６世紀）には、「犬肉、内臓を安定させ、陽を補い、身を軽くし、気に益す」とあり、老者には犬肉は最高のものとされた。

ところで、「冷飲傷肺胃」は「冷飲食は肺や胃を障害する」の意で、「凡そ食するには、まず熱食を食するを得んと欲す。次いで温暖食を食し、ついで冷食す」「凡そ食は恒に温暖なるを得んと欲す。入るに宜しく消しやすきこと、習冷なるに勝ればなり。凡そ食は皆熱せる物は生なるものに勝る」（『養生延命録』６世紀）と、熱食や温暖食が良いとされた。これは暖かいものを食べると血のめぐりが良くなり、新陳代謝が盛んになるからで（食後体温上昇反応)、中国料理では「湯気もご馳走のうち」といわれる。

実際、料理は冷たいものよりも暖かいものの方が美味しいし、中国料理で片栗粉が頻用されるのも、旨味とともに熱を逃がさないようにする工夫だからだ。真夏の北京で「しゃぶしゃぶ」のような鍋物が人気なのは、汗をかいて病気も流し出すとの発想だし、ビールもあまり冷やさず、冷え性の人はそれを室温で飲むのが正しい飲み方という。

「冷たいスープ」が冷遇を、冷たいものは「犬の食いもの」を意とするのも、温かいものをよしとしてきたからで、近年まで中国で弁当がなかったのは、温かい弁当というものは存在しなかったからだ。昼は家に帰って、そこで温かい食事

（昼食）を摂るのが日常で、『活きる』（国共内戦後や文化大革命などの混乱の中を生き抜いていく家族の物語、カンヌ映画祭審査員大賞 1994年）という中国映画には、餃子の弁当を持っていく息子に対し、母親が「温めて食べるように、冷えると体に悪いから」と注意するシーンがあった。

温める料理で特徴的なのは、食卓でコンロなどの調理器を必要としない雲南省の「過橋米線（かきょうべいせん）」だろう。これは煮えたぎったスープ（鶏がらや豚骨がベース）の中に、米線（ミーシェン）（ライスヌードル）や薄くスライスした鶏肉やハム、湯葉、野菜など（すべてが生）を入れる。表面にたっぷりと浮いた油が熱を閉じ込め、コンロがなくても熱の冷めないスープが調理を可能にするのだ。

この料理は昔、雲南省のある小島で科挙の受験勉強をしていた書生に、妻が橋を渡って食事を運んでいた。ところが、すぐに食べないため冷めてしまう。ある時、鶏を土鍋で煮込み届けたところ、表面に浮いた油によって料理は冷めない。そこに米線を入れたらとても美味しく、たびたび届けられたこの料理によって、後に夫は科挙に合格したという。なお「過橋米線」は英語ではAcross the Bridge Rice Noodlesと直訳されている。

「悪寒が走る」という言葉の「寒」は悪い意で用いられるが、英語でも寒い、冷たいのcoldはcatch a cold（風邪を引く）、cold hearted（冷淡な）、cold blooded（血も涙もない、冷え性の）、cold shoulder（歓迎されない旅人には冷えた羊の肩肉が出されたことから冷遇の意）などと悪い意に使われる。not so hotの直訳は「そんなに熱くない」だが、意は「気分がよくない」で、冷えはよくないことを示している。変温動物のイグアナが日光浴をするのは、体温を上昇させて体の動きをよくするため。冷たい海中で海藻を齧ったあと、冷え切った体を温めるためすぐ日光浴するのも、体温を上げないと胃の中の食物を消化できないからという。

さて、李朝では犬食は重要なものとされ、上司に好物の犬肉を賄賂にして出世したという話がある。「狗醤（ケジャン）」とは犬肉を煮てネギを入れ、再びよく煮たものだが、「以熱治熱」（熱を持って熱を治す）と、これにトウガラシとご飯を入れて熱い時に食べれば、発汗によって暑さが解消され活力が蘇るとされた。

陰陽五行説によると、夏は「火」が強いから、火に弱い「金」が弱くなる。そのため「金」が強いとされる犬肉を食べると暑さに勝てるから、酷暑に食べることが勧められた。日本の「土用の丑の日」のウナギのようなものだが、ケジャンは暑気避けだけでなく病気の補薬としても用いられた。

陽の働きがあるとされた犬は、夏バテ予防だけでなく、冬に煮込んで食べると温まるとされ、また男性の陽の働きを強めるとされた。犬肉にニンニクやさまざまな漢方薬を混ぜて蒸し焼きにし、それを絞った汁は犬焼酎（ケソジュ）と呼ばれ、保養食品として利用された。韓国では食肉専用に改良された犬種「ヌンロイ」が酪農家によって200万頭飼育されているという。
北朝鮮では犬肉は「タンコギ」(甘い肉) と呼ばれ、貴重なタンパク源となっているという。小遣い稼ぎに飼われることも多く、結婚資金の費用にと、数頭の犬を飼う若い女性は「犬のお母さん」と呼ばれ、育った犬は自由市場で売買されるとのこと。
古来、朝鮮と交流の深かった沖縄でも犬肉は食され、沖縄の窯元で修業した友人(陶芸家)の話では、火入れ日の夕食は決まって犬肉が供されたという。徹夜の窯焚きに事故のないよう魔除けとして、また職人は手先が冷えるからとの理由だった。「味はどう?」と聞くと、「うまくなかったね」。素っ気ない答えが返ってきた。

第2次大戦後、アメリカの援助を余儀なくされた韓国政府は、「犬を食べるような野蛮なことはやめろ」との欧米の圧力に屈せざるをえなかった。ただしケジャン鍋(犬鍋(ケジャンクッ))は滋養強壮剤でもあったから、犬と関係のない名・補身湯(ほしんたん)(腎臓を助けるスープの意)に、ソウルオリンピック後はさらに栄養湯(よんやんたん)と改名された。ただ犬食への逆風が強まる中、2008年ころにソウル市内に約500軒あったという犬肉食堂は減少の一途で、残った店では参鶏湯(さむげたん)(鶏肉)が供されるようになったという。
また近年はペットを飼う世帯が急増し、動物愛護に対する社会的関心が高まっている。
2020年末時点で600万世帯(全世帯の60%)がペットを飼い、中でも犬が80%(600万匹)を占める。すでに韓国人の84%に犬食の経験がなく、特に若者には嫌悪感が強いという。この流れに沿って政府は2021年秋、犬食禁止に向け社会的議論を始めたいと表明、2023年(本年) 5月にはソウル市議会に「犬食禁止」の条例案が提出された。犬食文化の灯が消える日はそう遠くはないだろう。

# 第6章

# 心の在りか

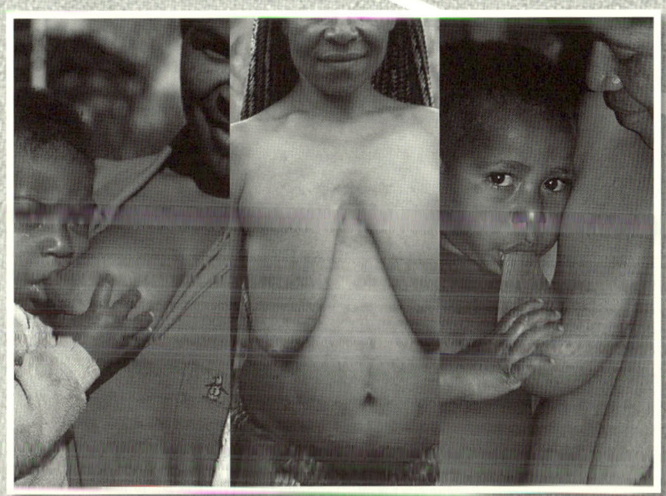

足乳根と垂乳根（パプアニューギニア）

# 1　鈴の音が聞こえる
## ～　花の好きな牛の話

山梨県医師会報　令和５年　８月号　№632

娘たちが小学生だったころ、近くの英会話教室を介して知り合ったのがニューザ先生だった。中年女性の彼女はユダヤ系アメリカ人で、サンフランシスコとサンパウロの大学で英語を教えていた。

ある企業に乞われて来日した彼女は、社内教育の傍ら子どもたちの英会話教室でも教えていた。あるとき、体調不良を訴えた彼女は知人の紹介で来院。来日して１年あまり、ホームシックだろうと判断し我が家の食卓に誘った。日本語のほとんど分からない先生と、英語の分からない娘たちだったが、家庭の雰囲気が「くすり」になったのだろう、何回かの来宅ののち、元気を回復された先生はdreamy（夢見がち）な長女A、mischievous（茶目っ気ある）な次女Rと楽しく遊ばれた。

その後１年弱で先生は帰国、すぐにも礼状が届いたが、お礼の言葉とともに訪米を促す言葉が記されていた。単なる社交辞令と聞き流したが、本気のようだと思うようになったのは、「I miss you（会えなくて寂しい）」のラブコールが毎月のように届くようになったからだ。招待されるのはうれしいものの私は開業してまだ１年目、家族での海外旅行など考えも及ばなかった。仕事が軌道に乗ったらと適当に返信したが、それは何時のことかとしつこく問われた。集団生活に馴染めない娘たちにとって、違う世界の見聞は参考になるかもしれない、先生は首を長くして待っているのだ・・・。ならばと翌年の冬休み、意を決し渡米したのだった。

師走のサンフランシスコの住宅地は橙色の街路灯にレトロな世界、家々の玄関先のクリスマスツリーや出窓のリースには、赤や緑の豆電球が星のようにキラキラと輝いていた。加えて、シーズン定番のバレエ「くるみ割り人形」に招待され(先生の夫・ジョニーがオペラハウスのマネージャーだった)、童話の世界のようなクリスマスに目や耳は奪われた。

味の面で驚いたのは、クリスマス定番の味というエッグノッグ。カスタードクリーム味のそれは鶏卵、ミルク、砂糖（大人用にはラム酒やブランデーを加える）を混ぜ合わせた飲み物だが、その甘さときたら舌が曲がるほど。周囲を見回すとコーラは大瓶、チキンは小振りとはいえ１人１羽、サンドイッチのボリュームは日本の約３倍、腹の出たジョニーは500ccのアイスクリームをペロリと平らげていた。

30数年前の当時、スーパーの前に立っていた481キロ（世界一）のモデル人形は、肥満予防へのメッセージだったのだろう。そんな環境にあって、娘たちと仲良しになった同世代のデボラ（ニューリ先生の姪）は、２年後に再会したときは立派な肥満児へと成長、ジョニーは数年後に心筋梗塞の発作で鬼籍に入ってしまった。

先生宅の食卓には手作りの家庭料理はなく、さまざまな保存食をチンするだけ、そんな食生活を支えるためスーパーには加工・冷凍食品があふれ、近くの棚にはミネラルやビタミンなど様々なフード・サプリメントが。以前から「アメリカがクシャミをすれば日本が風邪をひく」と言われたが、今や日米の食生活は似たり寄ったりだ。

ところで、眠っていた私の「旅の病い」が目覚めたのは、一大決心して出かけたこの旅行がキッカケだった。以後、各地へと足を向け、旅のない人生は考えられなくなったが、「若き日に旅せずして老いて何を語るや」（ゲーテ）のように、老いた今、いささかでも語るものがあるとすれば、それは先生に誘われたからこそ、何回ものラブコールに感謝せずにいられない。

Ｓ氏との出会いはとある居酒屋だった。アルバイト中の長女Ａ（祖母と同居、次女は東京で在学中）と久しく会わなかったため、たまには一緒に夕食をと、妻の提案で祖母宅近くの店の囲炉裏を囲んだ。混みあってきたため相席でよければと、二人連れの客が私たちの向かいの余席に案内された。

学校に馴染めなかったＡは高校卒業にも手間取ったが、アルバイト生活はそれなりに楽しそうだった。本人が良ければそれでよしとは思うものの、孫の将来を不安がる祖母の気持ちも分かるし・・・、押し付けにならないようにと気を使いつつ、揺れ動く父親の心情をボソボソと語りかけていた。そんなやり取りを耳にしていたのだろう、向かいの客から「失礼ですが」と一献を勧められた。家族で親しそうに（？）語り合っている雰囲気に惹かれたからとのことだった。

私とほぼ同世代のS氏は、山梨には福岡から年に２～３回、顧客への対応に来県しているとのことだった。氏の話では、近年は親子で語り合うことはなく、息子は勘当中で甥は不登校、来週結婚予定の娘は２～３年後にはきっと離婚するだろうと断言した。子どもたちとの会話がなくなった氏には、家族が居酒屋で飲食している姿は羨ましく、また話の内容にも興味深を覚えたとのこと。子育てにストレスを抱えていた氏は、盛んにＡに語りかけ問いかけた。もう一軒との誘いは遠慮し別れたが、その後、氏の来県の際に何回か食事を共にした。

ところで、13人の孫の成長を見守ってきた私の母のAに対する感想は、「この子は普通じゃあない、小学校に行ったら大変だよ」だった。乳児のときのAは、天井から吊るされたメリーゴーラウンドをいつまでもニコニコと眺めていたのが、それが３回転目にはギャアギャア泣き出し暴れ出した次女とは好対照だった。また、義母の目に天衣無縫と映ったのは、好きなこと以外には興味を示さず、型にはまることを嫌ったからだった。

Aが卒園の際、目をかけて下さったC先生が不安そうに、「Aちゃん、これから苦労するだろうから、ちゃんと見守ってあげてください」との助言と、絵本『はなのすきなうし』（マンロー・リーフ著）をプレゼントされた。内容はフェルジナンドという名の花の好きな牛の話だ（以下は要略）。

“スペインのある牧場では、将来、闘牛場で華々しく闘ってみたいと仔牛たちは毎日、跳んだり撥ねたり走ったり、頭を突きあったりと、争いの真似事に興じていた。そんな仲間から離れて、フェルジナンドはいつも草の上に座り、花の匂いを嗅ぐのが好きだった。牧場の端に立つコルクの樹の下がお気に入りの場所。「木陰に座って一日中花の匂いを嗅いでいるなんて、独りぼっちで寂しくはないのか」と、息子を心配した母親が聞くと、僕はこうしているほうが好きとの答え。息子が寂しがっていないことを知った母親は、「うしとは いうものの、よく ものの わかった おかあさんでしたので、**ふぇるじなんど**の すきなように しておいて やりました」（本文のまま）とのこと。

他の仔牛たちと同様、フェルジナンドも大きく成長したが、マドリードの闘牛場で華々しく闘ってみたいと思っている仔牛たちとちがって、彼は相変わらず樹の下で静かに時を過ごしていた。

そんなある日、強い牛を探してマドリードからスカウトたちがやってくる。仔牛たちは盛んに自分の強さをアピールするのに、関心のない彼はいつもの樹の下へ。そこで座ろうとした際、草の上にいた大きなクマンバチに尻を刺されてしまう。絶叫した彼は頭を振りたて、地面をけちらかし、暴れまわった。その光景を見たスカウトたち、「これぞ探し求めていた最強の牛だ！」と、彼はマドリードへ行くことになる。

猛牛と喧伝され、前評判の高まったフェルジナンドは大観衆の前に立つ。しかし、もとより闘う気などない彼の目に映ったのは、観客席の女性たちの帽子に飾られた花だった。女性たちの近くにのっそりと近づいた彼は、そこに座り込み花の匂いをかぐ。闘牛士たちは様々に挑発するが、彼は頑として動こうとしない。お払い箱となった彼は牧場に帰り、以前のように静かに花の匂いをかぎ、幸せに過ごしたのだった”（写真①）。

第二次大戦直前にアメリカで出版されたこの絵本は、「厭戦的」と当局に睨まれたそうだが、多くの子どもたちに接してきたC先生だからこそ、皆とは違うAに『はなのすきなうし』を選んで下さったのだろう。後年、先生は自死、その知らせに接したとき、すぐ胸に浮かんだのがこの絵本だった。彼女はAに自身を投影させていたのかも・・・、「世間」や「普通」「効率」「競争」などへの「同調」に疲れたとすれば、そんなメッセージ性が読み取れる絵本は、先生の遺書のようだった。

ところで、登校中の道端で珍しいクモを見つけると、図鑑で調べようと帰宅するようなAは、母が危惧したとおり、小学校低学年からクラスに馴染めず不登校になった。サンタクロースはいないと思える年代になっても「鈴の音」が聞こえるらしく、寅さんや山下清のファンになり、長じても青春キップで鈍行の旅、田舎の区間バスや自治体運営のコミュニティバスに乗って「夢の続き」を楽しんでいる。

あるとき、我が家でのソバ会に来られたワイン醸造に携わっているS氏、食べ物に関心のあるAと話に花が咲いた。氏が奄美大島出身と分かったAは、島の伝統的な飲みもの「みき」（うるち米にサツマイモ、砂糖を入れ乳酸発酵させた夏の飲みもの）や「月桃（げっとう）」（殺菌作用のある葉で団子を包む）について質問した。遠く離れた山国で若い娘に「みき」を聞かれるなんて・・・、大変驚かれたS氏は、自身の個性を守って自由に生きていくためには、大変だけれど社会性を身につけなければと助言された。

そんなAに対するニューザ先生の発したdreamyはまさに的をえた言葉だったが、今なら発達障害と言われるだろうか。どんな親も誕生前にその子の性格など予測できないだろうが、女の子が生まれたら「夢雲（むうん）」にしようかと、私はふと思ったことがあった。「名は体を表す」ような「夢雲」が頭をかすめたのは、単なる偶然だったのか、あるいは霊感だったのか・・・。

① スペイン最古の闘牛場、ロンダ・アンダルシア地方

ところで、福岡のS氏からは毎年の正月、きまって１時間以上の長電話があった。聞き役は主に妻だったが、話題は家族の近況、世相から世界情勢へと多岐に渡った。氏の話の中で特に印象に残っているのは以下のエピソードだ。

ある時、氏は次女「聖ちゃん」を交通事故で失った。小学校２年生になったばかりの彼女は、友達の家に行こうとした際、自宅前で車にはねられた。事故後50分、病院で息をひきとるが、不思議と無傷のままだったという。

氏によると、男の子なら自分が名前をつける、女の子なら妻がとの約束で、「聖」はカトリック信者の妻の命名だった。実際、名のごとく彼女は４歳で聖書を読み、教会で祈るような子だったという。

父と入浴中、娘の「私の体は神様が創られた」との言葉に、Ｓ氏は「違うよ、パパとママがつくったのさ」と答えると、「パパはウソをついている」と大声でママに訴えたという。また「私が死んだら天国に行くけど、パパはどこに？」の質問には、「パパは神様がいないから地獄だよ」との答えに、「じゃあ、天国から地獄のパパに、お元気ですかと、お祈りの手紙を書いてあげる」と、パパが可哀想でたまらないような表情をしたという。

溺愛していた末娘の突然の死に、激高した氏は加害者の青年を殴り殺さんばかりだったが、妻や神父の「許してあげて」との懇願にようやく思い止まる。そんな氏が病院から遺体を連れ帰るとき、「パパ、聖は許しているよ。だからパパも許してあげてね」と、聖ちゃんの声が聞こえたという。　その夜、謝罪に訪れた青年とその両親に、泣き崩れた妻は「あなたは聖の分も、あなたの両親を大事に」と伝えた。葬儀の際、S氏は「人も車も焼き殺したいと思ったが、“許してね”との聖の言葉で許します」と挨拶、そしてその１ヵ月後、入信してクリスチャンになった。「馬から落ちて目覚めたパウロ」にちなんで、霊名（クリスチャンネーム）は「パウロ」としたという。

その後１年間、加害者の青年は毎週末、弔問に訪れたが２年後に東京へ転勤。後に彼は婚約者を連れ挨拶に来訪、氏は結婚式に上京した。なお氏は、聖ちゃんの保険金に会社の利益を加えて基金を創設、さまざまな福祉事業体へ寄付を始めたという。

あるとき、福岡の炭鉱遺産見学に氏の車で案内されたが、フロントに聖ちゃんの写真が飾られていた。いつも一緒ということなのだろう、私たち一家は見せていただいたが、（私事のため）普段はカバーがかけてあるという。忙しく全国を飛び回っていた氏だが、過労のためか一昨年急逝された。四半世紀の存在感ある付き合いだったが、今は愛する娘と幸せの時を天国で過ごしているにちがいない。

# 2 もてなし　と　おもてなし

## ～旅の途上で

山梨県医師会報　令和4年　4月号　No.616

イラン西北部のトルコ国境に近いシルクロードの街タブリーズから南へ約50km、アーモンドの白い花の咲く丘陵地帯を抜けると、そこは鋸状の岩が林立したキャンドバーン村だ。この奇観は山地が風雨雪で浸食されてできたものだが、村人はその岩をくり抜き人間や家畜の住まいとしている（写真①）。

村の前を流れる川沿いのレストランでの昼食は、天蓋で覆われた屋外の特別席だった。メニューは野菜サラダ、羊肉入りトマトスープにヨーグルト、豆シチューに石焼パンのイラン料理。到着がいつ頃になるかと、ガイド（ペガーさん）のケータイが鳴ったのは、レストランが料理を出すタイミングを計ってのことだった。

しかし、晴れてはいても5月初旬の川面を渡る風は冷たく、せっかくの料理も寒さのためイマイチ、屋内席の方が良かったのにと思いつつ食事代を払おうとすると、「サービス」とのこと。私たちとガイド、それにドライバーの5人の昼食代がタダ？驚いて確認すると同じ答えだ。「どうして？」と納得できないでいると、「あなた方は遠い国からわざわざここに来てくれた。だから金はもらえない。来てくれただけで嬉しい」。そうはいってもと再度聞くと、「次に来たときに払ってもらう。これからの旅先で金は必要だろう」とのこと。まさかここに再度来ることはあるまい。それは相手だって百も承知だろう。ペガーさんに急いで教えてもらった「ヘイリー・アムヌーン（どうもありがとう）」との言葉を伝え、温かな気持ちで村を後にしたのだった。

途中で一泊したのち、古代ゾロアスター教の遺跡タフティ・スレイマンでは、何組かの遠足の小学生に出会った。好奇心一杯の元気な子どもたちに日本のことをいろいろと質問されたが、1人の少年が質問のお礼にと歌を歌ってくれた。「夢の歌」とい

① キャンドバーン村・イラン

う名の哀調を帯びたクルドの歌だった。引率教師たちには「家に寄っていけ、食事をしていけ、泊まっていけ」と熱心に誘われた。皆が皆、異口同音に口を揃えるとあれば、これは単なる社交辞令ではなく、日常のありふれたもてなしの文化なのだろう。３～４人のグループで遊びに来ていた青年の中の１人は、「アッラーのご加護があるように、旅の安全を祈る」と、繰っていた自分の数珠（ミスババ）をプレゼントしてくれた。

その日の宿泊は近くの村タカブ、村一軒のホテルの夕食には握りこぶし大の肉団子クフテが供された。コメ、ひき肉、玉ネギ、レンズ豆、クルミ、ハーブで作られた団子の真ん中には、何と梅干しのようにクコの実に似たゼレシキの塊が入っていた。「ギューと握る」という意のあるクフテは、日本のオニギリと同様に作り手の心も込められるといわれ、供されたクフテは遠来の客のため、調理人ではなくホテルのオーナー夫人がわざわざ作ってくれたものだった。

翌日、通行車のほとんどないクルデスタン（クルド人の住む地）の道を南下していると、一台の後続車が急接近、警笛を鳴らしヘッドライトの点滅を始めた。停車しろとのサインだろう、不安だがやむなく停車する。私たちの車を追い越し、20～30m前方で止まるやいなや、同時に開いたドアから４人の若い男女が勢いよく飛び出した。手を振り声をあげ駆け寄ってくる。派手な模様のストールを首に巻いた笑顔の女性２人は、金ラメの飛んだ真っ赤な薄地のロングトレスを着用、相手に悪意のないことは明らかだった。何かの祝い事だろうか？

ペガーさんの説明によると、クルド人の男女は従兄弟（従姉妹）同士で婚約者同士とのこと、これから親戚の結婚式に行くので一緒に行かないかとの誘いだった。

好意に甘え到着した民家の庭先では、着飾った老若男女70～80人ばかり、ガンガンと鳴るスピーカーの大音響に合わせ、互いに腕を組み輪になって踊っている。長老に挨拶し踊りを見物、誘われて緒に踊り、写真を撮りと楽しく１時間ばかり、そろそろ発たなくてはならない。暇を乞うと、これから宴会が始まるからぜひ参加するよ

②　クルドの結婚式

うにとのこと。強い誘いをやっと断り、後ろ髪引かれながら会場を後にしたのだった（写真②）。

翌日、南下するにつけ気温は上昇、草原にヒナゲシの群落が現れた。とある高台で車は急停車する。「ハテ？」と思っていると、下車したドライバー（タギーさん）は車の後方へと走って行った。そこには男が１人、ダンボールの箱を前に座っている。「何かあったのか？」と近づくとイチゴ売りだった。庭先で採れたという。タギーさんはテヘランの家族への土産にとカゴ一杯を買った。車に戻ってさあ出発・・・、と思いきや、彼はトランクからポットを取り出し男の元へ、茶を淹れ一緒に飲み始めた。「客が茶をサービスする？」、驚いた私は２人に近づき、「知り合いなのか？」とタギーさんに聞くと、「知らないけど、彼も喉が渇いているだろう」とのことだった。

イチゴを食べながら彼らと一緒に茶を飲んでいると、ペガーさんのケータイが鳴った。昨日立ち寄った結婚式の長老からだった。今日も宴会をしているから戻ってこいとのこと。もちろん丁寧に断ったが、ふとタブリーズのバザールでのもてなしを思い出す。バッグの留め金の修理代は無料でチャイもサービス。床屋のオジサンはわざわざ私を呼び止め、首の産毛をバーナーで焼いてくれたのだった。

旅の終わりにタギーさんの自宅に寄る。応接室には「見えるものは皆無くなってしまうが、残るのは愛情と友情だけ」という意の額が掲げられ、それは一緒に旅した４日間の彼の立ち居振る舞いに重なった。

特に印象に残ったのは、ザクロス山脈の麓に近い街ハマダーン（世界最古の街の一つ、標高1,800m、人口約60万）でのことだった。そこはアケメネス朝時代、西のバグダッドに続く「王の道」の要衝として栄えた街で（前６～前４世紀）、サンゲ・シール広場（シールはライオンの意）のライオン像は、アレキサンダー大王が城門を守るために作らせたものという。また「バビロンの捕囚」から解放されたユダヤ人のコミュニティーが生まれ、旧約聖書の「エステル記」の舞台となった。主人公のエステルとモルデカイの廟が残された街は聖地となり、世界各地からユダヤ人が訪れるという。

その廟の見学を終えた夕刻、帰宅ラッシュの中をホテルに向かっていた折り、交差点で後続車に追突された。驚いたタギーさんは車外へ、口論が始った。黒山の人だかりとなったところに警察官が到着、話し合いの後、タギーさんは憮然たる表情で戻ってきた。聞くと、相手は非を認めたが、警察への出頭はスケジュール的に無理なので保険は使わ（え）ない。相手は教師で、イランでは薄給のため取り立ては可哀想だから請求しない。人身事故でなくてよかった。この程度の事故で済んだのは神様のお陰とのこと。修理代は安くはないだろうし、当てられ損の幕引きに、私だったら果たしてどうしただろうか・・・。

ちなみに、車はトヨタのハイエース、タギーさんによると、それはイランにはまだ２台しかなく（当時）、２日前に婚約者同士のカップルに呼び止められたのも、珍しい最新車だからとのことだった。

イランに魅せられた切っ掛けは、1990年前後、イラン人が出稼ぎに大挙して来日していた頃だった。イラン訪問のため成田を発った後、イラン航空機内でのことだった。私たち日本人乗客は同乗のイラン人から、「イランへようこそ」とイランのアメや菓子を振る舞われた。日本の品に比べれば味も包装も劣っていたが、それは強制送還されるハメになったイラン人の土産用の品だった。成田で入国を拒否され、トンボ帰りを余儀なくされた彼らの心中はいかばかりだったろうか。しかし日本に入国できなければ土産は不要、皆さん食べて下さいと私たち日本人客に配り歩いていたのだった。

イランでは「旅人は神様のお友達」とばかり、各地で温かなもてなしを受けた。空港のターンテーブルでは流れてきたスーツケースを、前に立っていたイラン人がスッと取り出してくれた。「食事はしたか、お茶は飲んだか」は挨拶代わりで、どこでもお茶は何杯も振る舞われたし、食料品店やパン屋では試食の上に土産までもらった。腹を空かせた旅人に子どもたちはパンの半分を差し出すが、それは大きい方の半分という話も聞いたし、テレビドラマ『おしん』の放映時には、「おしんに食べさせて」とテヘランの日本大使館には３トンほどのコメが集まったとのこと。つい近年まで街にホテルがあるのは不名誉なこととされたのは、旅人に宿への道を尋ねられた人は、その旅人を自宅に泊めるのが義務とされたからという。

昨今、イスラムと聞くと原理主義のテロ、不寛容、暴力的などのイメージが強いが、イスラム教はもともと人間の弱さを認め、互いに助け合うことを前提にした宗教で、神の前では何人も平等であるとされている。アラビア語のイスラムは、平和、幸福、救いを意味する「サラーム」から生まれた言葉で、昔は戦争で敗者が「サラーム」と叫ぶと、勝者が「アッサラーム・アライクム」（あなたにも平和を）と答え戦いが終わったことから、この言葉が「こんにちは」となったという。

イスラム教の生まれた中東地域はもともと人の移動・接触が多い遊牧社会だった。また古代ペルシャ時代には整備された「王の道」によって地域の文化が各地に広がり、その後もギリシャ、ローマ、モンゴル、オスマントルコなど、様々な文明の盛衰があった。各地の文化、伝統が混在する「文明の十字路」では、互いに助け合い仲良く暮らすための生活の知恵や工夫が必要だった。その象徴となった「アッサラーム・アライクム」のもと、「よそ者への祝福は千金の値」、「１人の旅人を10人でもてなすと、喜びは2倍になる」などといわれ、道路脇に果物の木を植えるときは「旅人がいつでも食べられるように、たわわに実りますように」とアッラーに祈った。実際、茎に水を含む扇芭蕉に似た「旅人の木」は、どれだけ旅人の喉の乾きを癒したことか。また移動を支えるシステムとして有力者たちは一日に歩ける距離ごとに井戸を掘り、ナツメヤシの木を植え、キャラバンサライ（隊商宿）を用意した。14世紀、モロッコ生まれの旅行家イブン・バットゥータが、アフリカからインド、中国まで30年かけて旅したのも、それを支えるシステムや文化があったからだろう（写真③）。

イラン南部の街シラーズが「バラと詩の街」として知られるのは、バラの咲き誇る街にサアディー（13世紀）、ハーフェズ（14世紀）の大詩人が生まれたからだ。恋愛詩を抒情詩の域に高めたハーフェズの「秘奥の舌」の人気は高く、イランでは彼の詩集はどの家にも置かれ、彼の詩の2〜3は誰もが暗誦しているという（ゲーテにも多大な影響を与えたといわれる）。美しいリズムを持つ彼の詩は酒や音楽、恋愛を詠んだものが多く、その裏には読むだけでは見えない神への愛や信仰心が隠されているという。その「永遠に解けない謎」を解こうと「ハーフェズ占い」（自分の占ってもらいたいことを念じつつ、任意に開いた詩集のページから、願いや問いの答えを占う）が生まれた。

バラなど様々な花の咲く庭園の奥、円屋根の東屋風のハーフェズ廟では、参拝者は彼の詩が彫られた墓石に祈りを捧げる。折しも現れたチャドル姿の若い女性3人、祈りの際に持参の詩集を開いて互いに語り合っている。詩占いだろう、真似してみようと私はペガーさんを通じて詩集を借りた。左手を墓石に当て、右手で墓石に置いた詩集を開く。草書体のような美しいペルシャ文字をペガーさんに訳してもらう。難解のようだったが、おおよその意は「自分の中の宝を見つけるように、挫けても神の恵みは偉大だから」とのことだった。

詩集を返そうとすると、「遠くから来た客が借りてくれたのも何かの縁、命の次に大切なものだから差し上げる。きっと詩集も喜ぶだろう、日本まで旅ができるんだから」とのこと。マサカ？ ホント？ たまたま通りがかった外国人に大切な

③　キャラバンサライ、キャビール砂漠・イラン

ものをプレゼントするなんて・・・。信じられない思いで手にした詩集を見ると、表紙にはあご髭を蓄えたハーフェズの顔、それを彼女が愛用していたことは小口の汚れに示されていた。遠来の客をもてなす文化に図らずも触れ、幸せな気持ちに包まれて一時、彼女たちと近くのチャイハネでチャイを愉しんだのだった（写真④）。

2013年、ブエノスアイレスで東京オリンピック開催が決まった際、「お・も・て・な・し」が流行語となった。一般にこの丁寧語は、Guest（招かれてもてなしを受ける人、ホテル宿泊人など）や、立場などが上の人に対しホストがサービスを提供する場合に用いられる。一方、「もてなし」は互いが対等な関係の中での気負わない行為で、英語のホスピタリティに相当しよう。旅に例えれば、タオルやトイレットペーパーを持参しないツーリスト（宿に用意してある）が受けるのが「おもてなし」、バックパッカーなどのように、それらを持って旅するトラベラーが受けるのが「もてなし」といえようか。

ところで、台湾ではバスや電車で席を譲るのは当たり前とのこと、日本ではそんな光景はめったに見られなくなったが、英国慈善団体の調査（2019年）によると、日本は「困っている見知らぬ他者を助けた割合」は128カ国中最下位だったという。Guest（顧客）が「おもてなし」を受けるのは当然だが、おもてなしの語源は「表裏の無い」心、つまり「おもて（うら）なし」で、相手が心地よいと感じられように接する意とのこと。とすれば、「おもてなし」も「もてなし」も通底では同義だろうし、visitor（社交、商用、観光、散策、徘徊など）の誰もがどこでも、さりげなく「もてなし」が受けられればと思う。

④　左、ハーフェズ詩集　右、彼の墓石・シラーズ

# 3 手当ての向こうに

## ～触れ合いの文化

山梨県医師会報　令和4年　3月号　No.615

「医者の手当て」は病気や怪我などに対する処置で、その練達者は名手や国手と呼ばれ、一方「お摩り医者」は、「医学、医術に通じておらず、患者の身体を摩るだけの医者、ヤブ医者」といわれる。医療の進歩が著しい現在、文字通り医師が患者に手を当てることは少なくなったが、リハビリ医療や介護の現場では手当ては不可欠だし、巷間、鍼灸やマッサージの人気が高いのも、手を通しての交流があるからだろう。鍼治療をするある老医は「おまじないの鍼と注射、どっちがいい？」と聞くと、患者は「おまじないの鍼」を選ぶという。

さて、半世紀以上前の昔、私が外科医の道に入った年の秋、航海訓練所からシップドクターの募集が医局にあった。帆船・海王丸（昭和５年進水、通称「海の貴婦人」）で約２ヶ月間、ハワイへの卒業訓練航海（商船高専）への乗船依頼だった。学生時代ヨット部に席を置いていたため、手を挙げたら希望は簡単に叶えられた。しかし、航海中にもしも虫垂炎患者が発生したら・・・、入局してまだ３～４ヶ月、虫垂切除術の前立ちはしても執刀の経験はない。心配した医局長が関連の救急病院での土日の当直を手配してくれた。出航までの毎週末、そこで虫垂切除術の特訓を受けたが、手術の判断は腹膜刺激症状の有無によるからと、先輩が強調されたのが触診だった。ただ診断はできても手術は設備の整った病院で身近に指導医がいればのこと。船は帆走のため常に傾き、波のため前後左右に揺れる。そんな環境では腰椎麻酔は危険で、屈強な学生に局麻下の開腹が必要だ。新米の外科医が一人で・・・、思い出しただけでもゾッとするが、「怖いもの知らずの若気の至り」で乗船してしまった。

以前、富山での学会のおり、同じ病院で仕事をしたことのある旧知のN先生（長野市在住）にバッタリ会った。雑談中、驚いたのは彼も船医の経験があり、その際に知り合った運輸省の役人が、後に海王丸の富山港係留に尽力されたとのことだった。なら海王丸に行ってみましょうと意気投合、富山から高岡を経由、路面電車に乗って伏木富山港へ、海王丸とは半世紀ぶりの再会だった。

後日、N先生から頂いた著書（『隣の外科医』のどっこい書」）には、「手当て」についての記載があった。自身の手は「ゴッド・ハンド」ならぬご加護に満ちた「仏の手」とのこと、その理由はこうだ。７年に一度の善光寺のご開帳の際には、本尊の阿弥陀如来から伸びた「善の綱」が本殿前に立てられた回向柱に結ばれる。その柱に触れると仏の命と結縁するとされ、開帳期間中の境内は参拝者でごったがえす。そのため先生はある夜、講演会終了後に人気の絶えた善光寺へ、そこでしっかりゴシゴシと回向柱を「お摩（さす）り」してきたとのこと。

ところで、本堂入り口には人々の病を引き受けて下さるという賓頭盧尊者（びんずるそんじゃ）（釈迦の高弟で十六羅漢の一人）の仏像があり（300年前から)、撫でるとその部位の病気が治ると信じられた。過去幾星霜、善光寺参りした数知れぬ善男善女たちに撫でられ、「撫で仏」となった「おびんずるさん」は、目鼻立ちも分からないほどに摩耗しツルツルテカテカだ。先生も折りに触れ、「おびんずるさん」を撫でては、「仏の手」の力を貯めているかも・・・。

17世紀初めに建立された上野公園内の大仏は、何回もの地震や火災などで破損・再興された。しかし、戦時中に軍資材として首から下が没収され、昭和47年、残された顔が大仏のあった旧跡に設置された。以来もう落ちようのない大仏（合格大仏）として人気を博し、顔に優しく触れるとさらにご利益が増すからと受験生の参拝が絶えない（写真①)。

商売繁盛、家内和合など、「幸福の神様」として多くの人に慕われている大阪は通天閣のビリケンさんは、アメリカの女性芸術家が「夢の中で見た神様」がモデルとされる（20世紀初頭)。それをシカゴのビリケンカンパニーが制作販売、日本には明治45年、通天閣として開業した遊園地に設置され、２代目が昭和54年、通天閣の展望台に鎮座された。手が短く腹が突き出し足を投げ出した姿では、足裏が痒くても手が届かない。そこで足裏を掻いてあげればビリケンさんは喜び、触ってくれた人の願いを叶えてくれるようになったといわれる。平成24年、通天閣開業100周年を記念して、足裏の磨り減った２代目は３代目に変えられた。写真のビリケンさんは利根運河の開発会社が、自社の繁栄と航行の安全を願って運

① 左、合格大仏・上野公園、右、ビリケン像・流山市立博物館

② アララトの聖母、DVDジャケット

河沿いに設置したものだ（大正２年）（写真⑴）。

このように「お摩り」によって功徳やご利益を戴くように、新興宗教でも手当てによる治病祈祷は欠かせない。また17～18世紀のヨーロッパでは、国王が病人の患部に触れると治るとされたローヤル・タッチ（王の触手療法）が広まったという。

ちなみに、コロナ禍中のサンパウロでは昨年、お湯を入れた手術用手袋が「神の手」と賞賛されたという。ICU患者の手が冷え切っていたため$SpO_2$（酸素飽和度）が測れず、看護師が暖かな手袋で手の両面を覆ったところ、「誰かに手を握られているよう」と不安が消え、後で大変喜ばれたとのこと。そのニュースに接し、思い出したのが自治医大生の朝食に関するリポートだった。朝食を摂る学生の方が成績良好だったことから、欠食者のないよう指導したところ成績は向上、ある教授は「患者に触れる手が温かいためにも、朝食を抜いてはならない」と申し添えたという。

「母さん・・・、たとえ僕たちの故郷が滅ぼされても、あなたの手のぬくもりは一生忘れない」。これは映画『アララトの聖母』のキャッチコピーだが、本作は20世紀半ばにアメリカで活躍した抽象表現主義の画家、アーシル・ゴーキーを軸にした物語である。愛深き母の手で感性豊かに育てられたアルメニア出身の彼は、11歳のとき「アルメニア人大虐殺（ジェノサイド）」に遭遇。トルコからの逃避先での生活は厳しく、４年後、最愛の母は彼の腕の中で餓死する。母への切ない思慕を胸に、渡米し画家となった彼は『芸術家と母親』を発表。本作には、痩せて目が窪み悲しみに沈む少年ゴーキーと、椅子に座る空ろな表情の母親が描かれ、少年の左手と母親の両手は白く荒々しく塗り潰されている。手当、拍手、指切りなど、コミュニケーションに欠かせない手をなぜ塗り潰したのか？それは、母親の死や同胞のジェノサイド、母国の喪失など、暴力によってコミュニケーションが破壊されたことへの怒り、叫び、悲しみ、抗議だったのだろう。実際、彼は自身の画に関し、「自分の思想が、観る人の心を刺激するべきもの」（アーシル・ゴーキー）と述べている（写真⑵）。

「指に触るその毛は全て言葉なり さびしき犬よかなしき夕べよ」と、若山牧水は「さびしき犬」と心を通わす触覚の奥深さを詠んだが、『驚きの皮膚』（伝田光洋著）によると、皮膚は「見る」「聴く」「味わう」「嗅ぐ」こともできるという。あるテレビ番組によると、感触・圧力・振動などを察知する皮膚感覚は大変鋭敏で、鉄板の凹凸を調べるのに100分の１mm前後なら機械で調べられるが、1,000分の１mmになると機械ではできず、指尖の感触に頼るとのこと。

また、谷崎潤一郎の『盲目物語』には、三味線の三本の糸にある48のツボには「いろは」の48文字が当てられていることから、「座頭同士がめあきの前で内証ばなしをいたしますときは、しゃみせんをひきながらその音(おん)をもって互いのおもいをかよわせるものです」（原文のまま）とあり、柴田勝家が落城の際に催した別離の宴では、「お市の方と茶々たち」を救い出そうと、長年お市に仕えた盲目の弥市と豊臣方の間者（法師武者）との間で情報が交換される。「ほおびがあるぞおくがたをおすくいもおすてだてはないか」と。

「絆」から「三密回避」へと「濃厚接触」が忌避されるコロナ禍の時代、視覚障害者である広瀬浩二郎・国立民族博物館准教授は、文化は触ることによって作られてきたことから、現代は「触る文化の危機」として『それでも僕たちは「濃厚接触」を続ける！』（小さ子社）を上梓した。

氏は、「触」は単に手で触ることだけではなく、「触れ合い」と言われるように、手の先にいる人や物とコミュニケートすることだと述べ、高村光太郎の「私にとって此世界は触覚である。触覚はいちばん幼稚な感覚だと言われているが、しかも其れだからいちばん根源的なものである」「五官は互いに共通しているというよりも、殆ど全く触覚に統一せられている」という言葉を引用。そして、触覚が視覚や聴覚などと異なる最大の特徴は全身に分布していることから、「触とは全身の毛穴から“手”が伸びて、外界の情報を把握すること」、従って「濃厚接触」のプロである視覚障害者は「触れ合いの作法」を発すべきと述べている。

「手は第二の脳」と言われるのは、それが自身の内界と外界（世界）を結ぶセンサーだからだが、その例として数百年の間、全国を旅して歩いた盲人芸能者たち（琵琶法師や瞽女(ごぜ)など）の存在を指摘された。すなわち彼らの唄は全身の触覚から得た情報をもとに作り出されたから、「瞽女唄とは、旅で出会った目に見えない世界を音と声で表現したものだ」と。

○　垂乳根の母が釣りたる青蚊帳をすがしといねつたるみたれども（長塚節）
○　のど赤き玄鳥(つばくらめ)ふたつ屋梁(はり)にゐて足乳根(たらちね)の母は死にたまふ（斎藤茂吉）
○　たらちねの母に連れられし川越し田(たう)越えしこともありにけるかも（斎藤茂吉）

いずれも老いた母や亡き母への思慕がしみじみと感じられるが、それは、これらの歌の原点が足乳根（乳の足りた女）、垂乳根（乳を垂らす女）だからだろう。「子宮外の胎児」といわれるように、未熟な状態で生まれる新生児は、ただただ母親に依存しなければ生きていけない。母親の声や匂い、手や胸の温もりの中で、空腹やオムツの濡れ、寒暖など、乳児の様々な要求は速やかに受け止められ、自分を取り巻く外界に対し安心・愛着・信頼感が育まれていく。

ヒトという哺乳類にとって、成長と発達に欠かせないものの筆頭に母親の乳房が挙げられよう。飢餓状態で生まれた乳児は母乳を求めて腸が動き始めるが、そのガッツペイン（腸の痛み）に驚いた乳児は、大泣きしながら母親の胸の中で乳房を探す（ルーティング反射）。口に入れた乳首を反射的に吸い始めると、乳児の腹痛や不安は一挙に解消し、満腹という快感に包まれて安心の眠りに入る。

乳児の成長に不可欠な哺乳行為は、すでに妊娠4ヶ月前後に始まっている（指をしゃぶる姿がエコーで見られるという）。人体で敏感な部位の1位は舌尖、2位は口唇、3位が鼻頭、4位が指尖なのは、栄養物と毒物を見極めなければ、たちまち生命の危険にさらされるからだろう。それは、舌や口唇、指が異常に大きく描かれたホムンクルスの図（大脳皮質の表面積の神経細胞量の割合を身体の大きさで表したもの）に示されるが、それをエッセイストの平松洋子さんは次のように記している。

「わたしは激しい衝撃に打たれて動揺した。ものの味を味わうのは、口だけではなかった。（中略）そうか、指も舌だったのだ! だから、つまみ食いは指にかぎる」（『買えない味』）と。オフクロの味や家庭の味は体の栄養だけでなく、買うことできない心の栄養として受け継がれているのだ。

この1位から3位までが毎日の哺乳でたっぷりと刺激されれば乳児の脳の成長は促され、また授乳による乳児との接触によって、母親に分泌されたオキシトシン（愛情ホルモン）が母子の一体感を強める。母親が乳児を抱く姿勢は胎児の胎内での姿勢に似ていることから「第二の子宮」といわれ、実際、母乳で育てられた期間が長い乳児ほど、幸福を示す身体表現に強い反応を示したという（ドイツ・認知神経科学研究所）。

猿が毛繕いで仲間同士の絆を深めるように、体毛を失ったヒトもハグすることで心を通わす。欧米ではコロナ感染増加にハグも影響したといわれるが、映画『いのちの停車場』（原作、南　杏子）の登場人物たちの死や別れのハグシーン（3回）では、主人公（吉永小百合）＝在宅医療医の心象が余韻深く描かれている。

川崎病の名で知られる川崎富作先生（小児科医）は、小学校高学年になるまで、下校後はまず母の乳を吸って（コムフォート・サッキング 遊び飲み）から遊びに出たという。しかし近年、スマホを手放さ（せ）ない母親の子どもとの関わりが減少しているといわれ、私の経験では以前、授乳中の娘にパソコン操作を質問していたら、不機嫌になったのだろう、孫は急に激しく泣き出したことがあった。保育園ではコロナ禍によるマスクの使用で保育児の感情表現が低下（言語の確保や遅れ、脳の発達のサインの「人見知り」をしないなど）しているといわれ、表情がわかるようにと口の動きのわかるマスクが発売され、3,000枚が直ちに完売。フランスではすでに80万枚が保育や幼児教育の現場に届けられたという。

母乳は乳房から湧き出る単なる食物ではない。人工栄養の場合は食物を与えるfeedingだが、母乳はnursingやbreast feedingだ。乳飲み子の母がnursing motherと言われるのは、nurseの語源がラテン語のnourish（養う）だからで、それが看護師の語源となったのは、母親が授乳するときのような「心も養う」愛情が必要とされたからだろう。
昨秋、認知症をテーマにした映画『The Father』では、認知が進み混乱した主人公のアンソニー（アンソニー・ホプキンス）が、最終盤に「ママを呼んで、迎えに来て、うちに帰りたい」と泣き崩れ、介護の女性の胸に頭（顔）を埋める。母親への思慕を募らせるアンソニーに、介護女性は母親が幼児をあやすように優しく接する。このシーンに養老孟司先生は、「永遠に女性的なる者、われらを高みへ導く」とのゲーテの言葉を引用、保護者である母親に全てを委ねざるを得ない乳幼児と、母親との普遍的関係を示したものと述べている。もしも主人公に授乳や「第二の子宮」の潜在的記憶がなければ・・・、この作品の脚本は書き換えられただろうし、それではこの映画からの感動は得られないだろう。
ちなみに、有名ハリウッド女優（ジュリア・ロバーツ）と冴えない本屋の店主（ヒュー・グラント）の恋の行方を描いたロマンチックコメディ映画『ノッティングヒルの恋人』では、２人がベッドインした翌朝、ベッドで向き合った店主が女優の胸元を見つめる。その視線に気づいた女優が「なぜそんなに興味があるの？　とくに胸」と問う。実は、女優が駆け出しの頃のヌード写真がメディアに暴露され、世間で大騒ぎになっていたのだ。
「たかが胸よ。２人に１人はふくらんでいる。ミルクをあげるものだし、あなたのお母さんにもある。なぜ騒ぐの？」「そう言われれば変だ。確かめよう」と、女優の胸を覗いた店主は「さっぱりわからない」と苦笑する。「父国語」はなく「母国語」と言われるのも、哺乳類のヒトにとって乳房は「母なる言葉」の象徴としてあるからだ（６章扉）。

母子のコミュニケーションの原点は対面による接触で、これは社会人にとっても同様だ。コロナ禍の今、接触を避けるためオンラインが普及、その利便性や省エネ機能は極めて有用だが、しかし、タスク（コンピュータが処理する仕事の単位）のやり取りだけでは肌で感じる共感や信頼は生まれない。
人類学者によると３～４万年前まではネアンデルタール人とホモ・サピエンスの両種族が存在し、両者の知能は互角で肉体的には前者が屈強だったとのこと。なのにひ弱なサピエンスが生き残れた理由は、
a）「食事と共同保育」が人類誕生の原点で、それによって仲間同士の絆がもたらされた（山極壽一霊長類学者）、
b）精霊（宗教）などの虚構を創作・共有した（イスラエルの歴史学者ユヴァル・ノア・ハラリ）などが挙げられる。
その結果、ヒトはホモ・サピエンス（賢い人間）と言われるが、接触を否定せざるをえない「三密回避」は、ネアンデルタール人の末路に重なりはしまいか。

オンラインで手間暇を省き、他者との煩わしさの無くなった効率優先社会の行き着く先が、24時間足らずの間に「脱皮・交尾・産卵・死ぬ」カゲロウの「無駄に生きない究極に進化した死」(『生物はなぜ死ぬのか』(小林武彦著）とすれば・・・、そこにはホモ・ルーデンス（遊ぶ人）の居場所はない。効率と絆の双方のバランスをいかにとっていくか、ホモ・サピエンスにとってそれは今後の最大の課題だろう。

「最初の面会はいつも他より疲れる。最初の面会のゴールは、たくさんのことを聞き出すのではなく、信頼関係を築くことだ」

これは弁護を依頼に来た客に対し、弁護士の心境を記した小説の一節（『サラム』シリン・ネザマフィ著）である。

「弁護士は、裁判に勝つため客の様々な情報が必要だが、そのためには客のプライベートの奥に土足で上がり込まなければならない。客は味方である弁護士の質問に答えるものの、さりとて心の全てを開くわけではないから、そうならないよう最大限の配慮が必要だ。ところが最近の若い弁護士は相手の目を見ずにプライベートな情報までパソコンに入力している。それが客にどれほど無関心さと冷たさを感じさせているかも知らずに。ちゃんと目を見て話しをすれば、互いの小さな反応や顔の動きも理解でき、だんだんなんでも話せる仲になって信頼関係が成り立っていくのに・・・」

これは法曹界の話だが、「医者はパソコンばかり（病気）を見て、私の顔（病人）はほとんど見ない」と言われると、電カルに四苦八苦している老医（筆者）の耳に痛い。

しかし、患者の目や顔を見、話しを聞き、脈や腹に触れるような伝統的診療が減った臨床の場で、患者の思いはどうなのか。精神科の分野では「心の病」は薬だけでは治らず、人と人との関係の中でしか治っていかないといわれるが、平成27年4月、日本医師会館でのダライ・ラマ法王の講話は、そんな患者の気持ちを代弁したものだ。

「医師と患者の関係について、患者は医師が思いやりと暖かい心を持って自分を診てくれていると感ずると、安心して元気を与えられ、回復の速度は速いと思う。一方で、自分をまるで機械を修理しているように接する医師だと感ずると、実験されているとさえ思ってしまう。医師は優れた技術と知識や経験を持っているが、患者への思いやりにも力を注いで欲しい。そうすれば患者は新たな命を授かったとさえ思える」。

# 4 互いにリスペクトを
## ～男女が協調して生きるために

山梨県医師会報　令和４年　２月号　№614

タヒチとチリからそれぞれ約4,000㎞、イースター島は南太平洋の絶海の孤島だ。そこに人が初めて移住したのは紀元400～500年頃、モアイ像は700年頃に作り始められたという。イースター島と名付けられたのは1772年、オランダ人が復活祭の日に上陸したからだが、そのときには約1,000体のモアイ像が残されていた。人の住む島から遠く離れた孤島で生まれた文化は、文字や記録がなかったことから多くの謎が残された。

島の最高峰テレ・パカ山の標高は500m、イースター島（小豆島の大きさ）が現地語でラパ・ヌイ（広い大地）と言われたのは、他の島とは比較しようもない絶海の孤島の住人にとって、そこは大きな島・母なる大地だったからだろう。20mもの巨大な像を含めて1,000体近くものモアイ像が残された理由は不明だが、人口に膾炙されるのは競争原理に歯止めがかからなかったという説だ（他に気候変動説、巨大地震説　南洋ネズミにヤシの実が食われ森林が消失したという説など）。孤島というパイの大きさは決まっていたから、人口増加とともに弱肉強食の部族間での武力抗争が発生、当初、祖先を祀った２～３mのモアイ像は力の象徴として次第に巨大化、ついに20mに達した。男社会の闘争社会や権力志向の中にあって、力の象徴とならない女性のモアイ像は等身大と小さく、しかもその数はわずかの10体（0.1%）でしかない。島の最盛期は11～16世紀ごろ、人口は15,000人ほどと言われ、今は全島が草原状態だが、化石や花粉の研究によると、当時は巨大椰子の繁茂する亜熱帯性雨林に覆われていたという。人口増加のため伐採された森林は17世紀にはほぼ消滅。表土の流出によって農耕は衰退し、船を作る木材もなくなって漁業もできない。食糧不足による飢饉で略奪や人肉食へと、その部族抗争の間に力と魔除けの象徴であったモアイ像は目を潰され倒されてしまった（モアイ倒し戦争）。ヨーロッパ人が上陸したとき、文明の崩壊した島には銅器・鉄器は発見されず、あたかも石器時代のようだったといわれる。

モアイ信仰による抗争が終わった後、島にはつかの間の平和がもたらされる。オロンゴ村での鳥人儀礼によってリーダーが選ばれるようになったからだ。沖合の島から渡り鳥（グンカン鳥）の卵を泳ぎ持ち帰るという儀式で、優勝した青年が属する部族の長が鳥人（タンガタ・マヌ）となり、「生き神」として１年間島を治めたという。オロンゴ岬の岩には鳥の顔を持つ鳥人のレリーフ（ロンゴロンゴ象形文字・暗誦のために彫られた線）が残され、そこには女性の性器と多産を象徴するコマリというマークが刻まれた。命を生み出す女性が神格化されたのだろうか、「レイミロ」という女性用の三日月型の装飾品も発見されている。

女性のモアイ像が新しい信仰のシンボルとなったが、最も保存状態の良いそれは1886年、イギリス海軍によりビクトリア女王へのプレゼントとして英国へ、今は大英博物館に陳列されている。この像の名前はホアハカナナイア（盗まれた友の意）で、島から持ち出された時、現地人がそう呼んだからと言われる。この像の背部に左右対称につがいの鳥人とその間にヒナが刻まれたのは、抗争のない時代を迎え、平和な島の永続を祈念したからだろう。しかしそんな島民の願いも虚しく、19世紀半ばにはペルー人による奴隷狩りで島の人口は半減（1,500人位）、さらに天然痘や結核などの蔓延によって、1872年にはわずか111人となってしまったという（写真①）。

イースター島の山は低く、雨雲の発生が少ないため森は復活しなかったが、タヒチ島は高峰のオロヘナ山（2,241m）が海風をさえぎり、恵みの雨が豊かな緑を育んだ。タヒチの神話では創造神タアロワに見立てられた岩や砂浜が、海や陸地、大気などの女神と床を共にし、天や地、そして人が作られたという。世界はタアロワを囲んだ女神たちによって作られたことから、誕生のシンボルとしてパペーテのマラエ神殿には穏やかな表情の妊婦像（2.4m）ティキが立ち、市内には乳児を抱いた母親像が見られた。また、タヒチのポマレ王朝は出身がフアヒネ島（フアは性、ヒネは女、つまり女性の島）であったように、自然に対して協調的な母系社会によって命の再生と循環が守られてきた。この点が父系社会による抗争で滅んだイースター島との決定的な違いだろう（写真②）。

ところで、パリの美術界で孤立したゴーギャンは、1891年、ヨーロッパ文明の

① 女性モアイ像
左、イースター博物館
右、大英博物館

② ティキ像、タヒチ島

「人工的・因習的な何もかも」から脱出、「地上の楽園」を求めてタヒチへ発った。彼が到着した時は島が植民地化されてから約100年後、ヨーロッパ人によってもたらされた感染症で人口は３分の１（１万人）に減少していた。文明に汚染された島はもはや楽園ではなかったが、しかし憧れて来た彼の目には女性たちの姿が印象的だったのだろう。色鮮やかな彼の作品には男性はほとんど登場しないし、人間の根源はと内なる野生を求めた彼は、10年間の滞在中に13～14歳の少女３人と結婚した。タヒチが「地上の楽園」、あるいは「偽りの楽園」だったかはともかく、彼を惹きつけて止まなかったのはそこに生きる女性たちの文化だったのだろう。

さて、人類は太古の昔から外傷、感染、飢餓など、厳しい環境の中で生き延びてきた。ヒトの生存の原点は妊娠、出産、授乳であったことから、古代人にとって「元始、女性は実に太陽であった。真正の人であった」（平塚らいてう）ように、女性の新たな命を生み出す力に対する信仰が、各地の古代遺跡の地母神像や土偶などに見られる。

実際、ウィレンドルフのヴィーナスと呼ばれる握りこぶし大の女神像（オーストリア・ウィレンドルフで出土、旧石器時代）は、大きな乳房と豊満な臀部が強調されている（ネットで閲覧可）。ヴィーナスとは愛と美と豊穣の女神ウェヌスの英語読みで、漢字でも「美」が「羊が大きい」（太った羊）と書かれるように、古来、太った女性は母性の象徴で、多産や繁栄のシンボルだった。小アジア地方には多産や山野の守護を願う地母神信仰があり、アンカラ（トルコ）のアナトリア文明博物館には玉座に座って出産する豊満な地母神像（新石器時代）や、上半身に多数の乳房を持つアルテミス女神像が陳列されている（写真③）。

③　アナトリア文明博物館、アンカラ・トルコ

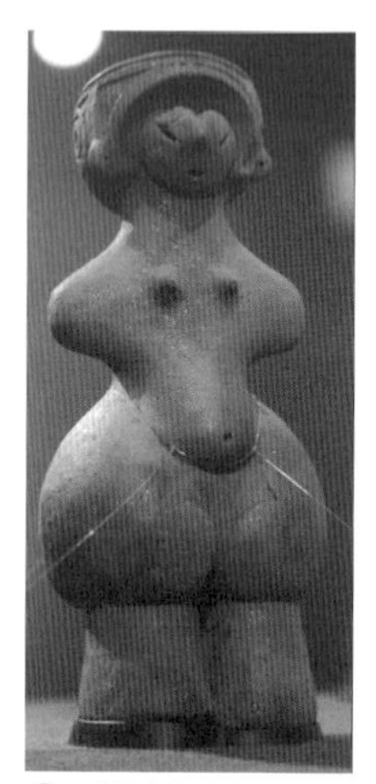

④　縄文のビーナス

日本では尖石（とがりいし）遺跡（茅野市・縄文中期）から出土した「縄文のビーナス」（国宝）は、横に広げた腕、妊娠を示す膨らんだ腹部、安定感のある臀部と太い足を持ち、南アルプス市の鋳物師屋（いもじや）遺跡（縄文中期）からは妊婦が胎児をいたわっている様子（左手を腹部に、右手を腰部に当てている）の「子宝の女神ラヴィ」（重文）が出土した（写真④）。

これらはいずれも万物を胎内に抱く母性的な自然のイメージを表しているが、日本神話で最高位の天照大神が太陽を神格化した女神なのも、命を育むという点で女性を太陽になぞらえたからだろう。また日本最初の統治者と言われる邪馬台国の卑弥呼（３世紀）に巫女的イメージがあるのも、「女性には新たな命を生み出す摩訶不思議な力」があると感じたからだろう。

古代、女性が神格化されたのは「子を出産する」ことが種の存続の原点であったからで、それを支える共同体は必然的に母系社会であった。奈良時代以前は家（いえ）刀自（とじ）（刀自は有力者女性に対する尊称）が活躍した時代で、古墳時代前期（４世紀）には女性首長は男性首長とほぼ同数だったといわれ、６～８世紀には８代６人の女性天皇が即位した（約90年間）。

しかし、奈良時代後半には国家の財政を発展させるため律令制が導入され、戸の制度は成人男性に租税や兵役負担を課した。富の蓄積と配分に必要な権力は母系社会を父系社会（家族制度）へ、婚姻形態も「妻問い婚」から「嫁取り婚」に変わった。

ちなみに、今でも実家で出産を希望する女性が多いのは、母はもちろん、祖父母や叔父や叔母、従姉妹（従兄弟）たち全員が血縁のため、そこが便利で居心地が良いからだろう。実際、世界各地には母系社会の伝統が残され、例えば中国雲南省の奥地のモソ族は典型的な母系社会を継承しているという。そこは夫婦という関係性のない「走婚」（通い婚）で、産まれた子供は母系家族の中で大切に育てられる。養育の義務が無い男性は地域社会では責任ある役割を担い、互いの人間関係はおおらかで寛容とのこと。

フィジーやタヒチなど、南太平洋の島々でも近年まで母系社会が営まれ、インドネシアはスマトラのミナンカバウ族はオランダが来るまで家母長制だったという。実際、男兄弟は嫁を連れて実家には入れないという習慣に反した長田周子は（甲府市出身、インドネシア独立運動の志士・ウスマンと結婚）、夫とともに実家で暮らしたときの苦労を『インドネシア独立への悲願』（アミナ・M・ウスマン著）に記している。

琉球王朝の始祖・英祖王は、太陽の光を感じて身籠った母から生まれたとされ、王朝の地・浦添から望める久高島は、冬至に太陽が昇ることから常世の国ニライカナイとの接点とされた。妹の霊が兄を守護するという「姉妹（おなり）信仰」から生まれた祭祀権は、男たちを守る神として崇められ島は王朝の聖域となった。中世には久高の海人（漁夫）が「姉妹信仰」を奄美群島にもたらし、そこで生まれた島唄の男の裏声は、女の高い音域に近づきたい（合わせたい）男の願望の表れといわれる。

インドはアーリア人が来るまでは母系制で、今でも南部にはその伝統が残っているという。アメリカ北東部のイロコイ連邦（6つのネイティブアメリカンの集合）は、1000年前から母系社会による高度の民主制だった。各部族から選ばれたグランマザー（族母）には全権が与えられ、言論の自由、女性の参政権、公職者に対する罷免制度などイロコイ憲章が定められた。これはアメリカ合衆国が独立する際の連邦制度と合衆国憲法制定の参考とされ、イロコイ憲章から多くのことを学んだ白人は彼らのことを「高貴なる野蛮人」と言ったという。

歴史的に権力と関わりの深かったユダヤ教、キリスト教、イスラム教、ヒンドゥー教、仏教など、どの経典にも女性蔑視の記述が見られ、それらは人々の生活習慣や社会の仕組みに大きな影響を与えてきた。例えば「父なる神よ」と祈り、「夫は神に従い、妻は夫に従え」（パウロ）と言われるキリスト教の『旧約聖書』では、女性のイブは男のアダムの肋骨から作られたから、女性は男性の一部分とされた。禁断の実を食べて楽園から追放された二人は「最初に作られたアダムは騙されなかったが、イヴが騙されて罪を犯した」（『新約聖書』）と、男性は正しく女性は邪悪なものとされた。

またイスラム教でもアッラーは「男は女の上に立つべきだから、女はひたすら従順に」と教え、ヒンドゥー教の古い文献には「女の知性は軽薄で、女とは長く付き合えない。女は本質的に悪で、女がいるだけで周りが汚れる」とのこと。釈迦は男尊女卑の伝統に異を唱えたが、のちの大乗仏教経典にはインド古来の「女性は性悪・不浄・淫乱」の思想が踏襲された。努力・修行しても成仏できない女性のためにと、男性に変身したり生まれ変わればよいと変性男子（転女成男）説が生まれた。天台宗の開祖・最澄は修行の妨げになるからと、女性は寺に近づかないよう「女人結界」の場所を設け、女人禁制の高野山には境内入り口に女人堂が設けられ、女性の参拝が許された室生寺は女人高野と称された。

儒教の生まれた漢字文化圏では「男」（田の力）は田畑を耕すの意で、「女」は左右の袖を重ね、しなを作って膝まづくの意、女滝（小さい滝）、女時（運の悪い時）など女は「小さい、劣る」の意をもち、「女は魔物・化け物、嫉妬、姦、妾」などなど・・・。

これら様々な女性蔑視の思想が男から生まれたのは、恐らく掌握した権力を手放したくなかったからではないか。競争心や向上心を背景にたゆまぬ努力を続けた男たちによって文明は著しく発展した。しかし「拡大と成長」の男性性過剰の営みの結果、温暖化やヒト・モノのグローバル化がコロナのパンデミックをもたらした。人類存亡の危機に直面したいま、これからどう対処したらよいのか、過剰な男性性を鎮め抑圧されてきた女性性を高めつつ、男女の違いを認め合って協調していくしかあるまい。

ちなみに日本神話では女性の立場は低くは無く、イザナミとイザナギの結婚話では男女が互いに補完し合って平等である。松江市の郊外、国分寺などがあった古代出雲の中心地に位置する神魂（かもす）神社（神坐すの転訛）は、室町時代初期の建造（出雲大社の改築より400年古い）の最古の大社造りだ（国宝）。本殿の千木の先端が水平に切ってあることから祭神は女神のイザナミで（男神のイザナギも祭祀されている）、神話によるとイザナミはイザナギと結ばれるが、イザナミには合わされないところがあり、イザナギには余ってしまうところがあり、互いに完璧な身体ではなかった。それぞれの不完全さを補うために、イザナギの余ったところをイザナミの合わさらないところに入れると完全一体となり、それが国造りに結びついたという。違いを認めて補い合うという発想は生物学的な違いだけでなく、「男女が互いにその人権を尊重しつつ責任を分かち合い、性別にかかわりないその個性と能力を十分に発揮する社会の形成」を求めた「男女共同参画社会基本法」（平成11年）に通じよう。ただ法律が制定されたからといっても、東京五輪での元首相の女性蔑視発言や演出担当者の女性差別的プランなど、五輪の基本コンセプト「多様性と調和」を理解しない（できない）実態が世間の日常だろう。

医療界でも女性への差別は少なくなく、先年、複数の医学部入学試験で女子学生を意図的に減点していた事実が発覚した。この問題をモチーフに、女性教授と教え子４人の女子医学生との関わりと、その後の生き方を描いた『ブラックウェルに憧れて』（南 杏子著）には、理不尽な女医差別の現実が描かれている。題名のブラックウェルは世界で初めて医師登録された人物の名とのこと、恥ずかしながら私には初耳だったが、女医である著者の受けた様々な差別の経験が筆を取らせたのだろう。厚くて高い「ガラスの天井」の軽減・解消の一助になればと一読を推めたい。

ちなみに近年、ディズニー作品の「女の子の生き方」には明らかな変化が見られる。素敵な王子に出会って結ばれる「棚からボタ餅」の『白雪姫』『シンデレラ』から、多様な登場者の中で主人公の自由な生き方を認める『美女と野獣』『リトル・マーメイド』、そして「レット・イット・ゴー」とありのままに、主人公は従来のプリンセスらしさを捨て、他人の生き方を認めて自立する『アナと雪の女王』へと。そしてここでは王子は悪役だ。

昨秋上映された映画『リスペクト』で描かれたのは、ソウルの女王アレサ・フランクリンの人生だ。父や夫の男性支配に苦しめられた主人公は、「自由を!」と圧倒的歌唱力で「Think」を歌い上げ、会場の出口近くに立つ夫に三下り半を突きつける。また「Respect」はもともと他の歌手が恋人に「敬意を払って」と女心を歌ったラブソングだが、アレサが歌うことで社会性を帯びた人間愛の歌となり、人種や男女平等を訴える人々への象徴的な応援歌になったという（写真⑤）。

世界で最も女性が住みやすい国と言われるアイスランドでは、2021年秋の議会選挙では女性議員が30と議席の半数を獲得した。リーマンショックの際、アイスランドで唯一の黒字銀行は女性経営者で、他の男性銀行家70人は有罪となって島流しになったという。世界初の女性大統領として選ばれたヴィグディス・フィンボガドゥティルは1986年、レイキャビーク郊外でレーガン、ゴルバチョフ両首脳による平和会談を主催した。この会談を契機に1989年、ブッシュ、ゴルバチョフ両首脳のマルタ会談がもたれ、戦後長く続いた冷戦に終止符が打たれた。

ちなみに、女性が戦争を終わらせる話に古代ギリシャ喜劇『女の平和』（アリストパネス作）がある。主人公リューシストラーゼの名は「軍を解く女」の意、長く続くペロポネソス戦争に嫌気がさした女たちが結集し、セックス・ストライキによって男たちの戦争を終わらせる話だ。

世界経済フォーラムの「男女格差報告」（ジェンダー・ギャップ指数、2021年）では日本は153カ国中121位と低迷し、女性の管理職は139位、女性議員は147位、また女性の働きやすさを指標化したランキングでは先進国29カ国中ワースト２位である（英誌エコノミスト、2021年）。先の衆院選で当選した女性議員は１割に満たず、前回17年よりも２人減った。現在、企業で人種、性別、年齢を問わず人材を活用することはダイバーシティ（多様性）と言われ、それを取り入れない企業に将来はないといわれる。日本が衰退しないためには一時的であれクオータ制（組織に占める女性の割合を一定以上にする）など、女性の働く環境改善の法的整備は喫緊の課題だろう。先の選挙では選択的夫婦別姓制度が大きな争点にならなかったが、新家族の姓は両者の姓を合わせて新苗字を創造することを提案した福沢諭吉の目にどう映るだろうか。

⑤　映画『リスペクト』のパンフレット

# 5 両性具有と聖性
## ～　分けられないことの意味

山梨県医師会報　令和6年　3月号　No.639

山の夜道で猟師が若い女に出会う。女は「不義の子を宿したので死のうと思う。もう金はいらぬから差し上げる。その代わり死ぬ手伝いをしておくれ」と猟師に頼む。お金をもらって首吊りの準備を始めた猟師だが、手が滑って自分が首吊りに。それを見て死ぬのが怖くなった女は猟師のふところから金を戻し、代わりに書き置きを入れて姿を消す。翌朝、検死役人は「不義の子を身ごもり」との書き置きを見て仰天、駆けつけた猟師の息子に「世にふたなりと申して男女両性の者があると聞くが、お前のオヤジは男か女か？」と尋ねると、息子は「へい猟師（両子）でございます」と答えた。

この古典落語の「ふたなり」から、江戸時代には両性具有が認知されていたことが窺われよう。

ギリシャ神話では、ヘルメス（オリンポス12神の1人で神々の伝令役）とアフロディーテ（美の女神、ローマ名はウェヌスで英語はビーナス）の間に美しい息子ヘルマフロディトスが生まれる。15歳のとき旅に出た彼は、リキュアで泉の妖精サルマキスに出会う。ヘルマフロディトスの美しさの虜になった彼女は、彼を自分のものにしたいと思うが断られてしまう。ある日、遊泳中のヘルマフロディトスを見て、思いを断ち切れない彼女は思わず泉に飛び込む。彼に抱きついたサルマキスは永遠に一緒でありたいと神に懇願、その願いは叶えられ二人は一体となり、両性具有のヘルマフロディトスが生まれたのだった。

男女の外性器や身体機能を備えたヘルマフロディズム（半陰陽）はこの神話から命名されたが、性行為において男女両方の役割を果せるほどの真性半陰陽は少ないとされる。ただ、あるアメリカの医学雑誌には稀有な例が掲載されているという。

「その人物は14センチのペニスと8.5センチのヴァギナ、そして陰嚢と卵巣を持ち、月経と同時に勃起したペニスから射精ができた。彼の存在は警察を通して医師たちの知るところとなった。彼は18歳のときに売春で逮捕され、釈放された数日後、今度は、強姦罪で逮捕されたのである」

17世紀のローマでは男女両方の役目を果たす半陰陽者の売春宿の洞窟があり、摘発された彼らは火あぶりにされたという。一方、西欧外の諸国、例えばドミニカではゲイヴドーシェ、フィリッピンではバヨットなど、半陰陽者は聖なる存在として知られる。北米インディアンのナバホ族の「Nadle（ナドゥル）」は、両性的な生産力（繁殖力）がある聖なるものとして信仰され、男女間の揉め事の調停や病気の治療に当たったという。

免疫学者の多田富雄氏はニューヨークのメトロポリタン美術館で両性具有像に出会って感激、はるばるアフリカの奥地を訪ねた。16世紀ころ、ドゴン族（マリ共和国）によって作られたというそれは青年の肉体で、両腕をダラリと垂らした前かがみの像の股間には巨大なペニスがぶら下がり、胸には垂れ下がった乳房がつけられていることから、氏はこの両性具有像（ヘルマフロディ）は神話的存在で、生命誕生の父と母、つまり、相対立するものの一致と全体性を象徴していると述べている（『生命の木の下で』）（写真①）。

インドでは昔からヒジュラと呼ばれる半陰陽者の共同体があるが、実際にはヒジュラは女として生きることを選んだ男の集団で、必ずしも全員が半陰陽ではなく、ニューハーフや性転換者、去勢者、女装愛好者なども含まれ、仕事のないときは物乞いや男娼などをしているという（『神の棄てた肉体』石井光太著）。男でもなく女でもない彼らは最下層民として差別されているが、神と人間との間に位置する者とされる彼らは時には聖なる存在として、宗教的祭礼や結婚式の踊り、新生児の祝福に中心的な役割を担ってきた。ヒジュラと似たような例に、古代ギリシャでは愛の女神アフロディーテを祀る神殿に「聖なる娼婦」が存在し、古代から中世にかけての日本では、卑賤で差別された娼婦は一種の神託を伝える存在で、祭りのときには神女を務めたという。

インドには右半身がシヴァ、左半身がパールヴァティ（シヴァの妻でヒマラヤ山の女神）に描かれる両性具有の神（アルダーナーリーシュヴァラ）が生まれたが、それは生殖行為に神の内部の神聖なエネルギーを認めるという性力信仰（シャクティズム）が、

① 左・ドゴン族の両性具有像、マリ共和国
中央・両性具有の神、インド
右・十一面観音像、法華寺・奈良

配偶者（女性）の姿・神妃（シャクティ）で顕現し、この女神信仰の高揚が男女の一対となった神を誕生させたという。解説書によると、「完全な人間というのは男女が交合によってそれぞれの個体から脱出し、一つに融け合うことによって本当の人間になる」とある。ガイドのマハジャーンさんに聞くと、「男だけでは何もできない、女だけでも何もできない、男女が一緒なってこそ世界が動くから、陰陽のバランスのとれた対等な男女関係を象徴している」とのことだった（写真①)。

ギリシャの哲学者プラトンによると、人間が互いに異性を求めて惹かれあうのは、もともと両性具有者であった人間（前面が男で後面が女の球体）が奢り高ぶったため、怒った神が人間を男と女の二つに引き裂いたからという。このような説が生まれたのも、もともと人間の中には多かれ少なかれ両方の性が内在し、一般には自分の身体に合わせて一つの性を選んでいるからだろう。ところが両性具有など、その選択が困難な場合は片方に「分けられない」、つまり「分らない」。したがって、両者を内在している多くの人は、その両者が実在する対象に聖（魔）を感じるようになったのだろう。

ヒジュラが聖性を持つのも聖と卑の両者が併存しているからで、分類できない曖昧さが聖の特徴でもある。実際、曖昧で不透明な「逢う魔が時」（昼と夜の境の夕方）は魔（聖）の時間だし、近親相姦がタブーなのも、家族は「自分」と「他人」との境界線上にあるからだろう。また「交差点の道祖神や地蔵」「敷居、畳の縁、グランドの白線」（そこを踏まない人がいる）などの境目は、聖（魔）の領域として忌避される。

奈良の法華滅罪の寺（法華寺）の十一面観音像は①、モデルが光明皇后といわれるから当然女性だが、政敵を倒した罪の償いに寺を建てたという彼女は、『愛と苦悩の古仏』（吉村貞司著）では次のように述べられている。

「この仏像の顔には青い髭があり、威が備わって男性のようにも見える。だが肩に流れる髪の乱れや体のしなやかさからすると女性のようにも見える。女の魔性を消滅させるためには、女の実在から逃れて男になる他はないから、青髭の女体の仏像には男なるという表現、つまり変成男子（へんじょうなんし）のイメージを見る」

かような男女の原理を併せ持つこの像には、それぞれの性を超越しながらも受け入れるというメッセージが込められているのかもしれない。どうやら両性具有には調和や理想の意が内在しているらしく、心理学者・河合隼雄氏のユニセックスについての論考（『対話する生と死』）では、“男らしさ”“女らしさ”は対立する概念ではなく、一人の人間の中に共存可能であると述べている。つまり、男は男らしく、女は女らしくという従来の考えにこだわらずに、自分の欲求に従って行動しつつ、それが自分のなかでどのように“おさまっている”のか、他人との関係を断ち切る方向に向かっていないかを考えていけば、男女関係の継続性では両性具有的になっていかざるをえないとしている。

ちなみに、欧米の研究者の間では、男女両方の姿を示す観音菩薩はジェンダーフリーの象徴と解釈されるという。また、宗教学者・山折哲雄氏は、陰馬蔵と言われる仏陀のペニス（馬のペニスのように体内に収められている）に関し、「男にも女にもなりうる伸縮自在の形状は、仏陀の両性具有性を示したもの」（『密教的エロス』）と述べている。

さて、我が国では稚児と僧侶の関係に見られるように、同性愛に対し寛容な歴史がある。稚児が神社・寺院などの祭礼・法楽などの行列に欠かせなかったのは、神霊は幼い児童の姿を借りて顕れるという「憑坐」信仰のもと、まだ男でも女でもない中性的存在はより神仏に近いと考えられたからといわれる。稚児の本来の意は乳児・幼児で、「ちのみご」から「ちご」へと変化し、後に6歳くらいまでの幼児に拡大解釈され、さらに平安時代以降は真言・天台宗などの大寺院に現れた剃髪しない少年修行者（12〜18歳くらい）も稚児と呼ばれるようになった。

奈良時代には僧侶たちの身の周りの世話など、日常生活の手助けをするため稚児が寺院に入ったが、そこはもとより女人禁制の場所、稚児は男児に限られた。小坊主と違って稚児は有髪で、書道や歌道などの教養を受ける一方で女装を強要され、「幽玄を専らにする身」（『台記』藤原頼長の日記、奔放な男色関係が描かれているという）として育てられた。天台宗では「稚児潅頂」という儀式を受けた稚児は「○○丸」と命名され、観世音菩薩の変化身と神聖視された彼らとの肉体的交わり（聖と性の重ね合わせ）は神聖な行為と見なされたという。公認の同性愛の誕生だが、弁慶が牛若丸を命がけで護ったのも、彼に同性愛的感情があったからかもしれない。

寺院の法会などの遊宴で稚児舞を舞う少年は、他寺の僧にも品定めされるようになり、僧侶たちは稚児たちと「本意を遂ぐ」「懐抱す」「共に精を漏らす」という関係を持つようになった。「痔」という字が「疒に寺」と書かれるのも、ゲスの勘繰り、男色の僧侶たちが罹患しやすかったからかも？

鎌倉から室町時代には僧侶や公家たちと稚児との交情を描いた「稚児物語」が流行し、この風習は興隆してきた武士の間にも広がった。室町時代には足利義満と世阿弥の男色関係が芸能の発展に大きな影響を与えたとされ、戦国時代には武将の身辺雑事を務めると同時に閨での相手も務める「稚児小姓」と大名の関係、例えば、織田信長と森蘭丸、徳川家康と井伊直正、武田信玄と高坂弾正などなど、「男同士の文化」は太平の江戸時代へと引き継がれた。ちなみに映画では、本能寺の乱に至る武将たちの男色の関係が『首』（北野武監督、2023年）に、『御法度』（大島渚監督1999年）には新選組に入隊した美貌の少年剣士をめぐって、隊の規律が乱れていく様子が描かれている。

衆道（若衆道の略）と呼ばれた男の同性愛は「武士道の華で神聖なもの」「女は子を産むための存在で、男の恋愛の本当の相手は男だ」とされた。小姓として出仕した芭蕉も主君との男色を噂され、『奥の細道』の山中温泉でのこと、ともに旅をしてきた曾良と袂をわかったのは愛憎の果てともいわれる。町人の間では陰間（売春をする若衆）遊びが流行し、『好色一代男』（井原西鶴作）の主人公は「戯れし女三千七百四十二人、小人（少年）の弄び七百二十五人」とのこと。恋に狂って火付け犯になったお七の相手の吉三郎には男色関係もあり、「さもさても、男色女色入り乱れての恋であり、あわれな話である」（『好色五人女』西鶴作）と記され、当時、男色が決して変態的な行為ではなかったことがうかがわれる。

『春画のからくり』（田中優子著）によると、長い後ろ髪から高く結いあげるようになった江戸時代の「日本髪」は、女性の男性化傾向である「男装」に始まったもので、その嚆矢に歌舞伎を挙げている。「かぶき」の語源は「傾き」で、ド派手な着物に長い刀を差し街中を暴れまわった「かぶき者」に、出雲の阿国率いる十名ほどの女性芸能集団が扮して踊った「かぶき踊り」が歌舞伎の始まりとされる。

人気を得た女歌舞伎だったが、官能本位で遊女も兼ねていたためそれは幕府に禁止され、代わって現れたのが前髪立ちの美少年による若衆歌舞伎だった。彼らも華美な振袖姿で官能的な歌舞を演じ、夜は振袖のままで男にも女にも身体を売った。「男にとっても女にとっても、若衆は自分と同じ性を持っていて、しかも非現実的な存在だった。男にとっては女の生々しさが無く、女にとっては男のむさくるしさがない。この世の者ではないかのような浮遊した存在」（同上書）の彼らは、男女の境界に位置する人間として人々を魅了した。

しかし、江戸時代後半には男色は公序良俗を乱すとして粛清の対象となり、維新以降はキリスト教の影響も受け、明治六年の「改定律例」で男同士の性行為は法的に禁止されるに至った。

江戸時代、日本は世界に冠たる同性愛天国だったようだが、海外ではどうだったのだろうか。

軍人として、また政治家として傑出したバーブルはインドにムガール帝国を興したが（16世紀）、すでに結婚していた18歳のころ一人の美少年に心を奪われた。我を忘れターバンも付けず、裸足で街中をさまよい歩いたという。学問にも優れ詩人でもあった彼は、焼けつく想いを次の詩に残している。

何人もわれ程に心みだれ恋い焦がれ
恥辱にまみれる事あらざれかし
何人もなれ程につれなく
心づかいせぬ事あらざれかし（間野英二訳）

第２次大戦末期に蒙古からチベットに潜入した密偵・西川一三（かずみ）の８年に及ぶ旅の顛末を描いた『天路の旅人』（沢木耕太郎著）によると、蒙古では結婚の有無にかかわらず性交渉はかなりルーズなため性病が蔓延していた。しかし、ラマ教寺院における少年僧の男色では性病に罹りにくく、もしもそれに罹患したラマ僧がいれば、それは女性との性交渉の証になったという。

イギリスのパブリックスクール（寄宿制の男子私立中学校）での同性愛が人口に膾炙されるように、古代ギリシャ以来、ヨーロッパではいつの世にも男色は存在した（とくに宮廷や上流階級では容認されていたが、19世紀末、男性同性愛は犯罪として法制化された）。「紅茶に浸したマドレーヌの味で過去の記憶が蘇った」との文言で知られるプルーストは同性愛者で、彼の心境は『失われた時を求めて』の中で次のように記されている。

「さまざまな障害にもかかわらず生き残った同性愛、恥ずかしくて人には言えず、世間から辱められた同性愛のみが、ただひとつ真正で、その人間の内なる洗練された精神的美点が呼応しうる唯一の同性愛である」（『「失われた時を求めて」への招待』（吉川一義著）から引用）。

2023年６月に封切られた映画『青いカフタンの仕立て屋』の舞台は現在のモロッコ、ペトロールブルー（群緑（ぐんろく）色）のカフタン（結婚式やパーテー用ドレス）が完成するまでの、中年の仕立て屋夫婦（子どもなし）と若い弟子の３人の三角関係が描かれる。ゲイであることを隠している主人公は、妻を愛し信頼しているだけに複雑な心境だ。一方、夫を深く愛している妻は乳がんで余命いくばくもない。弟子と夫が惹かれ合うことに気づいた妻の嫉妬を受け、弟子は店を去る。失意の夫は店を閉め自宅に籠り、カフタンの仕上げをしながら死期の迫った妻の看病をする。そこに店の休業を知った弟子が訪ねてくる。「何か手伝うことがあれば・・・」と。自分の亡き後、夫の孤独な生活を心配する妻の嫉妬は消え、「愛することを恐れないで」と二人の肩を押す。そんな折り、路地から大音響の音楽が・・・、リズムに合わせ妻が踊り始め、次いで２人を誘う。互いに触れ合い、笑い合い肩を揺らして踊る３人の表情が眩しい。

ある朝、妻は死亡。白い死装束の遺体には誰もが触れてはならないとのイスラムの戒律を破り、夫は丹生込めて仕上げたカフタンを着せる。担架に載せられた遺体は夫と弟子に担がれ、旧市街の石畳の路地を墓地へと向かう。同性愛が厳しく罰せられるイスラム社会だけにより一層、この美しく静謐なシーンが胸を打つ。愛情、友情、信頼、自由、寛容などのメッセージが伝わってくるからだ。

このように内外の歴史では「男・男」の「男色」が可視化されてきたが、「女・女」のレズビアンには目が向けられなかった。その頻度がどのくらいなのか知るよしもないが、それは男中心社会の中で女性の評価が低かったからだろう。

そんな中、『燃ゆる女の肖像』（フランス映画　2020年公開）は新時代のLGBT

として高く評価された。ストーリーは、女性たちが抑圧されていた18世紀、見合い肖像画を依頼された女性画家と貴族令嬢との間に燃え上がった恋が、ブルターニュの孤島を舞台に繊細かつ情熱的に描かれている。

日本で2015年がLGBTQ（Qはクエスチョニングで、性自認や性的指向が未定の意）元年といわれるのは、日本人の7.6%が性的少数者と公表されたことによる(電通のダイバーシティ・ラボの調査結果)。以後、男と女の単純な二分類ではなく、多様な性を受け入れようという社会の関心は高まり、2023年６月23日、LGBT理解増進法が施行された。また最高裁は2023年10月25日、性別変更の手術要件をめぐり「生殖能力喪失の手術を求める」という特例法は憲法違反と判断した。

ところで昨年２月６日、トルコ・シリア大地震が発生、５万人以上が亡くなった。震源地ガジアンテップの地名を聞いたとき、以前、その街を訪ねたときのことを思い出した。東トルコの周遊の旅を終え、イスタンブールへのフライトのため立ち寄った際、訪ねたアクセサリー店の店主は口数の少ない小柄な初老の男だった。その彼の右手には６本の指が・・・、目のやり場に困ったがアクセサリーや宝石を扱う動作はごく自然だった。

また、ヒマラヤ山麓のインドはラダック地方を訪ねたとき、空港から街に向かう中年のバスの運転手も６本指だった。立錐の余地もない満員の車内で、運転席の隣で手すりを握っていた私はドライバーの左手にチラチラと目を向けたが、周囲の乗客はまったく無関心だった。

そんな経験があったことから、『回復する家族』（大江健三郎著）に記された「優情」という言葉は印象深かった。インドネシアを訪ねた氏は、ボロブドゥールの仏教遺跡から広場に戻ったとき、居並ぶ屋台の中、正面屋台の男が発した「蛙の玩具の鳴き声」に惹きつけられた。近づいてふと目をやると、その男の左手に蹴爪のような６本目の指が・・・。男に一等地が与えられたのは、多指にこだわらない（逆にこだわった）露店仲間の「優情」だったのではとの感想が記されていた。

障害があってもさりげなく受け入れられるような世間、またLGBTと声高にいわなくても性的少数者の人権がごく自然に守られるような社会が望まれよう。

# 6 心の在りか

## ～　昔も今も

山梨県医師会報　令和４年　５月号　No.617

「お尻で爆弾のような音が２回した。下着がちょっと汚れていた。その時から魂が抜けたようで、気力がなくなってしまった。起きているのもつらく、もう家事はできない」

隣家の女性に手を引かれて来院したYさん（89歳、女性、一人暮らし）はそう訴えた。ある会合から帰宅した際、玄関先での突然の出来事だったとのこと。診察では特に目立った所見はなかったが、その後、気力の回復はないまま寝たり起きたりとなって、２ヶ月後に静かに旅立たれた。

さて、放屁（オナラ）とは屁が肛門から体外に放たれることで、「比」には「狭い隙間を残して二つのものが並ぶ」意があり、尻の両壁の並んだ狭い隙間から出るガスが屁だが、尸（しり）から比々（びび）と音を立てて出るからとの俗説もある。

Yさんの話を聞いた時、「ああ、これは尻子玉が抜かれたんだ」と、ふと脳裏に浮かんだのが忘れ難い少年時代の思い出だった。小学校の2～3年くらいだったろうか、夏休みに近所の仲間と富士川で遊んでいたとき、突然砂地に足を掬われた。泳ぎはまだまだの頃、助かろうと必死でもがいていたところを、異変に気付いた仲間の一人に首根っこを掴まれて助けられた。

プールのなかった少年時代、夏休みの富士川は格好の遊び場所だったため、「川流れ」（土左衛門）と言われた溺死者のいない年はなかった。「水死はカッパに尻子玉を抜かれたから」との伝承が各地に残されたのも、溺死が後を絶たなかったからだろう。幸い、私は尻子玉を抜かれずにすんだが、『大辞林』には「尻子玉は肛門にあると想像された玉、俗言にカッパが抜くというもの」とあり、これは溺死者の肛門括約筋の弛緩した様子が、あたかも尻から何かを抜かれたように見えたことに由来するという。

ところで、「臓腑」は「はらわた」の意で、古来、そこには魂が宿るとされてきた。したがって「腑抜け」とは内臓（魂）が抜かれるということ、玄関先にカッパがいたわけではなかったけれど、Yさんは尻子玉という魂を抜かれてしまったのだろう。

東洋では古来、「腑に落ちない、腑に落ちた」など、五臓六腑は思考や感情を司る場所とされ、それらは互いに関連しあっていると考えられた。実際、心労でため息が出たり、興奮すると動悸がしたりと、先人が胸（肺や心臓）に心（精神）があると考えたのは当然だったろう。さらに思春期には大脳は感情的に生殖器の影響を受けやすく、更年期には精神活動が低下して不安定になりやすい、また空腹は意識を鋭敏に、満腹は情操を穏やかにすることなどから、心臓だけでなく複数の臓器と感情との相関関係が体系として考えられた。

五臓に宿る精神は五志といわれ、肝臓は怒り、胆嚢は勇気、脾臓は憂い、肺や大腸は悲しみ、心臓や小腸は喜び、腎臓は恐れの感情があるとされた。ちなみに、古語で腎臓を意味した「むらと」には心の意があり（『和名抄』）、「むらむらと」感情が沸き起こるさまの元となったとされる。

「心安らかに食べたパンの皮は、不安な気持ちで食べた宴の料理よりはるかに優る」（イソップ物語）ように、昔から「胃腸は心の鏡」「胃腸の病気は頭の病気」「胃は脳である」などと言われ、心と消化吸収機能は密接な関係があることが知られていた。実際、末梢神経としての胃腸機能は中枢神経と結びついているから、ストレスによる大脳刺激は視床下部を経て胃腸へ伝えられる。文明社会に過敏性腸症候群が増えたのもストレスの影響だろうし、一般に悲しみや心配事があれば「モノが喉を通らなく」なり、これは西洋ではヒステリー球、中国では咽中炙臠（しゃれん）（炙った小肉片が咽につかえた感じ）、日本では梅核気（梅の核で咽が塞がった感じ）などと言われる。また、我慢を強いられれば「もの言わぬは腹ふくるるわざ」（『徒然草』）、「おぼしきこと言わぬはげにぞ、腹膨るる心地しける」（『大鏡』）で、怒髪天を衝くような激しい怒りに襲われれば「はらわたが煮え繰り返る」（英語ではgut-wrenching experience はらわたが引き裂かれるような経験）し、「断腸の思い」は「腸がちぎれるほどに堪え難い悲しみ」の意だ。

ちなみにこれは、「ある武将が難所の三峡（長江の一箇所、約150キロに渡る３つの巨大な峡谷、両岸に断崖が迫り、流れは早く、そのため西の四川は攻めるに難い要害の地だった）を船で下っていたとき、部下が子猿を捉えて船に乗せた。激流を矢のように流れ下る船を、母猿は泣き叫びつつ岸伝いに追いかける。船のスピードが落ちたのは百里の峡谷を通過したとき、ついに船上に飛び乗った母猿はそのまま絶命。腹を割いたら“腸皆寸寸断”、つまり腸はズタズタに千切れていた」という中国の故事による。

このように強い不安や緊張に会うと胃腸の機能が乱れるのは、「腸脳相関」と言われるように腸と脳が密接な関係にあるからだ。脳の視床下部が刺激されると、その支配下の自律神経の働きが乱れる。その結果、様々な症状が腹部に現れるから、古人は腹は心の中枢と考えた。その結果、「腹が据わった」「腹が太い」「腹を固める」「腹をくくる」「腹で考える」「腹に一物」「腹芸」「腹を見透かす」「腹黒い」等々の言葉が生まれた。

切腹・割腹は武士が自刃する際の風習だが、腹を切っただけでは人間は簡単には死ねない。介錯人が首を切り落として死が完結する。死ぬためには最初から首を落とせば良いのに、なぜ腹を切ったのか？新渡戸稲造によると「腹は霊魂と愛情の宿るところと考えられていたから、身の潔白の証明のため、つまり、腹を裂いてそこは黒くないと示す必要があった」からという。切腹は武士の名誉を守るための行為で、「腹を割る」行為はお上から与えられた「武士の情け」という美学でもあった。

肝臓は心の中枢とされた腹部の中で最大の臓器であることから、古来それは最も重要なものと考えられた。月と干が組み合わされて肝の字が作られたのも、月は内臓の肉を、干は根幹を意味したから、「肝腎、肝心、肝要（要は腰の意）、肝心要（かんじんかなめ）」などに肝が使われた。また肝臓には「蔵血」（血を貯蔵する）と「疏泄」の作用があり、後者は気を滞りなく巡らせて精神を安定させる働きがあるとされ、「肝（きも）が座る、肝に銘ず、肝試し、肝を冷やす、肝を潰す、肝っ玉」などの言葉が生まれた。「たまげた」は「肝っ玉」の玉が欠けた「玉欠ける」から、「世話をする」の意の肝煎りは「おてもやん」の中で「肝煎りどん」と謳われた。「肝の亢進を抑える」とされる漢方の抑肝散は、興奮を鎮める処方として使われる。

肝胆とならび称される胆には気力、判断、勇気があるとされ、「肝胆相照らす」「肝胆を砕く」のように肝胆は同義として使われる。漢方の温胆湯（うんたんとう）は胆を温めてウツを改善する処方だが、胆が冷えて機能が低下すると、精神活動が低下してウツになると考えられたからだ。

「臥薪嘗胆（がしんしょうたん）」は「苦い胆を嘗めて気を奮い立たせ、屈辱を忘れないようにした」という故事から生まれたが、日清戦争後の日本では国民の誰もが口にする言葉となった。下関条約で割譲を約束された遼東半島を三国干渉（ロシア、フランス、ドイツ）によって返還させられたため、その怨念の象徴として流布した言葉が、10年後の日露戦争開戦への国民的合意の手助けとなったという。

腹に心が宿るというこのような考え方は洋の東西に共通し、古代ローマ時代、肝臓は知性と精神の中枢と考えられ、神官は生贄の動物の肝臓を使って未来を予言したという。英語の諺のThat depend on liver（その人による）のliver（肝臓＝生きる人）はlive（生きる）から生まれたし、統合失調症と名前が変わる前の精神分裂病schizophreniのshizoは分裂、phreniaは心の意で「心が分裂した状態」を指した。phreniaには横隔膜の意もあり、そこに精神も宿ると考えられたが、それは中国の故事「病膏肓（やまいこうこう）に入る」と同様だ。つまり横隔膜の上の肓、心臓の下の脂肪組織の膏は深く、そこには薬が届かないから「膏肓の病い」は治らないとされた。また、hypochondriasis（心気症）のhypoは下、chondroは軟骨、つまり「軟骨の下の疾患」は横隔膜の病気とされた。

内臓と精神は深く関わっていると考えられたギリシア時代、「憂鬱の気」のmelancholyはmelano（黒い）、choly（胆汁）の過剰とされた。中世ヨーロッパの国王や貴族の宴会では、ガスが出るからとの理由で青野菜が供されなかったが、それはガスの出た分を補うためmelancholyの気が体内に入り、楽しい宴会が台無しになってしまうと考えられたからという。

心は心臓にあると考えられた古代エジプトでは、脳は鼻水だけを出す器官として、ミイラ作成の時はそれを鼻から針金で取り出して捨てたという。英語のheartには心臓の意のほかに「心、気力、関心」などの意があり、broken heart（傷心）、heart to heart（腹を割って）、heart warming（心温まる、）kind-hearted（心優しい）、know ～ by heart（～を暗記している）などの慣用句がある。

ヨーロッパには著名な聖職者や貴族たちに心臓を遺体と別葬する習慣があったのも、心臓に魂があると考えられていたからだ。祖国愛の強かったショパンはフランスで客死（39歳）したが、死の直前、「体は戻れなくともせめて心臓だけでも持ち帰って欲しい」との遺言を残した。姉のルドビガによって密かに持ち出されたそれは、今はワルシャワの聖十字架教会内の石柱の下に埋葬されている（写真①）。

stomachにはstomach tied up knots（胃が締め付けられるような感じ）の他にcan’t stomach（我慢できない、腹にすえかねる）、butterflies in your stomach（そわそわして落ち着かない）などと言われる。映画『アレキサンダー』では、少年時代のアレキサンダーが「勇気は胃に宿るのではない、心に宿るのだ」と教官から指導されるシーンがあり、当時は胃が心の在りかだったことが示されている。

また腎臓kidney には「気質」の意があり、a man of the right kidneyは「性質の良い人」、「不機嫌、癇癪」の意がある脾臓 spleenは、He vented his spleen on me（彼は私にうっ憤をぶちまけた）と使われる。腸gutには根性、気力、根本などの意があるため、He has a lot of guts（あいつはガッツのある奴だ）と言われる。腰や腹をくねらせて踊る中東のベリーダンスのbellyは腹の意で、You’ve got a real fire in your bellyは「腹に火がある」から「君は本当に度胸のある人だね」となり、腹を意味する フランス語のventre（ヴァントル）にも「勇気」の意がある。

① 聖十字架教会、ワルシャワ・ポーランド

「心主神明（こころはしんめいをつかさどる）」（中国）は、「憶」の字の旁（つくり）が音と心、つまり心臓が記憶すると考えたからで、アリストテレスも「心は心臓にある」と言ったという。古今東西、心は心臓を中心とする内臓に宿っているとされてきたが、ローマ時代にガレノスはすでにそれを否定した。動物実験の結果、運動、知覚、感覚は脳の動物精気（プラウマ）によって支配され、心は脳に

宿ると唱えたという。その後、科学的に実証されたそれは今や子供も知る常識となり、「魂は五臓六腑に住む」との認識は過去の遺物となった。

ところがである。1980年代になってアメリカで肝臓や心臓の臓器移植が行われるようになると、移植を受けた患者が「自分が自分でないような気がする」「臓器を提供した青年の嗜好や行動に変化した」「性格が変わった」「提供者の体験を追体験した」などの報告が相次いだ。これをきっかけに心房利尿ペプチドが発見され、心臓が単に循環器官であるだけでなく、それが神経・内分泌・免疫系を介して全身のホメオスタシスの維持に関わっていることが報告された。

また腸が「小さな脳」「第２の脳」などと言われるのは、脳にも匹敵する能力を持つ腸管神経系があり、それが脳の命令や調節とは無関係に食べものの内容物の科学的、機械的情報を認識し、その情報を内臓だけでなく「脳にも語りかけている」（エムラン・メジャー胃腸学者）からという。実際、迷走神経を介して伝達されるシグナルの90％は消化管から脳へと流れ、逆方向には10％が流れているにすぎない。ウツ病に使われるセロトニン（俗に幸せホルモンといわれる）は脳内に数パーセント、90％は腸管内に貯蔵されている。ただ腸管内のセロトニンは脳関門のため脳では利用できないが、それを含有する腸内の特殊な細胞は、脳の情動中枢に向けて直接シグナルを送り出す感覚神経と緊密に結びついているという。また、腸管には70％の免疫細胞IgAがあり、「人間の免疫のふるさと」「もう一つの臓器」ともいわれる。

ニワトリの脳にウズラの同じ部分を移植した実験（脳はウズラで体はニワトリというキメラ動物）では、鳴き方はウズラだが体に麻痺が現れて摂食不能となりやがて死んでしまう。つまり、自己の全体性を監視している免疫学的「自己」は、脳を「非自己」として排除してしまう。一般に自己の行動様式を決定するのが脳だが、体全体からすれば脳も体の一部分で、脳が単独で存在しているのではない。脳は脳だけでは働かず、「第２の脳」である腸の働きがなければ脳の働きは不十分となる。それぞれの臓器は複雑に関連しあっているため、機械の部品を取り替えるように、単に壊れた臓器を変えさえすれば良いというものでもない。五臓六腑に心が宿るとした古人の発想は無稽ではなく、心身のトータルバランスを考える上で欠かせない視点だろう。

# 7 君（私）の名は
## ～　人生最初のプレゼント

山梨県医師会報　令和6年　1月号　№637

私の姓名は井上勝六（しょうろく）である。今までの人生で初対面の相手に名刺を差し出した際、「何て読むんですか?」と、名前の読み方を聞かれたことがしばしばだった。カツロクさんですかと言われた人がほとんどで、首を振ると「じゃあ、ショウロクさん?」と、正解が出るのにワンステップが必要だった。良きにつけ悪しきにつけ82年、分身のように付き合ってきたから慣れてはいるものの、読めない名前、字画の多い名前、発音し難い名前などに接すると、本人はどんな思いで自分の名前と付き合ってきたのだろうかと、その苦労やストレスに思いを馳せてしまう。そのため、珍しかったり読めなかったりした名前に出会うと、（失礼のないよう）つい読み方や由来を聞くのが習慣となった。

高校時代の友人の隣（ちかし）君は「普段ごく普通に使われる文字なのに、それが読めないと相手はストレスを感じるようだ」といい、字画が多いのも面倒だとのこと。

友人の紀（おさむ）君、知人の紀子（みちこ）さんは昭和15年生まれ（1940年）、その年は紀元2600年の記念すべき年だったため、その紀元節にちなんでつけられた。しかし、２人とも異口同音に自分の名前が正しく読まれたことはないと不平を漏らした（紀君は次男で、元旦に生まれた長男が元（はじめ）、長女は節子と「紀元節」が踏襲されたという）。名前で苦労した２人は自分の子女の名に、「誰にでも一度で読め、書きやすく言いやすい簡単な名」を基本にしたと口を揃えた。同感の私も友人の名前の一字を勝手に借用、長女は文、次女は令と命名した。敬愛する文雄君、令二君に少しでもあやかれるようにとの親バカ願いで、娘たちが幼少の頃は「名づかれ親」のところに泊りがけで遊びに行かせたことがあった。

ところでコロナが隆盛を極めた２年間、私は計2000人弱の中高年者のワクチン集団接種に携わった。問診では○也（いなり）（岩手）、萬○（ゆるぎ）（滋賀）、喰○（めしの）（東京）、粟○（さっか）（静岡）、恵○（えぼし）（福井）、麻○（おえ）、○南（いんなみ）などなど、当市にも読解不能・困難な珍しい姓が一定数あることに驚かされた。

また読めない名前は姓よりもはるかに多かったが、単調な問診作業の中で読み方への質問はちょっとした息抜きだった。男性では与○（とものり）、孟○（はるとし）、全○（まさとみ）、誠○（のぶゆき）、純○（よしただ）、○益（よしみつ）、女性では寶○（とみこ）、章○（あやな）、和○（まさえ）、謹○（のりこ）、弥○（みつき）、京○（たかえ）などなど、いずれも難しい漢字ではないが、「誰一人読めた人はいない」、「小学校入学のとき、担任の先生が読めなかったのでショックだった」、「次の世では必ず説明のいらない名にしてもらう」、「名前で苦労させたくないから、子どもたちには簡単な名前をつけたけど、息子は孫たちにキラキラネームをつけちゃった」などの言葉が寄せられた。

名前で苦労する人が多い中、逆に前向きだったのが棚◯（まぜき）さん、カルテに記載された名字に「何て読むんですか。珍しいですね。ご出身は?」と聞くと、神奈川県とのこと、そして「読めないことがキッカケで、緊張が解けたのは怪我の功名です」と苦笑された。

正しく読まれたことはないという後輩の洪（ひろし）君、中国人と間違われたりしたが覚えられやすかったとのこと。旅先で知り合った遊◯（すさみ）さん（香川）さんや◯厩（なつまや）さん（岐阜）も同様のことをいわれた。

名前にご利益（りやく）があったという話では、初対面の誰もが読めなかったという明彦（てるひこ）さん、「てるてる坊主」の歌を習った小学１年以降、運動会や遠足が近づくと皆から指さされ、この歌の合唱が始まったという。こんな名をつけてと父を恨み不登校になったが、大卒後に何と教師になって母親を驚かせた。退職の際、朝礼でこの話をすると一人の男の子がすすり泣いた。聞くとある商品名と同じ姓で、いつもはやしたてられていたとのこと。名前や体つきをあだ名で呼ばれるのはとてもつらいことだが、長い教職のあいだに雨で一度も運動会が中止にならなかったのは、父がてるてる坊主のご利益を授けてくれたからではとの記事が某紙に載っていた。

小説『ブラックウェルに憧れて』（南杏子著）には同級生の女医同士の生き方が描かれているが、医学生時代の解剖実習での会話に、「安蘭恵子さん——とっても印象的な名前ね。一度耳にしたら忘れない」との箇所があった。「ありがとうございます」とうなずいたものの、恵子がそれをあまり好きでなかったのは、小学生のころアラン・ドロンの「ドロン」というあだ名を付けられたからだ。「珍しい」と言われるたびに、なにかしら説明をしなければならないように感じて落ち着かず、しかし城之内先生と話しをするキッカケになるのなら悪くはないと思ったという話だ。

名乗ったり、書いたり、呼ばれたりと、一生を通して離れられない名前だけに、命名には想像力が望まれよう。幾多の魔を乗り越え天寿を全うした遠戚の破魔亀（はまき）さん、若いころはさぞかし居心地が悪かっただろうし、アメリカへの憧れでつけられたのだろう、叔母の米利江（めりえ）さんは戦争中にいじめられたという。

多産であったその昔、私の従兄弟は男ばかりの８人兄弟、長男は喜一、次男は喜公だったが、面倒臭くなったのだろう、６、７、８男は喜六、喜七、喜八だった。近所にはこれでお終いと12番目の女の子にトメ子と付けられたオバアサンがいたし、また、末男（まつお）さん（75歳）は６人兄弟の最後だった。何とも直截な命名だが、生きるのに精一杯だった時代には、人を認識できるラベル機能があればそれでよかったのだろう。

ところで公家に仕えた女官が仕事上の名前を選ぶ際に、源氏物語の雅（みやび）な題名にちなんで使われた源氏名は、近世以降は遊女や芸者間に普及し、近年はその境界も曖昧になった。しかしそれは年少の女の子には可愛くても、老婆になったら?と思っていたら、『エチオピアからの手紙』（南木佳士著）には「もしも女の子が生まれたらなあ、歳とってからのことも考えて、名前つけるときは気をつけた方がいいぞ」と、妊娠中の看護師に病棟医が助言する箇所があった。また、「娘の名を“花”にしようと思ったが、年とるとどうかなということで“葉”とした」のは椎名誠氏（作家）の言葉だ。

「多くの人に“読めない”と困らせ、迷惑をかけてきた」という命名研究家の牧野恭仁雄（くにお）氏は、嫌いな名前と一生つきあっていくのは、本人にしかわからない大きなストレスだから、子どもが成長し物心がついたとき、自分の名を厭わないような配慮が欲しいと述べている。

何年か前、大学進学を機に「王子様」から改名したという青年の記事を目にしたことがあった。学校で笑われたり、本名かどうか疑われたりと、ずっと「生きづらさ」に苦しんできたとのこと。「最初の名前は自分では選べないから、親は真剣に考えて」と訴え、家庭裁判所で相談し改名したという（15歳になれば、名前は自分の申告で変えられる）。

また、息子の名前を「悪魔」と申請し、受理か不受理かを巡って「悪魔ちゃん命名騒動」があったが、大昔、釈迦も我が子に「束縛・障碍」の意のある羅睺羅（ラーフラ）（梵語）とつけた。彼は29歳の時、やっと生まれた息子や家族を捨て修行の旅に出たが、悟りを開くには息子は「邪魔者」「悪魔」だったからだろう（写真①）。なお、タイでは悪霊に取り付かれないよう名前を気軽に変える習慣があり、通常はニックネームで呼び合うという。

誕生の際に親から貰った名前は一生使われるだけに、人生最初で最大のプレゼントだ。

「名前は一番短いラブレター」（PILOTのコマーシャル）といわれるように、親は我が子の幸せを願い、「良い人生を」との思いを込めて命名するだろう。

姪の娘の陽葵（ひまり）は今は標準体重で健康だが、出生時は1600gの未熟児だった。両親はヒマワリのように大きく育って欲しいとの願いを込めたというが、「子どもの名前入りの年賀状、１人も名前が読めなかった」（北条かや、著述家）ように私には読めなかった。（ある調査によるとこの８年間、陽葵は女の子の名前では連続１位とのこと）。

以前、小学校の校医をしていたころ、特に低学年の学童に読めない名前が多く、恐らく今の小児科医や学校医は乳幼児や学童の名前をほとんど読めないのでは・・・。

「奇抜で目立つ、当て字、一般的な音訓読みではない、難解な漢字や読み方、外国人のような名前」のキラキラネームをネットで検索すると、音楽に関しては音夢（ねむ）、百奏（ももか）、奏楽（そら）、七音（なおと）、英語読みの知愛美（チャーミー）、騎士（ナイト）、六月（ジュン）、叶愛（ノア）、宇宙関係では青星（アース）、空来夢（そらむ）、光虹（みく）、悠天（ゆい）、星邦（せな）、虹来（ななみ）、愛の字を用いては愛心（あいみ）、心愛（こあ）、千愛（ちなり）、望愛（みのり）、愛麗（まりん）、美では美心（みち）、美祈（みのり）、美来（みく）などなど・・・。

最近、「子どもの名前を間違わないで」と、小学校の教師に父兄からクレームがあったというニュースを耳にしたが、キラキラネームに教師たちのストレスは大きくなっているだろう。個人だけでなく、社会的影響の少なくないキラキラネームに対し、「本来と異なる漢字の読み方に一定のルールを設け、氏名に用いる際は一般に認められているもの」と、2023年３月、読み方の基準を定める戸籍法の改正案が閣議決定された。

ちなみに、キラキラネームの対極にあるのが、和風で古臭い印象のあるシワシワネームで、男では太郎、次郎、大輔・・・、女では真奈美、幸子・・・などなど、使用頻度は少ないが一定の人気があるという。近年は子をつけた女性は少なくなったが、東大女子学生に子のつく名が多いことに関しては、保守的な親のもと、優秀で素直で、勉強を厭わないとの傾向が見られたとのこと。女優の渡辺えりが旧芸名のえり子を改名したのは、もう大人だから子をはずしたらと美輪明宏に言われたからという。

なお、聞き取りづらい・発音しづらい名前にも注意が必要だ。ある放送番組で司会者が小学生に「お名前は?」と聞くと、「ミアです」との答え。「そうミヤちゃんですか」「いや、ミアです」とのやりとりがあった。

また近年の小学校ではジェンダーフリー化の影響なのだろう、男の子の名に

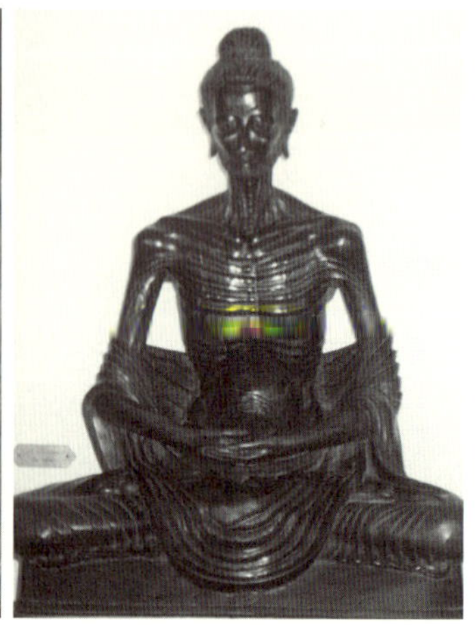

①　左・出城するブッダ、ガンダーラ
　　右・断食するブッダ、バンコクの寺院で

「蒼（あおい）」や「葵（あおい）」が選ばれたり、クラス名簿が50音順だったりと、男女の区別がつき難くなっているという。

ところで、私の名前のいわれはというと、風雲急を告げる昭和16年、宮沢賢治や石原莞爾などと同様、熱烈な日蓮の信者だった父は立正安国を訴えて衆議院選に立候補した。結果は見事に落選、残されたのが私の名前「勝六」だった。「六」は16年の六、「勝」は選挙に勝つようにと選んだそうだが、そろそろ床上げのころ、「名前はどうしましょうか?」と母が父に相談すると、父はすでに「勝六（しょうろく）」と出生届を出していた。そんな変な名前をつけてと、激怒した母は傍の枕を父に投げつけたという。

「お父さんは勝手よ」と、母に愚痴られたエピソードがある。所用で関西に出かけた際の昼どき、東海道線の急行列車内で父は何も言わずに席を立った。しばらくして戻ってきた父に、「どちらへ?」と母が尋ねると、爪楊枝をくわえながら「食堂車」と平然と答えたという。

こんな勝手なエピソードも今は苦笑混じりに語れるが、使用中の名前となると話は別だ。物心ついてから自分の名前が嫌いだったのは、「勝六」なんて名はまず聞かなかったし、愛称の「ろくさん」や「ろく」も犬や猫のように聞こえた。また宿六（ぐだぐだ亭主）、甚六（ぼんやり者の総領息子）、兵六（ひょうろく）（間抜け者）、才六（江戸の人が上方の人を卑しめて言う）など、六のついた名のイメージは悪かった。ただ六を連想させた「ろくでなし」の「ろく」は「陸（ろく）でなし」（平らでない、まじめでない）で、六と無縁と分かったのは長じてからだったが・・・。

実際には「勝六」という名に接した際の相手の戸惑いはともかく、勝つようにとの願をかけての命名なのに父は落選、したがって縁起の良い名前ではない。父の落選、母の激怒と「体をなさなかった」名に対し、私の頭にはマイナスイメージが刻まれたのだった。

しかし、不思議なことに年を取ってからは「いいお名前ですね」と褒められることが多くなった。例えば、姓名判断が趣味というセールスマンには、リップサービスもあっただろうが字画が理想的だと言われた。また記念にと某所からいただいた陶版（写真②）を見た知人の中国人は、その漢詩を見て素晴らしいと褒めてくれた。意は「井戸深く水秀で、上も下も心が一つにす、勝利を手にし、大いに順調なり」で、利（リ）に通じる六（リュウ）は中国人の大好きな字とのこと。

ちなみに、2006年6月6日は6が3つも並び、「万事めでたく順調」の大吉の日、シンガポールではその日の結婚式数は310と普段の6倍、帝王切開数は1・7倍だったという。

『博士の愛した数式』（小川洋子著）には「6は偶数の倍数で、奇数の倍数、しかも1+2+3は6、つまり自然数で、その数以外の約数の和がもとの数になるから完全数でもある。これは一番小さい完全数で、次の完全数は28（1+2+4+7+14)、それは江夏の背番号だ」とあり、ある書物には「聖書に神が世界万物を6日間で創ったとあるのは、それが完全数だからで、ダースの基本となる最小の数」とあった。

また、ある僧侶は六の意味を次のように説明された。「六方」「六合（りくごう）」（東西南北天地）は広い宇宙の空間、「六大」は地水火風空識の意、「六識」は色声香味触識（意識）の総称で、六法全書（憲法、民法、刑法、商法、民事訴訟法、刑事訴訟法）の名が生まれたのは、六は世界認識の一切のあり方を示すからと。そしてトドメの言葉は、地獄・餓鬼・畜生・修羅・人間・天の「六道」は、衆生が善悪の業によっておもむく六つの迷いだから、勝六は六に勝る、つまり六道輪廻を超越した涅槃の意があるとのこと。「なんとなんと・・・?!」、選挙に勝てるようにと、俗物根性丸出しで命名した父も、そんな解釈を聞けばさぞかし驚くだろうか、あるいは鼻を高くするだろうか・・・、勝手で自己中、軽率に思えた父の点数が多少は上がったものの、しかしそれらは全て後付けの話。「名は体を表す」（名前と体は一緒という仏教用語の「名体不二（みょうたいふに）」が語源という）といわれるが、そうでもあり、そうでもないのだ。いずれにしても名前は誰にでも読めるのがよい。

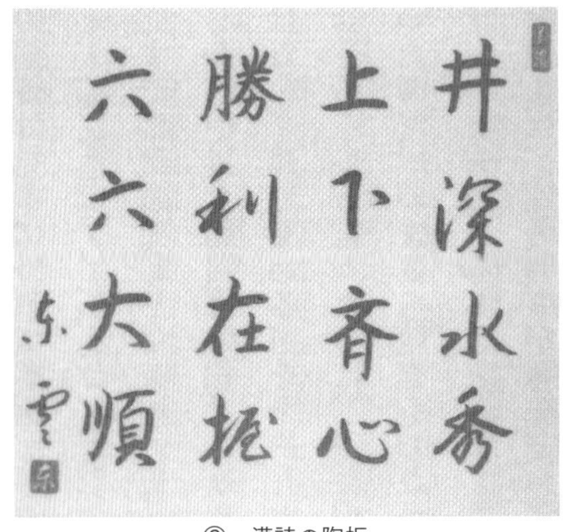

② 漢詩の陶板

# 第7章

# 戦場の記憶

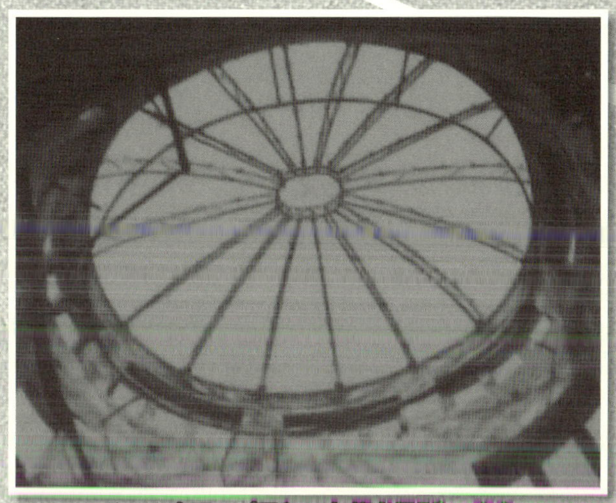

ドーム直下で（昭和35年筆者撮影）、広島

# 1　戦争とPTSD

## ～　戦争は麻薬である

山梨県医師会報　令和5年　9月号　No.633

映画『父と暮せば』(2004年 井上ひさし原作) は原爆投下を受けた3年後の昭和23年、広島が舞台だ。奇跡的に生き延びた美津江は、幼い頃に母を、父は原爆で失い一人暮らし中。そこに原爆の調査研究をしている青年が現れ、美津江の胸はほのかにときめく。しかし彼女は「自分は幸せになってはいけない」と思い込んでいたため、見兼ねた父親が「恋の応援団長」として幽霊になって現れる。

美津江が幸せになる資格がないと思うのは、原爆投下の朝、親友への手紙を投函しようと外出した際、たまたま手紙を落としてしまう。それを拾おうとかがんだ瞬間に原爆が炸裂、閃光は灯篭で遮られたため美津江は辛うじて助かった。親友の手紙のお陰で助かったんだ・・・、原爆で死んでしまった親友の母親を見舞うと「うちの子じゃのうて、あんたが生きとるのはなんでですか」と言われてしまう。またあの日、倒壊した家の下敷きになった父親を助け出すことができなかったという「罪の意識」「後ろめたさ」が、美津江の生きる意欲にブレーキをかけていたのだ。死ぬべきだったのか、生きていくべきなのかの懊悩に対し、父の言葉に励まされ前向きに生きようと決心した美津江。3年間の葛藤の後、「おとったん、ありがとありました」のセリフで映画は終わる (7章扉)。

『沖縄戦と心の傷』(蟻塚亮治著) には「60万人口の4人に1人が戦没という沖縄戦を体験した人々の、脳の中の記憶は決して風化しない。トラウマという医学的生物学的な“記憶”は消えない」とある。その例として、ある島での夏祭りでは、花火大会が始まる頃に高齢者を帰宅させるが、それは花火の音が砲火に伴う様々な悪夢を思い出させるからという。また死体の匂いがして眠れないという男性は、大相撲のテレビで日の丸を見ると、死体の上を逃げ回った記憶が思い出されて怒りで体が震えるとのこと。

「脳内にパッケージとして保存されたトラウマ記憶は、普段はその存在に気付かないだけ、本人の意識としては過去形でも、パッケージの中は現在進行形」(本書より) だから、キッカケさえあればその蓋が開く。その発症には遅発型や晩発型があり、後者の例として、高齢者に見られる非精神病性の幻覚や、「奇妙な睡眠」(過覚醒型不眠＝眠りに入っていく過程で「起きろ、眠るな」と睡眠を妨げるトラウマ刺激によって、睡眠が中断されたり、目覚めたりと、不眠のリズムが極めて不規則) などは、背景に戦争体験のトラウマが潜んでいる可能性が高いとしている (写真①)。

原爆や沖縄戦による被害者側の心の傷に対し、加害である兵士たちのPTSD（心的外傷後ストレス障害）が広く認知されるようになったのはベトナム戦争以後（それ以前は「弱虫病」と言われた）。多くの帰還兵が繰り返される悪夢、頻回に思い出される戦争の記憶などに悩まされ、自殺、麻薬・アルコール中毒などが社会問題化、PTSDという診断名が生まれた。

戦争が兵士に及ぼす精神疾患に関しては、『戦争とトラウマ ～不可視化された日本兵の戦争神経症』（中村江里著）によると、欧米では第一次大戦後に「セル（砲弾）ショック」「戦争神経症」として知られるようになったという。同書には、旧日本陸軍にも「戦争は狂気です。・・・あの白兵戦を経験すれば、どんな人間でも鬼になってしまいます」（兵士の言葉）と、もちろん戦争神経症はあった。しかし、その報告例が少ないのは、「戦死は名誉」「弱音は恥」など「大和魂」の強調、「皇軍に砲弾病なし」との喧伝、世間体を気にした家族の隠蔽などによるとのこと。ただ、その報告例が欧米に比べ圧倒的に少ないことに関しては、「精神的に傷つきにくく感情が鈍麻した状態と“悲しむ心”の欠如は、日本人の社会的性格なのではないか」（『戦争と罪責』野田正彰著）との論考を紹介している。

ちなみに、小説『草すべり』（南木佳士著）にこんな文章がある。

「こんな山んなかに生まれて、そのまんま東京も見ねえで死んでいくもんとばっかり思ってたら、いきなり外国に行かされちまっただからなあ。気の小せいただの水呑み百姓が人殺しなんかやっちまったんだから、そんなおっかねえ体験を内にしまっておけなくて話たくなる気持ちも分かるんだけども、たしかに、おめいのおやじさんから戦争の話を聞くこたあなかったなあ。ほとんどの年寄り連中は、生きてけえってくりゃあ、戦争ほどおもしれいもんはなかった、なんて言ってた

⑴　旧海軍司令部壕、那覇・沖縄

けどなあ」
およそPTSDと無縁の話だが、続けて「彼はがん末期の死の床で、窓から現れる殺した捕虜の顔に怯えた」と記される。

「人間は歴史から学ばない、ということを私たちは歴史から学ぶ」(ヘーゲル)ように、例えば武力で勝者・敗者が決まってもそれは一時のこと、「人間の歴史は戦争の歴史」(鈴木一人)、「戦争は自然の状態である」(ナポレオン)などといわれるように、「正義の戦争」は懲りもせず飽きもせず繰り返されている。
喫緊では昨年始まったウクライナ戦争、今やロシアとNATO諸国との代理戦争の様相を呈し、核使用の可能性も高まっている。都市やインフラが破壊され、国内外の避難民は1千万を超え、親族や知人に1人以上の戦死者のいる人は国民の63%という(キーウ国際社会研究所の世論調査2023年6月)。過酷で凄惨な経験を余儀なくされた市民に、様々な精神的影響は避けられないだろうし(すでに顕在化)、それは子孫にまで影響を与え続けるだろう。
2年前のアフガニスタンでは、20年続いたアメリカ主導の民主政権が瓦解、タリバン政権が復権した。正義を掲げ旧政権を支えてきたアメリカは撤退し、残されたのはおびただしい数の死傷者(アメリカ軍死者2,400人、負傷者2万人以上、アフガンの民間人死者47,000人、治安部隊死者64,000人)、国土は荒廃し、アメリカ250兆円、日本の援助は7,000億円と経費は膨大で、そこで利益を得たのが「死の商人」の軍事産業だった。もはやアメリカは「世界の警察官」ではなく、中国は大国へ、グローバルサウスのインド、イランやサウジアラビアなどは存在感を増した。

ところで、「テレビゲームのような戦争」「ハイテク戦争」などと言われた湾岸戦争以後、戦争の形態は激変した。対歩兵、対戦車、対飛行機など、「敵軍」と直接対峙するような古典的な戦いではなく、敵の見えない「テロとの戦い」へと変わった。ギリシャの詩人(アイスキュロス)の「戦争の最初の犠牲者は真実である」ように、イラク侵攻もまた、動機であるはずの大量破壊兵器はなかった。戦いの目的は「イラクの民主化」「テロとの戦い」へと変わったがもとより兵士たちの士気は上がらず、彼らは恐怖に怯えながら人の中、家の中、街の中に潜む見えない敵と戦わなければならなくなった。そんな戦いで誤射事件が頻発、イラクの検問所では2年間に2,000人が射殺され、そのうちテロリストはたったの60人だったという。そんな事態にイラク側の憎悪は増強、「待ち伏せ爆弾」(即席爆弾)や自爆テロで反撃した。見えない敵に突然殺される恐怖に苛まれたアメリカ兵は、殺される前に殺さなければと見境いなく住民に発泡。しかし戦果は上がらず味方の犠牲者は増え、それはまた敵への憎悪や復讐の感情を肥大化させた。

戦場から帰国した兵士たちは英雄として迎えられたが、体に異常が認められなくても心に大きな傷を持つ多くの兵士の存在が明らかになった。『帰還兵はなぜ自殺するのか』（デイヴィッド・フィンケル著）によると、派遣された兵士約200万のうち20～30%がPTSDやTBI（外傷性脳損傷）に苦しみ、自殺者は毎年240人以上（未遂は10倍で、自殺した兵士の方が国外の戦闘で戦死した兵士より多い）、何十万の人が治療を待ち、入所治療を希望しても半年から１年は待たなければならないという。このような病態はアメリカ兵だけでなく、連合軍のイギリス兵やイタリア兵にも共通して見られ、PTSDをテーマにした映画が各国で制作された。

日本からも延べ１万人の自衛隊員が派遣されたが（2003年から2009年までの５年間）、戦闘行為はなくても過緊張状態が続いたからだろう、帰還後に28人が自殺し、PTSDに悩む隊員は１割から３割にのぼったという。

なお、イラン革命の波及を恐れた旧ソ連は1979年、傀儡政権を支えるためアフガニスタンに侵攻したが、厳しい山岳地帯やゲリラ戦に苦戦を強いられ、1989年撤退を余儀なくされた。捕虜となった仲間の惨殺死体や命をかけた祖国の崩壊に、英雄ともてはやされた帰還兵に麻薬やアルコールに溺れるものが続出したという。

ところで、「映画は風化しないジャーナリズム」（大林宣彦）といわれるが、戦争映画にはおぞましく、不条理で悲惨な戦争の実相が描かれる。

イタリア映画『イラクの煙』（2010年）の原題は「20本のタバコ」、イラクに来て20本のタバコを吸った間の出来事を、自爆テロの被災者となった監督自身の経験をもとに制作された。時はイタリア軍の平和維持活動中、その取材をしていた知人の監督に助手として誘われた主人公が、到着した空港でまず一服。軍の車に迎えられ監督と合流した翌日、イタリア軍の駐屯地に向かう途中でのこと、突っ込んで来たトラックが爆発し瀕死の重傷を負う。19人が即死した自爆テロだった。トラックの荷台に乗せられアメリカ軍の病院に搬送される途中、やはりテロで重傷を負った地元の少年も乗せられる。自身の苦痛と死の恐怖に押しつぶされそうになりつつ、やむなく抱きかかえた少年は彼の腕の中で息絶える。

帰国後、自爆テロの犠牲者としてヒーローに祭り上げられた彼は、マスコミ、政治家、宗教家、軍関係者たちの頻繁な訪問を受ける。ウソを作り上げるマスコミや売名に走る政治家、正義を説く宗教家などに驚き怒り続けた２年後、片足と片耳が不自由でパニック障害を抱える彼は、ある講演会でメディアや体制の嘘を暴く。「毎日殺戮を続けるメカニズムを担っている誰もが、もちろん自分も含めて加害者ではないのか」と。しかし、逆にバッシングの激しい嵐に見舞われる。

疲れきって帰宅した彼は、家事に忙しい妻に乳飲み子を抱いてと頼まれるが、あやしている間にイラクの少年の思い出が蘇る。「彼は死んだ。この子も死んでいる」と、動悸、発汗、めまい、不安、恐怖のパニック発作に襲われるのだ。

このシーンは、娘の重みの消えない両腕を切ってくれと、母親が号泣した東日本大震災後のニュースに重なった。津波から逃げる際に、彼女の娘は母親の腕の中で窒息死、自分だけが助かったのだ。

イギリス映画『キングダム・ソルジャーズ　砂漠の敵』（2007年）で描かれる事件は、2003年、ブッシュ大統領の戦争終結宣言が出された3ヶ月後のバスラ（イラク南部）で起きた。ロケット砲の攻撃でイギリスの小隊長が殺害されたのだ。報復のため小隊は過激派の潜んでいたらしい村を急襲、怪しいと睨んだ6人の身柄を拘束する。復讐に駆られた隊員たちは仇討とばかり、捕虜たちを殴り蹴る、腹の上に飛び乗る、小便をかけ糞を塗る、仲間の男根をくわえさせる等々・・・。そんな行為に新兵2人は反対するが上官の命令には逆らえない。帰国後、この虐待事件が露見し軍法会議が開かれるが、上官たちは司法取引によって減俸処分だけ、結局、罪は2人の新兵に押し付けられる。

トラウマのため眠れなくなった新兵の1人は、「弟の血の声が叫んでいる。呪われたお前は逃亡者として地上を彷徨うのだ」と、「カインの烙印」の言葉を口走るようになる。そんな矢先、捕虜たちは証拠不十分で釈放され、それを知った新兵は自殺する。その葬儀に上官は出席しなかったため、怒った残りの新兵は軍法会議で事件の全貌を明らかにする。ところが「虐待は看過できないが、今回は例外的な事件」（裁判長）、「陸軍は世界に貢献している。ご理解いただきたい」（ブレア首相）とうやむやにされ、告訴した新兵は上官のリンチを受けたのち拘留される。

ところで本作の原題は『THE MARK OF CAIN（カインの烙印）』で、その意は、農夫の兄カインは羊飼いの弟アベルを嫉妬して殺したため、「土地はもはやあなたのためにその力を生じない。あなたはさすらい人となるのだ」と主に呪われる。神に見放されたカインは誰かれにでも殺されると恐れるが、主は「カインを殺すものは7倍の復讐を受けるだろう」と、カインが殺されないようにと印をつける。この「カインの烙印」によって無期懲役者となったカインは、日陰者の呪われた彷徨人生を生き続けなければならなくなったのだ。

ちなみに、人間は皆「カインの末裔」といわれるのは、誰もが邪悪な心をどこかに持っているからだろう。小説『カインの末裔』（有島武郎著）にも、見放されても生きていくしかない自己中の仁右衛門が描かれている。作者は己の罪深き存在に耐えきれなくなったのだろう、人妻と心中自殺し「カインの烙印」から逃がれたが、この作品でも主人公の一人は「死者だけに戦争の終わりが来る」ために自殺したのだった。

アメリカ映画『勇者たちの戦場』（原題Home of the Brave 2006年）では、イラク帰還兵のエピソードをもとに、精神的に傷ついた帰還兵たちが日常生活に順応できない姿が描かれる。帰国後の平穏な生活を夢見た戦場での日々、しかし、帰ってみたら兵士たちは戦場のトラウマと向き合わねばならなかった。それぞれが心に深い傷を負った兵士たちにとって、原題の「Home」が「戦場」と訳されたように、平穏であるべき日常は新たな戦場で、「戦争はいつでも始められるが、簡単には止められない」（マキュアベリ）とのエンドロールが流れて映画は終わる。

映画の中で描かれる様々なPTSDは・・・、３時間で10代の４人の兵士の死を看取り、６本の手足を切断した軍医は無力感に苛まれ、不眠と集中力を失う。帰国後、家庭ではイラク出兵を非難した息子に激怒、父親に殴られた息子はアルコールに依存していく。

間違って民間人を殺害した黒人兵士は罪の意識から逃れられない。苛立ち、頭痛、不眠に苦しみ、まともに歩けず人を殴りたがる。訪れたカウンセリング・ルームで出会った初老の男はベトナム帰還兵だった。「30年前? つまり効果なしだ」と、絶望した彼は面接も受けずに部屋を飛び出す。離れて行った恋人に会おうと、彼女が勤めるカフェに銃を持って押し入って警官に射殺される。

待ち伏せ爆弾で右手を失った女性兵士は、義手を上手に使いこなせず苛立ち、家族や恋人との関係が悪くなる。それなのに、たまたま街中で出会った元兵士とは、同じ戦場にいただけという理由で「昔からの知り合いのよう。逆に本当の知り合いが他人に感じられる」と共感し合う。彼女に「元気?」と聞かれた彼は、「向こうで親友をなくしたからね。あれ以来どうも・・・、薬を変えたら涙もろくて」。「ゾロフト?」と彼女。「レクサプロ」との答えに、「あれで私は不安に」「オレはリスパダールで不安に。バイコディンは?」「時にね、前はリスペリドン、今はセレクサとアンビエン」「アンビエン? そこまできたか」「まるで薬中毒者の会話ね」「同志だ」と苦笑し合う。

『告発のとき』（2007年）は、イラクから帰還して２日後に行方不明となった兵が、実は共に戦った仲間に殺され、焼かれたという凄惨な事件をもとに映画化された。ストーリーは、飲酒中の些細な口論がきっかけで喧嘩が始まり、被害者は骨に達した傷が42カ所と残忍に殺され、そして焼かれた。主人公のあだ名はドクターの略のドク、それは衛生兵の真似をした彼が敵兵の傷口を毎回いたぶっていたからだった。小隊の仲間は「何もかも異常な戦場では、それが彼の現実逃避」だったという。「もう帰りたい」と父親に電話する「まともな常識」ある青年の正気が狂気へ変わったのは、武装ジープを運転中に少年を轢き殺してしまったからだ。イラクでは車両の運転中に何があろうと停車は厳禁、止まればロケット砲で吹き飛ばされるからだ。

「イラクではカッとしたら相手を殺す。武器が全てを制す。家に踏み込み動くものは殺す。先に殺さないと相手は爆弾を持っているかも。決断は一瞬。戦地からいきなり帰国、危険を感じればすぐに銃を取るのだ」と、仲間の証言には共に戦い共にメシを食い、共に助け合って生き延びたという「強い絆で結ばれた戦友」のイメージは無く、およそ常軌を失した殺人が行われたのだった。

「戦争は麻薬である」との冒頭のテロップで始まる映画『ハート・ロッカー』（2009年）の題名の意は、「ロッカーlockerに閉じ込められるような苦痛hurt」で、兵士用語には「ハート・ロッカー（行きたくない場所・棺桶）にお前を送り込む」との言葉があるという。イラクでの米軍兵士の戦死者の半分以上が即席爆弾IED（Improvised Explosive device　地雷や迫撃弾、手榴弾に起爆装置をつけただけの簡単なもので、「貧者の爆弾」「待ち伏せ爆弾」といわれる。もともとが軍用の高性能爆弾のため、装甲車などを吹き飛ばす力を持つ）による被害で、爆発前にIEDを処理できたのは40%弱、アメリカはイラクには侵攻できたがIEDに負けたといわれる。

爆弾処理兵は炎天・酷暑の中、厚くて重い耐爆スーツで身を包み、爆弾に近づき起爆装置を探してはずす。手元が狂えば一瞬にして体が吹っ飛ぶような「生きるか死ぬか、サイコロを振ってあとは分からない」仕事を続ければ、帰国した家庭での日常は退屈そのもの、あらゆるものに心が動かない。「戦争に行く前はいい人だったのに、帰ってきたら別人になっていた」と妻に言われる。そんな矢先、市場に仕掛けられたIEDが数十人を殺傷したというイラクのニュースを見た帰還兵は、そここそ自分の居場所だと再びイラクの地に立つ。戦闘高揚感が中毒となって、せっかく帰国したのに生きる（死ぬ）場所を求めて戦場に戻る兵士が少なくないのだ。戦争のhurtがいかに兵士たちの心を蝕むか、『ロングウォーク～爆発処理班のイラク戦争とその後』（ブライアン・キャスナー著、2012年）のロング・ウォーク（長い歩き）とは、ロボットでの爆弾処理ができない場合、処理兵が耐爆スーツを身につけ、狙撃兵の脅威にさらされながら爆発物に向かう道のりのことだが、処理チームのリーダーだった著者（自分は狂人という）はIEDというヤクから離れるためには、長い長いロング・ウォークが必要だと、本書の冒頭に旧約聖書の一節を引用している。

「そのとき、私は主の御声を聞いた。“誰を遣わすべきか、誰が我々に代わって行くだろうか”。私は言った。“ここにいる私を遣わしてください”。私は言った。“主よ、いつまででしょうか”。主は答えられた。“町々が崩れ去って、住む者もなく、家々には人影もなく、大地が荒廃して崩れ去るときまで”」（『イザヤ書』）。

# 2 ハンター・キラーに
## ～　進化するドローン

山梨県医師会報　令和４年　11月号　№623

現在、アルメニアは東のアゼルバイジャン、西のトルコ、北のジョージア、南のイランに囲まれた内陸の小国だ。しかし、紀元前後にはアルメニア高地を中心に、黒海、地中海、カスピ海に及ぶアルメニア帝国として栄え、301年には世界で初めてキリスト教を国教とし、５世紀にはアルメニア文字を創設した文化を持つ。アルメニアは通商上の要地として、また金銀や黒曜石などの鉱物資源に恵まれたが、交通の要衝であったことから以後、セルジュクトルコ、アラブ、モンゴルなどの異民族の侵略・支配を受け、16世紀にはオスマントルコ領アルメニアと、ペルシャ領アルメニアに分断された。

アルメニア高原の中心にあるアララト山（5,165m）は、世界に離散したアルメニア人の統一と団結のシンボルだが、現在はトルコ領にあってアルメニア人は近づくことができない。旧約聖書には「大洪水の後にノアの箱舟が漂着した」とあるからだろう、アルメニア人は自らをハイク（ノアの曾孫の名）の国と称し、アルメニア語のハイはアルメニア人、ハヤスタンはアルメニア人の国、ハイエレンはアルメニア語を意味するという。世界初のキリスト教国という歴史もあり、アルメニア人にとっていつの時代もアララト山は民族の象徴であった。

首都エレヴァンの郊外にあるアルメニア教総本山エチミアジン大聖堂は、数年に一度、自身のアイデンティティを再確認するため、海外のアルメニア人が訪ねる場所だ。伝説によるとこの聖堂の建てられた場所は、アルメニアがキリスト教国となって間もないころ、聖グレゴリウスが「キリストが地上に降臨して、黄金の金槌で地面を打つ夢」を見たところで、エチは「降臨」、ミアジンは「神の子」の意からエチミアジン（神の子が降臨する）大聖堂と名付けられたという。堂内にはキリストの絶命後、その死を確認したとされる「ロンギヌス（ローマ兵士）の聖槍」が展示されているが、キリストの脇腹を刺した槍（ゲハルト）はエレヴァン郊外の巌窟で発見されたといわれ、そこにはゲハルト修道院が建てられた。

アルメニア本国の人口は約300万だが、国外には数百万のアルメニア人が住んでいるといわれる。「ユダヤ人３人よりもアルメニア人１人の方が商売上手」と言われ、海外各地で経済的に成功した人が多く、取り立てて産業のない母国の経済はこれら在外人の送金によって支えられているという。

歴史的にはオスマントルコ時代、商業を担ったアルメニア人は財力を築き（ユダヤ人は金融業＝金貸し）、嫉妬された彼らは同じ少数民族のクルド人よりも嫌われた。アルメニア人の多いアメリカやフランスなどでは、その経済力によるロビー活動が盛んで、議会に対しアルメニア人ジェノサイド（第一次大戦時、トルコ領内居住のアルメニア人150万人がトルコ政府によって虐殺・追放されたという）を認めないトルコに対し非難決議を出させている。トルコが未だにEUに加盟できないのも、このジェノサイドの公認問題があるからといわれる。

アルメニアの首都、エレヴァン市北部の高台にある勝利公園からは眼下に市内全景が、その先にアルメニア山の全貌が見渡せる。以前、この公園にスターリン像が立っていたのは、第２次大戦の勝利を記念し作られたからだが、園内には戦争博物館や、戦争で亡くなった兵士たちの慰霊碑とともに、戦車やミサイル、ミグ戦闘機などが展示されている。両手に太く長い剣を持ち外敵に身構えて立つ「アルメニアの母の像」は、スターリン像の撤去後に、ナゴルノ・カラバフ紛争（後述）の勝利を記念して建てられたものだ。

過去、幾多の異民族の侵略や攻撃に遭い、世界に離散したアルメニア人はユダヤ人と同様、ディアスポラ（ギリシャ語で"散らされたもの"の意）の民ともサバルタン（従属的社会集団・被虐）の民とも言われるが、故郷を失ったアルメニア人の望郷の念は強く、彼らの心には「私の神聖な祖国」（ホブァネ・シラズ作）という詩が刻まれているという。

私の神聖な祖国が私の心にあります
私の心にあって、言葉では言い表せません
私の心を切ったら、赤い血が燃える旗となります
私の全ては　ふるさと　あなたのものです

世界に離散したユダヤ人の民族意識がイスラエルの建国に結びついたように、アルメニア人にも失地回復の願望が強い。彼らの故地は黒海からカスピ海までの全域（アルメニア帝国）であったことから、「海から海へ」をスローガンとする「大アルメニア構想」が通底し、それがナゴルノ・カラバフ紛争にも強い影響を与えているという。

この紛争はナゴルノ・カラバフの帰属権をめぐるアルメニアとアゼルバイジャンとの紛争だが、「ナゴルノ」はロシア語の「山岳の意」、「カラバフ」はアゼルバイジャン語の「黒い庭」の意で、黒土の肥沃なここはブドウ栽培を中心に農業が盛んな地。場所はアルメニアから東のアゼルバイジャンに少し入った山梨県くらいの広さの山岳地帯で、18世紀まではイランの属領だった。19世紀初めロシアに併合されたそこにイランやトルコからアルメニア人が移住した。住人20万の80%がキリスト教系アルメニア人となったが、民族を孤立化させるというスターリンの政策で、そこはアルメニアではなくアゼルバイジャンの領土とされた（アルメニア人にとって「未回収のアルメニア」となった）。

1985年、ソ連共産党書記長に就任したゴルバチョフのペレストロイカ政策により、連邦内諸民族に独立の機運が高まると、アゼルバイジャン共和国内の自治州

だったナゴルノ・カラバフのアルメニア系住民も1992年、本国の「飛び地」状態を解消しようと独立を宣言した。過去の大国が小国に閉じ込められてしまったこと、オスマントルコによる大虐殺の歴史など、被害者意識の強いアルメニアは、ロシアの軍事援助を得てこの独立運動を支援した。これに対しアゼルバイジャンと兄弟国のトルコ（共にチュルク語系民族）が反発、「宣戦布告のない全面戦争」が始まった。1994年、この紛争はアルメニアの勝利で終わったが、この間の死者は３万人、負傷者５万人、難民はアルメニア35万人、アゼルバイジャン100万人が発生したという。以後、一昨年までアルメニアはアゼルバイジャン領の20%を占領し続けてきたが、2020年秋、同地域で再び軍事衝突が発生、石油や天然ガスなどで力を蓄えてきたアゼルバイジャンが圧勝し、アルメニアは占領地の大部分の返還を余儀なくされた。

この戦いの勝敗を決定づけたのは、アゼルバイジャン軍がアルメニア軍に対し使用したAI搭載自爆ドローンだった。アルメニア軍兵士のスマホの通信電波をAIがキャッチ、ドローンは兵士たちの塹壕の中にまで侵入し自爆した。アルメニア軍が兵士たちにスマホ禁止令を出したときは、すでに2,700人超が殺傷されていた。アルメニアを完敗させたトルコ製（アシスガード社）のドローンは、この10年間で３倍の輸出額となり、アゼルバイジャン軍にはトルコ防衛省が手配したといわれる。

遠隔操作や自動操縦で飛行する無人航空機はドローン（雄蜂の意）といわれ（写真①）、アフガン戦争以後、「ハンター・キラー」（狩猟・殺人者）として各地で積極的に利用されてきた。

「AI兵器は明日のAK47（カラシニコフ銃・世界各地に普及した安価で高性能な自動小銃）になるだろう」とのホーキング博士の予言は的中、今や現実のもの

①　トイ ドローン

となっている。ちなみに、2019年秋、サウジアラビアの石油施設の自爆ドローンと巡航ミサイルによる攻撃、2020年１月にはバクダッド空港でのアメリカ軍によりイラン革命防衛隊ソレイマニ司令官が、また本年の８月、アフガニスタンではアルカイダ最高指導者ザワヒリ容疑者が殺害されたことが報道された。

各国の軍隊やテロ組織に軍用ドローンが普及した現在、新たな戦争でのドローンのメリットや倫理上の問題が描かれたのが映画『アイ・イン・ザ・スカイ（EYE IN THE SKY）〜 世界一安全な戦場』だ。ストーリーは、英米合同のテロリスト捕獲作戦の会議室（ロンドン）のスクリーンに、ケニア・ナイロビ上空6,000mの無人機からの情報が映し出される。「隠れ家のテロリストが大規模な自爆テロを決行しようとしている」と。この情報は直ちにハワイのセンターへ、そこで目標は顔認識されアメリカ・ネバダの米軍基地に伝えられる。攻撃命令を受けたドローン・パイロットがミサイル「ヘルファイア（地獄の業火）」の発射ボタンをまさに押そうとしたとき、殺傷圏内のスクリーンにパン売りの幼い少女が現れる。少女の命を犠牲にしてでもテロリスト殺害を優先すべきか・・・、多くの人を救うために少女を殺してもいいのか・・・、もし少女を殺したら反米感情に火がつくのではないか・・・。人道なのか、理屈なのか、法的根拠はどうか、正義とは何か・・・、結局、周辺民間人の殺傷（副次的被害）は45%以下と計算され、それならと発射命令が下る。現場から遠く離れた英米の「世界一安全な戦場」で、作戦に携わる登場人物たちの揺れ動く心情がリアルに描かれた秀作だ。

「"標的殺人"が最も激化した2010年の物語である」との字幕で始まる実話ベースの映画『ドローン・オブ・ウォー』（原題『Good Kill』）では、地上勤務（ドローン部隊）になって何もかも変わってしまった元戦闘機パイロットが、アイデンティティを失って次第にアルコールに溺れていく様が描かれる。主人公の勤務先はアフガニスタンから遠く離れたラスベガス郊外、軍人たちには「ハンターたちの住処home of hunters」と呼ばれ、砂漠の中に立ち並ぶエアコンの効いたコンテナ基地。毎日規則正しく出勤する彼は、スクリーンを凝視し「数秒のための単調な終日」をすごし、ミサイル発射の命令にボタンをクリックする。遥か12,000km離れた標的に着弾すれば「Good Kill（一掃した）」と上官の声。標的はAK47を持っていれば誰でも、個人ではなくテロ組織に帰属すると推定（行動パターンによる識別特徴攻撃）されたものだ。「捕獲するよりも殺害する」（反テロ綱領）ことが求められるのは、捕虜を拷問するという手間暇が省けるからという。

現実の戦場で操縦桿を握り「リスクある戦争」に従事していた元パイロットには、「殺し合うがゆえに殺すことができる」という「交戦法規」のもと、勇気、自己犠牲、英雄主義などを基に自身のアイデンティティが育まれ、同時に「犠牲の技術」が磨かれてきた。ところが、ゲームセンターでリクルートされた同僚の若いオペレーターたちは、ヤスナに40時間ばかり乗っただけ、彼らは「遊戯の技術」を使ってシューティングゲームを楽しんでいるように見えるのだ。

しかし、実戦経験のある元パイロットであっても、実際には「パイロットは飛び去って、自分のしたことを見ない」（ベトナム戦争体験記『戦争と月と』より）のが現実だった。そのため、Good Killの後、ズームアップしたスクリーンで成果を確認するオペレーターになった今、その中に副次的被害者の女性や子供などがいたら・・・、安全な場所にいる自分は戦士ではなく殺人者ではないか・・・、そんな思いに心は病み、実際、PTSD発症は戦闘機パイロットよりドローンパイロットに多いという。

主人公は定刻に勤務終了、コンテナ出口に掲げられた「これより合衆国を離れる」との看板を背に、パリもニューヨークもピラミッドもあるから「アメリカ人に旅券はいらない」と揶揄される不夜城のラスベガスを通過、妻子の元へ帰る。今の彼には交通事故に遭うかもしれない高速道路が最も危険な場所だ。

「今日はタリバン６人を殺した」彼は、自宅の庭でバーベキューの準備をしながらふと逡巡する。「エアフォースならぬチェアフォース（椅子に座った軍）のゲーム戦争」との巷の噂を胸に、肉を手にしたまま立ちつくす。「日中は殺人者」「夜は家庭の父」にと、一日に二度、規則正しくスイッチを切り替えることがいつまで続けられるのか・・・。

「国際的なマンハントを必要とする戦争」（ジョージ・ブッシュ）の主役に躍り出た遠隔操作のスパイ飛行機ドローンは、その意の通り「プレデター」（捕食者）と名付けられた。

この新兵器によって交戦者同士の対等性は失われ、自軍の被害が最小化された行為はもはや戦闘ではなく、文字通り「狩り」だ。アフガニスタン上空で昼夜を問わず飛び交っているドローンは「アフガンの国鳥」といわれるし、2009年から2015年までの６年間には、アメリカは2,500人前後のテロリストを殺害したという（戦争中のアフガンやシリアでの殺害数は除く）。加えて地上軍の被害は著しく減少し、17％という民間人被害率も地上戦に比べれば僅少で、これらはアメリカにとって「最善の悪」とされる理由だ。

ところで、「殺しても罪に問われないのは、死刑執行人と兵士だけだ」（ジョゼフ・ド・メーストル、カトリック思想家、18世紀、フランス）が、一般に人を殺せない市民が兵士になっても、第一次大戦のときの初年兵の殆どは空に向けて発砲したという。第二次大戦時のアメリカ兵は15〜20％、朝鮮戦争で60％、ベトナム戦争で90％超と発砲率の急激な増加は、動く物を見たら「条件反射」で躊躇なく発砲するという訓練の結果だ（『戦争における人殺しの心理学』D・グロスマン）。しかし、「殺される前に殺さなければならない」というベトナムやイラク、アフガンなどの戦場では、敵の識別前に発砲するため無抵抗な非戦闘員（民間人）

の殺傷も多く、また否応なく敵味方の死体を目の前にする。それがトラウマとなってPTSDが急増、「それでは困る」と、殺戮現場を見なくてもすむ遠隔操作無人兵器の開発が進んだ。

ところがである。素手の殺人から、ナイフ、拳銃、ライフル、大砲、爆弾、ミサイルへと、殺人への抵抗感は距離に反比例し減少するものの、殺戮の結果が目前にあるという接眼的近さが、遠隔操作のオペレーターにさらなるPTSDをもたらすこととなった。

現在、各国が競って開発を進めているのが、火薬、核兵器に次ぐ「第三の軍事革命」といわれる「自律型致死兵器システム（LAWS：Lethal Autonomous Weapons Systems）ローズ」だが、これはAIとセンサーを使い、人の介在なしに自動で敵を選別し殺傷するロボット兵器だ。それは、ナゴルノ・カラバフ紛争で敵のスマホの電波を利用したドローンよりさらに進化、相手を直接ピンポイントで追尾するもので、国連の報告によると既に2020年、内戦下のリビアで使われたという。

近い将来、LAWSがカラシニコフ銃のように普及すれば、戦争は昔と違って様変わりするかも・・・。相手の軍事施設の破壊とともに、民間人の巻き添えがなく要人を的確に殺傷すれば、指揮系統は寸断され戦争は早期に終わるかもしれない。自軍兵士の損傷はなく、オペレーターのPTSDもない「リスクなき戦争」なら、LAWSは極めて人道的な兵器といえようか。

現在、ウクライナ軍は偵察に大量のトイドローンを用い、また「スイッチ・ブレード」（自爆型でカミカゼ・ドローンと呼ばれる）や「ジャンベリン」（対戦車ミサイル）など攻撃用ドローンで戦果を上げているという。対するロシアが一般人の殺戮や病院、学校、スーパーなどの民間施設やインフラを執拗に攻撃するのは、国際政治学者（グレンコ・アンドリー）によると、「恐怖を覚えたウクライナ人が難民化すれば、彼らを受け入れた西側社会に格差と差別が増大、それは将来、NATOの分断と弱体化をもたらす」からとのこと。とすれば難民を「武器」にしたプーチンの戦争では、火力中心の戦いは変わらないのかも・・・。

ちなみに防衛省は島しょ防衛の強化のため2023年度にイスラエルや米国製の攻撃型無人機を導入、25年度以降は数百機を配備する予定という。

# 3 戦場の記憶

## ～　負の遺産を訪ねて

山梨県医師会報　令和4年　10月号　№622

1987年厳冬、北京訪問の際の成田空港の出発ロビーは、多数のマスコミ報道陣でざわついていた。カメラの放列の前には一時の日本滞在を終え、帰国（?）する中国残留孤児の一行がいたのだ。厚労省の資料によると、1981年に始まった毎年の残留孤児の親探し訪問では、当初50～60％だった判明率は年を追うごとに低下、３～４年後には20～30％に急減し、最終の1997年（28回次）は数%だった。

搭乗した機内は私の座席の前30席ばかりを除いて満席だった。ひょっとするとここに・・・?の予感は的中、しばらくすると孤児たちの一行が係員に案内されてやってきた。皆それぞれダンボール箱など、両手に大きな荷物をかかえきれないほど持っている。当時、45歳の私と同年配の彼らの身長は一様に低く、顔のシワの深さは老いを感じさせた。前席に立った一人が頭上の棚に荷物を入れようと腕を上げたとき、袖の付け根がパックリと割れた。背広の生地はペラペラと薄く、見るからに化繊の安物で寒々しかった。

離陸時には前座席の３人の頭は窓に吸い付けられ、去りゆく日本の景色に饒舌だった。もちろん中国語だ。機内食にまた歓声が上がったが、さすがに日本滞在の疲れが出たのだろう、食後すぐに皆寝入ってしまった。彼らの中で親に会えたのは10名以下とは報道で知っていたが（1987年の判明率は26％）、失意のまま中国に帰る孤児たちはどんな夢を見ていたのだろうか・・・。

北京空港の入国審査の際、薄暗い中国人専用ゲートに立った彼らは、周囲の中国人客の中にあっても、やはり小さく老いて見えた。彼らの体験した過酷な人生が、あのような体を作りあげたに違いなく、それは戦争の生々しい傷跡なのだろう。ちょっとした運命のいたずらで、あるいは私があの中の一員になっていたかもしれず、中国人ゲートから少しばかり離れた外国人用ゲートで、暖かな衣服に包まれてぬくぬくと立つ私は、我が身の幸せを思う一方で、肩身の狭い気持ちに襲われたのだった。

ところで平成28年の厚労省の資料によると、残留孤児の総数は2,818名で、身元判明者は1,284名とのこと。実際の孤児数は14,000名以上といわれたが、中国との国交がなかったことから、調査が始まるまで36年の歳月が必要だった（図）。

敗戦から80年弱、当時４歳だった私に戦争の記憶はほとんどないが、忘れられないのは甲府空襲での逃避行だ。盆地周辺には照明弾が幾重にも重なって厚い幕となり、それは次いと落とされる照明弾に波のように弾け輝き揺れた。壮観・壮絶な眺めの中、舞台中央（甲府）では地獄絵図が描かれていた（昭和20年７月６

日、死者1,127人、市街地の74％が焼失）。焼夷弾の雨の中を郊外へと逃げる際、空（から）の焼夷弾が兄の耳元をかすめて泥田に突き刺さった。翌朝、甲斐住吉駅近くで食べた塩おにぎりの美味しかったこと。市内・太田町の自宅に戻ると家は全焼、庭の防空壕には２～３本の焼夷弾が刺さり、壕内のカヤは黒焦げだった。幼少だったからだろう、不思議とそれらに怖かったという記憶はない。

空襲後、父の実家に身を寄せたものの、裏山の松林は松根油（ゼロ戦などのエンジン潤滑油に利用されたという）供出のため皆伐され、台風による土砂崩れに家屋は流された。ひもじさがゴミ箱を漁らせ、トウモロコシやドングリの粉で作られたダンゴはノドを通りずらく、また小学校入学時のランドセルは、テント布を使って母が作ったものだった。

中国は内モンゴル自治区の包頭（ぱおとう）は、戦前、関東軍が北方守備の拠点とした西北の街の一つだった。軍医だった叔父は若き日の一時をそこで過ごしたという。観光地として見るべきものはないが、叔父の13回忌を機に従弟のH（叔父の長男）と足跡を訪ねた。北京から直行すれば１時間のフライトだが、これはビジネスの旅ではない。せっかくだからと北京から西へ1,000kmの銀川（ぎんせん）へ飛んだ。そこで１泊、11～13世紀に栄えた西夏王国の遺跡を見学した後、落日を背に黄土高原を東に列車で７時間、オルドス地方の中心地・包頭に着いたのは深夜だった。

包頭とはモンゴル語で「鹿のいるところ」の意だが、新中国成立後は全国有数の鉄鋼業基地として発展。今は「草原鋼城」と呼ばれ、人口130万を数える大きな街だ。新市街の近代的なビル街は他の都市と変わらないが、古い建物が残る旧市街には道端で将棋やマージャン、昼寝をする人など、昔の中国だった。中心部

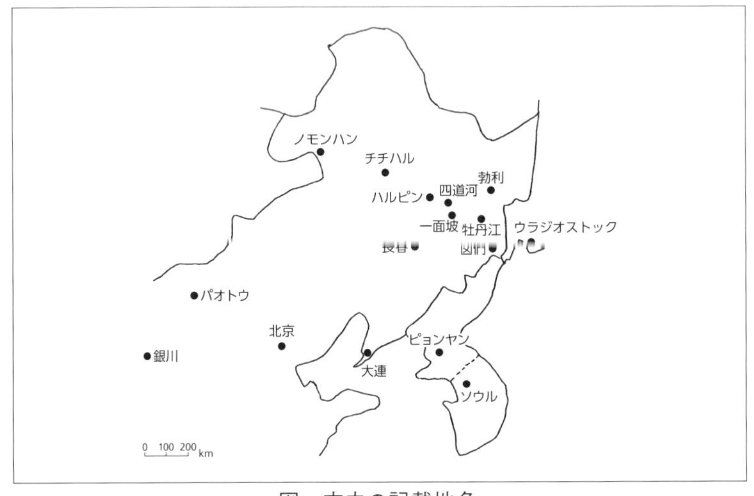


図　文中の記載地名

に建つ日本統治時代のレンガ作り・3階建てのビルが市庁舎として利用されていた。

輪タクに乗ってラマ教寺院を訪ねたとき、寺院近くの民家を覗かせてもらったが、住人の対応は親切で丁寧だった。ある家の中庭に老婆が腰掛けていたので、「ニーハオ」と挨拶、狭い門をくぐった。関東軍の中国各地での蛮行を耳にしていたので、当地ではどうだったのかと聞いてみた。突然の闖入者の不躾な質問に、彼女は素直に答えてくれた。

「日本軍は恐ろしいと聞いていたから、外に出ないようにしていた。でもここでは戦争はなかったよ」と。

ふと台所を覗くと、その家の主婦が昼食の準備中、両手で撚っては1本づつ麺を作っていた。その手捌きに見惚れていると、食べていけと勧められる。社交辞令と聞き流したが、帰りに寄るようにと再三念を押された。寺院参拝後、ちょっと挨拶をと寄ってみると、「よく来た、よく来た」と、家族総出の出迎えだ。台所には大ザル一杯に麺が盛られ、鍋の湯はグツグツと煮えたっている。昼食は予約済みなのでと固辞したが、ぜひ食べていけという。強い熱意を断れず好意に甘えてしまったが、油麦麺（ヨウマイメン）という浅黒いそれはプリプリと歯応えよく、汁は具だくさんでお代わりまでしてしまった。それにしてもである。決して裕福とは見えないごく普通の民家で、見知らぬ外国人が数名、突然昼食をご馳走になるなんて・・・。

長男夫婦とその子供たち、同じ棟の次男一家の甲斐甲斐しい世話を受けながらの食事は美味しく楽しく、オンドルベッドに座った老婆は終始ニコニコ顔だった。土間には2匹の白い子犬が寄り添って眠り、玄関先にはリスが飼われ、通路奥のハト小屋にはときおり伝書バトがクウクウと鳴きながら舞い降りていた。床に積まれたスイカもデザートにいただき、満腹になって辞したが、帰りぎわに葛雲龍（グェインロン）さん（老婆）は涙ぐんでこういわれた。

「私は包頭から一歩も出たことはないのに、皆さんは遠い日本からはるばる中国を訪ねてくれた。そして北京から離れたこんな包頭まできて、さらに我が家を訪ねてくれた。こんな嬉しいことはない」と。

「いつまでもお元気で」と彼女の手を包むと、「ハーイ」と明るく答えて微笑んだ。日本語が通じたのかなと一瞬耳を疑ったが、ガイドによると「ハーイ」という中国語はないという。「そら耳でしょう」ともいわれたが、いずれにしても気持ちが通じ合えたことは確かだった。幸せを絵に描いたような一家と、胸も腹も満たされた至福の一時をすごしたのだった。

映画『スパイの妻』（黒沢清監督、ヴェネチア映画祭銀獅子賞　2020年）は、夫婦の信頼と疑心暗鬼をミステリアスに描いたラブリスペンスだ。ストーリーは太平洋戦争開戦前の神戸、貿易商の主人公は商品の仕入れに満州に向かうが、そこで見たものは・・・。資料を手に帰国したコスモポリタンの主人公は、国際政治の場でその内容を発表するためアメリカへの亡命を決意する。資料の内容を知った妻も「スパイの妻」と罵られてもと決心、夫婦は別々のルートで渡米を試みるが失敗。夫は消息不明となり、精神を病んだ妻は陸軍病院に収容される。入院中に神戸は空襲で被災、戦争が終わって面会に来た旧知の医師に妻は答える。「私は一切、狂っておりません。それはつまり、私が狂っているということなんです。きっとこの国では」と。

実はこの映画は15年戦争を時代背景にしたフィクションだが、731石井部隊の資料が物語のモチーフとなっている。731部隊は兵士の感染症予防や衛生的な給水体制の研究のため（名目）、1933年に中国東北部のハルピンに創設されたが、実際には細菌戦や毒ガス戦などの研究・遂行のため、「マルタ（丸太）」と呼ばれた捕虜たち（中国、朝鮮、ロシア人）を材料に生体実験や解剖を行った。これによる犠牲者は判明しているだけで3,000人以上、これはニュルンベルグで裁かれたナチスの医師による1,500人をはるかに上回っている。

敗戦直前、ソ連軍の満州国侵攻後、関東軍は証拠隠滅のため施設を破壊、書類を焼却した。研究者たちは満鉄の特別列車で優先的に帰国し、密かに持ち帰った実験データは戦争犯罪の免責を条件にアメリカに渡る。戦後、東京裁判で裁かれず、医薬界で有力な地位を占めた研究者がいたという。

包頭を訪ねてから６年後の2010年の夏休み、私はHとハルピン郊外の731部隊遺跡を訪ねた（写真①）。敷地は25万㎡（東京ドーム52個分）と広大で、ボイラー用の煙突や飼育室の廃墟などが散在していた。歴史記念館（罪証陳列館）で毒ガ

① 731部隊旧址、ハルピン・中国

ス戦や細菌戦、人体実験の展示室を見学後、人体実験被害者リスト回廊に献花し施設を後にしたが、私がもしもあの時代、あの環境にあったらどうだっただろうか。時の流れや同調圧力に抗し、自分の信念や良心を貫徹できただろうか・・・。Hの父が軍医として駐留したことのある一面坡（イーメンパ）（ハルピンから東へ120km、さらに120km先は牡丹江）へ向かう車中、同業のHも複雑な心境だったのだろう、口数は少なかった。

一面坡は約100年前、ロシアが敷いた東清鉄道の重要な途中駅の一つで、当時は鉄道建設のため2,000人以上のロシア人が住んでいたという。街中にはロシア風建物が残存し、鉄道員のための療養施設は病院に、彼らのアパートは関東軍の施設に転用され（地下に拷問室があったという、現在は無人）、元兵員宿舎は住民のアパートに使われていた。

見学後ハルピンに戻ったが、その途中、一面坡から約30km西に平山という街があることを後になって知った。実はそこから東北東へ約20kmほど入った四道河（スードーホー）は、「豊村」満州開拓団の140人強が集団自決した場所だったのだ。

この事件の犠牲者たちは私の住む地区の出身者で、ここは明治８年、吉田、十五所、沢登、上今井の４ヶ村が合併し「豊村」となったところだ。一枚の水田もない寒村だったことから、願いを込めて「豊」という村名にしたのだろう。後に櫛形町から南アルプス市へと合併が続く中、地図上から「豊」の地名は消えたが、今も豊小学校、豊農協などにその名が残されている。

ところで、釜無川右岸のこの地域は御勅川（みだいがわ）の扇状地で、降れば水害、照れば旱魃の痩せた土地だった。御勅川の語源は、大水の出る「水出し川」と、古代に水害発生時、甲斐国史の奉上で朝廷から勅使が下向したからといわれる。「みでぃがわ」（地元の呼称）のもたらした扇状地の砂礫層は厚く（２～３m）、「月夜の明かりでカラスが足をつっ焦がす」といわれたこの地は、「原七郷・九郷」（水の届かない上八田、西野、在家塚、小笠原、桃園、上今井、吉田の七郷に、十五所、沢登を加えて九郷）と呼ばれた旱魃地帯だった。

水田耕作が不能なため、この地の主産業は養蚕や行商、また信州への糸取り工女の供給地でもあった（私の居住地は桑畑だった）。ところが昭和２年（1929年）に発生した世界恐慌に繭価は５分の１へと大暴落、また米価も暴落し国中が大不況に襲われた。東北の農村では娘の身売りが日常化し、都会にはルンペン（失業者、ドイツ語で"ボロ布"の意）があふれた。その対策として政府は1932年満洲国を建国、困窮した農家の救済と食糧増産のために、「分村すれば、肥沃な大地で採れる食糧によって、母村も豊かになる」と満州移民を積極的に推奨した。入植地が満州北部に割り当てられたのは、ソ連の盾となるよう「満蒙は日本の生命線」だったからだ。結局、渡満した開拓民は約30万人、敗戦による悲惨な逃避行で８万人が犠牲になったといわれる。

分村「豊村」に第一陣が入植したのは昭和15年（1940年）だったが、この移民は敗戦間際の昭和20年５月まで続けられた。ところが昭和20年８月８日にソ連が参戦すると、13日に突然、全開拓団の18歳から45歳までの男たちに招集令状が届く（「根こそぎ動員」、47,000人の招集）。豊村分村も例外ではなく、村に残ったのは団の幹部、老人、女性と子どもだけとなった。ほどなく満洲国と関東軍は壊滅し、逃げ場がなくなった村民は「生きて虜囚の辱を受けず」（『戦陣訓』）と、８月17日、ダイナマイトで集団自決した。大人から乳飲児まで142名、その中で子どもは86名だった。集団自決に間に合わなかったある家族は現地人の襲撃に会い、もはやこれまでと自決、その際、父親に銃口を向けられた９歳の少年だけが弾切れで助かったが、彼は75歳のとき、封印してきた悲劇を初めて公表した（『もう一つの豊村』より）。ちなみに『ソ連兵へ差し出された娘たち』（開高健ノンフィクション賞 2021年）によると、集団自決を逃れた岐阜県・黒川村の開拓団は、若い女性たちを選別しソ連兵への「接待」に供したという。

ところで、私が校医をしていた南アルプス市・豊小学校の北側に諏訪神社がある。豊村の人たちの想いがとりわけ強かったのは、諏訪大明神は水や風、農耕や開拓の神様であったからだ。蚕玉神社が併設されているのも、当地区の主産業が養蚕だったからだろう。この事件の悲劇を忘れぬようにと昭和32年（1957年）、境内に「満洲開拓殉難者慰霊碑」が建立され、以降、毎年の８月17日、この碑の前で慰霊祭が行われている。

牡丹江（市）は一面坡から東へ120km、そこから北流する牡丹江を北へ向かうと、アムール河に合流してハバロスクへと通じ（水運）、また牡丹江から陸路250km東はウラジオストックだ。東南の朝鮮国境の街・図們までは鉄道が開通し（170km、昭和９年）、牡丹江は関東軍の満州東部の拠点となった。しかし戦況の悪化とともに主力はすでに南方へ移動していた。残存部隊はソ連参戦に撤退を余儀なくされたが、それを守るためにソ連軍（赤軍）の進軍を遅らせようとしたのが「牡丹江の戦い」だ（1945年８月12日～16日、関東軍等の死者25,000人、赤軍10,000人）。

この戦乱で多数の残留孤児が生まれたが、城戸幹（敬称略、中国名・孫玉福）もその１人。彼の次女の久枝が出版した『あの戦争から遠く離れて～私につながる歴史をたどる旅』（大宅壮一・講談社 両ノンフィクション賞）によると、幹の父は満州国軍（傀儡軍）の将校だったため、彼は我が子を助けようと４歳の幹と１歳の弟を「満人」に託す（母は腸チフスで入院中）。勃利を出た無蓋列車は途中でソ連軍の機銃掃射に遭い弟は行方不明に、幹は満人と逃れ牡丹江近くの寒村に着く。そこで何軒かの家をたらいまわしされたのち、流産して子どもを産めなくなった女性の養子となった。優しい養母と厳格な養父に育てられた幹は、奨学金を受け中学から高校へ。ところが大学受験は「日本民族」のため２年続けて不合格だった。進学の道を閉ざされた彼は、中国での将来はないと日本への帰国を決意。19歳のとき（1959年）、彼は自身の微かな記憶をもとに親探し依頼の手紙を日本赤十字社に出した。「大海撈針」（海に落とした針を拾うようなもの）だったが、彼はめげずに関係各所に手紙を出し続け、それが200余通を超えたころ、ようやく日赤から返信が届く。26歳のときだった（1965年）。手がかりとなる情報を求められ、自分が孤児となった当時を知る中国人を探しまわる。満州国軍の軍籍調査の結果、1967年、ついに両親が判明。翌年、出国願いを申請したが受理されなかった。折しも文化大革命の真っ只中、日本軍国主義者の子どもとして、吊し上げられるかもしれないとの恐怖に怯えながら待つこと２年、29歳の1970年、ようやく帰国への途が開かれた。日中国交回復の２年前、中国残留孤児の集団訪日調査の始まる11年前、彼は自力で帰国を果たしたのだった。

ところで、ソ連軍の捕虜となった父はシベリア抑留後帰国、チフスで入院していた母は回復し帰国していた。帰国後、日本語習熟に努めた幹は結婚し一男二女に恵まれ、2009年、中国での生活体験を『「孫玉福」39年目の真実』のタイトルで上梓した。「日本生まれの残留孤児２世」の次女・久枝は、「父が私の父になる前の人生」を知るため中国に留学、父を育ててくれた優しい養母を始め、中国の人たちとの交流を通し、残留孤児だった父の物語から見た「戦後史」を上梓したのだった。

現在、メディアにウクライナの惨状が流れない日はない。距離的には「遠く離れた」戦場だが、破壊された街や村、殺戮、暴行、略奪、連行、凌辱などなど・・・、これらは過去のどの戦争でも同様だ。そして今、我が国周辺もきな臭く、また世界は食糧やエネルギー危機、物価高騰などに直面している。プーチンの始めた戦争・レコンキスタ（失地回復）に終わりは見えず、また気候変動やポピュリズムなどなど・・・、将来の展望は暗い。80歳になった幹は今もなお、当時の夢にうなされるという。

# 第8章

# 命の彼方に

無言館（上田、長野県）

# 1 過ぎ去った人へ

## ～ピアノとギター

山梨県医師会報　令和4年　6月号　No.618

「気持ちを込めれば込めるほど応えてくれる。そんなピアノだった。自分がイメージしている音が出せた気がする」

これは1998年秋、県芸術祭の音楽部門で芸術祭賞を受賞したAさん（当時、武蔵野音楽学園校）の受賞の際の喜びの言葉だ（山日紙）。コンクールで納得の演奏をするという目標のほかに、彼女の芸術祭への出場にはもう一つの理由があった。会場の「花かげホール」（山梨市）には、「以前から弾きたいと思っていた」ベーゼンドルファー社のピアノがあったからだ。

その「花かげホール」（当時は牧丘町民文化ホール）は1997年５月に開館したが、当初、音楽専用ホールとして設計されたそれは町民の反対にあい、結局、多目的施設に変更された。しかし、音響が良い、東京に近い、使用料が安い、ベーゼンドルファーピアノがあることなどから反響を呼び、大手レコード会社やミュージシャンのレコーディングにしばしば利用されていた。私がそのピアノに出会ったのは、友人のミュージシャンたちもそこで録音したからだった。録音の合間に調律師のY氏が熱を込めて語ってくれたベーゼンドルファーピアノの由来はこうだ。

スタインウェイ、ベヒシュタインに並ぶ世界三大ピアノメーカーの一つ、ベーゼンドルファー社は19世紀始め、「音楽の都ウィーン」でベーゼンドルファー親子によって設立された。ベーゼン社のピアノは、伝説のピアニストにして作曲家のフランツ・リストの超絶技巧と激しい演奏に対応でき、オーストリア皇帝から「宮廷及び会議所ご用達のピアノ製造者」の称号を授けられた。

楽器の強度と音量の増大が要求される流れの中にあって、ベーゼン社は多くの音楽家たちの助言をもとに改良を重ね、重量感ある強い音とともに、「ウィンナー・トーン」（打鍵後の持続音が長く、柔らかで多彩な音色を持つ）の代名詞になった繊細な音を創り出した。聴衆は「フォルティシモに圧倒され、ピアニッシモに心を奪われ」、世界の有名ホールや名門ホテル、王室などに欠かせなくなったという。

調律師だけにY氏が強調されたのは、他のピアノと違いベーゼンドルファーの弦は「総一本張り」で、一本一本が独立して張られているから調律が安定しやすく、純粋な響きや音階が実現できる。また、低音弦は熟練の職人が全て手巻きで作るため、音色に違いが生まれる。そんな音色を最大限響かせるため、ピアノの本体は自然の気候の中で数年間、ゆっくりと乾燥させた南チロル産の堅いスプルース（マツ科トウヒ属）、ブナ、カエデなどが用いられる。手間暇を厭わない熟練の職人たちの手作業により、一台のピアノの完成に１年以上を要す。そのため200年の歴史の中での総生産数は約５万台、それはヤマハの100分の１、スタインウェイの10分の１でしかないとのことだった。

ところで1999年秋、櫛形町（現南アルプス市）に300人収容の「あやめホール」（生涯学習センター内）が開館した。ホールには「ピアノを奏でる喜びが感じられる」というベーゼンドルファーピアノ（275型・鍵盤数92、ウィーンホールでも同型が使われているという）が採用されたが、その裏には「ホールの目玉にしよう」とのY氏の地道な営業活動があった。たまたま町に購入予算（町出身の事業家から数千万の寄付があった）があったことが幸いし、「田舎町の小ホールにフルサイズのベーゼンドルファーピアノは立派すぎる」との意見は退けられた。

オープニングコンサートのピアニストには、「繊細なピアニッシモ」を奏でる「ピアノの詩人」、フェビアン・レザ・パネ氏を除いて他はないというのもY氏の意見だった（写真①）。

営業と調律にと、東奔西走に明け暮れていたY氏だったが、秋のホール開館を前にした５月中旬、過労が影響したのだろうか、心筋梗塞で急逝した。その２日前、小淵沢の「星と虹レコーディングスタジオ」での録音がY氏の最後の仕事だった。そこでは南米の演奏旅行から帰国したばかりのギタリスト小馬崎達也氏の新曲が、フェビアン・レザ・パネ氏の絶妙な伴奏でレコーディングされたが、その中に奇しくも「カチャパリ」（インディオ・ケチュア語で“さよなら”の意）が・・・。

その年の秋、「あやめホール」のオープニングコンサートは満員の聴衆で埋められ、その中にY氏夫人と２人の中学生の娘さんの顔があった。私は哀愁を帯び

①　ベーゼンドルファーピアノ、あやめホール、南アルプス市

た「カチャパリ」の旋律に身を委ねながら、Y氏の嬉しそうな言葉を思い出していた。

「ホールの舞台に反響板がつくことになったんですよ。もともと講演会用のホールだったため、設計図には無かったんですが、せっかくベーゼンドルファーを入れてもらうんですからね。工事が始まってから途中で”反響板”がつけられるのは、日本広しといえどもこのホールだけでしょうね」。

ちなみに、ベーゼンドルファーピアノのブランド名がいくら高くても、年間生産台数250前後では商業ベースに乗り難く、第二次世界大戦後、会社はアメリカの企業に買収された。Y氏亡き後の2002年、オーストリアの銀行グループによる買収で故国に帰ったものの経営は芳しくなく、2008年にヤマハに買収された。

当院では開院翌年から年一回、患者さんとのコミュニケーションの一助になればと、林に囲まれた駐車場でサマーコンサートを催してきた。演奏内容は普段は聴く機会の少ないマイナーなエスニック傾向の音楽で、奏者は実力のある若手のミュージシャン、視聴して私の好みに合うかどうか、またアルバムのリリースが条件だった。患者さんを始め、近隣の人や知人・友人の集まった100人前後の野外コンサートは、ギター、横笛、琴、オカリナ、チター、リュート、シタール、ウード、エスラージ、胡弓、バイオリン、口笛、津軽三味線、アコーデオン等々、エスニックな響きとともに楽しい夏の思い出が重ねられた。

1995年のサマーコンサートは、「パンゲア」という小馬崎達也氏（ギタリスト）が主宰するグループだった。キッカケはたまたま氏の紹介番組をテレビで見たこと、友人のF歯科医（星と虹レコーディングスタジオ主宰）が氏と知己だったことが招聘に結びついた。演奏曲中で特に印象に残ったのが「東方への旅立ち」、静と動がリズミカルに奏でられた楽曲は西洋でもなく、東洋でもない独特のオリエンタルの響き・・・、東方への希求が強く感じられる楽曲だった。

氏が主宰しているパンゲア・ミュージック・ファームのパンゲア（パンは汎、ゲアは大地）は、もともと地球が巨大な単一大陸であった陸地の意で、２億年の歳月を経てそれが現在の５つの大陸に分かれた。人類がこの地球上に誕生して200万年、今や人口70億を超えた地球上では経済のグローバル化によって格差と分断が広がり、宗教や民族の対立で戦争やテロが頻発、環境破壊や気候変動はコロナのパンデミックをもたらし・・・、「個の寿命」は延びたものの、「種（人類）の寿命」の将来は暗い。果たして「地球は子孫からの借り物」（ネイティブ・アメリカンの言葉）というこの星を次の世代に渡せるだろうか・・・。

「四海之内 皆兄弟也」（『論語』）、「音楽に国境はない」からこそ、世界各地の人々の息吹を汲み上げ融合と調和が図れればと、国境や宗教、肌の色を超え、太古から伝えられた音色を求めて旅した氏は、自身の作曲・活動への想いを「パンゲア」という名に込めたのだった。

コンサート終了後、「“東方への旅立ち”のアルバムはないの?」と聞くと、資金の関係で・・・と語尾を濁した。たまたま翌春に私の母が亡くなり、少しばかりのポケットマネーが残されたため、母の記念になればとアルバム制作を思い立った。その旨を連絡すると驚きと感謝の声、そして翌日の夜には企画書を手に、氏は清里（居住地）からかけつけてきた。

梅雨明けの７月中旬、「星と虹レコーディングスタジオ」で制作が始まった。小馬崎氏を中心にピアノ（インドネシア）、胡弓（中国）、クラリネット（台湾）、パーカッション（日本）、津軽三味線（日本）など、楽器や国籍の違う奏者が集った。アルバムに対する理解と目的を共有し、各楽器の音色が次第にまとまり完成していく様は興味深かった。アルバムの出だしで私は、ミャンマー土産の鉦（参拝者は寺の入り口の樹に吊るされている鉦を叩いて境内に入る）をチーンと叩き、プロのミュージシャンと共演？させてもらった（写真②）。

完成したアルバム『東方への旅立ち』のリリースは当初2000枚だったが、好評で1000枚が追加された。さらにこのアルバムがキッカケとなって、翌年には他のオリジナル曲をまとめたアルバムが数枚、続けてリリースされた。

自分たちの楽曲で日本の心を表現できればと、様々なサウンドのエッセンスを求めて、氏は積極的に西欧・東欧・北アフリカ・南北アメリカ・アジア諸国へと旅立った。「世界共通の言語」の音楽は、人々が心を共有、そして交換し合えるものとの認識があったからだろう。例えば、ボヘミアの香り漂うアルバム『ガイアに祈る』は、チェコ・フィルハーモニーの弦楽奏者たちの協力を得て、プラハ

② 東方への旅立ち、CDとジャケット

のスタジオで録音された。その際、氏の他にピアノ、パーカッション、録音の３氏がはるばる日本から駆けつけた。近年はアルバム制作の際、全員が一同に会すのは経済的にも時間的にも制約が多く、そのためメイン奏者の録音を元に後日、残りのメンバーが音を合わせて完成させることが多い。しかし、ライブ録音ではないそれでは「パンゲア」の趣旨にそぐわない。心に響く演奏とは奏者の技術はもちろん、メンバーのそれぞれの魂が同じ空間で聴衆と共に溶け合って創られるものだから・・・。西欧ではなく東欧というボヘミアン文化の残るチェコ、スメタナやドヴォルザークなどの国民楽派（民族主義的音楽）が生まれたそこは、氏のアルバム制作にうってつけの場所だった。

フォルクローレとは英語のフォークロアfolkloreのスペイン語読みだが、もともとは民族や民間伝承を意味した。それが次第に民謡・民族音楽を指すようになり、日本でフォルクローレというと、アンデス山地など南米スペイン語圏の民族音楽に根ざして創られた音楽を指す。私たち日本人がフォルクローレに接するとき、誰もが懐かしさを感ずるのは、アンデスの旋律の骨格が「ドレミソラ」の五音階で、日本古来の民謡の旋律と同様だからだろう。ケーナ（葦笛）の素朴で自然な息吹に、尺八の音色を感じない人はあるまい。ただフォルクローレは16世紀以降、アメリカ大陸にもたらされたヨーロッパ音楽の影響も大きく、ギターはもちろん、小型ギターのチャランゴはマンドリンに伍して切なく弦を鳴らす。

アンディスの地にひっそりとひたむきに生きるインディオ、そこで生まれた旋律と楽器にヨーロッパ音楽が重なって生まれたフォルクローレ、アンデスを旅した氏は現地の音に既視感を覚え、自分の家に帰ったような安堵感を覚えたという。実際、クスコで源流の音に触れたとき、それが中央アジアの旋律に酷似していることに驚いた。また氏の曲「月の忘れもの」を聴いたチャランゴ奏者は、「コンドルは飛んで行く」の原曲のようだと、たちまち覚えて歌ってくれたという。

熱帯の海に浮かぶインドネシアのバリ島は、１年中花が咲き乱れ、果物はたわわに実り、稲は２～３毛作が可能だ。そんな豊かさをもたらしてくれる自然環境の中、生かされていると感じた島人は森羅万象におのずと敬虔になったのだろう。全てのものに精霊が宿ると信じて、人々は毎日、無数の神に供物を絶やさない。人々は「神様に借金をして生きているから、借りを返すため神様を崇める」といい、人口400万の島に5000もの寺院を作り、バリ島は「神々の島」となった。供物は収穫物だけでなく、音楽や舞踊も神々への捧げ物となって、生活の中に宗教が根づき、宗教の中に生活のある社会となった。

ちなみに、祈りは本来見返りを求めないものだが、それが叶えられると神との「取引き」となる。バリ島が「地上最後の楽園」「天国に最も近い島」などと言われるのも、祈りが叶えられるという「幸運な誤配」が日常にあったからだろう。そんな島の魅力やガムラン音楽に惹かれて何度となく「神々の島」を訪れた氏は、ウブドの村人と寝食を共にした。

ガムランは「道具を扱う」という語源から、「たくさんの楽器で合奏するもの」となり、青銅の打楽器を中心とする合奏音楽（ガムラン、一種のオーケストラ）は、宮廷や庶民の生活に欠かせないものとなった。重低音から高音域まで、緩急に響く複雑な音空間は、微妙に調律の違う同じ楽器の組み合わせ（必ず２つ１組）によって創られる。一人ではできないことを協力することで可能にする合奏は、全体の調和や一体性を重視する稲作農耕文化から生まれたのだろう。また、伴奏三拍子、歌が四拍子で進み、それが12拍目で合う演奏法は、氏の故郷の「越中おわら節」に共通することを発見、それはパンゲアをキーワードにグローバル・フォルクローレを探究する氏にとって、大きな自信とエネルギー源となったという。後に氏は、ウブド村の13名のガムラングループ「ダルマ・シャンティ」を招聘し、東京、山梨、福島、富山へと３週間17ヶ所のツアー公演を行った。

1996年、氏は滋賀県の三井寺の金堂（国宝）にピアノを搬入、そこにパンゲアのメンバーが集まって公演した。その際、国境や文化を超えた楽曲に興味を覚えたのだろう、寺側から聲明(しょうみょう)（梵唄(ぼんばい)）とのコラボレーションはどうかと誘われた。聲明とは仏教儀礼で用いられる声楽曲で、インドで生まれたそれは中国を経て日本に伝えられ、謡いや浄瑠璃、民謡など伝統音楽の原点になったという。三井寺や延暦寺などで聲明に接し、それが自身の楽曲と通底していることに気づいた氏は、以後、内外各地で僧侶たちとの公演活動を始めた。

また氏は、比叡山宗教サミットに来日したアッシジの神父との縁を得て、天台聲明と共に2002年、聖フランシスコ教会（アッシジ）で催された世界平和サミットで公演した。ローマやカルタゴ（チュニジア）にも赴き、平和の祈りとともに公演。イスラム聖歌隊のメンバーが加わったカルタゴでは、「シルクロードの東と西で同じことをしている。仏教もイスラムもない」と驚かれたという。

「全ての人を平等に救う」という教義の天台宗では、「生きとし生けるものは平等だが、しかし凡てが違っている」と考え、その違いを尊重し受け入れるのが修行・菩薩行としている。般若心経の「色即是空」は「この世の一切の物質的なものは空である」の意といわれるが、作家の故・新井満氏は「名詞の“色”に対し、“空”は“変化する”という動詞で一定しない（無常）」から、それは「風」と同義だろうと述べた。

人の生命はその千変に万化する風の中で育まれてきたから、「心、魂」を意味する英語のspiritはラテン語のspiritus（風の意）が語源だ。「風」と「景」は常に一体であるため、画家が「景色画家」ではなく「風景画家」といわれるのは、

「風」によって動かされた心を「景」（在るもの）に描き込むからだろう。

旅は一般に非日常だが、渡り鳥が旅するように、それは氏にとっては日常、つまり生きることと同義だった。内外各地の「風」に吹かれて生まれた楽曲の数々、それらの集大成として2018年秋、アルバム『遊心三千〜未生の夢』がリリースされた。

ところが2020年春、コロナ禍による緊急事態が発生、公演スケジュールは全て消えてしまった。旅の失われた日々、それは氏にとって充電のときとしても、しかし一体いつまで続くのか・・・。氏の空き時間が活用されればと、連休中の旅のなくなった私はその無聊の日々、撮り溜めてあった写真を整理・編集、氏の楽曲をバックグラウンドにしたDVD制作を依頼した。「根を詰めた作業だった」という氏の言葉通り、アルバム『目の千歩径・総集編』は早々と５月下旬に完成した。しかし間もなく氏の体調に変化が・・・、精査の結果は手術適応のない脳腫瘍との診断だった。

故郷の高岡に帰郷した１ヶ月後、「"東方への旅立ち"は鮮烈な出会いだった。君と出会ってから４半世紀、私の葬送の曲を奏でるという約束を破って、君は風が吹き抜けるように逝ってしまった。残された様々な楽曲の想い出をありがとう」と、還暦を前に人生を終えた氏に、私は弔電を打たなければならなかった。

西洋と東洋の楽曲に自然との癒合を試みた氏の最初のアルバム『東方への旅立ち』、そして最後のアルバム『目の千歩径』に奇しくも私は関わった。無常にも氏は「カチャパリ」（さようなら）と足早に旅立ってしまったが、向かった先は「西方」ではなく、氏が求めてやまなかった「東方」ではなかったか・・・。「風の宮殿、地図のない世界」（映画『イングリッシュペイシェント』より）で、氏は「未生の夢」を見つつ「世界共通の言語」を求め、新たな楽想を練っているにちがいない（写真③）。

③　目の千歩径・DVDジャケット

# 2 望郷の音(ね)に誘われて
## ～ ルーマニア、アルメニアを旅して

山梨県医師会報　令和3年　12月号　No.612

チェコスロバキアやハンガリーなど、東欧の国々を訪ねたとき、西欧諸国に比べ近代化が遅れていたからだろう、刻の流れがゆっくりと感じられた。そんな印象に次はルーマニアに行こうと計画を立てたら、「読んでみたら」と『百年の預言』（高樹のぶ子著）を友人に紹介された。目を通すとこれがメッポウ面白い。内容はルーマニア革命が舞台、母国を追われた漂泊の楽人に託された「バラーダ」の譜面が縦糸に、主人公たちのラブロマンスが横糸に、激動の時代に翻弄される人々の姿がスリリングに、そして叙情豊かに描かれていた。楽譜の一部が掲載されたページは、音楽に疎い私には単なる記号でしかなかったが、ストーリー展開の面白さにどんな楽曲なのかといたく惹きつけられた。

ルーマニアはトランシルバニア地方、中世の街並みが残るブラショフで宿泊した際、夕食は丘の上の古城内のレストランだった。ルーマニアの代表的料理サルマーレ（一口で食べれるロールキャベツ）が終わるころ、舞台では演奏と踊りが始まった。ピアノやバイオリンなど、楽団の奏でる民族音楽に合わせ、カラフルな衣装の若い男女が掛け声高らかにリズミカルに踊る。しかし、最初の２～３曲は珍しく面白くても、ローカルの音楽や踊りは飽きやすい。平板で単調、繰り返しが多いからだ。食卓の雑談も途切れ、「天使のお通り」のような中途半端な沈黙の時間が流れた。

「そう、今がチャンス!」と閃いた私は、曲が終わるのを待ってバイオリニストに「バラーダ」をリクエストした。彼の力量ならきっと弾いてくれると思ったからだ。「バラーダ」は100年前のルーマニアの国民的作曲家ポルンベスクの代表作で、帝政に捕らわれた彼が故郷を偲びつつ獄中で作曲したものという。機会があれば現地でぜひ聴いてみたいと思っていた曲だ。

黙って私たちの食卓の前に立った長身のバイオリニストは、一息ついて弦を弾いた。ロマ（ジプシー）の旋律が背後にあるのだろうか、初めて聴く曲なのになぜか懐かしく、哀愁のメロディが切々と流れた。周辺の歓談の声はたちまち消え、あたかもレストランはコンサート会場の雰囲気。演奏が終わると、一瞬の静寂のあとに大きな拍手が湧き、ツアー客の間で称賛の言葉が続いた。

日本ではこの曲は個性派バイオリニスト天満敦子さんが「望郷のバラード」の名で紹介、ストラディバリウスの名器で演奏されたそれは、どの会場でもチケットはたちまち完売という異例の大ヒットとなったという。帰国後、そんなエピソードを耳にした私が、ルーマニアでの曲の感動を友人に話すと、何と彼の友人が天満さんと連絡が取れるという。話は進み翌年の初秋、チャリティーコンサー

トが催されることになった。演奏後のサイン会は長蛇の列となり、感動を語り合うグループがあちこちに見られた。笑顔でサインを続けられた彼女だが、「電車に遅れるから」と、マネージャーに何度も促され慌ただしく会場を後にされた。

翌春、信濃路を北上、佐久の奥村土牛美術館、小布施の中島千波美術館、上田の無言館と、美術館巡りをしたときのことだった。近くの温泉に泊まった翌朝、開館に間に合うようにと無言館へ車を走らせていたとき、「開館は９時なの?」と、助手席の妻に問われた。観光地に近い美術館だから開館は９時だろうと思ったのは独断で、ケータイで確認すると10時からとのこと。時間調整のため上田城に寄ったがまだ９時前、思い込みの強くなった己を疎ましく思いながら、人気のない城内を散策したのだった（８章扉）。

「無言館」の名のいわれは、命名者で館長の窪島誠一郎氏によると、「志半ばで戦場に散った画学生たちの絵は無言であっても、多くの言葉を観る者に伝えてくれる」「その絵の前に立つ私たち自身が無言であるしかないから」とのこと。窪島氏は先の日中戦争、太平洋戦争などに出征、戦場の露と消えた画学生たちのご遺族宅を全国に訪ね歩いた。集められた約80名の遺作・遺品は平成９年、氏の創設した「無言館」に展示されたのだった。

人物画を中心に飾られた絵には、妻や恋人、両親、兄弟、友人など、作者の日常生活に関わった人たちの姿が描かれ、また愛用の絵の具箱や絵筆、スケッチブック、戦地からの絵葉書や軍服姿の写真なども展示されていた。画学生たちの紹介文を読みながら一巡、短くも幸せだったであろう彼らの青春の日々を想うと言葉は出ない。

胸の疲れと喉の渇きを癒そうと、セルフサービスのコーヒースタンドに立ち寄った。コーヒーを淹れ立ち飲みしようとしたとき、薄暗い通路前方に人影が・・・、驚いたのは近づいてきた女性が天満さんだったからだ。昨秋のコンサート後にはゆっくりと挨拶もできなかっただけに、偶然にもこんなところで再会できるとは・・・、もしも開館時間を勘違いしなかったなら・・・、もし上田城に行かなかったなら・・・、もし鑑賞時間に長短があったなら・・・、何という偶然、なんという僥倖だろうか・・・。

毎年秋、ここでコンサートを催されている彼女は、「無言館は大好きな場所で、無伴奏のため曲の制限はあるけど、絵と会話しながら弾くから毎回が違う気持ち、いつの日か演奏活動を止めるときはここ」とのこと。無言の絵との会話が楽器を通して語られる・・・、戦地で若き命を落とさざるをえなかった画学生たちに、彼女の代表曲「望郷のバラード」に優る鎮魂の曲はあるまい。多忙な人気バイオリニストとの突然の楽しいおしゃべりの一時、開館時間の勘違いも万事塞翁が馬、いや「偶然とは複雑の極致」（ポアンカレー）の意はこういうことだったのか・・・。この偶然を大切にしたいと、私は彼女のB級追っかけ人となった（写真①）。

16世紀、政治・文化・経済で繁栄したイランの古都イスファハンは、「イランの真珠」「世界の半分」などと称された。時のアッバース大帝は「イスファハンの栄光」のため、優秀な職人や商人をアルメニアのジョルファーから呼び、街造りを進めた。彼らの出身地の名をつけられたジョルファー地区内では、道ゆく女性たちはベールを被らず、衣装もカラフルだ。10以上ものキリスト教会が建てられたのも、彼らに信仰の自由が与えられたからだ。その中で最大のヴァーンク教会にはアルメニア博物館が併設され、「アルメニア人大虐殺」の資料が展示されていた。それは第一次大戦時、トルコ領内に居住する150万人のアルメニア人が、トルコ政府によって虐殺・追放されたというものだ。館内には哀愁に満ちたバックグラウンド曲が静かに流れている。切々と胸に響いた鎮魂の音色を旅の土産にしようと、受付の女性に曲名やCDの有無を尋ねたがわからないとのことだった。

その後、時とともに旅の記憶は薄れ、鎮魂の曲もすっかり忘れてしまった。ところがある時、通勤途上で何気なくカーラジオのスイッチを入れたことがあった。いつもはCD曲を流すばかりでラジオを聞くことはなかったのに、なぜその時ラジオのスイッチを入れたのか分からない。しかし、流れ出た曲に「アッ!」と、思わず聴き入った。確かどこかで聴いたような・・・、ハテ、どこでだったろう・・・、耳をそばだてたが思い出せない。曲後の解説によると、カナダに移住したディアスポラ（離散）の民アルメニア人の生活に、「アルメニア人大虐殺」がどのように関わっているかを描いた映画『アララトの聖母』のテーマ曲で、映画は先日、東京で封切られたとのことだった。

①　天満敦子 in 無言館、CDジャケット

「やっぱり・・・、きっとイスファハンで耳にしたのはこの曲だったのかも・・・」とは思ったが、イスファハンで聴いたメロディの記憶はあやふやだし、また封切られたばかりの映画のテーマ曲なら同じではないだろう。しかし、たまたまスイッチを入れたら、たまたま流れていたテーマ曲がイスファハンでの曲のイメージを蘇らせた。この偶然を大切にしようと早速上京、『アララトの聖母』を鑑賞しサウンドトラックのCDを手に入れたの

だった（P158、写真②）。

テーマ曲の演奏楽器ドゥドゥクはアルメニア特産のアンズ（アプリコス）の木から作られ、人々は愛着を込めてアルメニコスと呼ぶという。クラリネットとオーボエの重なったような響は重く素朴でふくよか、耳にすれば誰もが哀愁や郷愁に胸が締め付けられるだろう。「世界でもっとも悲しげな音を出す楽器」「直接的に心を揺さぶる楽器」といわれ、キリストの最後を描いた映画『パッション』では、十字架上のキリストが息絶えようとしているとき、また将軍から奴隷拳闘士に身をやつした男の復讐を描いた『グラディエーター』では、主人公が故郷や妻子を偲ぶとき、また神の国を想うときなど、悲痛なシーンで流される。『アララトの聖母』のテーマ曲がイスファハンで聴いた音を思い起こさせたのも、悲しげなドゥドゥクの音が両者に共通していたからだろう。

コーカサス地方の旅では、アルメニアにはジョージアからバスで入国した。つづら折りの急坂を登った台地にひっそりと佇むアフパト修道院（世界遺産）を見学した後、峡谷沿いのレストランで昼食となった。香草やスパイスで味付けされた豚バラ肉の串焼きホロボァッツを楽しみ、食後のネスカフェが用意されたころ、中年の男が２人、クラリネットとヤマハのキーボードを手にして現れた。観光客相手の地元のミュージシャンなのだろう、「美しき青きドナウ」「サクラ」など定番の曲を演奏した後、木管奏者がクラリネットよりやや長めの素朴な笛を手に取った。独奏が始まるとその息遣う音色に「アレッ?」と思わず耳をそば立てた次の瞬間、「まさかこんなとこところで!」と電撃が走った。それは『アララトの聖母』のテーマ曲のようだったからだ。

その２日後、首都エレヴァン郊外のガルニ神殿を訪ねたときだった。アルメニアで唯一残ったヘレニズム建築のガルニ神殿には、太陽神ミトラが祀られたという。神殿へと向かう途中、通路の売店裏から何やら聞き覚えのあるメロディが・・・、アルメニアに入国した時に聴いたあの曲ではないか!　売店の裏を覗くと、渓谷を見下ろす崖の縁に立った中年の男が、目を閉じ頬を膨らませてドゥドゥクを吹いていた。「まさかここでも・・・、アルメニアに来て何と２度目!」。盗み聴きは失礼かなと思いつつ、驚きと感動に浸りながら聴き入る。曲の終わったあとに軽く拍手し「アララト?」と聞くと、頷いた男はこれから神殿で演奏するという。彼はリハーサル中だったのだ。

薄暗い石造りの神殿の中、円柱や天井に響いたドゥドゥクの生の音色は重く、ゆったりした風のように流れていく。ディアスポラの民として幾多の悲劇を重ねて来たアルメニア人のため息のようだ。ガイドの説明では「奏者はドゥドゥクと語り合う。これは民族の心だから。魂と触れ合えば良い音がでる」とのことだった。

ちなみに、アルメニア高地の中心部にあるアララト山（5165m）は、『旧約聖書』には大洪水の後にノアの箱舟が漂着した場所とされていることから、アルメニア人は自らをハイク（ノアの曽孫の名）の国と称している。また世界最初のキリスト教国（４世紀）という歴史もあり、アルメニア人にとっていつの時代もアララト山は国や民族の統一と団結のシンボルとされてきた。ただ裾野から山頂まで、雄大な山容を首都エレヴァンから間近に一望できるのに、現在はトルコ領のため近づくことができない。アルメニアでは国章やブランディーなどに聖なるアララト山がデザインされているが、それは隣国のトルコにとって愉快ではない。「自国にない山を勝手に使うな」とトルコがクレームをつけると、赤い地に月と星がデザインされたトルコ国旗に対し、アルメニアは「月と星はお前たちのものか」と反論したという（写真②）。

そんなアルメニアに来て数日、その間にアララト風の曲を３回も耳にした。恐らくそれはアルメニアで最も有名な鎮魂の曲なのだろう。だからこそ映画のテーマ曲になったのかもしれないし、あるいはアルメニアの人々の胸に深く刻まれて来た鎮魂のメロディが編集されテーマ曲になったのかもしれない。いずれにしても、それはイスファハンで耳にした曲と同類のものだったのだろう。犬も歩けば棒に当たった奇しくもの因縁、私にとってイラン・日本・アルメニアが時空を超え、ドゥドゥクの音色で結ばれたのだった。

②　アララト山、トルコ側から

# 3　煩悩の火は消えず
## ～　歳は重ねても

山梨県医師会報　令和６年　２月号　№638

ヒトの命は交合・妊娠・出生・成長・老化・死滅、そして子孫が交合・・・、とそのサイクルは弛まずに続けられてきた。性行為はその原点であることから、それを神聖なものとみなしたヒンズゥー教は、シヴァ神のご神体を男女の性器に祀りあげた。合体した性器の具現像、つまりヨーニ（女陰の象徴）という台座の上に、リンガ（男根の象徴）が直立した像がシヴァ寺院の中央に据えられ、信者たちは真言（マントラ）を唱えながらリンガにミルクやギー（バター）をかけ、花や灯明を捧げる。南インドのブリハディーシュワラ寺院を訪ねたとき、寺院内のリンガには天女が抱きつき、回廊にはずらりとご神体が並んでいた。

古来、非衛生・飢餓など、劣悪な環境にあって乳幼児死亡率は著しく高く、種の存続のために生殖行為は最大重要関心事だった。妊娠・出産は神の思し召しで、その神聖なエネルギー、つまりシャクティ（力・性力）が顕現する女性は神の化身とされ、そこから女神信仰や性力信仰（シャクティズム）が生まれた。その流れはチベット・ヒマラヤ地方の仏教（密教）に伝わり、各地の寺院には宇宙的な原理を表現するという歓喜仏（ヤブユイ）（和合仏）が見られる。

サウジアラビアのハイール地方の岩絵（BC５～６世紀）には、古代人の死生観が直截に表現されたスケルトン（骸骨）が描かれていた。万歳したスケルトンは両手を大きく広げ、陰部に示された交接の様子から、それは生命誕生の喜びを爆発させているようだ。ごくごく短命であった彼らの、永遠の命を願うストレートの思いが感じられた。

また古来、世界各地の多くの宗教や祭りに「男根崇拝（ファルス）」が見られるのも、それが豊かな生命力、創造力、永遠性の象徴とされたからで、春画の男根が巨大に描かれているのも、子孫繁栄を願う寿（ことほ）ぎの表現という。ブータンでは「子宝の寺」を建てた僧侶クレンは、教条主義的な仏教の教えに反発し、各地を旅しつつドンチャン騒ぎをして悪魔を退治、さらに自らの「燃えさかる稲妻」（男根）で娘たちを悟りに導いたという。この「風狂の聖」クレンにちなんで、民家の軒先には魔除け用に木製の男根（ポー）が飾られ、玄関両脇の白壁には巨大な一物が色鮮やかに描かれていた。

またインドネシア・ソロ近郊のヒンズゥー教寺院（チャンデイ・チュト遺跡）の本殿前には巨大な男根が祀られていたし、北杜市の金生遺跡（縄文後期～晩期）には男根を象徴する石棒が立っている。

ヒト以外の動物は生殖能力が無くなれば死ぬが、それが無くなっても性行為

（空の生殖活動）に励み、かつ長生きするのはヒトの特色・特徴で、性を介して生きるあかしを確かめる高齢者は少なくない。

ローマ時代、政治家で哲学者でもあったキケロは、文武の道に秀でた先人の政治家・大カトーの話を次のように紹介している。

「老年になるとほとんどの快楽を失うかもしれない。でもその快楽は諸悪の根源のようなものだから、快楽を奪われたからと言って嘆くことはない。そこで得た自由を、学ぶ快楽、心の快楽に向ければよい」と。

しかし、その大カトーは80歳のときに次男が誕生、はて、その時の快楽はどうだったのか？人工授精ではあるまいし、快楽のない子供の作り方なんてあるだろうか？「老いたとて油断めさるな枯れ尾花」（貝原益軒）、彼は本音と建前を使い分けていたのだろう。

「長生きの秘訣は？」と家康に問われて、「一日一回は色めいたことを思うことじゃ」と知恵袋の天海僧正は答えたという。「女性の性欲はいつまであるか？」との大岡越前守に対する母親の答え「灰になるまで」も、生きている限りヒトのエロスは消えない意とされる。

室町時代、大徳寺の禅僧・一休（77歳）は、盲目の女性・森女（しんじょ）との交流を『狂雲集』に「お前の手こそ魔法の手だと俺は信じる。陰茎が立ち上がるのを、お森の手は優しく癒してくれる」と記した。『エロスに融ける良寛』（吉本隆明著）には、「この夜らの いつか明けなむ この夜らの 明けはなれなば 女（おみな）きて 尿（はり）を洗はむ こひまろび 明かしかねけり長きこの夜を」とある。

久米の仙人は雲に乗って空を飛んでいると、ふと川辺で洗濯をしている若い娘の姿を目にする。裾をからげた娘の白い脛（はぎ）・・・。見惚れているうちに仙人の飛行術は失なわれ落下。着地した村で彼は「先の仙人」と馬鹿にされるが、次第に村人に受け入れられ、ついに仙人を惑わした娘と結ばれる。

兼好法師は「万事に優れていても、恋心のわからないような男は、まことに物足りなく、まるで玉杯に底のないようなもの」（『徒然草』第三段）ではない愛すべき仙人を、それが当たり前なんだと第八段で肯定している。

「世間の人の心を迷わすに、色情にまさるものはない。人の心は愚かなものである。匂いなどは一時のものなのに、ちょっとだけ香を着物に炊き込んであると知っていても、なんともいえない良い匂いには、心がドキドキするものだ。久米の仙人が、洗濯をしている女のすねを見て、神通力を失ったのが当然なのは、誠に手や足や皮膚などが美しく、肥えてつやつやしていて、それは匂いなどのような外面的なものではなく、肉体的そのものの美しさがあったからだ」

兼好法師がいうように、仙人とて色情に惑わされるのだから、俗人などは推して知るべし。モーゼの十戒では七番目（姦淫してはならない）、十番目（隣人の妻、しもべ、はしためなどを自分のものにしたがってはいけない）と、十のうち二つは性への戒めだ。

また、「魂の宿る場所のペニス」は別に「魔羅」といわれるが、この語源は「束縛・障碍」を意とする梵語の羅睺羅で、音写されて魔羅。それは善法を妨げ修行を阻む「悪魔・邪魔」で、自分の内側から生じるものが内魔（外から来るのが外魔）だ。中でも一番がコントロールし難いのが性欲だから、その象徴としての一物が魔羅と呼ばれるようになった。

「思えば、女の躰には誰も厭といえない落とし穴がある。お釈迦さまでも、片足くらいは踏み込んでしまいかねない」（井原西鶴作『好色五人女』）と、釈迦は修行中に再三マーラ（悪魔）の誘惑を受けたことだろう。何の因果で骨のように硬くなるのか、彼を悩ませた魔羅はのちに因果骨と呼ばれるようになった。しかし、諸国遍歴の６年後（35歳）、ついに彼はその誘いに打ち勝ち悟りを開いて仏陀（悟れる人）になった。出家した29歳のとき、生まれたばかりの息子に「悪魔」と名付けたのも、その名に家や家族や内魔など、捨てるべきさまざまな煩悩を込めたからだろう（写真①、P186写真①）。

後に、悟りを得て内魔（色欲）が無くなった仏陀の身体的特徴に、陰部は「平らかなること満月の如し」とも、「陰馬蔵」（馬のペニスのように体内に収められ外から見えない）ともいわれるようになった。

しかし、これはあくまでも特別の話で、煩悩に満ちた日常を余儀なくされる凡人には叶わぬことだ。死の３ヶ月前、作家の水上勉は友人の僧侶（天竜寺）の訪問を受け、別れ際、握手の代わりにわが一物をギュッと握られた。「お互い苦労してきたなあ、あっはっは・・・」と、友人は呵呵大笑しながら立ち去ったという。

①　悟りを開いたブッダ・頭上上段に敗北した魔衆（マーラ）、ガンダーラ

「のんのんと馬が魔羅振る霧の中」の加藤楸邨（しゅうそん）の句に対し、大岡信は「差す手引く手も魔羅もまぼろし」と付け句を添えた。老いのエロスを詠んで何やらおかしく哀しいが、好むと好まざるとにかかわらず多くの男たちは、この一物に振り回されての人生ではないだろうか。

ところで救急病院勤務中の昔のこと、京都・仁和寺の法師のエピソード（『徒然草』第53段）に似た症例を経験したことがあった。徒然草には、法師が宴会で起こした度を越した座興の顛末が述べられている。

**酔ひて興に入るあまり、かたはらなる足鼎（あしがなえ）**（３本足の煮炊き用の金物の器）**をとりて、頭にかづきたれば、つまる**（つかえる）**やうにするを鼻をおしひらめて、顔をさし入れて、舞ひ出でたるに、満座興に入る事限りなし**（大島田人『徒然草新釈』より引用、以下同様）。

やんやの喝采を浴びたまではよかったが、ところがである。踊りのあと足鼎が抜けなくなってしまったのだ。

**しばし、かなでて**（舞う）**後、抜かむとするに、大かた抜かれず、酒宴ことさめて、いかがはせむと惑ひけり。とかくすれば、首のまはりかけて**（傷ついて）、**血垂（た）り、ただ腫れに腫れみちて、息もつまりければ、打割（うちわ）らむとすれど、たやすく割れず、ひびきて堪え難かりければ、かなはで、すべきやうなくて、三足（みつあし）なる角の上に、かたびらをうちかけて、手をひき、杖をつかせて京なる医師（くすし）のがり**（ところ）**ゐて行きけり。道すがら、人の怪しみ見る事限りなし。**

この法師と似たような例とは・・・。ある夏の日の夜、鉄工所勤務の中年過ぎのAさん、苦痛に顔を歪めて来院した。額にはべっとりと汗、股間に両手を当ててウロウロと一瞬たりともじっとしていられない。

「どうしました？」。質問も終わらぬうちに、Aさんはベルトを緩めるのももどかしく、素早くズボンとパンツを一緒に引きずり下ろした。恥も外聞も、いささかのためらいもない。股間には巨大な一物、一瞥「何だ・・・?!!」と目は釘付けだ。

「早く早く・・・、なんとかしてくれ・・・」

うわずったAさんの声、緊急事態だ。

マクワ瓜大の重みに耐えられないのだろう、Aさんの両手はそこを支えたまま。蛍光灯に照らされたどす黒い一物は今にも破裂しそうだ。男根の根本には「千切れよ！」とばかりに、鋼鉄製のリングがしっかりと食い込んでいた。

独身のAさんは夕食後の無聊を慰めようと、我が男根にベアリング・リングを嵌め込んだ。自慰による快感が苦痛に変わったのは、どのくらい経ってからだろうか。還流は根本で止められ、流入だけの一方通行となった血液は、一物を巨大な玉に成長させたのだった。「クックッ」と笑いをこらえる看護師を目で制し、私もグッと笑いを咬み殺した。

**医師の許にさし入りて、むかひ居たりけむありさま、さこそことやう**（珍妙）**なりけめ。物をいふもくぐもり声にてひびきて聞こえず。「かかる事は文にも見えず、伝へたる教もなし」といへば、また仁和寺に帰りて、親しき者、老いたる母など、枕上に寄りゐて、泣き悲しめども、聞くらむとも覚えず。**

『徒然草』の時代ならいざ知らず、目の前で苦痛にのたうつ患者を前に、『今日の治療指針』に治療法が書いてないからといって、患者に帰れとはいえない。

「さてどうするか・・・」と、思案するまでもなく、治療はリングの切断だ。哀れな法師の顛末はどうだったのだろう。

**かかる程にある者のいふやう、「たとひ耳鼻こそ切れ失すとも、命ばかりはなどか生きざらむ**（助かるだろう）。**ただ力を立てて引き給へとて、藁のしべ**（藁の心）**を廻りにさし入れて、金を隔てて、頸をちぎるばかり、引きたるに、耳鼻缺け、うげ**（穴があく）**ながら、抜けにけり。からき命まうけて**（からくも助かって）、**久しく病みゐたりけり**」。

さて、リングを切るにはどうしたらよいか、幸い晩酌中の鉄工所の社長に連絡がとれた。

彼は未知の医者と名のる男からの突然の電話とその内容に、「イタズラ電話か？」と半信半疑だった。

「とにかく、カッター持って、すぐ来てください。オタクのAさんですよ。大急ぎで!!」

私のしつこい懇願に、社長はやっと来院を承諾してくれた。苦痛のうめき声をあげつつ、一時もじっとしていられないAさんとともに、首を長くして待つことしばし・・・。

アルコール臭を発散させ来院した初老の社長、「何でオレが来なきゃあならんだ」と、文句たらたらだった。しかし、部下の巨大な一物を見るや「オッ!!」と言ったまま絶句した。

「すぐ切ってください!!」と願うと、

「患者を治すのが医者の仕事だろ。あんたがやれよ、オレにはできないね」

「鉄を切るのは社長の仕事でしょ。第一こんな自動小銃のようなカッター、素人の私に使えるわけがない。もし社長が傷つけたら私が縫うから、早く切って下さい」と、私も必死だ。

「社長、いいから早く切ってくれ!!」。押し問答を聞いていたAさんが叫んだ。

その一言に社長の意は決したが、リングは特殊鋼のため持参のカッターでは切れない、大型のカッターでなければダメだとのこと。

「まったく・・・」と、社長は語尾を濁して工場へ引き返していった。

千秋の思いで待つあいだ、苦痛の増したAさんは檻中の熊のよう、右往左往は瞬たりとも止まない。

やっと機関銃のような大型のカッターが到着、キーン、ジャーンと耳をつんざく金属音が処置室に鳴り響いた。リングからは火花が花火のように盛大に飛び散る。時折、超高速回転カッターは、リングと一物の間に挟んだ防御用の金属片を削る。それを持つ私の腕にも容赦なく火の粉が降り注ぎ、チリチリと焼けた陰毛と金属粉が混じって異臭を放つ。カッターやAさんの下腹部、社長や私の腕には絶えず水がかけられ、床はさながら水道管の破裂した工事現場のようだった。

高い金属音が響く中、無言の息詰まる緊張の十数分が経過した。2カ所に割を入れ、やっとリングの切断に成功。緊張の糸がプツンと切れたのだろう、社長はヘタヘタと水浸しの床に座り込んでしまった。幸い一物についた傷は浅く、縫合の要はなかったが、消毒処置に翌日の来院を伝えた。カッターを片付ける社長を残して、Aさんは股間に手を当ててそそくさと消えた。その背に「バカヤロー、もう2度とやるな‼」と、社長のかすれた声が飛んだ。

翌日の昼、忙しかった外来診療が終わってほっとしたとき、私は苦笑した。「やっぱし・・・、まっ、そうだろうな」。Aさんは来院しなかったのだ。

やはり昔の症例だが、胃潰瘍による吐血で緊急手術をした80歳くらいのC（女性）さん、退院の際に「お迎えはまだかな？」と聞かれたことがあった。「せっかく命を拾ったんだし、お迎えなんてまだまだ先のこと、養生をして」。そんな答えに納得していなかったことは後になって知った。再診のとき、帰り際に彼女は私の耳元でささやいた。「夜の仕事はダメなのか」と、夫に愚痴られるという。夫のエロスのお迎えを私は「死神」と誤解したのだ。「すみません、気づかずに・・・。大丈夫でしょう」。私はさりげない振りをして謝った。

またある80過ぎのD（女性）さん、「お父さん、夜中にちょこちょこトイレに行くし、うるさくて寝ちゃあいられん。あれはうつる病気け？」。「前立腺が大きくなって小便の出が悪くなる病気、だから大丈夫、うつらないよ」との説明に、「こんなに腰が曲がっちって、やーになっちもう」と、ボソボソと呟いた。果たしてエロスのことか、腰のことか・・・。

老人ホームで聞いた話。「男女同室にしたら、寝たきりの人が歩けるようになった。化粧するようになった」は納得だが、車イスに乗るのに介助を要した92歳の男性、ある朝、離れた部屋の女性のベッドで同衾していた。どうやってベッドの柵を乗り越え、どうやって車イスに乗ったのか・・・、スタッフの誰もが理解できなかったという。

腰椎圧迫骨折後の腰痛に悩まされていた60代半ばのBさん、農繁期には決まって「痛みどめ」を求めてやってきた。忙しくなった桃の摘蕾期、「先生、食ってみろっし、うまいよ」。ポンと机に置かれた桜餅に礼をいうと、Bさんはニヤニヤしながら何かいいたそうだった。「何？」と促すと、「ここにはアレがあるずら」。バイアグラ®（勃起不全治療薬）が発売されて間もないころだった。ピンときた私は、「コレ？」と、親指をたててグーのサインをすると、Bさんはすかさず「それ、それ」とニコニコと頷いた。

「ケガしてから弱くなっちゃっとう。友達がここでもらっとうちゅうから」。以来、Bさんは年に数回、腰痛の薬とともにアレも持っていくようになった。「桜餅、うまかったよ」。時に軽口を叩くと、「先生、冷やかしちょし」と照れて頭をかいた。

それから２年後、腰痛の薬は相変わらずだったが、アレの要求はなくなった。

「夜寝れんし、飯が食えんさ」。元気のない訴えに「どうしたの？」と聞くと、「お母っさん（妻）、前から筋萎縮症で、ここんとこ寝たっきりで、あと半年もつかどうかって」。

年が明けた初夏のある日、連休中に「お母っさん」を亡くしたBさんが久しぶりに現れた。

「睡眠薬が効かんし、毎日がつまらん」。お悔やみを言うと、「この寂しさは先生にはわからんさ」。独り言のようにボソボソと言うBさんの目は潤んでいた。「日にち薬だね」というほか、私には返す言葉はなかった。

その翌年の春、ひょっこりBさんが現れた。表情が明るい。手には桜餅を持ち「アレをくれ」というではないか。「えっ？」と耳を疑う。

「実は、相手はお母っさんじゃあなかっとうさ。お母っさんの従妹で出戻りでね。お母っさんも知ってとうさ。喪が明けたからね」。

「・・・そう、でも元気になってよかったね」。私の一瞬の戸惑いに気づいたのだろう、

「笑う笑顔に暗さもあるだよ」と、Bさんは含みのある言葉を残して診察室から消えた。

# 4 南の海の彼方に

## ～観音浄土を目指して

山梨県医師会報　令和3年　3月号　№603

「補陀洛（ふだらく）」とは、サンスクリット語の「ポータラカ」の音訳で、観音菩薩が住む浄土とのこと。古代インドではそこは南方の海上にあるとされたが、観音信仰が普及するとともに、チベットでは観音の化身とされたダライ・ラマの宮殿がポタラ宮と名付けられた（写真①）。中国では舟山諸島の二つの島が補陀洛とされ（宋代・浙江省、中国四大仏教名山の一つ）、そこは普陀（ふだ）山と言われるようになった。

日本では中世から近世にかけ、南方海上にあるとされた浄土をめざして船出する「補陀洛渡海」という宗教的儀式があった。特に盛んだったのは和歌山の熊野那智、海岸から300mくらい離れた場所に「補陀洛渡海の寺」の看板が掲げられた補陀洛山寺が建っている。寺の境内にある渡海記念碑には868年～1722年にかけて船出した25人の僧の名が刻まれ、寺の裏山には渡海した上人たちの墓が残されている。

補陀洛山寺が渡海の中心地になったのは、熊野三山の最南端の那智大社が南方海上の観音浄土と対比され、日本古来の山岳信仰と海外から渡来した仏教の浄土信仰が習合、主祭神は観音菩薩の化身とされたからという。

『平家物語』には高野山で出家した平維盛（たいらのこれもり）が熊野を参詣、その後この海岸から舟を漕ぎ出し沖に身を沈めたとある。彼は南の海の彼方に心の救いを求め、再び生きて帰ることのない旅へと出たのだ。

①　ポタラ宮、チベット・ラサ

渡海行為の基本形態は、平維盛のように当初は南方を臨む海岸から舟を漕ぎ出すというものだったが、その後、生還を防ぐために伴走舟が渡海舟を曳航し沖合で綱を切って見送る、時には上人に108個の石を身に巻き付けたりしたという。熊野の沖合には強い海流の黒潮が流れているから、この流れに乗れば再び日本の沿岸への漂着はなく、浄土への道は揺るぎなしと信じられたのかもしれない。

寺の境内に展示されている渡海舟のモデルは長さ約６m、舟上には入母屋造りの屋形が置かれ、その前後左右は四つの鳥居が立っている。修験道の葬送作法では、死者はこの４つの門をくぐって浄土に往生すると考えられていたから、この舟はまがいもない葬送舟であった。30日分の食糧、水、灯火用の油が積まれた舟に行者が乗り込むと、二度と出れないようにと入り口は板で釘付けされた。もちろん艪や櫓はなく、沖合で伴走舟の曳航綱を切られた後は波や風、潮に流され、ついには海のモズクとなった。水や食糧が尽きて死を迎えたか、あるいはそれらが尽きる前に嵐で海に呑まれたか、いずれにしても絶命までのあいだ、渡海僧は狭くて暗い密閉空間でひたすら経を唱え、観音浄土に生まれ変わることを願ったとされる。身も蓋もない言い方だが、補陀洛渡海は希死念慮のある人を舟に乗せ海に送り出す自殺幇助の水葬行為だろう。無我・涅槃の境地に至るになぜこんな装置が必要だったのか？ 何故30日分もの水や食糧を積んだのか？「常世（とこよ）」に着くのに30日は必要と信じたからなのか？ あるいは生き延びて「現世（うつしよ）」に漂着したいという願望があったからなのか？

沖縄では聖の祝い事に、俗の日常の食材にと豚は人々の生活に欠かせない。そんな豚がスナックに乱入、店はめちゃくちゃにされ、ホステスの一人が魂（まぶい）を失う（気を失う）。正吉という大学生の客と店のママ、ホステスの４人は、豚の運んだ厄を落とす（まぶい込め）ため、風葬の島・真謝島の御嶽（うたき）へと御願（うがん）（お参り）に出かける。その珍道中の顛末が沖縄の風俗・風習・信仰などを交えて書かれたのが小説『豚の報い』（又吉栄喜著、1996年114回芥川賞）だ。神と豚と人間の聖と俗が混在する真謝島は架空の島だが、モデルとなったのは古代信仰が随所に残されている神の島・久高島（くだかじま）で、この小説が映画化された際はそこがロケ地となった。

沖縄本島東南端の知念岬の沖合数kmに浮かぶ久高島は、周囲８kmの細長い小島で人口は240人弱。ここが神秘的で厳粛な島として知られるのは、琉球を作ったとされる祖霊神アマミキヨが最初に降り立った場所（島最北端のカベール岬）だからで、歴代の王は毎年「久高参り」を欠かさなかったという。後に、知念岬にある沖縄最高格式の斎場御嶽（せいふぁうたき）から久高島を遥拝する形に替わったが、巨岩が支え合ってできた通路の先の遥拝所には久高島の石が敷き詰められ、祖霊神や島立神は周辺の鬱蒼としたビロウやガジュマルの神木を伝って天から降りてくるとされた。

この聖地　久高島はニライカナイ（海の彼方の楽園）につながっているとされ、島の東海岸の伊敷浜は特に神聖な場所とされている。というのもこの浜に五穀のタネの入ったツボが流れ着き、このタネから琉球の農耕が始まったからという（『琉球国由来記』1713年）。年初にニライカナイ（原郷・常世・異界）からやって来た神が豊穣をもたらし年末に帰る、生者の魂もそこから来て再び帰るとされたから、沖縄各地では死んだ祖先は常世の神となり、子孫の願い事を聞き入れてくれると信じられるようになったとのこと。

イシキ浜への入り口には御嶽があり、モンパノキやミズガンピの群落の中の細い道を抜けると、白い砂浜の先にリーフ（サンゴ礁）、その先には南の海へと果てなく続く大海原が広がっている。国の守り神、農耕の始まりとされるこの地は聖地とされ、自然環境はそのままにして一切手を加えてはいけない、石や砂の持ち帰りは禁止、もちろん遊泳も禁止されている（写真②）。

女性案内人の説明を聞きながら辺りを見回すと、砂浜に続くサンゴ岩の上に何やら人工物が……、近づくとそれは長径1.5mくらいのコンクリート製の台座の跡だった。平坦な上面には長径40cmくらいの浅い長方形の凹みがあり、恐らくそこには碑でも立てられたのだろう。聞くと何年か前、ヤマトンチュ（大和人）のある宗教団体が勝手に造ってしまったものとのこと。台座を撤去しないわけを聞くと、争いたくはないのだろうか、彼女はしばし口を閉じ話題を変えた。

単行本『豚の報い』の表紙と扉に日本画家・田中一村の作品２点（「奄美の杜」と「熱帯魚三種」）が掲載されている。印象深かったのでぜひこの目で観たいと奄美大島を訪ねたことがあった。

②　イシキ浜、久高島

幼い頃から神童と言われた彼は（明治41年生まれ）、長じて東京美術学校に入学するものの３ヶ月で退学（東山魁夷や橋本明治と同期）。50歳の時、亜熱帯の自然に魅せられ単身で奄美大島に移住した。自給自足に近い生活を営みながら、糊口をしのぐため、また画材購入のため、大島紬の工場で「刷り込み染色」の仕事に従事した。

以後、顔料を駆使しアダンや熱帯魚など、南国の花鳥風月を鮮やかに、かつ大胆な構図で精緻に描き続けた。69歳の時、誰にも看取られずに清貧で孤高の生涯を閉じたが、残されたエキゾチックでモダーンな作品は古びることなく、今も根強い人気を保っている。「奄美パーク」内の「田中一村記念美術館」に立つ彼の地下足袋姿の像は、右手に杖の代用として、またハブ避け用としてコウモリ傘を持ち、左手に風呂敷包を持って来客を迎えてくれる。

奄美は薩摩と琉球の中間に位置することから、その両方の文化が混じり合っているといわれる。琉球との関わりでは、奄美の方言の「ネリヤカナヤ」（海の彼方の楽園）は沖縄の「ニライカナイ」と同義だし、中世から近世にかけて奄美群島に来た久高の海人（漁夫）は「くだかんちゅ」と呼ばれ、それは後に沖縄諸島住民を指す言葉になったという。

奄美では島の沖合に浮かぶ小島や岩は「立神（たちがみ）」と言われ、島の周囲十数か所にあるこれらはネリヤカナヤからやってくる神の目印として、また外部からの邪気を防いでくれているという。大和村・今里の立神ではノロ（祝女・神女）による豊漁祈願が行われ、それはどこからでも見えるよう、集落の道路はすべて立神に向かっている。

奄美の中心都市・名瀬の港の入り口に立つ立神の頂には白い灯台が立ち、それは名瀬湾のどこからも見ることができる。今は奄美へは羽田から直行便で２時間、鹿児島からは１時間とあっという間だが、まだ沖縄がアメリカ領土であった頃、日本の最南端の手前の島、風葬・洗骨の風習のあった沖永良部島（おきのえらぶじま）（あの世への通路として、骨壷を祀るトゥール墓がある。トゥールは通るの意）を訪ねたことがあった。約半世紀前の学生時代、友人と鹿児島港を発ったのが夕刻、中継港の名瀬に着いたのは翌朝７時くらいだったろうか。その際、立神の灯台を見たはずだが何せ大昔のこと、その記憶はない。

ちなみに、灯台は昔から岬や孤島、岩礁などに設置され、夜間や視界不良の悪天候の際、過ぎ行く船の安全を見守ってきた。白や赤、緑、黄色などの色や点滅の違い、長短・間隔の違う霧笛の音などによって、船は今どこを航行しているのかがわかる仕組みだ（日本では霧笛は廃止）。レーダーやGPS装置の無かったころの船乗りにとって、安全を守ってくれる灯台はまさに頼り甲斐のある神そのものであったろう。この名瀬湾の入り口に立つ灯台は、文字通りの立神そのものだったのだ。

八重山諸島の最南端の島、波照間島にもニライカナイと同様の楽園の島「パイパティローマ」伝説がある。八重山の言葉で「パイ」は「南」、「パティローマ」は「波照間」の意、つまり「パイパティローマ」は「南波照間」の意となる。史実としては1648年、重税に耐えかねた島の住人約40名が「パイパティローマ」をめざして脱出、南の島に漂着したのち、翌年に与那国島経由で帰島したという（琉球王府『八重山島年来記』）。

これは南の楽園を目指して生還、現世的な実利があった稀有な例だが、補陀洛渡海とニライカナイやネリヤカナヤの間にはいささかの違いがあろう。南の海への指向性では同じだが、宗教性の強い前者が常世への片道切符だとすれば、後二者には来訪する神に五穀豊穣や豊漁の祈願、また航海、家内、身心の安心・安全など「ご利益」を願うことから、往復切符のようなニュアンスが感じられる。

民俗学者・折口信雄によると来方神はあの世から来る「マレビト」で、「呪言」を以って祝をすると共に、土地の精霊に誓言を迫るという。このマレビトと先祖崇拝との関わりは「生死過程の儀礼化」（「日本人の生死観」坪井洋文著）によると、「ヒトはこの世に生まれて誕生祝、成人化過程（未成年のこの間はイエビト）を経て結婚式、成人期を迎え一人前のムラビトとなる。その後、厄年祝いを経て還暦や古希などの予祝から葬式、そして祖霊化のための年忌供養を経てホトケとなる。その後は供養を必要としないカミ（ご先祖様、祖霊、神霊 、マレビト）となり、そのご先祖様は誕生予祝、帯祝いを経て再び生まれ変わる（誕生）」とのこと。つまり、ホトケとカミの住み分けのもと、日本人の心には「誕生、生、死、誕生の過程が循環、輪廻し永遠に生き続ける」との観念が宿ってきたと言うのだ。

ちなみに、「往相は浄土に往生していく姿、還相は浄土に生まれたものがこの迷いの世界に還りきて、人々を救済し続けてくれる姿」という親鸞の往還回向も双方向だし、また『真夜中のカーボーイ』（山田五郎著）の中で著者は、補陀洛渡海の故事を踏まえた歌「青うみにまかがやく日や　とほどほし　妣（死んだ母）が国べゆ　舟かへるらし」（折口信夫）を、「妣が国べゆ」の「ゆ」は起点や経由点を表す格助詞として、「妣が国に往く」（常世に往く）のではなく、そこ「から」、あるいはそこを「経由して」還る（常世から現世へ）と記している。「神仏のご加護」や「苦しい時の神頼み」「ああ、神様仏様」などなど、私たちの血の中には融通無碍の神仏混淆の文化が通奏低音として流れているのだろう。

# 5 私の青山

## ～　遊行期の前で

山梨県医師会報　令和６年　４月号　No.640

イランほぼ中央の砂漠地帯に位置するオアシスの街ヤズドは、アケメネス朝やササーン朝時代に国教とされたゾロアスター教（拝火教、世界最古の一神教）の聖地だ。「火の家（アーティシュキャデ）」といわれる神殿内には、1500年以上前から光明の神アフラ・マズダを讃える聖火が燃え続けている。アフラ・マズダのアフラは神、マズダは知恵、つまり「知恵の神」の意で、東芝の電球「マツダランプ」の語源となった。

イランは現在イスラム教国だが、日々の暮らしでは古代ペルシャで信仰されたゾロアスター教のイラン暦が使われている。新年が春分の日に始まるのは、その日が「善が悪を打ち負かし、世界を一新した日」（ノウルーズ、ペルシャ語で「新しい日」）だからとのこと。

ヤズド郊外の砂漠地帯、小高い丘の上の円形状の石造の壁は「沈黙の塔」（ダフマ）といわれ、半世紀前までそこが鳥葬場だったのは、火・水・土が神聖視されたゾロアスター教では火葬や水葬、土葬が嫌われたからだ。遺体をハゲタカについばませるため塔に屋根はなく、それは２～３日で骨になって塔の中心にある穴に落とされたという（写真①）。

現在、ゾロアスター教徒が最も多い国はインドで、８万人前後のほとんどが商業の中心都市ムンバイに住んでいる。彼らがパースィー（「ペルシャから来た人」

①　沈黙の塔、ヤズド・イラン

の意）と呼ばれるのは、７世紀末、ゾロアスター教が国教だったペルシァがイスラム教徒（ムスリム）に滅ぼされたからだ。イスラム教への改宗を拒否してインドへ逃れてきた人たちが先祖となり、インド最大の財閥、タタ・グループの創業者はゾロアスター教の神官の家系という。創始者ジャムシェドジー・タタは、当時ムンバイで最大のワトソンズホテルに宿泊しようとしたところ、白人専用との理由で断られる。怒った彼はもっと豪華なホテルをとインド人の手でタージマハルホテルを築き（1903年）、それはインドを代表するホテルとなった。

「善い考え、善い言葉、善い行い」を信条とする彼らの団結力と相互扶助力は強く、16世紀、貿易の拠点をムンバイに置いたポルトガルはパースィーをインド側との折衝に利用した。その一因にヒンズゥー教徒はウシを食べない、イスラム教徒はブタを食べないというタブーがあげられる。つまり、そのタブーのないパースィーはポルトガル人と食卓を囲めたのだ。17世紀にはポルトガルに代わったイギリスの植民地政策に重用され、今やインドの政治・経済で彼らは重要な役割を担っている。

そのパースィーたちの「沈黙の塔」は、ムンバイ空港から市街地に向かう途中の丘の上に立つ。『河童の覗いたインド』（妹尾河童著）によると、大地を汚さないため地面より高く作られた石の土台の上に円筒型の塔が立ち、内部斜面の窪みに置かれた裸の死者はハゲタカのエサとなり、白骨化した死体は中央部の井戸（木炭と砂で作られた濾過槽）に投げ込まれるという。

「あらゆる環境汚染を防ぐ最も衛生的で合理的な葬法」（同上書）というゾロアスター教の鳥葬に対し、チベットのそれが「チャトル」といわれるのは、「チャ」は「鳥」、「トル」は「細かくして分ける」の意だからとのこと。魂の抜けた骸（むくろ）を細かくして（頭蓋骨や大腿骨はハンマーや石で砕かれる）空腹の鳥獣に「お布施」として与えるという（『遺言未満』椎名誠著）。

鳥葬儀式の一端は映画『ココシリ』から窺える。密猟のため絶滅寸前となったチベット・カモシカを保護するマウンテンパトロール隊の話だ。密猟者に殺された隊員の鳥葬が始まるが、周辺にはハゲタカが群がっている。仲間の手によって遺体が「トル」されると、その光景に北京から来た取材記者は思わず目を背ける。またヒマラヤ山中、塩とムギの交易の様子が描かれた映画『キャラバン』でも、鈍い音とともに切り刻まれた死者の肉片が四方に撒かれ、それに群がるハゲタカのシーンが目を奪う。

チベットで鳥葬ではなく水葬が行われるのは、聖なる水の流れるヤルツァンポ川流域だ。遺体は魚が食べやすいように細かく切断され、来世に飢えないようにとバターとハッタイコ（麦こがし）が火にくべられる。その煙とともに魂は天上へ、それを助けるためだろうか、近くの岸壁にはハンゴが描かれていた。ちなみに、

「岩の梯子の山」の意の会津磐梯山（1819m）は、天と地を結ぶ梯（架け橋）の山として信仰を集めてきた。

『死者の書』（死後の世界を導くガイドブック、15世紀に発見されたという）によると、「命の本質は心で、その本体は純粋な光。死はその心が肉体から解放されるとき」で、死者の魂は死後６日目のポア（跳ねるの意）の儀礼で阿弥陀佛の浄土に送られる。そのため「意識の抜けた身体は、脱ぎ捨てられた衣服に過ぎない」、ゆえに葬いの期間に死者を偲ぶ遺品、例えば、日記や写真を含め全てが処分される。「死は誰にでも起こること、執着してもこの世に止まることができない」から、葬儀場からの帰途、参列者が決して後を振り返らないのは、死者に執着を残さないためという。

チベットに墓が存在しないのは遺物を破棄し遺骸を消すからで、この風習は輪廻の苦悩から抜け出すため、生と死を超越するための修行の一環とされる。

インドのバナラシは3000年に及ぶ歴史を持つヒンズゥー教の聖地中の聖地だ。吉祥を授けてくれるシヴァ神と、罪障を浄めてくれる女神ガンジスに会えるというこのガンジス川で沐浴すると、現世での罪の汚れが洗い流される。またここで火葬された遺灰がガンジス川に流されると、輪廻から解放され安楽な来世を迎えられるとのこと。

太陽こそは究極の真理とするヒンズゥー教徒にとって、沐浴中に朝日を遥拝することは霊験あらたかなのだろう、私が訪ねた際、冬の早朝なのに日の出前の沐浴場はごった返していた。男たちは腰巻きをつけ、女たちはサリーをまとって入水し、水を被り、耳を洗い、口をすすぎ、「ガンガー・マイヤー・ジャイ!」（母なるガンジス川に栄光を）と太陽に向かってひたすら祈る。

「水こそ薬なれ。水は身の病ひを清め活力もてこれを充す。まことに萬病草（万病に効く薬?）の水なれば、諸病諸悪を癒すべし。水は不二の命に充てり。水は身の護りなり。水には癒しの霊験あり。水の威ある力をば　常住忘るることなかれ　水は心身の薬なれば」と、これは沐浴の恵みを述べたヴェーダ（古代インド哲学の経典）の言葉だが、しかし、この聖なる川の濁りはひどく、さまざまなゴミや汚物が流れてくる。これが聖水といわれても、信仰心がなければただの汚水の大河だし、仏典には「沐浴で解脱できれば亀や魚の方がとっくに解脱できているはずだ」とあるとか・・・。

しかし信ずるものは救われる。「ガンガーの内なる純粋さと外面の汚さは関係ない」と、ヒンズゥー教徒の誰もが「死ぬまでに一度はバナラシに行きたい」と思い、また死期を悟った老人が「バナラシで死にたい」と願うのは、ここが来世に最も近いところだからという。映画『ガンジスに還る』に描かれるのは、死を待つ人のために用意された「死者の家」に、「その時」を迎えようと各地から集まった老人がひっそりと暮らす様子だ。死者は川沿いの露天の火葬場で火葬され、「階級制度の無くなった遺灰」（写真家・藤原新也の言葉）は川に流されるが、自殺者、事故死者、子ども、出家遊行者などは石の重みをつけて沈められるという。

私がバラナシを訪ねた際、小舟に乗って延々と続くガートを見ていると、途中で何やら異臭が・・・。見ると上流から１m大の半球状のモノが流れてくる。近づくにつれ異臭は強く、鼻をつまみながら目を凝らすとそれは仰向けになったウシの死体、腐敗によるガス産生が腹をパンパンに膨らませていたのだ。

ガートの上流で青白い煙が立ち昇っていたところが火葬場だった。燃え尽きかけている櫓の周りには、暖をとるため何匹かの犬が寝そべっていた。カメラを向けるとガイドに撮影はダメと制された。死者は記念になるものは残してはいけないからと、チベットと同様にヒンズゥー教でも墓はないとのことだった。目を逸らして対岸を見ると上空にはハゲタカが乱舞していた。ガイドの説明では、不浄の地といわれるそこに漂着した死体はハゲタカや野犬の格好のエサになっているという。

「ニンゲンは犬に食われるほど自由だ」（藤原新也氏）という言葉に想いをはせた一日、ホテルでの夕食にカレー風味の魚料理が供された。「この魚は?」とガイドに聞くと、この地で出される魚のほとんどはガンガーで獲れたものとのこと。魚は食物連鎖上の自然の恵みとは思うものの、強烈だった一日の印象に箸は進まなかった（写真②）。

ところでインド人口のわずか0.4%（数百万）しか占めないのに、ジャイナ教（仏教と同時代に誕生、不殺生、非暴力、禁欲、苦行などが教義、教祖の像は全裸）の寺院が城塞のように壮大なのは、ダイヤモンド産業など商業で得た富（個

②　左、ガンジス川の沐浴　右、『ガンジスに還る』DVDジャケット

人所得税がインド全体の24%を占める）が寄進されるからだろう。死の際はヒンズゥー教や仏教などと同様、火葬された灰は川に流されるという。

キリスト教圏の映画で土葬のシーンがしばしば見られるのは、キリスト教の復活信仰による。十字架に磔になったキリストは３日後に復活したとされ、「最後の審判の日」に生き返る（復活）ためには、肉体が残っていることが必要なのだ。キリスト教の一派であるロシア正教ももちろん土葬で、火葬はみせしめの刑とのこと。

磔に使われた十字架の材料は糸杉cypress（サイプレス）といわれ、その語源は原産地のキプロス島cyprus（サイプラス）に由来する。古代エジプトやギリシャでは人類の誕生を象徴する神聖な樹として崇められ、腐敗し難いことから建築や彫刻、棺などに使われた。欧米では公園や墓地に植えられることが多く、花言葉は死、悲嘆、不死の魂など、死の２ヶ月前に描かれたというゴッホの「糸杉と星の見える道」の糸杉は、自らの死期が近いことを自覚した彼の精神状態を反映したものといわれる。

キリスト教を基にして生まれたイスラム教でも、死者は生前の姿で「復活」し「最後の審判」を受け、天国か地獄に振り分けられるという。洗い清められた遺体が白布に包まれて土葬されるのは、火葬だと復活する肉体が失われてしまうからだ。また「現生を罪深く過ごした人は地獄の炎で焼かれる」（『コーラン』）や、火を示すアラビア語の「ナール」は地獄の別称で、火葬は地獄のイメージと重なって忌避される。

ちなみに、日本で暮らすイスラム教徒は約20万人だが、「死は人生の終着駅」で「来世への出発駅」と信ずる彼らにとって、土葬のない世界一の火葬大国・日本には「復活」するための場所（墓地）が極めて少ない。全国でわずか６カ所、そのうちの１ヶ所が塩山（山梨県、甲州市）にある文殊院で、現在150〜160名が埋葬されているという。

日本では古代から中世まで埋葬は土葬だったが、平安時代は街中に死体がゴロゴロの『羅生門』（芥川龍之介著）の世界、あだし野や鳥辺野、蓮台野などでは死体を木に吊し、カラスに喰わせる鳥葬（風葬）が主で、辺りは「髑髏（どくろ）の原」だったという。小野小町の辞世の歌とされる「我死なば焼くな埋むな野にさらせ　痩せたる犬の腹肥やせ」、「我が屍（かばね）は野に捨てよ」と全国を遊行した一遍上人の「旅ころも木の根かやの根いづくにか　身の捨てられぬ処あるべき」（身を捨てるところはどこにもある）、「おどんが打死（うっちん）だば道端いけろ　通る人ごち花あぐる」（五木の子守唄）など・・・、また、「しとしとぴっちゃん」で始まる「子連れ狼」では、３歳の息子・大五郎は刺客の父（ちゃん）が帰らなければ雨や風の中で骨や土になり、霧の中で凍え死ぬと歌われた。このように貧者や無宿人、行き倒れや身寄りのない者などは、谷や沼などの荒地に捨てられ野犬やカラスに食い荒らされたことだろう。

日本の火葬は仏教とともに伝わったが、それはあくまでも貴族たち特権階級の仕様だった（702年に持統天皇が火葬されたという）。鎌倉時代、新興仏教とともに火葬も庶民に広まり、『徒然草』（７段）には「あだし野の露きゆる時なく、鳥辺山の烟立ち去らでのみ・・・」とある。江戸時代へと続いた火葬は仏教行事だからと明治６年に禁止、しかし都市部の墓地不足のため２年後に再開された。明治を通しての火葬率は約30%だったといわれるが、大正２年、母を野辺送りした斎藤茂吉は下記の歌を残している。

○　我が母を焼かねばらぬと火を持てり
　　天（あま）つ空には見るものはなし
○　さ夜深く母を葬（ほふ）りの火を見れば
　　ただ赤くもぞ燃えにけるかも

さて、「人間（じんかん）いたるところ青山（墳墓）あり」（墓はどこにでも作れるから、故郷にこだわらず外に出て活躍をとの意、幕末の僧・月性）」といわれるが、故郷に住む私（２人の娘を持つ）が当地に青山を求めても必ずや近い将来、「古墓は犂（す）かれて田となり」（中国の古詩）だろう（私は３男だが、長男の家系にも墓の後継者はいない）。

「老いる覚悟、病気になる覚悟、死ぬ覚悟を持って、最後を迎えるときは断食で逝きたい。葬式はしない。墓は作らない。遺骨は残さず、灰を山や海に一握りずつまくという三無主義を夫人と取り交わしている」という山折哲雄氏（宗教学者）の言葉に膝を打った私は、火葬後の遺骨は布袋に入れて土に還してもらうことを家人に頼んだ。

齢（よわい）82となり人生の出口に立つ今、同窓会名簿に私の名は目次近くのページに載り、すでに同級生の３割はこの世を去った。「ついに行く道とはかねて聞きしかど、昨日今日とは思わざりしを」（在原業平）と「死ぬのはいつも他人」だったのに、他人が自分になる日も遠くはない。

「天地は万物の逆旅（げきりょ）（宿屋）にして、光陰は百代の過客なり」（李白）で、億光年の大宇宙のなかのほんの一粒の星に生まれ、一瞬の刻を過ごした奇跡・偶然を思うと今あることの不思議を思う。「現世は短く、来世は長し」（浄土こそ本来の住家という仏教哲学）は、「死こそ常態 生はいとしき蜃気楼」（詩人・茨木のり子）、「寿命とは、切り花の限りある命のようなもの」（藤原新也）などと表現されるが、それはまさに「正夢の一瞬」の刻なのだ。

ところで一茶の「苦の娑婆や 桜が咲けば咲いたとて」は、それはそれで美しいの意だが、「人間がこの世に生まれると同時に泣き出すのは、この世に引きずり出されるのが悲しいからだ」(『リア王』シェイクスピア作）と現生は苦娑婆だし、また人生は「生老病死」といわれる。

インドの思想で人生は４つの時期に分けられ（１番目・学習期、２番目・家住期、３番目・林住期、４番目・遊行期)、４番目の遊行期は世俗を離れ開放感に満ちた人生最後の時という（写真③)。しかし年は経ても遊行期には入れず、精神的な預貯金も残り少なくなった今、関心はおのずと過去へと向かう。電車で後ろ向き（進行方向と逆）に座っているように感じるのは、次々と現れる前向きの景観に反し、遠のいていくそれには穏やかに身を委ねられるからだろう。

良寛は「災難に会うときは災難にあうがよろしかろう。死ぬときは死ぬのがよく候。これはそれ災難を逃げる妙法にて御座候」と、病を受容し安らぎの境地で84歳の生涯を終えたという。およそ達しえない心境だが、「メメント・モリ（死を想え)」、「人が皆、生を楽しまないのは、死の近いことを忘れているから」(徒然草)、「僕が死を考えるのは生きるため」（アンドレ・マルロー）などといわれる。ならば「これを知るものは これを好むものに如かず（及ばない)、これを好むものは これを楽しむものに如かず」(論語)、「生けるもの 遂に死ぬるものにあれば、この世なる間は楽しくあらな」(大伴旅人)、「死ぬるときまでは楽しみて過ごすべし」（貝原益軒）など、残された日々を楽しく過ごしたいが、しかしこれもまた言うは易きことか・・・。

③　サドゥー（行者)、カトマンズ・ネパール

著者略歴

井上勝六（いのうえ　しょうろく）、クリニックいのうえ院長

1941年、山梨県生まれ。北海道大学卒業、横浜市立大学第二外科、山梨県立中央病院、宮川外科櫛形病院などを経て1983年、南アルプス市に開業。「食」に重点を置き、東西医学の長所を活用しつつ日常診療に従事。著書に『薬喰いと食文化』（三嶺書房）、『食卓は警告する』（大修館書店）、『成人病を防ぐ現代人の食事学』（丸善）、『食の万歩計』（日本図書刊行会）、『食と健康の文化史』（丸善）、『生活習慣病と食養』（現代出版プランニング）、『脳で食べる』（丸善）、『旅の待合室』（山梨ふるさと文庫）、『エロスと曼荼羅』（丸善）、『生命の樹〜映画を旅する』（丸善）などがある。

旅の待合室 II
国の光を観て

2024年11月25日　初版発行

著作者　井上　勝六 ⓒ 2024

発行所　丸善プラネット株式会社
〒101-0051　東京都千代田区神田神保町二丁目17番
電話 (03)3512-8516
https://maruzenplanet.hondana.jp

発売所　丸善出版株式会社
〒101-0051　東京都千代田区神田神保町二丁目17番
電話 (03)3512-3256
https://www.maruzen-publishing.co.jp

組　版　　株式会社明昌堂
印刷・製本　富士美術印刷株式会社

ISBN 978-4-86345-573-3 C0026